MICHAELA ABRESCH
Die verborgene Erinnerung

Weitere Titel der Autorin:

Das Geheimnis von Dikholmen

Über die Autorin:

MICHAELA ABRESCH arbeitet in der pflegerischen Beratung und als Dozentin für Palliative Care. Das Schreiben ist für sie das Eintauchen in eine andere Welt. Ihr Leitsatz »Jedes Jahr an einen Ort zu reisen, an dem ich noch nie war« führte sie vor einiger Zeit in die schwedischen Schären. Inspiriert von der Einzigartigkeit der Küstenlandschaft östlich Stockholms, entstanden ihre ebenso fesselnden wie berührenden Familiengeheimnis-Romane vor skandinavischer Kulisse.

MICHAELA ABRESCH

Die *verborgene* ERINNERUNG

ROMAN

Lübbe

Die Bastei Lübbe AG verfolgt eine nachhaltige Buchproduktion. Wir verwenden Papiere aus nachhaltiger Forstwirtschaft und verzichten darauf, Bücher einzeln in Folie zu verpacken. Wir stellen unsere Bücher in Deutschland und Europa (EU) her und arbeiten mit den Druckereien kontinuierlich an einer positiven Ökobilanz.

Originalausgabe

Copyright © 2025 by
Bastei Lübbe AG, Schanzenstraße 6–20, 51063 Köln, Deutschland

Bei Fragen zur Produktsicherheit wenden Sie sich bitte an:
Produktsicherheit@bastei-luebbe.de

Vervielfältigungen dieses Werkes für das Text-
und Data-Mining bleiben vorbehalten.

Umschlaggestaltung: Jeannine Schmelzer unter Verwendung von Motiven
von: © mauritius images/Angela to Roxel/imageBROKER und © shutterstock:
DashaDasha | Javier Ruiz | BK foto | Pakhnyushchy | stock_wichel
Satz: two-up, Düsseldorf
Gesetzt aus der Caslon
Druck und Verarbeitung: GGP Media GmbH, Pößneck

Printed in Germany
ISBN 978-3-404-19388-2

1 3 5 4 2

Sie finden uns im Internet unter luebbe.de
Bitte beachten Sie auch: lesejury.de

PROLOG

Schweden – März 2023

Der Kies knirschte unter Rikard Engdahls Schuhen, den guten braunen Lederschuhen, die während des Winters ungetragen in der Kommode gestanden hatten. Zwischen den verharschten Schneeresten zu beiden Seiten der schmalen Hofeinfahrt strebte er der Scheune auf der gegenüberliegenden Seite des Hauses zu. Es war ein klarer Märztag, die Kälte biss ihm in die Hände, als er die Tasche mit den Notenheften zwischen die Knie klemmte und mit steifen Fingern das Schloss entriegelte. Die Kälte setzte seinen Gelenken zu, immer öfter in der letzten Zeit. Bald würde er die fünfundsechzig überschreiten, seine Knochen kamen in die Jahre, aber noch bereitete ihm das Klavierspielen keine Schwierigkeiten – wie ehedem glitten seine Finger über die Tasten.

Mit einer kraftvollen Bewegung zog er zuerst den einen, dann den zweiten Torflügel weit auf. Die Scharniere ächzten, als würden sie es ihm übel nehmen, dass er sie vor der Zeit aus dem Winterschlaf weckte. Nun warf die Märzsonne ein helles Rechteck ins Innere der Scheune, halb auf den sauber gefegten Boden, halb auf die Motorhaube des moosgrünen Geländewagens.

Rikard blieb in der Toröffnung stehen. Es war die erste Fahrt nach dem Winter, der Västerbotten mit Schneestürmen und Minusgraden in seinem eisigen Griff gehalten hatte. Wochenlang waren die Zufahrtsstraßen unpassierbar gewesen. In manchen Jahren zog sich die kälteste Jahreszeit in Nordschweden bis in den Mai hinein, den Frühling nur flüchtig streifend, um gleich darauf in den Sommer mit seinen hellen Nächten und blühenden Wiesen überzugehen. In diesem Jahr weckte das verheißungsvolle Licht der Sonne jedoch bereits jetzt die Lebensgeister der Winterschläfer.

Rikard betrat die Scheune, liebevoll ließ er seine Hand über die Motorhaube seines Wagens wandern.

»Freitag«, murmelte er, ging um die Karosserie herum und besah sie sich mit gerunzelter Stirn, als wäre es unerlässlich, nach dem Winter eine Bestandsaufnahme durchzuführen.

Die Delle in der Beifahrertür. Wie eine nicht verheilte Wunde. Seine Fingerspitzen glitten darüber hinweg. Es war in Umeå passiert, im letzten Herbst. Das Gitarrenmuseum hatte ihn immer schon interessiert, er hatte sich die Sammlung ansehen wollen, von der es hieß, sie sei die weltweit größte und schönste in Privatbesitz. Sechzig Kilometer, eine Kleinigkeit. Seinen Wagen hatte er auf dem Parkplatz vor dem Museum abgestellt und die Delle erst gesehen, nachdem er wieder zu Hause gewesen war. Er hatte die Polizeidienststelle in Umeå angerufen und Anzeige erstattet, doch die war ins Leere gelaufen. Umeå war eine Großstadt, wahrscheinlich schlugen dort jeden Tag Leute Dellen in fremde Autotüren, ohne dass es möglich war, jeden Einzelnen dafür zur Rechenschaft zu ziehen.

Er öffnete die Tür und glitt auf den Sitz. Die Tasche mit den Noten legte er neben sich.

Den Weg hinunter zur Küstenstraße säumten Schneewiesen, die hier und da kleine Grasinseln freigaben. Rikard fuhr gemäßigt, seine Füße mussten sich nach der langen Zeit erst wieder an den Kontakt mit Gas- und Bremspedal gewöhnen.

Sein Blick wanderte über das felsengesäumte Ufer hinweg aufs offene Meer, auf dem sich funkelnd die Sonnenstrahlen brachen, und weiter bis zu der feinen Linie am Horizont, die das helle Blau des Himmels von dem kräftigen der See trennte. Er bog in die Küstenstraße ein, die von Lövånger nach Ånäset führte, an schneebedeckten Wiesen, verwaisten Viehweiden und Nadelwäldchen vorbei. Hier und da passierte er einsame Gehöfte und abgelegene rote Holzhäuser, aus deren Schornsteinen weißer Rauch stieg.

Den Freitagen haftete etwas Besonderes an. Heilige Freitage nannte er sie manchmal im Stillen. Seit fünf Jahren. Seit er nach seiner Frühpensionierung hergekommen war. Sie unterbrachen sein selbst gewähltes Leben in Einsamkeit – mit Ausnahme der Wintermonate. Zwischen November und März wurde er zu einem Igel, der sich eingerollt in sein Quartier zurückzog.

Deshalb verursachte der erste heilige Freitag nach dem Winter stets eine Art Beben in seinem Inneren. Es war, als zitterte sein Herz ein wenig, als schlüge es in einem anderen Takt, in einer Melodie, die dem Frühjahr gehörte, dem Sommer und auch dem Herbst, die aber während der zahllosen dunklen Wintermonate schwieg.

Er nahm den Abzweig, hinter dem sich das baumbestandene Ufer des Rickleån erstreckte, und folgte ihm ein paar Kilometer. Dann erreichte er sein Ziel, eine Ansiedlung einfacher, rot gestrichener Häuser, in deren Gärten Obstbäume ihre winterkahlen Äste in die kalte Luft reckten – von einem Dorf zu sprechen wäre übertrieben gewesen.

Rikard parkte den Wagen in der Nähe eines gemauerten Brunnens in der Ortsmitte und stieg aus. Währenddessen hob auf der Veranda des Hauses, das dem Platz am nächsten stand, ein graubrauner Vierbeiner undefinierbarer Rasse seinen Kopf, beäugte ihn, den Ankömmling, und schien es schließlich für angebracht zu halten, sich müde die Treppe herunterzubewegen und ihn zu begrüßen. Ein Lächeln zog über Rikards Gesicht.

»*Hej*, Dvärg, alter Bursche, lange nicht gesehen. Komm her.«

Er beugte sich zu dem Tier hinunter, griff in sein zotteliges Fell und kraulte es. Anstandslos ließ Dvärg sich die Begrüßung gefallen. Sie beide kannten sich, seit Rikard beschlossen hatte, regelmäßig in dieses Haus zu kommen, in dem Menschen lebten, die seine Leidenschaft teilten und in dem es ein Klavier gab.

Ergeben trottete Dvärg neben ihm zurück zum Haus und die Treppe zur Veranda hinauf. Ein untersetzter, bärtiger Mann mit einem Gesicht voller Falten, erschien in der Tür. Als er den Gast erkannte, hellten sich seine Züge auf, sein Mund verzog sich zu einem breiten Lächeln, und in seinen kleinen blauen Augen blitzte es.

»Rikard! Zuverlässig wie sonst nichts auf der Welt. Rein mit dir!«

»*Hej*, Olof, konnte es kaum erwarten!«

Sie klopften sich gegenseitig auf die Schultern und wechselten ein paar Worte zur Begrüßung im Dialekt der Leute von Västerbotten, doch es war unüberhörbar, dass in Rikards Stimme die Färbung einer anderen Gegend mitschwang.

Dvärg zwängte sich an ihnen vorbei ins Innere des Hauses und suchte sich ein Plätzchen in der Nähe des Holzofens, wo er sich ausstreckte und den Kopf auf die Vorderpfoten legte. Olofs Haus war eine Mischung aus Wohnhaus, Gaststube und Lebensmittelladen. Es gab einen Tresen, ein paar Tische mit Stühlen und einen abgetrennten Bereich mit Regalen, in denen er das Notwendigste an Lebensmitteln lagerte.

Rikard setzte sich an den Fenstertisch, von wo aus er seinen Wagen im Auge hatte. Hier brauchte er ihn nicht abzuschließen. Niemand würde ihm an diesem Ort eine Delle in die Tür drücken und sich aus dem Staub machen.

Olof hantierte hinter dem Tresen, und noch ehe er mit drei Flaschen hellem Bier an den Tisch kam, öffnete sich eine Nebentür.

»Endlich, Rikard!«

»Anders!«

Der Eintretende hatte die Statur eines Bären, er füllte beinahe den gesamten Türrahmen aus und zog den Kopf ein, um sich nicht zu stoßen. Kurz darauf saßen sie beisammen. Gläser waren überflüssig, das Bier schmeckte ihnen aus der Flasche am besten. Rikard packte die Notenhefte aus. Sie reichten sie herum, blätterten darin, suchten nach einem Stück für den Anfang – das erste nach dem Winter. *Hey Jude*. Sie waren mit den Beatles groß geworden, doch Rikard hatte Olof und Anders nie offenbart, welche Bedeutung die Musik der vier Briten darüber hinaus für ihn hatte, welche warmen und zugleich bitteren Erinnerungen sie in ihm weckte.

In dem kleinen Probenraum unterm Dach war alles noch genau so, wie sie es Ende Oktober verlassen hatten. Zwei Stühle, ein alter Tisch mit drei Bierdeckeln unter einem seiner Beine, eine Glühbirne an der Decke und an der Wand neben der Tür ein an den Seiten ausgefranstes Konzertplakat. Paul McCartney in der Stockholm Globe Arena im Oktober 1993. Olof war der Einzige von ihnen, der ihn live erlebt hatte, und er bekam noch immer glänzende Augen, wenn er davon berichtete.

Rikards Blick streifte das Schlagzeug in der Ecke, die beiden Mikrofonständer, das Piano. Es war nichts Besonderes, längst nicht von solch hochwertiger Qualität wie sein eigenes, aber es passte hierher, in das verschlafene Dorf am Rickleån. Es hatte einen ganz passablen Klang, Olf ließ es einmal im Jahr von einem Klavierstimmer überprüfen, wie Rikard es ihm ans Herz gelegt hatte.

Er setzte sich auf den Klavierhocker und klappte den mit etlichen Kratzern versehenen Deckel auf. Olof hängte sich seine Bassgitarre um, und Anders blies ein paarmal probehalber ins Mundstück seines Saxofons. Bald fanden sie in den vertrauten

Gleichklang, harmonierten miteinander wie immer. Rikards Finger glitten sicher über die Tasten, und er sang die Strophen, während Olof in den Refrain miteinstimmte.

»*Hey Jude, don't make it bad, take a sad song and make it better ...*«

Sie spielten über eine Stunde lang, die Töne ihrer Instrumente verschmolzen zu einer Einheit. Es war, als hätte es nie eine Unterbrechung ihrer Freitagstradition gegeben. Sie machten eine Pause, Olof brachte Zimtschnecken, die seine Schwester für sie gebacken hatte und die noch warm waren, und sie tranken schwarzen Kaffee aus Henkelbechern.

»Hab noch was für dich«, sagte Olof irgendwann zu ihm. Er stand auf, ging in den Nebenraum und kam mit einer Papiertüte zurück, die er zwischen die geleerten Kaffeebecher und die Teller mit den Krümeln auf den Tisch stellte. Dann setzte er sich wieder auf seinen Platz. »Meine Schwester sorgt sich, du könntest verhungern«, erklärte er mit einem Augenzwinkern.

Rikard zog die Tüte näher zu sich und linste hinein. Kaffeepulver, Butter, zwei geräucherte Heringe, ein Stück kalter Braten.

»Sie weiß, was du brauchst«, stellte Anders mit einem Grinsen fest.

»Und den hier hast du bestellt«, sagte Olof. Er schob Rikard über den Tisch hinweg etwas zu, das in Zeitungspapier eingeschlagen war.

Rikards Augen funkelten vor Freude. »Mein Schinken!«

Eilig schlug er das Papier auseinander, und schon stieg ihm der würzige Duft des Räucherfleischs in die Nase. Mit geschlossenen Augen sog er ihn ein. Er stellte sich vor, wie er den Schinken später in die Speisekammer hängen würde, an den Haken, den er eigens dafür in die Decke getrieben hatte. Der winzige Raum, in dem er seine Vorräte lagerte, würde innerhalb kürzester

Zeit erfüllt sein von dem köstlichen Aroma. Und natürlich würde er schon am Abend davon kosten.

Rikard öffnete die Augen, bedankte sich und nickte seinem Freund zu. Er war bereits dabei, den Schinken wieder einzuwickeln, da streifte sein Blick die schwarz-weiß bedruckte Seite der Zeitung. Er hielt inne, als er feststellte, dass es einer Ausgabe der *Gotlands Tidningar* vom letzten September entstammte, einer Lokalzeitung, die hauptsächlich auf der Insel Gotland verbreitet war. Wie war sie bis hierher nach Västerbotten gelangt?

Gotland ... Den Namen der Insel zu lesen war, als öffnete sich vor seinen Augen ein Raum, den er ewig nicht betreten hatte. Schnell fuhr er mit dem Einwickeln fort, da stutzte er erneut. Eine Schwarz-Weiß-Abbildung. Rechts unten in einem Artikel, in den zwei weitere Fotos eingebettet waren. Er hob die Zeitungsseite etwas an, um besser sehen zu können.

Anders und Olof unterhielten sich weiter. Ihre Stimmen drangen gedämpft zu ihm herüber, als wäre er mit einem Mal durch eine unsichtbare Wand von ihnen getrennt.

Das kann nicht sein!

Er presste die Lippen aufeinander. Eine Falte grub sich zwischen seine Augenbrauen. War das ...? Nein, unmöglich! Sie war achtzehn gewesen, damals, Anfang der Achtziger, als sie sein Leben von einem Tag zum anderen auf den Kopf gestellt hatte. Vierzig Jahre waren seither vergangen. Er hatte sie nie wiedergesehen. Nie wiedergesehen, aber nicht vergessen. Keinen einzigen Tag, keinen Augenblick hatte er vergessen. Sein Blick verharrte auf dem Gesicht der jungen Frau. Er fühlte sich außerstande, sich davon zu lösen. Ihr Anblick war wie ein Schlüssel, der sich jetzt langsam in einem unsichtbaren Schloss drehte. Eine Tür sprang auf und gab den Blick frei auf die Erinnerungen, die er fest in seinem Herzen verschlossen hatte und die ihn nun, eine nach der anderen, mit ungeheurer Wucht überrollten.

»Was ist, Jungs, noch ein Stück zum Abschluss?« Olofs Stimme riss ihn zurück in den Augenblick.

Mit fahrigen Handgriffen schlug Rikard das Zeitungsblatt um den Schinken und verstaute ihn eilig in der Tüte mit den anderen Köstlichkeiten, erleichtert, dass der sentimentale Moment unbemerkt geblieben war.

Das letzte Stück spielte er unkonzentriert, verpasste zweimal seinen Einsatz, machte Patzer, die ihm sonst nie passierten. Wortreich schob er sie auf seine Müdigkeit, sein Alter, auf den Winter, auf das Bier. Olof und Anders nahmen ihm seine Zerstreutheit nicht übel, sie scherzten darüber und machten Witze, über die Rikard mit ihnen lachte.

Sie verabschiedeten sich.

Zu Hause angekommen stellte er die Papiertüte auf den Küchentisch. Ungeduldig zerrte er den Schinken aus dem Zeitungsblatt, breitete es auf dem Tisch aus, glättete es. Sein Blick suchte den Artikel, das Foto. Ein Bericht über eine Veranstaltung im Gotland Museum in Visby. Er neigte den Kopf, überflog die Zeilen und blieb wieder an dem Bild hängen, an dem Gesicht dieser Frau, in dem er die Züge seiner großen Liebe erkannte, ihre Augen, ihren Blick.

Er dachte an die Schachtel ganz oben im Kleiderschank seines Schlafzimmers, wo er nur mithilfe einer Leiter hinreichte. Eine Pappschachtel mit Deckel, doppelt verschnürt mit einer dicken Kordel.

Er sprang auf, holte die Leiter aus der Abstellkammer und trug sie ins Schlafzimmer. Zwei Stapel Pullover musste er beiseiteräumen, ehe er ertastete, was er suchte. Er zog die Schachtel heraus, hielt sie an sich gepresst, als wäre sie ein lebendiges Wesen. Eine Kostbarkeit.

Nachdem er die Sprossen hinuntergestiegen war, stand er

einen Moment unschlüssig da, dann setzte er sich auf die Bettkante. Wie von selbst schnürten seine Finger die Kordel auf. Er nahm den Deckel ab, sah in die Schachtel. Die Briefe darin verschwammen vor seinen Augen ...

SIRI

Gotland – September 2022

Siris Nervosität stieg. Trockener Mund, eiskalte Hände, hämmerndes Herz. Dabei war sie es doch gewohnt, vor Leuten zu stehen und zu sprechen. Tag für Tag führte sie Touristen zu den Sehenswürdigkeiten der Inselhauptstadt Visby, schilderte Einzelheiten zur gotländischen Geschichte und wusste auf beinahe jede Frage eine Antwort. Seit fast zehn Jahren. Ganz unaufgeregt. Warum also jetzt diese Nervosität? Im Grunde würde sie doch nichts anderes tun als genau das, auch wenn die Umgebung eine andere war und sie Eugénie dabeihatte.

Gedämpft drangen Wortfetzen, Geraune, Kinderstimmen und ab und zu ein Lachen zu ihr in den Nebenraum, der sich an das Foyer des Gotland Museums anschloss. Die Halle füllte sich, das hörte Siri, ohne einen Blick hineinzuwerfen. Eine junge Akkordeonistin, die das Programm musikalisch auflockern würde, stand nur ein paar Schritte von ihr entfernt am Fenster und ließ ihre Finger in der immergleichen Abfolge von Tönen virtuos über die Tasten gleiten. Die Art ihrer Aufwärmübung wirkte, als hätte sie ebenfalls Eisfinger.

Siri zerrte am Reißverschluss der Sporttasche. Der zerschlissene Nylonstoff und der herausgerissene Druckknopf am Außenfach waren der Prinzessin mit dem zarten cremefarbenen Tüllkleid, die darin lag, nicht würdig, darüber war Siri sich im Klaren. Es bestand kein Zweifel, dass sie auf lange Sicht eine angemessenere Transportmöglichkeit finden musste. Das hatte sogar Elin angemerkt, als sie dabei zugesehen hatte, wie Siri die aus Buchenholz gefertigte Marionette mit den filigranen Fäden an Armen und Beinen in der Tasche verstaut hatte.

»Sie braucht eine Kiste mit einem Kissen drin«, hatte die Zehnjährige sachlich festgestellt. »Damit sie weich liegt.«

»Du hast völlig recht«, hatte Siri geantwortet. »Eugénie ist ja noch nicht so lange bei mir. Ich werde herausfinden, was das Richtige für sie ist.«

Elin hatte sich längst einen Platz in der ersten Reihe gesichert, wo sie jetzt wahrscheinlich mit Armen und Beinen zappelnd saß und auf den Beginn der Veranstaltung wartete. Für die Preisverleihung des Leuchtturmwettbewerbs interessierte sie sich genauso wie für den Premierenauftritt von Prinzessin Eugénie. Mattis würde es wahrscheinlich nicht rechtzeitig zum Beginn der Veranstaltung schaffen, wie er tags zuvor bedauernd mitgeteilt hatte. Siri fragte sich, was ihn trauriger stimmte: dass er ihrer ersten Marionettenaufführung nicht beiwohnen oder dass er seine Tochter nicht begleiten konnte, die mit ihrer Klasse am Leuchtturmwettbewerb teilgenommen hatte und nun angespannt wie ein Gummiseil darauf hoffte, dass die Jury ihren Pappmaché-Leuchtturm auf einen der ersten drei Plätze wählen würde.

Sie zog den Reißverschluss auf, griff mit der Rechten nach dem Pendelkreuz und mit der Linken nach dem feingliedrigen Holzkörper, den sie in wenigen Augenblicken zum Leben erwecken würde. Langsam richtete sie sich auf, den Arm etwas angewinkelt, sodass die Fäden sich streckten und es Prinzessin Eugénie erlaubten, tänzelnd auf ihren Holzfüßen zu stehen. Die Akkordeonistin nickte ihr lächelnd zu, beendete ihre Übung und schob sich an ihr vorbei nach draußen.

»Sie sieht wunderschön aus!« Eine Frauenstimme. Die mitschwingende Bewunderung war unüberhörbar.

Ulrika Karlsson, die Assistentin der Museumsleitung, stand plötzlich neben ihr, wie immer in ein farbenfrohes, weit geschnittenes Leinenkleid gehüllt, das ihren robusten Körperbau nur bedingt kaschierte. Mit ihrer senfgelben Strumpfhose, den Gesundheitsschuhen und einer Kette aus winzigen bunten Filzkugeln nahm sie sich wie ein Farbklecks vor der weiß getünchten Wand aus. Sie musste inzwischen über sechzig sein, ihr Name war auf eine ähnlich untrennbare Weise mit dem Gotland Museum verbunden wie die Bildsteine im ersten Besichtigungsraum oder der wikingerzeitliche Silberschatz.

Siri hatte sich für ihr dunkelblaues Strickkleid entschieden, bewusst dezent, um ihrer Marionettenprinzessin die Aufmerksamkeit nicht zu stehlen. »Ja, das finde ich auch«, erwiderte sie mit einem Lächeln.

Ulrika beugte sich zu Eugénie hinunter und nahm sie näher in Augenschein. »Sie muss ein Vermögen gekostet haben«, murmelte sie, warf Siri einen fragenden Blick zu und tastete vorsichtig nach der zartgelben Blumenranke, die sich von Eugénies Taille über den Chiffonrock nach unten wand.

Siri lächelte. »Das hätte sie bestimmt, wenn ich sie einem Marionettenmacher hätte abkaufen müssen.«

Ulrikas Augenbrauen hoben sich. »Jetzt machst du es spannend.«

»Sie ist in den Händen meines überaus talentierten Bruders Jerik entstanden.«

Siri bewegte das Pendelkreuz, sodass die Prinzessin anmutig den Kopf zur Seite neigte und eine Verbeugung andeutete. Über Ulrikas Gesicht zog ein Lächeln. Dass sie vom feenhaften Aussehen der Marionette, ihrem herzförmigen Gesicht und den dunklen Augen ebenso verzaubert war wie Siri selbst, war unschwer zu erkennen.

»Dein Bruder ist Marionettenmacher?«

Mit einem Ächzen richtete sich die Museumsmitarbeiterin auf. Die Bewegung brachte ihre tropfenförmigen Ohrringe zum Schaukeln.

Siri schüttelte den Kopf. »Er hat eine kleine Tischlerei auf dem Festland, in Nynäshamn. Schon als kleiner Junge hat er sich Holzreste gesucht und Figuren, Kerzenhalter und Schälchen aus ihnen geschnitzt. Er macht das immer noch gern und hat es mit den Jahren perfektioniert.«

»Und jetzt schnitzt er Marionetten?«

»Normalerweise nicht. Diese Majestät ist seine erste.«

Sie ließ die Prinzessin ein wenig tänzeln und erinnerte sich dabei an den Moment, als Jerik ihr Eugénie in die Arme gelegt hatte, eingewickelt in eine weiche Baumwolldecke. Siris Augen waren beim Auspacken vor Staunen immer größer geworden. Nur einmal hatte sie zuvor in Jeriks Gegenwart darüber gesprochen, wie sehr sie sich eine handgeschnitzte Marionettenprinzessin nach dem Vorbild der ehemaligen schwedischen Prinzessin Eugénie, der einzigen Tochter von König Oskar I., wünschte, die Anschaffung ihr finanzielles Budget jedoch überstieg. Schon so lange träumte sie davon, ihre Stadtführungen auf diese Weise abzurunden und die Geschichte Gotlands, vor allem für die Kinder, mithilfe der Prinzessin ansprechender zu gestalten. Jerik hatte nichts weiter dazu gesagt, viele Wochen hatten sie das Thema nicht mehr angeschnitten. Und dann hatte er dagestanden mit der unter der Baumwolldecke verborgenen Marionette, hatte sie Siri so sachte in die Arme gelegt, als befände sich der wertvollste Schatz der Welt darunter. Unsicher hatte er sie angesehen. »Ich hoffe, ich hab das mit den Fäden richtig gemacht.« Sie war außer sich gewesen vor Freude. Tränen waren ihr in die Augen geschossen. Jeriks Gesicht war dahinter verschwommen mitsamt der Marionette. »Sie braucht noch was zum Anziehen«, hatte er etwas betreten hinzugefügt, als hätte er sich dafür geschämt, seiner Schwester den rohen Holzkörper zu übergeben.

»Das Kleid hat Ann-Marie genäht«, fügte sie, an Ulrika Karlsson gewandt, hinzu. »Die Schwester meines Lebensgefährten. Bevor sie Lehrerin wurde, hat sie eine Weile bei einem Kostümbildner gejobbt und da eine Menge gelernt.«

»Ulrika, noch fünf Minuten«, rief jemand in den Raum und unterbrach damit ihr Gespräch und Siris Gedanken.

Ulrika hob eine Hand. »Bin gleich da«, rief sie in Richtung Tür, und an Siri gewandt sagte sie: »Du hast noch ein bisschen Zeit.« Ihr Blick glitt ein weiteres Mal anerkennend über die Gliederpuppe, dann verließ sie den Raum und strebte dem Foyer zu.

Siri prüfte die Funktionen des Pendelkreuzes, drehte es in der Hand und stellte mit einer gewissen Beruhigung fest, dass sich Eugénies Arme und Beine harmonisch bewegen ließen. Im Stillen rief sie sich die anrührende Lebensgeschichte der Prinzessin vor Augen, die diese gleich mit dem Publikum teilen würde. Dabei ließ sie die Marionette ein paar Schritte nach rechts trippeln. Vor dem großen antiken Wandspiegel, der mit seinem üppig verzierten goldfarbenen Rahmen aussah, als stammte er aus der Zeit, in der Prinzessin Eugénie gelebt hatte, blieb sie stehen.

Ihr Blick glitt von der Marionette zu der Frau im Spiegel. Allmählich gewöhnte sie sich an ihre brünett gefärbten Haare, die sie bis auf Schulterlänge hatte kürzen lassen. Äußerliche Veränderungen bewirkten oft auch etwas im Inneren, das hatte sie einmal irgendwo gelesen. Sie strich sich die Ponyfransen aus der Stirn. Ihr vierzigster Geburtstag stand bevor, nur noch drei Monate waren es bis dahin.

Früher, als sie ein junges Mädchen gewesen war, da war sie davon ausgegangen, mit vierzig ihren Platz im Leben gefunden zu haben. Angekommen zu sein. Im Job, privat, bei einem Mann, sie hatte sich eine Familie vorgestellt, ein Haus, am liebsten in Küstennähe, mit großem Garten und zwei kleinen Mädchen, die dort lachend über den Rasen tollten. Immer waren es zwei Mädchen gewesen, ein kleiner Junge war in ihrer Vorstellung nicht vorgekommen, ohne dass sie es sich hätte erklären können. Außer bei ihrer Arbeit, die sie mochte und für die man sie schätzte, war sie allerdings noch nirgendwo angekommen. Und in stillen dunklen Stunden, wenn die Grübeleien sie nicht loslassen wollten, zweifelte sie daran, dieses Ziel jemals erreichen zu können.

Keine ihrer bisherigen Beziehungen hatte sie dauerhaft erfüllen können. Keine hatte nach dem Stadium anfänglicher Verliebtheitseuphorie und dem Zustand vollkommener Glückseligkeit dem ungeschminkten Alltag standgehalten. Sie alle waren zerbrochen an ihrer Vorstellung, ein Mann könnte die Kälte vertreiben, die sie unterschwellig immerzu spürte. Nach vier gescheiterten Versuchen hatte dieses Bedürfnis brennender denn je in ihr gelodert, und im bodenlosen Kummer des Trennungsschmerzes hätte sie beinahe sich selbst, ihre Gefühle und ihre Bedürfnisse aufgegeben. Doch dann war Mattis Lindholm in ihr Leben getreten. Durch eine Tür, die vorher nicht existiert hatte, und mit einer Selbstverständlichkeit, die von Anfang an den Eindruck in Siri erweckt hatte, dass es mit ihm anders sein würde. Mattis, der Schlaks mit den dunklen Haaren, die ihm bis auf die Schultern reichten, und dieser von Grün zu Blau wechselnden Augenfarbe, die niemand sonst hatte. Mattis, der darin aufging, sakrale Malereien in schlecht geheizten Kirchen zu restaurieren, mit einer Akribie, die seinesgleichen suchte. Er hatte sie verstanden, hatte gewusst, was sie fühlte, wonach sie sich sehnte, und ihr allein dadurch, dass keine Erklärungen notwendig gewesen waren, die Hoffnung geschenkt, dass das mit dem Ankommen und dem Vertreiben der inneren Kälte vielleicht doch möglich sein würde. Dass es mit ihm möglich sein würde. Sie hatte ihm geglaubt, ihm vertraut, hatte sich in seine Arme gestürzt, ihn in ihr Herz gelassen und war zu ihm gezogen.

Bis zu diesem Zeitpunkt hatte sie noch nie mit einem Mann unter einem Dach zusammengelebt. Und nun wohnte sie schon über ein Jahr bei Mattis, seiner Tochter Elin und seiner unverheirateten Schwester Ann-Marie in der Villa Märta, dem Haus seiner verstorbenen Großeltern, das nach seiner Großmutter benannt war.

Die Gedanken in ihrem Kopf lenkten sie ab, dabei sollte sie sich auf den Text, die geübte Handführung und ihre Schritte konzentrieren.

Nicht nur die Teilnehmer des Wettbewerbs und Kinder und Lehrer aus Elins Schule waren anwesend, auch der Bürgermeister und Leute der Stadtverwaltung, die den Leuchtturmwettbewerb zusammen mit der Museumsleitung ausgeschrieben hatten, außerdem ein Redakteur der Lokalzeitung. Sie hoffte, dass der erste öffentliche Auftritt von Prinzessin Eugénie in seinem Artikel Erwähnung finden würde. Dass sie ihre Marionette im Foyer des Gotland Museums, das in einem gelb angestrichenen Bau in der kopfsteingepflasterten Strandgata untergebracht war, im Rahmen der Preisverleihung erstmals präsentieren durfte, hatte sie niemand anderem als Elin zu verdanken. Mattis' Tochter hatte ihrer Lehrerin von der hölzernen Prinzessin erzählt, die fortan bei ihr zu Hause wohnen und im Rahmen der Stadtführungen auftreten würde. Mehr als zwei Anrufe waren seitens der Lehrerin nicht nötig gewesen, einer bei der Museumsleitung, einer bei ihr, Siri Svensson, und so hatte man die Marionettenpremiere ohne großes Federlesen in die Preisverleihung integriert.

Langsam verließ Siri den Raum. Sie näherte sich dem Durchgang ins Foyer, wo Ulrika soeben ihre Ansprache beendete und die Akkordeonistin ankündigte. Von hier aus konnte Siri einen Teil der Halle einsehen. Wie in einer Ausstellung hatte man die eingereichten Kunstwerke, Leuchttürme in allen erdenklichen Varianten, an und vor den Wänden drapiert. Nicht alle Stühle waren besetzt, vor allem in den hinteren Reihen bemerkte sie viele freie Plätze. Erfolglos suchte sie nach Mattis, in der illusorischen Hoffnung, dass er es vielleicht doch rechtzeitig geschafft hätte. Ganz vorn entdeckte sie Elin mit ihrer mausgrauen Basecap, die Mattis ihr geschenkt hatte und die sie seitdem zu jeder sich bietenden Gelegenheit trug.

Siri dachte an die Diskussion, die sie zu Hause mit Elin geführt hatte. Wieder einmal war es um Sid gegangen. Elin hatte drauf bestanden, ihn mit ins Museum zu nehmen, Sid, ihren großen Bruder, der für jedermanns Augen unsichtbar war, mit dem sich außer ihr niemand unterhalten konnte und dem sie bei jedem Anlass einen Platz sicherte. Regelmäßig saß er bei den Mahlzeiten mit ihnen am Tisch, abends rollte Elin eine Isomatte in ihrem Zimmer aus und legte Kissen und Decke dazu. Die Diskussion hatte Siri zermürbt, weshalb sie schließlich nachgegeben hatte, und so teilte Elin sich ihren Stuhl mit dem unsichtbaren Sid.

Das Mädchen mit dem Akkordeon spielte eine Weise, die entfernt an ein bekanntes schwedisches Volkslied erinnerte. Sie spielte nicht ganz sauber, nicht treffsicher, wie Siri bemerkte, vielleicht war sie aufgeregter, als es nach außen hin schien. Doch am Ende sparte das Publikum nicht mit Applaus, das Mädchen lächelte scheu und mit hochroten Wangen in die Kamera des Zeitungsreporters und eilte mit ihrem Instrument von der kleinen Bühne und an Siri vorbei in den Nebenraum.

Ulrika trat erneut ans Mikrofon. Siri hörte, wie sie als nächsten Programmpunkt vor der Preisverleihung Siri Svensson zusammen mit der liebreizenden Prinzessin Eugénie ankündigte. Mit der Zunge befeuchtete Siri ihre trockenen Lippen, versuchte, ihrem wild schlagenden Herzen keine allzu große Bedeutung zu schenken, und ging gemessenen Schrittes hinaus ins Foyer und auf die kleine Bühne, die eigens errichtet worden war. Jemand dimmte das Licht, nur die Mitte des Podestes war im Lichtkegel eines Scheinwerfers ausgeleuchtet. Die Leute empfingen sie mit Applaus. Obwohl Siri nicht ganz im Schatten verschwand, wusste sie, dass sie nur die Prinzessin sahen, nicht sie, die Puppenspielerin.

Mit einer grazilen Armbewegung winkte Eugénie huldvoll in die Menge. »Vielen Dank, verehrtes Publikum.« Schon nach den ersten Worten beruhigte sich Siris Herzschlag. »Mein Name ist Charlotta Eugénie Augusta Amalia Albertina, Prinzessin von Schweden und Norwegen, aus dem Hause Bernadotte.« In einer fließenden Bewegung verneigte sich die Prinzessin. »Ich bin das vierte Kind von König Oskar I. und seiner Gemahlin Josephine von Leuchtenberg.«

Siris Blick glitt über die Menge hinweg, streifte Elin, die sich auf dem Rand ihres Stuhls ganz schmal gemacht hatte, mit einem Lächeln, und wanderte weiter bis zur letzten Reihe, wo in diesem Augenblick ein Zuspätkommender Platz nahm, der Statur nach ein Mann. Mattis?

Nein ...

Die für einen flüchtigen Moment aufgeflammte Hoffnung erlosch sogleich. Sie senkte den Blick, heftete ihn auf die Marionette, die sie nun langsam an der Bühnenkante entlangwandern ließ, als folgte sie während des Sprechens dem Weg in der königlichen Parkanlage.

»Warum ich als zweiundzwanzigjährige junge Frau unser Schloss in Stockholm für eine Weile verließ und nach Gotland reiste, hatte einen traurigen Anlass. Aber manchmal geschieht etwas Trauriges, damit etwas Gutes entstehen kann. Deshalb will ich meine Geschichte erzählen.«

Mit jedem Wort wurde sie sicherer. Dass der Zeitungsredakteur sich von seinem Stuhl erhoben und an den Bühnenrand getreten war, bemerkte sie erst, als sie den Auslöser seiner Kamera leise klicken hörte. Doch sie ließ sich nicht unterbrechen, sprach weiter, ließ Eugénie im Lichtkegel der Scheinwerfer über die Holzbretter der Bühne schweben, und manchmal tat sie es mit ein wenig Schwung, sodass das Chiffonkleid sich im Luftzug bewegte. Am Ende erhob sich tosender Applaus, das Deckenlicht flammte auf, und Siri verneigte sich. Sie lächelte erst Elin zu, dann Ulrika, dann den Gesichtern im Publikum.

Wieder fiel ihr Blick auf den zu spät gekommenen Mann, der sich in die letzte Reihe gesetzt hatte. Er war aufgestanden und eilte nun an der Wand entlang zu dem Durchgang, durch den man in den angrenzenden Nebenraum gelangte. Jerik? Tatsächlich! Er war extra aus Nynäshamn gekommen, um seine Marionette zum ersten Mal in Aktion zu sehen! Ein warmes Gefühl der Dankbarkeit durchströmte Siri.

Sie verließ die Bühne, der Applaus verebbte, Ulrika übernahm das Mikrofon. Siri huschte durch die Tür in den Nebenraum. Jerik wartete dort bereits auf sie. Sie strahlte ihn an, doch ihre Züge froren augenblicklich ein, als sie den Ernst in seinem Gesicht bemerkte.

»Papa hat angerufen«, sagte er ohne eine Begrüßung. In seinem Blick lag etwas, das Siri nicht an ihm kannte.

»Ist was passiert?«, fragte sie tonlos.

Wenn Jerik ohne Ankündigung vom Festland herüberkam, musste es sich um etwas Dringendes handeln. Etwas Ernstes. Etwas Schlimmes.

»Mama.«

»Was, Jerik?«

»Pack deine Sachen, wir fahren zu ihr. Ich warte draußen auf dich.«

MELLA

Deutschland – Februar 2023

Umständlich sank Mella auf den mit beigefarbenem Kunststoff bezogenen Stuhl in der Wartezone. Sie war die Zweite, wie sie mit einem Anflug von Erleichterung bemerkt hatte. Es würde also nicht lange dauern. Etwas unbeholfen lehnte sie ihre beiden Gehstützen an die Sitzfläche des Nachbarstuhls. Sie streckte das rechte Bein aus, soweit das Scharnier ihrer Knieorthese dies zuließ. Eine der Schwestern auf der Station hatte ihr geholfen, dieses Monstrum vernünftig anzulegen, weil Mella noch die nötige Routine darin fehlte. Nachsichtig hatte sie gelächelt, als Mella diesen Begriff gebraucht hatte. Die Beinschienen, hatte sie ihr erklärt, die man nach Kreuzbandoperationen tragen müsse, seien echte Leichtgewichte im Gegensatz zu den Anfangsmodellen.

Mella sah an ihrem Bein hinunter. Sie trug schwarze Leggings unter der Beinorthese, die mit vier breiten Klettverschlüssen von der Mitte ihres Oberschenkels bis oberhalb des Fußgelenks reichte. Dazwischen fixierten zwei Führungsstäbe mit Scharnier das operierte Knie in der gewünschten Gelenkstellung. Die nächste Zeit würde sie in Leggings herumlaufen müssen. Sechs Wochen, hatte Dr. Wiesner nach der Operation zwölf Tage zuvor gemeint. Mella hatte sich darum bemüht, nicht entnervt die Augen zu verdrehen, und sich klargemacht, dass das Tragen des Monstrums das kleinere Übel war, wenn sie bedachte, wie viel schlimmer der Unfall hätte ausgehen können. Außer einem komplexen Kreuzbandriss und diversen Prellungen war sie unbeschadet geblieben. Im Gegensatz zum Unfallverursacher, einem angetrunkenen jungen Mann, der ohne Fahrerlaubnis unterwegs gewesen war. Man hatte Mella berichtet, dass er sich mit schweren Kopfverletzungen auf der Intensivstation befand.

Sie warf einen raschen Blick auf einen wartenden Patienten im Sportanzug, der an der gegenüberliegenden Wandseite saß. Er mochte um die fünfzig sein, war von drahtiger Statur und hatte wache Augen, aus denen er sie freundlich anblickte. Ein Monstrum, das irgendein Gelenk an ihm stabilisierte, suchte Mella vergeblich.

»Auch heute nach Hause?«, fragte er.

Wer sich morgens um diese Zeit vor dem Sprechzimmer am Ende des Stationsflurs einfand, saß praktisch auf gepackten Koffern.

»Abschlussgespräch«, sagte sie. »Sie auch?«

Er nickte. »Wird Zeit, ich krieg hier noch einen Lagerkoller.«

»Sie haben Glück«, sagte sie und deutete auf ihre Orthese. »Ich muss dieses Ding noch ein paar Wochen tragen.«

»Wenn's der Heilung dient«, sagte er. »Was sind schon ein paar Wochen?«

Sie nickte abwesend.

Ein paar Wochen ...

Frühestens im April würde sie wieder arbeiten gehen können, noch viele Monate auf ihr Fahrrad verzichten müssen, aufs Autofahren sowieso, für jeden Handgriff außer Haus Hilfe benötigen, ihre Einkäufe nicht selbst erledigen können, und ob sie sich allein um ihre Wohnung kümmern konnte, stand in den Sternen. Die Termine in der Physiotherapiepraxis würden die Highlights jeder Woche sein. Sie zwang sich dazu, die Aussicht auf die nächste Zeit nicht allzu schwarzzumalen, stellte aber fest, dass es ihr nicht gelingen wollte. Die Tür des Sprechzimmers öffnete sich, ein Name wurde genannt, und der Mann im Sportanzug erhob sich. Er bewegte sich langsam, als müsste er sich bei jedem Schritt ausbremsen. Auf seinem Rücken prangte das Logo eines Kölner Karatevereins. Die Tür schloss sich. Mella nutzte die Wartezeit, um ihrer Freundin eine Nachricht zu schreiben.

Hi, Fränzi, tippte sie in ihr Handy, *bin die Zweite, wird schnell gehen, melde mich, sobald ich abholbereit bin. Dank dir schon mal im Voraus.*

Sie fügte ein Smiley mit Herzaugen hinzu und sendete die Nachricht ab. Sie musste sich unbedingt etwas für ihre Freundin einfallen lassen, etwas Besonderes, womit sie ihr danken könnte für all das, was sie in der letzten Zeit für sie getan hatte. Für all das, was für Fränzi selbstverständlich war, was in ihrer seit dreißig Jahren bestehenden Freundschaft selbstverständlich war, und was Mella in ihrer derzeitigen Verfassung mehr denn je zu schätzen gelernt hatte.

Vielleicht ein gemeinsames Wochenende in einer aufregenden Stadt. Berlin. Dort waren sie zusammen mit dem Leistungskurs Geschichte gewesen, und seither träumten sie davon, die Stadt noch einmal zu besuchen.

Doch kaum hatte Mellas Herz sich für den Gedanken erwärmt, schaltete sich der Verstand ein. Fränzi trug Verantwortung. Sie betrieb eine Physiotherapiepraxis, war verheiratet und hatte zwei Jungs. Sie war nicht mehr ohne Weiteres abkömmlich, aber hatte alles, was Mella sich dringend wünschte. Fränzi hatte ihr Glück gefunden.

Sie ließ ihren Blick zur Fensterseite wandern. Der Himmel über Köln präsentierte sich in allen denkbaren Grauschattierungen und mit solch regenschweren Wolken, dass der Eindruck nahelag, er wollte die Stadt unbedingt an sein diesiges Novembergesicht erinnern.

Eine weitere Patientin erschien, eine ältere Dame mit sorgfältig frisiertem Haar in einem Morgenmantel aus dunkelrotem Samt, den sie bis obenhin zugeknöpft hatte. Sie wurde von der jungen Stationspraktikantin in einem Rollstuhl in die Wartezone geschoben. Mella lächelte der Patientin zu. Sie hatte sie in den letzten Tagen ein paarmal in der Physioabteilung gesehen. Die Frau erwiderte Mellas Lächeln.

»Sie haben Glück«, sagte sie und deutete mit ihrer blassen Hand auf Mellas Gehstützen. »Sie können laufen.«

»Ja«, sagte Mella. Ein Gefühl der Dankbarkeit wallte in ihr auf. »Sie lernen das auch wieder.«

Was für ein Unsinn! Sie wusste doch überhaupt nichts über den Gesundheitszustand der Frau und wie es um ihre Mobilität vor dem Krankenhausaufenthalt bestellt gewesen war.

»Daran glaube ich fest«, hörte sie die alte Dame mit rheinisch gefärbtem Dialekt sagen. »Die Hoffnung stirbt zuletzt, oder nicht?« Sie kicherte wie ein kleines Mädchen.

Die Tür öffnete sich, der Mann im Sportanzug verließ das Sprechzimmer.

»Frau Haglund bitte.«

So umständlich, wie sie sich zuvor hingesetzt hatte, stand Mella nun mithilfe ihrer Gehstützen auf. Es war ihr noch nicht erlaubt, das Knie wieder voll zu belasten, weshalb sie sich auf jeden Schritt konzentrieren musste.

»Alles Gute, junge Frau«, rief die Patientin im Morgenmantel ihr nach.

»Danke, das wünsche ich Ihnen auch.«

Sie betrat das Sprechzimmer. Dr. Wiesner deutete auf die Untersuchungsliege an der Längsseite des Raumes und half ihr mit den Gehstützen, während sie sich wenig elegant auf die Kante der Liege setzte.

Zwei Röntgenaufnahmen waren auf einem überdimensionalen, an der Wand angebrachten Bildschirm erkennbar. Ihr Kniegelenk. Auf die Entfernung konnte sie keine Einzelheiten erfassen, aber dass sich nun irgendetwas aus Metall in ihrem Knie befand, Schrauben, Drähte oder etwas in der Art, war mühelos zu sehen. Dr. Wiesner und der Oberarzt hatten ihr das Verfahren vor und nach der Operation erklärt, aber sie hatte nicht so recht verstanden, welche Gewebestrukturen bei dem Unfall verletzt worden und auf welche Weise sie nun wieder miteinander verbunden waren.

»Tja, Frau Haglund, was für ein Glück, dass Sie jetzt hier sitzen und ich Ihre Entlassungspapiere ausstellen kann. Das hätte ja weitaus schlimmer ausgehen können mit Ihrem Unfall, was?« Dr. Wiesner rückte seine Brille mit dem dunklen Horngestell zurecht und schob sich mitsamt seinem Bürostuhl so nah an den Schreibtisch heran, wie es der üppige Bauch zuließ, der sich unter seinem Kittel deutlich abzeichnete. Er trug knallrote Sportschuhe, Mella konnte sie von ihrem Platz aus sehen. Vielleicht wollte er mit ihnen von seiner Leibesfülle ablenken. »Wie geht es Ihnen? Noch Schmerzen?« Er hielt den Blick auf den Computerbildschirm gerichtet, wo er offenbar ihre Akte einsehen konnte.

»Kaum«, antwortete Mella wahrheitsgemäß.

»Die OP-Wunde ist ja bestens verheilt, die Klammern wurden entfernt, die Physio ist auch zufrieden …« Er scrollte, las, sprach wie zu sich selbst. »Prima«, sagte er dann und drehte sich mitsamt seinem Schreibtischstuhl zu ihr um. »Wir haben bei der letzten Visite ja soweit alles besprochen. Hier …«, er deutete auf ein Briefkuvert, das vor ihm auf dem Tisch lag, »… stehen die wichtigsten Infos für Ihren weiterbehandelnden Physiotherapeuten drin. Und hier …«, er tippte auf einen zweiten Umschlag gleich daneben, »… ist der Entlassungsbrief für Ihren Hausarzt. Ich schaue mir das Knie jetzt noch mal an.«

Schwerfällig erhob er sich, die Sohlen seiner Sportschuhe verursachten ein quietschendes Geräusch auf dem Fußboden, als er sich ihr näherte.

»Muss ich dieses Monstr... die Schiene ablegen?«

»Das wäre gut. Warten Sie, ich helfe Ihnen.«

Schon war er neben ihr. Sie hob die Beine auf die Liege, öffnete nacheinander alle Klettverschlüsse und sah Dr. Wiesner dabei zu, wie er ihr mit routinierten Handgriffen die Orthese abnahm. Sie streifte sich die Leggings vom rechten Bein und legte sich auf den Rücken, die Hände übereinander auf dem Bauch.

»Werden Sie bitte regelmäßig in unserer orthopädischen Sprechstunde vorstellig. Der nächste Termin steht im Entlassungsbrief. Und bringen Sie jedes Mal einen Therapiebericht Ihres Physiotherapeuten mit. Ich hatte Ihnen ja schon gesagt, dass es nicht nur um den Muskelaufbau geht...«, er betastete ihr Knie und inspizierte die Einstellung der Orthesenscharniere, »... auch um das Ausdauertraining, die neuromuskuläre Kontrolle und insgesamt natürlich die Beweglichkeit des Kniegelenks. Haben Sie die Therapie schon in die Wege geleitet? Ist wichtig, dass es lückenlos weitergeht.« Er warf Mella einen prüfenden Blick zu.

»Meine Freundin ist Physiotherapeutin mit eigener Praxis, sie kümmert sich bestens um mein Knie.«

»Hervorragend. Dann grüßen Sie Ihre Freundin von mir, sie gehört ab sofort zum Behandlungsteam.« Er unterstrich das Gesagte mit einem Augenzwinkern. Dann half er Mella, sich aufzurichten. »Sie sind damit offiziell aus der stationären Behandlung entlassen, Frau Haglund. Alles Gute für Sie.« Mella verzog beim Druck seiner Hand das Gesicht. Der Arzt stockte. »Ah, entschuldigen Sie, ich hab nicht dran gedacht.« Seinem Gesichtsausdruck war anzusehen, dass es ihm ehrlich leidtat. »Dabei wurde es doch bei Ihrer Aufnahme extra angemerkt.«

Mella biss sich auf die Unterlippe. »Schon gut, Sie können sich ja nicht jedes Zipperlein Ihrer Patienten merken.«

Aus einem inneren Impuls heraus zog sie den Ärmel etwas weiter übers linke Handgelenk, eine vertraute Geste seit vielen Jahren. Sie beeilte sich, ihre Leggings wieder hochzuziehen. Ihre langen blonden Haare fielen ihr vors Gesicht und verbargen zum Glück die Röte, die ihr in die Wangen geschossen war.

»Mir scheint, Sie hatten auch damals einen ausgesprochen zuverlässigen Schutzengel.«

Er sagte es mit einem solchen Ernst, dass sie nichts Scherzhaftes darauf zu erwidern wusste. Dabei waren Humor und Sarkasmus die einzigen Mittel, die ihr über die Verlegenheit in solchen Situationen hinweghalfen. Die die Gewissheit, dass die Vernarbungen ihren Arm seit dem Drama vor Jahren für immer entstellt hatten, halbwegs erträglich machten. »Das hat dich traumatisiert für den Rest deines Lebens«, hatte Fränzi irgendwann einmal festgestellt.

»Ich rede nicht so gern drüber.«

»Okay, verstehe.«

Mit Schwung setzte sie sich auf die Kante der Untersuchungsliege. Dr. Wiesner half ihr beim Anlegen der Orthese und reichte ihr die Gehstützen. Bedrückt verließ sie das Arztzimmer.

18. Februar 1982

Lieber Rikard,
da ich in der Schule keine Gelegenheit finde, dir ungestört zu sagen, wie sehr mich dein Lob gefreut hat, habe ich mich entschlossen, es dir zu schreiben. Danke dafür, ein ganz großes Danke! Dass du mich für eine talentierte Gitarristin hältst, bedeutet mir viel, so hat es damals nicht einmal mein Gitarrenlehrer ausgedrückt, so hat es genau genommen noch nie irgendjemand ausgedrückt. Aber mein Unterricht liegt ja auch ein paar Jahre zurück, wahrscheinlich war die Neigung, die du mir bescheinigst, damals noch nicht sichtbar, und so war mir lange gar nicht bewusst, dass ein musikalisches Talent in mir schlummern könnte. Da musstest erst du an unsere Schule nach Visby kommen, um es zu wecken.

Und dann danke ich dir noch dafür, dass du mir deine wunderschöne Gitarre überlassen hast – meine ist tatsächlich nicht die beste. Meine Mutter hat sie zu Beginn meiner Gitarrenstunden für mich angeschafft, weil sie sich kein besseres Instrument leisten konnte, ich konnte dir das heute Morgen nicht so sagen. Jetzt, mit dem Stift auf dem Papier, ist es leichter. Ich war damals glücklich mit dem gebrauchten Instrument, das aber, da gebe ich dir völlig recht, keinen schönen Klang hat, da helfen auch die teuren Saiten nur bedingt. Auf deiner Gitarre zu spielen, macht viel mehr Spaß. Sie klingt tausendmal besser, und mit der ausgefallenen Holzmaserung ist sie dazu auch optisch etwas ganz Besonderes. Ich fühle mich geehrt und privilegiert und weiß gar nicht, womit ich das verdient habe.

Ahnst du eigentlich, dass ganz viel in Bewegung gekommen ist, seit du vor einer Woche mit dem Musikprojekt an unserer Schule gestartet bist? Du hast etwas Mitreißendes an dir, das brauchen wir alle gerade sehr. Es bricht unseren eingeschlafenen Schulalltag auf, und du bringst frischen Wind mit, der uns guttut. Danke auch dafür. Ich freue mich auf unser Beatles-Projekt und noch mehr darüber, dass du mich für die beiden Solostücke und das Duo mit dir ausgewählt hast. Ich werde fleißig üben, versprochen. Sei gewiss, dass ich deine Gitarre wie ein Heiligtum behandele.
Freue mich auf alles, was kommt.
Grüße, Griddy

SIRI

Gotland – September 2022

Mit fahrigen Handgriffen verstaute Siri die Holzprinzessin in der Tasche und zerrte den Reißverschluss zu. Jerik war schon nach draußen gegangen, wo er auf sie wartete, und sie zwang sich zur Ruhe, um klar denken zu können. Ihre Mutter war jetzt Mitte siebzig und immer bei guter Gesundheit gewesen. In all den Jahren hatte sie so vielen gotländischen Kindern auf die Welt geholfen, dass es sinnlos war, sie auf eine Zahl festzulegen. Tag und Nacht war sie erreichbar gewesen, hatte werdenden Müttern und auch den Vätern mit sanftmütigem Wesen und sicherem Auftreten beigestanden.

Dass irgendetwas Jördis Svensson aus der Bahn werfen könnte, hatte bis vor wenigen Augenblicken nicht in Siris Vorstellung existiert. Undenkbar. Ihre Mutter war unverwüstlich, und das würde sie bleiben. Genau genommen war Jördis ihre Adoptivmutter, doch das machte für Siri keinen Unterschied. Schon als Achtjährige hatte sie darüber Bescheid gewusst, dass sie als Neugeborenes in einem Babykörbchen, eingehüllt in eine hellgrüne Häkeldecke, an der Tür des Mutter-Kind-Heims in der Smedjegata in Visby, das Jördis in den Siebzigerjahren gegründet und geleitet hatte, abgelegt worden war. Es hatte niemanden gegeben, der sich um so ein kleines Mädchen hätte kümmern können. Ihr wäre ein Leben im Waisenhaus beschieden gewesen, hätten Jördis und ihr Mann Arvid sich ihrer nicht angenommen.

Jerik war damals drei Jahre alt gewesen. Er hatte nicht hinterm Berg damit gehalten, dass ihm ein kleiner Bruder lieber gewesen wäre, aber als Jördis mit ihr, Siri, nach Hause gekommen war und er sie zum ersten Mal in den Armen gehalten hatte, da hatte er sie mit leuchtenden Augen angesehen und sie nicht wieder hergeben wollen. So hatten Jördis und Arvid es Jahre später noch erzählt, und Siri fragte sich manchmal, ob die Verbindung zwischen ihr und Jerik wohl ebenso innig wäre, hätte das Schicksal sie als leibliche Geschwister aufwachsen lassen.

Hastig schlüpfte sie in ihren Trenchcoat und griff nach der Tasche. Die Veranstaltung ohne ein Wort zu verlassen, entsprach nicht ihrer Art der Höflichkeit, aber die Dringlichkeit in Jeriks Worten ließ nichts anderes zu. Sie würde Ulrika Karlsson später anrufen und ihr alles erklären. Nur ... was war mit Elin? Sie war mit ihr hergekommen, und wenn Mattis nicht doch noch auftauchte, was Siri nahezu ausschloss, war Elin auf sich gestellt und hatte niemanden, der sie nach Hause bringen würde. Mattis' Schwester befand sich für drei Tage mit ihrem Chor auf einer Konzertreise in Linköping, auch sie konnte also nicht einspringen.

Mit einem stillen Seufzer verließ Siri den Nebenraum. Sie warf einen Blick ins Museumsfoyer, wo soeben die Preisverleihung begonnen hatte und stürmischer Applaus für die Gewinner des dritten Platzes aufbrandete. Siri entdeckte Elin, zappelnd vor Aufregung, inmitten der Kinder ihrer Klasse. Sie alle konnten sich vor Ungeduld kaum auf ihren Stühlen halten, dem möglichen Gewinn entgegenfiebernd. Elin aus diesem einzigartigen Augenblick der Vorfreude zu reißen, brachte sie nichts übers Herz. Hastig eilte Siri zurück in den Nebenraum. Dort kramte sie ihr Handy aus der Jackentasche und rief Jerik an.

»Wo bleibst du?«, fragte er. In seiner Stimme klang eine nicht zu überhörende Anspannung durch.

»Fahr schon vor«, sagte sie. »Elin ist noch bei der Preisverleihung, ich kann sie nicht allein hierlassen, und ich will sie auch nicht da rausholen, sie hat sich so auf diesen Tag gefreut.«

Sie dachte an ihre Mutter, die sie vielleicht brauchte. Den Grund dafür nicht zu kennen, trug nicht gerade zu Siris Beruhigung bei. In einer Geste der Nervosität rieb sie sich über die Stirn. Sie hörte Ulrikas Stimme aus der Halle, die den Sieger des zweiten Platzes verkündete. Erneut brandete Beifall auf.

»Kann denn niemand sonst sie nach Hause bringen? Ist Mattis nicht da?«

»Nein, ist er nicht. Ich könnte ihre Lehrerin oder jemanden aus der Klasse fragen.« Ihre Gedanken drifteten in alle Richtungen. »Aber ich sollte bei ihr bleiben, Jerik. Sie hat schon so viele Enttäuschungen hinnehmen müssen. Ich habe ihr versprochen, dabei zu sein.«

»Sie ist Mattis' Tochter.«

»Irgendwie ist sie auch meine.«

»Du bist zu gut für diese Welt, Siri.« Jerik stieß einen Seufzer aus.

»Erzähl mir in zwei Sätzen, was mit Mama ist.«

»Ich weiß es nicht. Papa hat am Telefon kaum was gesagt, nur dass ich kommen soll, dass es was Ernstes ist, und dass ich dich mitbringen soll. Er hat dich nicht erreicht. Sicher hast du dein Handy lautlos gestellt.«

Dass es was Ernstes ist ... Herzinfarkt, Schlaganfall, Hirnblutung, Koma. Grell wie Blitzlichter schossen ihr die Begriffe durch den Kopf. Ein Leben konnte von einem zum anderen Augenblick durch einen solchen Schicksalsschlag nicht mehr dasselbe sein oder gar beendet werden.

»Ist sie in der Klinik?«

Eine überflüssige Frage. Mit dem Handy am Ohr eilte sie wieder zurück. Sie linste durch die offen stehende Tür, sah Ulrika am Mikrofon, hörte ihre Stimme, die den Sieger des Wettbewerbs ankündigte.

»Nein«, erwiderte Jerik. »Papa sagte, dass ich nach Hause kommen soll.«

Siri runzelte die Stirn. Wenn ihre Mutter sich nicht in stationärer Beobachtung befand, konnte es so schlimm nicht um sie stehen. Sie drängte die gerade in ihren Gedanken aufgetauchten Szenarien zurück.

»Fahr schon vor, ich komme nach, sobald ich kann. Das wird hier nicht mehr lange dauern, schätze ich.«

»Okay, beeil …«

Der Rest des Satzes verlor sich im Jubel und im Applaus ringsumher. Die Kinder in der ersten Reihe sprangen auf, rissen kreischend die Arme nach oben. Elin war unter ihnen, ein Mädchen mit hochroten Wangen drückte sie an sich, ein paar Jungen rannten umher und klatschten sich ab. Die Erwachsenen erhoben sich von ihren Plätzen, lächelten und applaudierten. Einige zückten ihre Handys und hielten den Moment der Begeisterung fest, der Zeitungsredakteur tippte auf seinem Tablet herum. Siri betrat das Foyer, blieb an der Wand stehen, klatschte nun ebenfalls. Da drehte Elin sich um, ihr suchender Blick tastete sich die Stuhlreihen entlang. Als sie Siri entdeckte, winkte sie ihr mit leuchtenden Augen zu, und Siri winkte zurück. Sie versuchte sich an einem Lächeln, in der Hoffnung, dass es ihr einigermaßen gelang.

Schon wandte Elin sich wieder dem Geschehen auf der Bühne zu, denn jetzt überreichte Ulrika Karlsson einem Jungen der Siegerklasse den Umschlag mit dem Preisgeld. Sie sparte nicht mit Lob, würdigte aber wortreich auch die übrigen Teilnehmer des Wettbewerbs. Siri warf einen Blick zur Uhr und schob das Handy in die Jackentasche. Die Unruhe in ihrem Inneren wuchs, sie konnte kaum stillstehen, ging ein paar Schritte auf und ab. Sie dachte an ihre Mutter, fragte sich wieder und wieder, was geschehen sein mochte und warum ihr Vater Jerik gegenüber nicht deutlicher gewesen war. Sie ließ eine ältere Dame vorbei, fing ihren freundlichen Blick auf und hörte wie durch einen Nebel ihre wohlwollenden Worte hinsichtlich des Puppenspiels. Siri brachte ein verkrampftes Lächeln zustande, sah erneut nach vorn zu Elin.

Nun dirigierte ihre Lehrerin die gesamte Schulklasse auf der Bühne in einen Halbkreis, den prämierten Pappmaché-Leuchtturm in ihrer Mitte. Ein Dutzend Eltern bewegte sich wie auf ein unhörbares Kommando nach vorn, alle fotografierten ihre stolzen Sprösslinge mit den Handykameras, der Redakteur der Lokalzeitung schoss ebenfalls ein paar Fotos. Unaufhörlich knetete Siri ihre Hände. Alles Blut war aus ihnen gewichen, sodass sie sich beinahe so kalt anfühlten wie vor ihrem Auftritt. Sie wusste nicht, ob es die Ungeduld war, die mit jeder Sekunde mehr an ihr zerrte, oder die Sorge um ihre Mutter.

»*Hej*, haben sie wirklich gewonnen?«

Plötzlich war Mattis neben ihr. Er wirkte abgehetzt, ein paar Haarsträhnen hingen ihm in die Stirn. Vielleicht hatte er alles daran gesetzt, rechtzeitig da zu sein und ärgerte sich darüber, dass er den Großteil der Veranstaltung trotzdem verpasst hatte.

»Endlich bist du da!«, stieß sie ohne eine Begrüßung hervor. Sein Lächeln hatte nicht die Kraft, sie zu wärmen. Dabei wünschte sie sich nichts sehnlicher. Dass ihre Worte wie ein Vorwurf geklungen hatten, merkte sie erst jetzt, aber in Gedanken war sie bereits auf dem Weg zu ihrer Mutter, was Mattis als Erklärung hoffentlich genügen würde. »Jerik war hier, es ist was mit Mama passiert, ich muss hin, erkläre es Elin später.«

Sie sprach, ohne Luft zu holen, war schon an ihm vorbei, schnappte sich ihre Tasche und verließ mit eiligen Schritten das Gebäude. Durch den Geräuschpegel ringsumher hörte sie, dass er ihr etwas nachrief, aber es verlor sich im Lärm, und sie drehte sich nicht mehr zu ihm um.

Ein leichter Nieselregen lag in der Luft, als sie das Museum durch den Seitenausgang verließ und über das Kopfsteinpflaster in Richtung ihres Autos eilte. Da hielt neben ihr der Caddy ihres Bruders. Die Tür wurde aufgestoßen.

»Komm, steig ein«, hörte sie Jeriks Stimme.

Sie glitt auf den Beifahrersitz und schloss die Tür. Die Tasche mit der Marionette stellte sie zwischen ihre Füße. Der Sicherheitsgurt rastete ein, Jerik fuhr los. Siri lehnte den Kopf nach hinten. Durchatmen, endlich.

»Warum hast du gewartet?« Sie streifte ihn mit einem Seitenblick.

»Du hast gesagt, es dauert nicht lange, außerdem hab ich Mattis reingehen sehen. Für Elin ist also gesorgt.«

»Danke«, sagte sie leise. »Ist mir ganz recht, nicht selbst fahren zu müssen. Kann gar nicht richtig denken.«

Die Stille im Wagen und das monotone Brummen des Motors hüllten Siri ein. Winzige Regenspritzer sprenkelten die Frontscheibe, während Jerik die Stadt verließ und der 140 in südlicher Richtung folgte. Auf Gotlands Straßen herrschte nie viel Verkehr, um diese Zeit erst recht nicht. Es war kurz vor halb sieben. Sie hatte einen Kartoffelauflauf vorbereitet, den sie nur noch in den Ofen hatte schieben wollen, und der Nachtisch, Zimtcreme mit Blaubeeren, Elins Lieblingsdessert, wartete bereits im Kühlschrank.

»Ich weiß«, sagte Jerik nur. Er verströmte eine Ruhe, die Siri am liebsten mit Haut und Haaren aufgesogen hätte. Sie holte ihr Handy aus der Tasche und schrieb ein paar Worte an Mattis.

Streu noch Käse auf den Auflauf, er braucht 50 Minuten im Ofen. Dessert steht im Kühlschrank. Feiert den ersten Platz!

»Was denkst du, was mit ihr ist?«, fragte sie, den Blick auf die Straße gerichtet, auf die Scheinwerfer entgegenkommender Fahrzeuge, die mit ihrem milchigen Licht die Dämmerung durchbrachen.

»Papa hat sie nicht ins Krankenhaus bringen lassen«, murmelte sie. Die Tatsache beruhigte sie ein wenig.

»Dann kann es kein Notfall sein.«

Jerik sprach aus, was sie dachte. Sie nickte, spielte fahrig mit dem Verschluss ihrer Handytasche. Die Fahrt schien endlos zu dauern, dabei waren es nur gut zwanzig Minuten bis nach Eskelhem.

Ihr Elternhaus war das letzte Haus der Straße unmittelbar am Waldrand, umgeben von einer niedrigen Bruchsteinmauer und einem Garten mit Blaubeersträuchern, einem Nussbaum und gepflegten Blumenbeeten. Früher einmal war das Haus ein Bauernhof gewesen, davon zeugten die angrenzende Scheune und die Stallgebäude, in denen Jerik anfangs seine Tischlerwerkstatt untergebracht hatte. Dass er zehn Jahre zuvor fortgegangen war – wie so viele junge Leute, die sich auf dem Festland bessere Aussichten erhofften –, hatte seinerzeit für reichlich Diskussionsstoff bei den Svenssons gesorgt. Siri hatte Partei für Jerik ergriffen, hatte seine Pläne unterstützt, weil sie gespürt hatte, wie wichtig ihrem Bruder der Schritt in die Selbstständigkeit gewesen war, und nie hatte sie auch nur ein Wort darüber verloren, wie schwer sich ihr Herz angefühlt hatte, als er gegangen war. Spätestens als er mit seiner Freundin Elsa zusammengekommen war, die ebenfalls in Nynäshamn lebte, war Siri sich im Klaren darüber gewesen, dass er drüben bleiben würde.

Jerik lenkte den Caddy in die Hofeinfahrt und parkte neben dem Wagen ihres Vaters, einem dunkelroten Volvo, den er fuhr, seit Siri denken konnte. Sie bemerkte ein zweites Auto direkt vor dem Scheunentor.

»Weißt du, wem das gehört?«, fragte sie, während sie daran vorbei auf das Haus zugingen.

Jerik zuckte mit den Schultern. »Nie gesehen.«

Die Haustür war unverschlossen wie üblich. Sie traten ein.

»Wir sind da!«, rief Jerik.

Er ging voran, durch den schmalen Flur, von dem zwei Türen abzweigten und der am gegenüberliegenden Ende in die große Küche führte. Es roch schwach nach Zitrone, dem Putzmittel, das ihre Mutter seit eh und je verwendete. Alles schien wie immer.

»Papa? Mama?« Siri folgte ihrem Bruder.

Warum antwortete niemand? Das Auto ihrer Eltern stand vor der Tür, sie mussten also zu Hause sein.

Da tauchte plötzlich ein Mann im Türrahmen der Küche auf. Siri schätzte ihn auf Mitte dreißig. Sein akkurat gestutzter Vollbart und die Brille mit dem feinen Goldrand verliehen ihm etwas Intellektuelles. Ein Fremder. In Siris Kopf begannen die Gedanken einander zu jagen.

»Jerik und Siri?«

Mit einer einladenden Handbewegung deutete der Fremde in die Küche, als wären sie beide Gäste, die zum ersten Mal zu Besuch kamen.

»Was ist …? Wer …?«

Siri unterbrach ihr Stammeln, suchte Jeriks Blick, der ebenso verunsichert wirkte, wie sie sich fühlte. Sie wünschte sich, ihr Bruder würde etwas sagen, würde mehr herausbringen als ein paar Wortfetzen. Sie folgten dem Fremden in die Küche. In Bruchteilen von Sekunden flog Siris Blick über den großen Tisch vor dem Fenster. Über die blau-weiß karierte Tischdecke, die beiden Tassen, den Zuckerstreuer, den kleinen Milchkrug mit dem angeschlagenen Rand, bis zur Anrichte, zum Herd, dem achtlos neben der Spüle liegenden Küchenhandtuch, dem Topf auf der hinteren

Herdplatte. Durch das Fenster hindurch erkannte sie einen Teil des knorrigen Nussbaums. Nichts deutete darauf hin, dass hier etwas ganz und gar nicht stimmte. Doch ein untrügliches Gespür, das mehr und mehr Raum in ihr forderte, sagte ihr, dass irgendetwas mit Macht eingebrochen war in diesen trügerischen Anstrich von Normalität.

»Ich bin Sören Lund, der Hausarzt Ihrer Eltern. Setzen wir uns doch.«

Er nahm auf einem der Stühle Platz. Siri erinnerte sich, dass der alte Dr. Lund seine Praxis vor einiger Zeit an seinen Sohn übergeben hatte.

»Was ist passiert? Wo sind unsere Eltern? Was ist mit unserer Mutter?« Siri konnte wieder in vollständigen Sätzen sprechen. Fragen stellen. Ein leichtes Zittern erfasste ihre Beine. Sie tastete nach dem Griff des Kühlschranks direkt hinter ihr, weil sie etwas zum Festhalten brauchte. Sie dachte an Mattis, wünschte sich, er könnte hier sein, bei ihr, könnte hinter ihr stehen und sie halten. Sie wusste, dass aus dem Mund des Arztes nichts Gutes kommen würde. Sie wusste es, ohne dass sie es hätte erklären können.

»Papa!«

Sie hatte laut nach ihm rufen wollen, aber ihre Stimme klang dünn wie Glas, das im nächsten Augenblick zerspringt.

»Ich bringe Sie gleich zu ihm«, hörte sie die Stimme Dr. Lunds.

Ihre Knie fühlten sich plötzlich schwach an, sie wusste, dass sie sich setzen sollte, bevor sie den Halt verlieren würde, doch die Unfähigkeit, auch nur einen Schritt zu tun, lähmte sie. Da spürte sie einen Arm, der sich um ihre Schultern legte. Sanft und stark. Jerik, ihr großer Bruder. *Ich bin für dich da, Siri, immer.*

Sie standen dicht nebeneinander, eine Einheit aus zwei Körpern, die die geschwisterliche Zusammengehörigkeit zum Ausdruck brachte.

Als der Arzt begriff, dass weder Siri noch Jerik Anstalten machten, sich zu ihm an den Tisch zu setzen, stand er auf.

»Es tut mir sehr leid, aber die Nachricht, die ich ...« Siri sah, wie sich sein Mund öffnete und schloss, sie hörte seine Stimme gedämpft wie durch eine Scheibe, und etwas in ihr weigerte sich, die Worte aufzunehmen.

Hat sich gegen Mittag hingelegt ... fühlte sich schon die ganze Woche nicht gut ... wollte keinen Arzt ...

»Nach einer Stunde hat Ihr Vater nach ihr gesehen ...«, er machte eine Pause, ehe er weitersprach und blickte Siri und Jerik mitfühlend an, »... und sie leblos vorgefunden.«

»Leblos?«, hauchte Siri mit einer Überwindung, die ihr körperlich wehtat. »Was heißt das?«

Jerik drückte sie an sich.

Der Arzt schüttelte den Kopf. »Ihrem Vater war klar, dass jede Maßnahme zur Wiederbelebung nutzlos sein würde und auch ein Notarzt nicht mehr helfen könnte.«

»Wie konnte er das wissen?« Siris Stimme hatte sich nach oben geschraubt. »Wo ist er? Und wo ist unsere Mutter?«

»Im Schlafzimmer, Sie können Abschied von ihr nehmen. Er ist bei ihr.« Abschied von ihr nehmen ... Das war doch nicht ihr Leben. Es konnte nur ein entsetzlicher Albtraum sein. Ihre Knie begannen nun so heftig zu zittern, dass sie sich mit beiden Händen an Jerik klammerte. »Der Tod muss bereits eingetreten sein, kurz nachdem sie sich hingelegt hat«, sagte Dr. Lund mit ehrlicher Betroffenheit. »Ich konnte leider nach meinem Eintreffen am Nachmittag nichts mehr für sie tun. Ihrem Vater hatte ich aber versprochen, heute Abend noch einmal nach ihm zu sehen, er kam mir sehr verloren vor. Gut, dass Sie jetzt bei ihm sind.«

Siri starrte auf ihre Schuhe hinunter. Auf ihre blauen Pumps mit dem kleinen Blockabsatz, in denen sie neben ihrer Holzmarionette hergelaufen war, während das Herz ihrer Mutter aufgehört hatte zu schlagen.

»Woran ist sie gestorben?«, hörte sie nun wieder Jeriks Stimme.

»Sie hat ja seit einiger Zeit diese geschädigte Herzklappe«, antwortete Dr. Lund. Er schob sich das Brillengestell auf der Nase zurecht. »Sicher weiß ich es natürlich nicht, und eigentlich muss bei ungeklärten Todesursachen eine Obduktion erfolgen, aber es wird wohl die Klappe ...«

Siri hätte sich am liebsten die Ohren zugestopft. Sie rang nach Luft. »Ich will zu ihr.«

»Natürlich.«

Ohne ein weiteres Wort zog sie Jerik mit sich aus der Küche durch den Flur und in Richtung des Schlafzimmers ihrer Eltern. Die Tür war angelehnt, und sie dankte ihrem Bruder, dass er sie mit zwei Fingern so weit aufschob, dass sie ins Innere blicken konnte. Innerhalb weniger Augenblicke hatte sie erfasst, was nicht zu erklären war, nicht zu beschreiben, nicht zu verstehen, wofür sich kein einziges Wort finden ließ.

Der tote Körper ihrer Mutter, zugedeckt, mit zu beiden Seiten ausgestreckten Armen. Ihre Lider waren geschlossen, der Mund leicht geöffnet. Ihre Haut war wächsern, am Hals unterhalb des Kiefers zeichneten sich gräuliche Flecken ab, ihre Fingerspitzen waren dunkel verfärbt. Sie trug ihre Strickjacke mit den winzigen aufgestickten Margeritenblüten und den schimmernden Perlmuttknöpfen, von denen der obere ein paar Wochen zuvor verloren gegangen war, und am linken Handgelenk das Armband, das Siri ihr zum letzten Geburtstag geschenkt hatte, außerdem ihren schmalen goldenen Ehering, den sie nicht mehr abgenommen hatte, seit sie Ja gesagt hatte.

Neben ihrer Mutter saß Arvid auf einem Stuhl, zusammengesunken und stumm, der Mann, mit dem sie seit über fünf Jahrzehnten verheiratet war. Mit dem sie ihr Leben geteilt hatte.

Seine Rechte ruhte neben ihrer auf der Bettdecke. Ihre Handkanten berührten sich. Siri eilte zu ihm, umschlang ihn von hinten mit beiden Armen, und zum ersten Mal, seit sie die Nachricht erhalten hatte, füllten sich ihre Augen mit Tränen. Ohne sich zu ihr umzudrehen, tastete ihr Vater nach ihrem Arm. Durch einen Tränenschleier sah Siri, dass ihr Bruder sich zu ihrer Mutter hinunterbeugte, ihre Hand mit seiner bedeckte und eine Weile so verharrte, wie in einem stummen Gespräch.

Nie zuvor hatte Siri einen Toten gesehen, nie hatten sie und Jerik darüber gesprochen, was zu tun war, wenn die Eltern sterben würden. Sie fühlte sich hilflos und unvorbereitet und unfähig, über den vor ihr aufragenden Berg hinwegzublicken. Sie wischte sich die Tränen aus den Augen, richtete sich auf, bohrte ihren Blick in den starren Brustkorb ihrer Mutter, der sich nicht mehr hob und senkte, durch den kein Atem mehr floss, in dem sich ein Herz befand, das nutzlos geworden war, ein kalter, erstarrter Muskel.

Warum hast du dich nicht um dein Herz gekümmert? Wie konntest du einfach gehen? Warum hast du mir keine Gelegenheit gegeben, dir zu sagen, dass ...

Dr. Lund kam zu ihnen herein. Er sprach leise, Jerik antwortete, doch die Worte drangen nicht zu Siri hindurch. Ihr Vater stand auf und ging mit den beiden hinaus.

Siri stand reglos da. Der Wunsch, ihre Mutter sanft an der Schulter zu berühren, damit sie aufwachen könnte, damit sie ihre Lider aufschlüge, brannte in ihr wie Feuer. Sie wollte sie in die Arme schließen, ihr nahe sein, wollte die Wärme ihrer Umarmung spüren wie all die Jahre zuvor, seit sie ein kleines verwaistes Mädchen gewesen war. Ohne einen weiteren Gedanken umrundete sie das Bett, streifte die Schuhe von den Füßen und kroch über die Matratze ihres Vaters ganz nah an ihre Mutter heran. Vorsichtig legte sie sich zu ihr, den Kopf an ihrer Schulter, den Arm leicht auf ihrem Oberkörper.

»Danke, Mama«, flüsterte sie mit tränenerstickter Stimme. »Du hast mich zu einem Teil deiner Familie gemacht, unserer Familie, du warst mir die beste und liebste Mama, die ich mir hätte wünschen können. Ich hab es dir viel zu selten gesagt, und das tut mir so leid. Danke, dass ich dein Kind sein durfte.«

MELLA

Deutschland – Februar 2023

»Wenn ich dich nicht hätte.« Mella ließ den Sicherheitsgurt einrasten und wandte sich zu Fränzi um, die ihren Polo vom Parkplatz des Klinikgeländes lenkte und sich gleich darauf in den Kölner Stadtverkehr einfädelte. »Hab ein schlechtes Gewissen, weil du in der Praxis alles stehen und liegen gelassen hasst, nur um mich abzuholen.« Sie tastete nach dem Hebel, mit dem sich der Beifahrersitz verstellen ließ, um den Platz im Fußraum zu vergrößern.

Fränzi lächelte ihre Bemerkung mit einer Handbewegung weg. »Ach, Mella! Hör auf damit, du weißt, dass ich das gern tue. Wozu hab ich fünf Angestellte? Die wuppen das schon für die eine Stunde, die ich nicht da bin.« Sie setzte den Blinker und bog auf die linke Fahrspur ab. Wie üblich herrschte heftiger Verkehr auf den Hauptverkehrsadern der Stadt. Mella lehnte ihren Kopf an die Nackenstütze und lächelte ihrer Freundin zu, obwohl sie wusste, dass diese sich auf die Straßenverhältnisse konzentrierte und ihr Lächeln nicht sehen konnte. Fränzi trug ihre Arbeitskleidung, weiße Jeans, ein türkisfarbenes Poloshirt mit dem eingestickten Namen der Praxis und darüber ihre braune Lederjacke. »Hast du von der Werkstatt schon was gehört? Ein Angebot für die Reparatur?«

»Um den Werkstatt- und Versicherungskram kümmert meine Mutter sich netterweise. Sie meinte, ich hätte mit meiner Regeneration genug zu tun und sollte mich auf die Wiederherstellung konzentrieren.«

»Du hast eine tolle Mutter, weißt du das? Wenn man bedenkt, dass sie dich sehr jung bekommen und allein großgezogen hat, nebenbei eine Ausbildung gemacht und dann ihren Pflegedienst gegründet hat, verdient das größte Anerkennung. Das muss ihr erst mal eine nachmachen. Eine starke Frau.« Mella sah die Fassaden der Altbauten an sich vorüberziehen, Passanten auf den Gehsteigen entlanghasten und die Zebrastreifen an den Ampelanlagen überqueren, während sie über Fränzis Worte nachdachte. »Hatte sie eigentlich nie mehr eine Beziehung?«, fragte Fränzi.

»Nicht, soweit ich es mitbekommen habe. Dass mein Vater damals auf so tragische Weise vor meiner Geburt umkam, hat sie, glaube ich, verändert. Irgendwann hat sie mal gesagt, dass sie danach nicht mehr dieselbe war. Dass sie sich nie wieder auf einen Mann hat einlassen können. Ist ein heikles Thema für sie. Sie hat kaum etwas darüber erzählt, ich weiß nur, dass diese Erfahrung sie unglaublich belastet hat und sie alles aus ihrem Leben gelöscht hat, was sie auch nur im Entferntesten an die Zeit erinnert.«

»Und du? Willst du immer noch nicht mehr darüber wissen? Über deinen Vater, was er für einer war und so? Du weißt gar nichts über ihn, wenn ich das richtig in Erinnerung habe, oder? Wir haben lange nicht darüber gesprochen.«

»Nur dass er, so wie sie, aus Schweden stammte, und dass es wohl die große Liebe war zwischen ihnen.«

»Nicht mal ein Name?«

»Nicht mal ein Name.« Die Mauern des weitläufigen Friedhofs, der sich mitten in der Stadt befand, zogen an ihnen vorüber. Ihre Tante Eva lag dort begraben, die ein paar Jahre zuvor mit Anfang sechzig gestorben war, die letzte Verwandte, die sie außer ihrer Mutter gehabt hatte. »Ich habe gelernt zu akzeptieren, dass meine Mutter darüber nicht sprechen will. Es würde ihr zu weh tun, ich will nichts provozieren.«

»Versteh ich«, erwiderte Fränzi.

Sie stoppte an der Ampel, die soeben auf Rot gewechselt war. Eine Horde junger Leute mit Rucksäcken überquerte schwatzend und lachend die Fahrbahn. Ein hochgewachsener Junge ganz in Schwarz mit asymmetrisch geschnittener Frisur hielt ein Mädchen im Arm, das wesentlich kleiner war als er. Im Gehen blickte sie verliebt zu ihm auf. Er drückte sie zärtlich an sich und küsste sie auf den Scheitel.

Mella sah ihnen nach. »Wäre auch mal wieder nett«, murmelte sie.

»Was meinst du?«

»Verliebtsein. Ich bin vierzig, Fränzi, es wird nicht leichter, meine Uhr tickt.«

»Dein Lieblingsthema«, sagte Fränzi mit einem humorvollen Unterton, doch gleich wurde sie wieder ernst. »Du setzt dich selbst unter Druck.«

»Kann sein«, erwiderte Mella einsilbig.

»Eigentlich könntest du ganz entspannt auf deinen Märchenprinzen warten«, sagte sie. »Sieh dich doch an, du Hübsche. Lange blonde Haare und diese unglaublich blauen Augen. Die Sommersprossen, die du nicht magst, sehen total süß an dir aus. Du bist intelligent, höflich, eine ehrliche Haut, du tust keiner Fliege was zuleide, mit dir kann man über Blödsinn lachen, aber auch richtig gute, tiefgehende Gespräche führen.« Die Ampel wechselte auf Grün, Fränzi fuhr weiter. »Außerdem kannst du fantastische Pasta in gefühlten fünfzig Variationen machen und beneidenswert Gitarre spielen. Alles perfekt an dir.« Sie warf Mella einen schelmischen Seitenblick zu, ehe sie sich wieder auf die Straße konzentrierte.

»Ich bin alles andere als perfekt, und das weißt du auch.«

»Du meinst, wegen …«

»Genau das. Erst heute Morgen bei der Abschlussuntersuchung war sie wieder ein Thema. Die Vernarbung entstellt mich. Sie löst bei anderen immer was aus. Entweder Erschrecken oder peinliches Berührtsein, manchmal auch Abscheu. Ich kann überhaupt nicht mehr entspannt jemanden daten, weil ich die ganze Zeit voller Panik darüber nachdenke, wie er reagieren wird, wenn er meinen verunstalteten Arm sieht.«

»Du spinnst.«

»Das sagst du immer.«

»Weil es stimmt, Mella.« Fränzi bog nach rechts in eine ruhige Wohngegend ab und lenkte den Polo auf den einzigen freien Parkplatz vor einem Mehrfamilienhaus. Sie schaltete den Motor aus und zog den Schlüssel aus dem Zündschloss. Dann drehte sie ihren Oberkörper ein wenig, sodass sie Mella ansehen konnte. »Ein Mann, der dich von Herzen liebt, liebt auch deinen Arm. Wenn eine Vernarbung der Grund ist, dass sich ein Mann von dir abwendet, dann hat er dich nicht verdient. Ich hab dir das schon so oft gesagt, und ich sage es so lange, bis es in deinen Kopf geht.«

Eine Weile blickten sie einander ohne ein Wort an. Mella war es, die das Schweigen schließlich brach. »Ich sollte mein Selbstbewusstsein aufpolieren, hm?«

»Wäre ein Ansatz.«

»Ist nicht so einfach.«

»Schau nachher, wenn du oben bist, in deinen Spiegel. In den großen bitte, im Schlafzimmer. Und dann sagst du zu der Frau, die du darin siehst, dass sie ein wundervoller Mensch ist und dass der vernarbte Arm nichts, aber auch gar nichts daran ändert.«

Mella lächelte und formte die Lippen zu einem Kussmund. Sie schlossen sich in die Arme, so gut es die Enge im Fahrzeug zuließ. Dann stiegen sie aus und gingen hinein. Fränzi schob Mellas Koffer zum Fahrstuhl, kurz darauf standen sie in der Dachgeschosswohnung, die Mella zur Miete bewohnte. Ein eigenartiges Gefühl kroch in ihr herauf, als wäre sie eine halbe Ewigkeit nicht zu Hause gewesen. Sie entdeckte eine Vase auf dem kleinen Küchentisch mit einem Strauß verschiedenfarbiger Rosen.

Willkommen zu Hause las sie in geschwungenen Buchstaben auf einer Karte daneben. Und darunter etwas kleiner: *Im Kühlschrank steht Spinatquiche, schmeckt hoffentlich ein bisschen besser als das Krankenhausessen. Kuss, Mama.*

»Ich sag doch, deine Mutter ist toll.« Fränzi schob den Koffer an Mella vorbei ins Schlafzimmer. »So, ich muss wieder in die Praxis. Brauchst du noch irgendwas?« Ihr Schlüsselbund klimperte, als sie ihn aus der Jackentasche zog.

»Im Moment hab ich alles, vielen Dank für deine Hilfe, Fränzi.«

»Dann sehen wir uns übermorgen zu deiner ersten Therapiestunde.«

Schon war sie durch die Tür. Mella hörte ihre Schritte auf der Treppe hinunter zur Eingangstür.

Sie schälte sich aus der Jacke und sank auf einen der Stühle am Tisch. Die Vorstellung, dass sie mindestens sechs Wochen nicht arbeiten und monatelang nicht aufs Rad steigen konnte, verursachte ein hohles Gefühl in ihrer Brust. Sie brauchte unbedingt ein Gegenmittel. Etwas, womit sich die zahllosen Stunden füllen lassen würden, die ihr bevorstanden, während sie darauf wartete, dass ihr Knie und ihre Muskulatur sich wieder zu dem verwandelten, was sie vor dem Unfall gewesen waren.

Hallo, Mam, bin zu Hause, tippte sie in ihr Handy, *danke für die Quiche, ist bestimmt sehr lecker. Fürchte, mir fällt hier in den nächsten Wochen die Decke auf den Kopf. Wäre dankbar für Ideen.*

25. Februar 1982

Lieber Rikard,
habe vorhin deinen Brief entdeckt. Wann hast du ihn mir in den Gitarrenkoffer geschmuggelt? Nichtsahnend habe ich mein Notenheft rausgeholt, und da segelte er mir entgegen. Meine Mutter stand im Türrahmen. Aber sie hat es nicht registriert. So ist sie manchmal. Körperlich anwesend, aber der Rest von ihr sitzt in einem Schneckenhaus, wo sie alles um sich herum auf Abstand hält. Sie stellt seit ein paar Tagen komische Fragen. Sie hört ja, dass ich viel übe. Habe übrigens lange nicht mehr solche Freude beim Spielen verspürt – geht auf dein Konto! Natürlich habe ich meiner Mutter von dem Beatles-Projekt an unserer Schule erzählt und in diesem Zusammenhang den Musikstudenten Rikard Engdahl erwähnt, der mich für die begabteste Gitarristin der Schule hält. Hast du das wirklich gesagt? Ich weiß immer noch nicht, wie ich mich angesichts dieser Würdigung fühlen soll! Meine Mutter fragte, wem die Gitarre gehört, auf der ich übe, und ich habe ihr geantwortet, dass du sie mir überlassen hast. Sie reagierte skeptisch. Sie wollte wissen, was du für einer bist. Das waren ihre Worte, sie redet ja nie viel, erklärt nichts. Es ist, als ob sie sich darauf verlässt, in ihrer Einsilbigkeit verstanden zu werden.

Was ist das für einer?, hat sie nur gefragt, und ich konnte ihr darauf gar nicht antworten, so gut kenne ich dich ja nicht. Deshalb habe ich ihr gesagt, dass du ein Musiker bist, der mich für den Zeitraum des Projekts fördern möchte. Das waren doch deine Worte. Mit dem Förderungsbegriff konnte sie gut um-

gehen. Sie hat genickt und sich umgedreht und ist zurück in ihr Schneckenhaus gekrochen.

Du musst wissen, dass meine Mutter kein einfaches Leben hat. Sie kämpft sich durch den Alltag, und sie kämpft auch mit sich selbst, seit mein Vater uns verlassen hat. Ich war vier und meine Schwester elf, als er ging. Es gab plötzlich eine andere in seinem Leben. Eine, die wichtiger für ihn war als seine Frau und seine beiden Töchter. Mit vier war ich noch zu klein, um zu verstehen, was da geschehen war mit unserer Familie, warum wir auf einmal nur noch zu dritt waren, warum ich ihn nur noch sporadisch sah, warum meine Mutter sich immer mehr in ihr Schneckenhaus verkroch, wo sie allein war mit sich, wo ich sie manchmal schluchzen hörte, wo sie niemanden brauchte und einließ – nicht meine Schwester, nicht mich, erst recht nicht unseren Vater, der uns ab und zu für ein paar Stunden abholte.

Später habe ich oft darüber nachgedacht und mich gefragt, wie es wohl dazu kommen konnte. Noch heute ist es ein Rätsel für mich, was geschehen muss, damit von einem Tag zum anderen etwas Unverrückbares, etwas so Unantastbares wie eine Ehe, eine Liebe, die tiefe Zuneigung zwischen zwei Herzen, zerstört werden kann durch einen anderen Menschen, der in dieses Gefüge einbricht und Gemeinsamkeiten einreißt.

Meine Mutter hat es nie verwunden, dass sie verlassen worden ist, und soweit ich weiß, hat sie meinen Vater nie wiedergesehen, aber ich glaube, dass sie nicht aufgehört hat, ihn zu lieben. Im Moment ist sie wieder in ihrer Rückzugsphase, ich sehe, dass sie sich einsam fühlt, sie spricht seit Tagen nur das Nötigste und schafft es kaum, für uns zu sorgen. Ich bringe ihr Essen, das rührt sie nicht an, und wenn ich sie ablenken will, schickt sie mich weg. Mit Mühe und Not kann ich sie davon überzeugen, die Tabletten einzunehmen, die der Arzt ihr verschrieben hat. Sie sollen sie aus dem Tief holen, hat er mir er-

klärt, aber ganz offenbar tun sie das nicht. Seit meine Schwester nicht mehr bei uns wohnt, ist das Leben mit meiner Mutter für mich noch belastender geworden. An manchen Tagen fühlt es sich an, als könnten meine Schultern allein nicht alles tragen.

Manchmal denke ich an früher, um mir die Zeit ins Gedächtnis zu rufen, als wir noch eine Familie waren. Mir sind nur wenige Erinnerungen an meine ersten Lebensjahre und an meine Mutter von damals geblieben. An ihr perlendes, glucksendes Lachen erinnere ich mich, sie hat sich die Hand vor den Mund gehalten, wenn sie gelacht hat, als ob es etwas Unanständiges wäre zu lachen. Und daran, dass sie oft gesungen hat, erinnere ich mich auch. Immer lief das Radio, und immer sang sie mit. Manchmal haben sie zusammen gesungen, sie und mein Vater, wenn wir spazieren waren im Wald oder an die Küste gefahren sind. Meine Schwester und ich gingen zwischen ihnen und hörten ihnen zu, sahen, wie sie sich dabei an den Händen hielten und sich anstrahlten. Nachher habe ich sie nie wieder singen gehört. In Schneckenhäusern wird nicht gesungen. Und erst recht nicht gelacht. Nicht einmal mit der Hand vorm Mund.

Aber das interessiert dich sicher überhaupt nicht. Ich wollte dir eigentlich nur erklären, warum meine Mutter komische Fragen gestellt hat. Und sag mir bitte, was ich ihr auf die Frage, was du für einer bist, antworten kann.

Grüße, Griddy

SIRI

Gotland – September 2022

»Mama hatte keine Angst vor dem Tod.«

Siri gab noch einen Löffel Kaffeepulver in den Filter. Die Trauergäste nebenan im Wohnzimmer hatten die erste Kanne bereits geleert. Erleichtert, einen Grund zu haben, den Tisch zu verlassen, war sie in die Küche geflüchtet, wo sie sich daran gemacht hatte, die Kaffeemaschine erneut zu füllen.

»Sie ist ihm in ihrem Leben oft genug begegnet«, erwiderte Jerik.

Er lehnte am Fensterbrett, auf dem mehrere Tontöpfe standen. Salbei, Basilikum und Zitronenminze hatte ihre Mutter darin gezogen. Die Erde war krümelig und trocken, das Grün verdorrt. Arvid hatte nicht daran gedacht, die Kräuter zu gießen.

»Sie sprach selten darüber, wenn ein Kind tot zur Welt gekommen oder nach der Geburt gestorben ist.« Siri schaltete die Maschine an. »Aber einmal hat sie etwas Schönes gesagt.« Sie drehte sich zu ihrem Bruder um. Aus dem Wohnzimmer waren gedämpft die Stimmen der anderen zu vernehmen. Die Verwandtschaft der Svenssons beschränkte sich auf einen entfernt lebenden Cousin von Arvid, der sich damit begnügt hatte, eine Karte zu schicken, und Jördis' fast neunzigjährige Tante Lynna, die wie immer nach Veilchen duftete. Sie war für ihr Alter erstaunlich gut beieinander und von der Nordküste Gotlands mit einem Taxi angereist. Großtante Lynna saß nebenan mit Arvid,

Mattis, Ann-Marie und Elin an der Kaffeetafel, die Siri am Morgen mit dem guten Porzellan gedeckt hatte, dem weißen mit dem Goldrand, das ihre Mutter nur bei besonderen Anlässen aus der Vitrine geholt hatte. An Geburtstagen, zu Weihnachten, an Mittsommer. An Tagen, die des Goldrands würdig waren. »Sie sagte, dass der Tod in dem Moment seinen Schrecken für sie verlor, als sie ihn im Gesicht eines Neugeborenen gesehen habe.«

Siri heftete ihren Blick an Jeriks Schulter vorbei zum Fenster hinaus, wo der laue Septemberwind durch die Blätter des Nussbaums strich. Sie dachte an die letzten Stunden. An die Trauerandacht auf dem baumbestandenen Friedhof von Eskelhem, über dem sich, als wäre dieser Kontrast dringend notwendig gewesen, ein fast wolkenloser Himmel gespannt hatte. Aus den umliegenden Dörfern waren unzählige Menschen gekommen, um sich von Jördis zu verabschieden, selbst aus Visby, wo das Mutter-Kind-Heim beheimatet war. Siri wusste, dass viele Familien der Umgebung ihrer Mutter Dankbarkeit und Wertschätzung entgegenbrachten. Überwältigt hatte sie nach der Beisetzung die Beileidsbekundungen angenommen. Sie hatte Hände geschüttelt, ohne zu wissen, wem sie gehörten, hatte in Augen geschaut, die voller Anteilnahme gewesen waren, hatte wohlwollende Worte vernommen und sie mit einem Nicken quittiert. Anders als ihr Vater, der sich den mitleidsvollen Gesten und Worten stumm entzogen hatte.

»Ich mache mir Sorgen um Papa«, sagte sie leise. Sie hatte ihm nachgesehen, wie er, nachdem der Pastor das letzte Wort gesprochen hatte, stumm davongegangen war. Mit gesenktem Kopf und hängenden Schultern an den Trauergästen vorbei zu dem zweiflügeligen Metalltor, durch das er den Friedhof verlassen hatte. Als ob er es keine Sekunde länger hatte aushalten können, an der Grabstelle seiner geliebten Jördis zu stehen, von der nicht mehr als eine Handvoll Asche geblieben war. In seinem schwarzen Anzug hatte er so verloren gewirkt, als gehörte er nirgendwo hin. Der Kies hatte unter seinen Schritten geknirscht, unerträglich laut, Siri hatte es das Herz zerrissen. Sie hatte ihm nachlaufen wollen, doch Jerik hatte sie am Ärmel festgehalten. »Lass ihn«, hatte er ihr zugeraunt, und Siri war in Tränen ausgebrochen, weil sie ihren Vater, der ihr nie so hilflos und schutzbedürftig erschienen war, in dieser schlimmsten Stunde seines Lebens nicht hatte allein lassen wollen. Jerik hatte sie an sich gezogen und ihr über den Rücken gestrichen, bis sie sich beruhigt hatte. »Er hat kein Wort mehr gesprochen, seit dem Tag, an dem er Mama tot gefunden hat. Als ob er mit ihr auch seine Stimme verloren hätte.«

»Er braucht Zeit«, erwiderte Jerik. »Dräng ihn nicht.«

»Mach ich doch gar nicht.« Sie funkelte ihn an.

»War nicht so gemeint.« Der Anflug eines besänftigenden Lächelns zog über seine Lippen.

»Ich weiß.«

Sie stieß ihren Kopf leicht an seinen Oberarm, wie sie es als Kind getan hatte, wenn sie ihm hatte zeigen wollen, dass ihr etwas leidtat, was sie zuvor zu ihm gesagt hatte. Er drückte sie an sich.

»Komm, lass uns rüber zu den anderen gehen. Mattis und Ann-Marie sind mit Großtante Lynnas Geschichten sicher völlig überfordert.«

Wenig später schenkte Siri allen frisch aufgebrühten Kaffee nach und setzte sich wieder an den Tisch. Elin saß zwischen Mattis und Ann-Marie. Sie war auf der Stuhlkante weit nach links gerutscht, weil sie Sid mitgebracht hatte, dem sie hin und wieder etwas zuflüsterte. Sie trank Kakao und lauschte Großtante Lynna, die von ihren Reisen erzählte, die sie in die fernsten Länder geführte hatte, in Länder, die die meisten Leute auf der Landkarte erst suchen mussten. Tasmanien, Neukaledonien, Ostpatagonien, Kamtschatka. Sie hatte ihren Mann, der sein Leben der Forschung gewidmet hatte, oft auf seinen Reisen begleitet und so die halbe Welt gesehen. Erleichtert, dass wenigstens ein Mensch am Tisch Worte fand, die sie nicht unablässig an den traurigen Grund ihres Beisammenseins erinnerten, nickte Siri ihrer Großtante dankbar zu.

Irgendwann stand Arvid auf und ging ohne ein Wort nach draußen. Dieses Mal ließ Siri sich nicht zurückhalten. Sie folgte ihm aus dem Haus hinaus, ging ihm nach bis zum Friedhof, auf genügend Abstand achtend. Das geschmiedete Tor stand offen, er ging hindurch und drehte sich nicht um, nicht einmal, als Siris Schritte auf dem Kiesweg vernehmbar wurden.

Die Grabstelle befand sich in der Nähe einer mächtigen Linde. In ihrem Schatten stand eine Ruhebank, die verwittert war von Sonne und Regen. Siri blieb dort stehen, während sie ihren Vater beobachtete, wie er am Grab seiner geliebten Frau stand, stumm und reglos. Sie blickte nach oben in die Krone mit den herbstgelben Blättern. Wie mochte es sich anfühlen, von einem zum anderen Augenblick die vertraute Zweisamkeit entbehren zu müssen, die einen jahrzehntelang umgeben hatte?

Sie selbst war nie länger als wenige Jahre mit einem Mann zusammen gewesen. Mattis hatte sie dreieinhalb Jahre zuvor kennengelernt, auf einer Fährüberfahrt von Stockholm nach Visby. Sie hatten wartend nebeneinander am Kai gestanden und waren ins Gespräch gekommen, weil Siris Einkaufstüte mit dem Logo der kleinen Lingerie in der Altstadt zu Boden gefallen war und ihr Inhalt vor Mattis' Füßen gelegen hatte. Unterwäsche in Weiß und Rosé, Seide mit dezentem Spitzenbesatz. Die Hitze war Siri in die Wangen geschossen. In aller Hast hatte sie die Sachen aufgesammelt, bevor Mattis auf die Idee hatte kommen können, ihr zu helfen. Sein Grinsen hatte sie nie vergessen. Ebenso wenig wie den ersten Eindruck, den dieser hoch aufgeschossene Typ mit den dunklen Haaren, dem Dreitagebart und den Augen, die sich farblich nicht festzulegen gedachten, in ihr hinterlassen hatte. Sie hatten geplaudert und sich auf Anhieb verstanden, hatten Telefonnummern ausgetauscht und sich wiedergesehen. Schnell hatte Siri bemerkt, dass auch in Mattis' Herz ein Gefühl der Kälte hauste – den Grund dafür hatte er ihr erst später anvertraut.

Wie würde es sein, wenn Mattis nicht mehr bei ihr wäre? Wenn das Leben ihn aus ihrem Leben reißen würde, so wie es ihre Mutter herausgerissen hatte?

Sie wunderte sich, keine Traurigkeit dabei zu empfinden. Warum zog die Vorstellung keinen Schmerz nach sich, keine Angst, keinen Schrecken? All das blieb aus, ohne dass sie sich ihre merkwürdige Emotionslosigkeit erklären konnte. Wahrscheinlich, weil das Gefühl des Verlustes nicht vorstellbar, nicht greifbar war.

Sie schüttelte die Gedanken ab. Ihr Vater verharrte noch immer an derselben Stelle. Sie näherte sich ihm, blieb neben ihm stehen, sagte nichts. Die Urne mit der Asche ihrer Mutter, die noch wenige Stunden zuvor dort gestanden hatte, war nun mit Erde bedeckt. Hinuntergelassen in die Tiefe, verborgen vor ihren Blicken. Der kleine Kranz aus Kiefernzweigen und weißen Lilien war alles, was an die Zeremonie erinnerte. Wie von selbst trieben Siris Gedanken davon. Sie hörte die Stimme ihrer Mutter, ihr herzliches Lachen, meinte gar, ihre liebevolle Umarmung noch einmal zu spüren. Sie sah das rote Sommerkleid, das sie ihr zum Schulanfang genäht hatte, dachte an den Kuss, den sie ihr und Jerik jeden Abend vor dem Einschlafen auf die Nasenspitzen gedrückt hatte, und an den Tag, an dem sie ihr etwas Wichtiges offenbart und gleichzeitig versprochen hatte.

Du, mein Schatz, bist im Bauch einer anderen Frau herangewachsen, aber das ist überhaupt nicht wichtig, weil du in meinem Herzen, in meinem riesengroßen Jördis-Herzen, einen unverrückbaren Platz hast, für immer und alle Zeiten geliebt, sogar noch, wenn ich unter der Erde liege.

Tränen stahlen sich in ihre Augen, rannen ihr über die Wangen, und sie wischte sie erst fort, als sie ihre Lippen benetzten. Mit einem tiefen Atemzug rettete sie sich zurück in die Gegenwart.

»Kümmer dich um ihre Sachen, Siri.«

Erschrocken wandte sie sich zu ihm um. Sie hatte nicht damit gerechnet, dass er sprechen würde, hatte seine Stimme seit Tagen nicht gehört.

»Ihre Sachen?«

»Die Schränke. Ich kann das nicht.« Behäbig drehte er sich um, als wollte er gehen. Doch dann hob er den Kopf und sah Siri lange an. »Ich verreise.«

Fragend und mit hochgezogenen Augenbrauen erwiderte sie seinen Blick. Hatte ihre reiselustige Großtante Lynna ihm diesen Floh ins Ohr gesetzt?

»Du verreist?«, wiederholte sie unnötigerweise. Er nickte schwach, sah an ihr vorbei, über die Mauer hinweg zum Saum des Waldes, dessen Baumwipfel sich dunkel gegen den Nachmittagshimmel abzeichneten. »Und wohin?«

Sie konnte kaum glauben, dass er es ernst meinte. Seit Tagen sorgte sie sich um ihn, versuchte verzweifelt, seine Schweigsamkeit zu durchdringen, immer mit der latenten Befürchtung, er könnte in eine tiefe Depression stürzen und das Leben würde ihm entgleiten. Und nun diese Eröffnung.

»An den Eyjafjord.«

MELLA

Deutschland – Februar 2023

Mella machte Fortschritte – sowohl bei den Therapieübungen als auch bei ihrem Vorhaben, sich zu Hause die Decke nicht auf den Kopf fallen zu lassen. Dem Vorschlag ihrer Mutter, die seit Jahren ungenutzte Gitarre aus ihrem Dornröschenschlaf zu wecken, hatte Mella sofort und mit Begeisterung zugestimmt. Sie spielte längst nicht so begnadet wie ihre Mutter, was nicht an fehlendem Talent lag und schon gar nicht an minderwertigem Unterricht, den sie von ihr schon als Kind erhalten hatte. Vielmehr war es der Tatsache geschuldet, dass Mellas Anspruch nicht dem ihrer Mutter standhalten konnte, weshalb sie immer schnell mit ihren Übungen fertig gewesen war. Sie hatte kein großes Interesse daran gehabt, sich ausgiebiger in ein Stück zu vertiefen, um das Musizieren zu perfektionieren.

Ein paar Tage zuvor hatte sie ihre Gitarre aus der eingestaubten Tasche genommen, die alten Saiten entfernt, neue aufgezogen, sie gestimmt und ein paar Etüden zur Übung gespielt. Erleichtert hatte sie festgestellt, dass sie nichts verlernt hatte, dass nur ein wenig Training notwendig sein würde, um ihre Fingerfertigkeit wieder auf den alten Stand zu bringen. So wie ihr Kniegelenk und ihre Oberschenkelmuskulatur durch das regelmäßige Training Woche um Woche mehr gestärkt und beweglicher wurden.

Ihre Mutter hatte einen Stapel mit alten Notenheften vorbeigebracht. Seit Tagen lag er griffbereit auf dem kleinen Glastisch, den Mella in einer waghalsigen Aktion mit ihren Gehstützen vor die Balkontür gerückt hatte. Dort saß sie nun mit ihrer Gitarre vor dem aufgeklappten Notenständer, der ebenfalls jahrelang ein Schattendasein gefristet hatte. Etwas verbogen sah er aus, und er kippelte leicht, erfüllte jedoch seine Funktion.

Beim Durchblättern der ersten beiden Hefte hatte Mella einige interessante Stücke entdeckt. Irische Balladen. Leicht und sicher glitten ihre Finger über die Saiten. Hier und dort gab es Notenfolgen, die ihren Fluss etwas ausbremsten. Die übte sie so lange, bis sie sie mühelos beherrschte.

Es war kurz nach sechs an diesem kalten Winterabend. In den Dauerregen vor dem Fenster hatte sich feines Schneerieseln gemischt, das Mella durch die Scheibe der Balkontür im Licht der Straßenlampe sehen konnte. Sie hatte es sich in ihrem Lesesessel bequem gemacht, das Bein auf einen Hocker gelegt und ein Kissen unter die Kniekehle geschoben, um das Gelenk zu entlasten, wie Fränzi es ihr gezeigt hatte. Aus dem Teeglas in ihren Händen stieg der Duft von Zitronenmelisse auf. Ihr Blick glitt nach draußen in die Dunkelheit, in den Schneeregen. Sie dachte an ihre Arbeit im Verlag, ihre Kolleginnen und Kollegen, die sie seit vier Wochen nicht gesehen hatte. Katja hatte ihr den Termin für die nächste große Projektbesprechung geschickt. Nach den letzten drei Jahren, in denen der Esperanto Verlag regelrecht ums Überleben hatte kämpfen müssen, ließen die Zahlen die berechtigte Hoffnung zu, dass der Wind endlich wieder mit Kraft in die Segel blies. Projektbesprechung. Ein wichtiger Termin, bei dem Mella unbedingt dabei sein wollte. Ihr Chef hatte angedeutet, dass er etwas plante, in das er sie gern einbinden würde. »Wenn du es schaffst, mich bis dahin zu rehabilitieren, spendiere ich dir ein Wochenende in Berlin«, hatte sie Fränzi ein paar Tage zuvor in Aussicht gestellt, während diese dabei gewesen war, Mellas

Oberschenkel nach dem Krafttraining mit Latschenkiefernöl zu massieren. Ihre Freundin hatte heftig genickt und augenzwinkernd gemeint, sie könne getrost ein schickes Hotelzimmer reservieren, weil sie in wenigen Wochen definitiv fit genug sei, um an der Besprechung teilzunehmen.

Eine Wochenendreise. Mella seufzte auf. Viel zu lange war sie nicht verreist. Die letzten Jahre hatte sie auf Reisen wegen der Pandemie verzichtet, und sie sehnte sich mehr denn je nach einem Tapetenwechsel. Die derzeitige Situation, die sie dazu zwang, viele Stunden des Tages zu Hause zu verbringen, verstärkte diesen Wunsch noch. Sie angelte nach der Fernbedienung, schaltete den Fernseher ein, zappte gelangweilt durch die Programme. Nachrichten, der Ukraine-Krieg, die Energiekrise, eine Doku über zwei Extrembergsteiger, eine Kochshow. Ihr Blick fiel auf den Stapel Notenhefte. Sie reckte sich vor, griff nach den Heften und zog sie sich auf den Schoß. *Spanische Romanzen und Serenatas*, *Klassik für zwei Gitarren*, *Schottische Balladen*, *Reinhard Mey für Gitarrensolo*, *Schwedische Volkslieder*, *Popballaden*, *Die größten Hits der Beatles für klassische Gitarrenduos*. Die meisten waren deutsche Ausgaben, zwei stammten aus Schweden, der Heimat ihrer Mutter. Bei vielen waren die Seiten vergilbt, und an den Ecken und Seitenrändern zeigten sich Gebrauchsspuren. Vermutlich hatte ihre Mutter die Stücke so oft gespielt, dass sie sie mittlerweile auswendig kannte. Mella trennte die deutschen von den beiden schwedischen Ausgaben und legte sie auf einen Extrastapel. Die schwedischen Volkslieder und die Hits der Beatles. Sie wunderte sich, dass sie die in Schwedisch geschriebenen Titel mühelos übersetzen konnte. Ihr Schwedischkurs lag viele Jahre zurück.

Sie dachte an die Zeit, als sie dreizehn oder vierzehn gewesen war und ihre Mutter angefleht hatte, ihr die schwedische Sprache beizubringen. Schließlich war sie das Kind schwedischer Eltern, und auch wenn ihr Vater nicht mehr lebte und ihre Mutter der skandinavischen Heimat den Rücken gekehrt hatte, so spürte Mella doch intuitiv, dass die Sprache eine Verbindung zum Heimatland ihrer Eltern herstellen könnte. Doch ihre Mutter war unerbittlich gewesen. Ein feines Zittern hatte in ihrer Stimme gelegen, als sie Mella ihren Standpunkt deutlich gemacht hatte: »Alles, was mit diesem Land zu tun hat, ist für mich nicht mehr existent. Gotland hat mir genommen, was ich am meisten geliebt habe. Ich will nicht daran zurückdenken, ich will die Sprache nicht mehr sprechen und sie nie wieder hören, weil jedes Wort mich zurückversetzen würde in die Zeit, die die schlimmste meines Lebens war. Bitte versteh das, Mella, wir leben in Deutschland, du bist hier geboren, du bist eine Deutsche, du brauchst diese Sprache nicht.« Damit hatte sie sich umgedreht und war zur Tagesordnung übergegangen.

Später hatte Mella noch ein paarmal versucht, sie umzustimmen, jedes Mal ohne Erfolg. Ihre Mutter war unnachgiebig geblieben wie ein Stück Holz. Mella hatte verstanden. Und sie hatte akzeptiert. Nie wieder hatte sie ihre Mutter darauf angesprochen. Doch Jahre später hatte sie sich für einen Sprachkurs bei der Volkshochschule angemeldet. Heimlich. Ihre Mutter wusste bis heute nichts davon. Zwei Jahre lang hatte sie die Sprache erlernt, mit der ihre Eltern aufgewachsen waren. Und mit der sie selbst aufgewachsen wäre, hätte ihre Mutter nach dem Tod des Mannes, dessen Kind sie unter dem Herzen getragen hatte, Schweden nicht verlassen.

Der Sprachkurs lag nun fünfzehn Jahre zurück, sie hatte danach noch eine Weile Kontakt zu ein paar Leuten aus dem Kurs gehalten, sie hatten sich getroffen und miteinander Schwedisch gesprochen, sodass sich das Erlernte hatte festigen können. Vieles hatte sie im Laufe der Zeit vergessen, aber nicht alles, wie sie beim Durchblättern des Notenheftes feststellte. Sie las die Titel der Stücke und das Kleingedruckte am Ende des Heftes, nur um zu prüfen, wie viel sie noch übersetzen konnte. Es war mehr, als sie gedacht hatte. Sie erinnerte sich daran, wie viel Spaß es ihr damals gemacht hatte, sich einen recht passablen Wortschatz anzueignen und sich an die so anders klingende Betonung heranzutasten. Ihre Lehrerin hatte ihr bescheinigt, dass die Sprache ihr ganz offensichtlich im Blut liege, und Mella hatte gelächelt und erklärt, dass in ihren Adern nichts anderes fließe als schwedisches Blut.

Sie legte die Volkslieder beiseite und griff nach den Beatles-Noten. Ein unscheinbares Heft mit einer Art Bleistiftzeichnung auf dem Deckblatt, das die Gesichter von Paul, Ringo, George und John hintereinander in einem angeschnittenen Profil zeigte. Mit dem leichten Gelbstich und der antiquierten Schrift wirkte das Heft wie ein Relikt aus einer uralten Zeit. Mella schlug die erste Seite auf, entdeckte die Jahreszahl 1981. Das Heft war also ein Jahr älter als sie selbst. Bei dem Gedanken daran, dass ihre Mutter es schon vor ihrer Geburt besessen haben könnte, legte sich ein Lächeln auf ihre Lippen.

Sie überflog das Inhaltsverzeichnis und ließ dann die Seiten durch ihre Finger gleiten – rau fühlten sie sich an und abgenutzt. Die Stücke waren für Gitarrenduos arrangiert. *Here Comes the Sun. Michelle. Let It Be. Yellow Submarine. Strawberry Fields Forever. Penny Lane. Hey Jude.*

Mella stutzte, blätterte zurück, sah genauer hin. Neben dem Titel *Hey Jude* entdeckte sie eine handschriftliche Notiz. Mit Tinte geschrieben in akkurat gesetzten Buchstaben, etwas verblasst, aber gut zu entziffern. Nur ein paar Worte. In Schwedisch. Sie setzte sich auf, blinzelte. Sie hielt die Seite ins Licht der Stehlampe schräg neben ihr, sodass die Schrift besser lesbar war.

Mit dir bis ans Ende der Welt ... R.

Was hatte das zu bedeuten? Die Handschrift war zu akkurat,

zu wenig geschwungen, um die ihrer Mutter sein zu können. Auch wenn die Notiz Jahrzehnte alt war, wovon Mella ausging, passte sie nicht zum Schriftbild, das sie von ihrer Mutter kannte. Vielleicht hatte das Notenheft ursprünglich jemand anderem gehört und derjenige hatte die Notiz darin hinterlassen. Eine Verbindung zu dem Songtext konnte Mella beim besten Willen nicht herstellen, trotzdem standen die Worte unmittelbar neben dem Titel, als wären sie untrennbar mit ihm verbunden. *Mit dir bis ans Ende der Welt.* Eine Liebeserklärung? Vielleicht sogar von ihrem Vater? Mehr denn je bedauerte Mella, rein gar nichts über ihn zu wissen. Nach einem Bootsunglück, bei dem er ums Leben gekommen war, hatten seine Eltern ihn aufs Festland überführen und ihn in ihrem Heimatort irgendwo in Mittelschweden beisetzen lassen. Sie schaltete den Fernseher aus, legte das Heft aufgeschlagen vor sich auf die Couch, angelte nach ihrer Gitarre.

Aufmerksam besah sie sich die Noten, schlug den ersten Takt an. Obwohl das Stück in einer unüblichen Tonart gesetzt war, fand sie nach kurzer Zeit ins Spiel. Es war ein Duo-Arrangement, weshalb ihm, spielte man nur eine der beiden Stimmen, die volle Harmonie fehlte. Doch die Taktfolgen von *Hey Jude* waren unverkennbar. Ein wundervolles Stück, wie Mella fand. Sie könnten es einmal zu zweit spielen. Früher hatten sie das oft getan, sie und ihre Mutter. Nicht nur während ihrer Unterrichtsstunden, auch an den Wochenenden oder abends, wenn sie Lust gehabt hatten, gemeinsam zu musizieren. Mella überlegte, ob sie jemals ein Stück von den Beatles gespielt hatten, doch daran erinnerte sie sich auch nach intensivem Nachdenken nicht. Der letzte Ton verklang, und sie begann gleich noch einmal von vorn, dieses Mal spielte sie die zweite Stimme. Leise sang sie den Text dazu, soweit er ihr im Sinn war.

»Was spielst du da?«

Erschrocken blickte Mella auf. Die Gitarre verstummte, wie abgeschnitten hingen die letzten Töne der Melodie in der Luft. Sie war so vertieft gewesen, dass sie ihre Mutter nicht hatte hereinkommen hören. Sie sah sie im Türrahmen stehen, in Jeans und ihrer grauen Winterjacke, deren Schultern gemustert waren von schmelzenden Schneeflocken, mit zwei Pizzaschachteln im Arm. Unter ihrer dunkelblauen Mütze lugten blonde Haarsträhnen hervor. Ihren Gesichtsausdruck konnte Mella kaum deuten. Verwirrung? Erschrecken? Empörung? Von allem etwas? Reglos stand sie wie festgewachsen da und starrte zu Mella herüber, als hätte sie gerade einen unverzeihlichen Fauxpas begangen.

»Hallo, Mam«, grüßte sie ihre Mutter betont heiter, um die seltsame Spannung zu überspielen, die mit einem Mal zwischen ihnen lag und den ganzen Raum auszufüllen schien. »Ist aus deinem Repertoire hier.« Sie deutete auf das vor ihr liegende Notenheft und hob eine Seite leicht an.

Ihre Mutter runzelte die Stirn und streifte sich die Mütze vom Kopf. Sie sagte nichts, sondern drehte sich um und ging in die Küche, wo Mella sie wenig später an den Schränken und mit Geschirr hantieren hörte. Verwirrt legte sie die Gitarre beiseite und griff nach den beiden Gehstützen neben ihrem Sessel.

Als sie zur Küche kam, sah sie, dass ihre Mutter die Pizzen bereits auf Teller gelegt hatte und nun zwei Gläser aus dem Schrank holte.

»Caprese ist doch richtig, oder?«, fragte sie, ohne sich dabei zu Mella umzudrehen.

Sie öffnete die Besteckschublade und nahm Gabeln und Messer heraus, dazu zwei Servietten aus dem kleinen Korb neben dem Kühlschrank.

»Ja, tolle Idee mit der Pizza, danke, Mam.«

Mella trat einen Schritt beiseite, um ihre Mutter vorbeizulassen, die nun alles rüber zum Esstisch trug, wo sie sich kurz darauf zusammen zum Essen setzten. Sie wünschte sich, im Gesicht ihrer Mutter irgendetwas lesen zu können, das ihr verraten hätte, warum sie derart merkwürdig reagiert hatte. Aber da war nichts, kein Zeichen einer Verärgerung oder Verwirrung oder was auch immer sie empfunden hatte, als sie die Wohnung betreten und Mella spielen gehört hatte.

»Wie geht's dir?«, fragte ihre Mutter, während sie ihre Pizza in Viertel zerteilte.

»Alles bestens. Fränzi ist zufrieden. Nächste Woche muss ich wieder zu Dr. Wiesner. Ich hoffe, dass ich dann mehr belasten darf.« Sie spießte ein Stück Pizza auf. »Und bei dir?«

»Ach, das Übliche«, antwortete ihre Mutter. »Zusätzlich zu den beiden ohnehin nicht besetzten Stellen und der schwangeren Mitarbeiterin ist jetzt auch Silke noch ausgefallen. Wahrscheinlich wird das länger dauern mit ihr, Verdacht auf Bandscheibenvorfall.« Sie seufzte. »Wenn ich die Stellen nicht bald nachbesetzen kann, sehe ich es kommen, dass ich Patienten abgeben muss, so leid es mir tut. Alle arbeiten am Limit.«

»Du tust das auch, oder?«

»Sicher.«

Es war immer dasselbe. Fragte Mella sie nach ihrem Befinden, sprach ihre Mutter stets von der Arbeit, von den Belastungen, die ihren Pflegedienst und ihr Team erdrückten, vom Personalmangel, vom Krankenstand, von den ungezählten Menschen, die anriefen, weil sie pflegerische Unterstützung benötigten, und die ihre Mutter nicht ablehnen wollte, obwohl sie die Versorgung mit dem vorhandenen Personal kaum gewährleisten konnte.

»Du hast gar kein Privatleben, Mam.« Mit ernstem Gesicht sah Mella ihre Mutter an.

Es war nicht das erste Mal, dass sie diese Tatsache in ihrer Anwesenheit äußerte. Als wüsste ihre Mutter nicht selbst um das Missverhältnis.

»Wo sollte ich bitteschön noch ein Privatleben unterbringen?« Ungerührt aß ihre Mutter weiter. Immer die gleiche Antwort.

»Ich könnte das nicht«, sagte Mella. »Ein Leben lang nur für die Arbeit leben.«

»Jetzt bist du ungerecht«, erwiderte ihre Mutter. Sie zog die Augenbrauen ein wenig zusammen, als sie sie anblickte. »Natürlich beansprucht der Pflegedienst viel Zeit in meinem Leben. Aber ich hab ja auch noch dich.«

»Klar, entschuldige Mam, so meinte ich das nicht. Ich dachte eher an dich und an … Naja, vielleicht ein bisschen Zeit für die schönen Dinge des Lebens. Reisen, Kino, Essengehen, Theater, Sport, ein Date ab und zu …« Vorsichtig hob sie den Kopf, um die Reaktion ihrer Mutter einzuschätzen. »Du bist achtundfünfzig, da kann man durchaus noch attraktive Männer kennenlernen.« Beherzt biss sie ein Stück Pizza ab.

Ihre Mutter lachte kurz auf, dabei funkelten ihre Augen, die so blau waren wie Mellas. »Okay, dann lass uns den Spieß mal umdrehen«, sagte sie mit einem amüsierten Unterton. »Wann ist denn *dein* nächstes Date? Du bist vierzig, da kann man durchaus noch attraktive Männer kennenlernen.«

In einer übertriebenen Geste der Abwehr hob Mella die Hand, in der sie die Gabel hielt. »Wir haben beschlossen, darüber nie wieder zu sprechen. Hast du das vergessen? Ich gebe Bescheid, sobald ein Mann die Bühne betreten hat, der …«

»Dann gilt das aber auch für mich.«

Sie gab sich geschlagen, erleichtert, dass die Stimmung zwischen ihnen wie immer war. Dennoch ging ihr die Reaktion ihrer Mutter nicht aus dem Sinn. Sie verspürte das dringende Verlangen, sie darauf anzusprechen, auch wenn sie damit riskierte, die vormals gespürte Spannung wieder heraufzubeschwören.

»Warum hast du so schockiert reagiert, als ich *Hey Jude* gespielt habe?«

Ruckartig hob ihre Mutter den Kopf. Wieder lag ein seltsames Flackern in ihrem Blick, aber nur für einen kurzen Moment. Dieses Mal schien sie es besser kontrollieren zu können.

»Hab's lange nicht gehört«, sagte sie.

Geschäftig säbelte sie an ihrer Pizza herum. Mella hatte aufgehört zu essen. Sie musterte ihre Mutter, das blonde schulterlange Haar, das ungeschminkte Gesicht, dem man sein Alter ansah, das aber trotz der täglichen beruflichen Belastung nicht verhärmt oder müde wirkte, die kleinen silbernen Stecker in ihren Ohrläppchen. Sie war eine hübsche Frau, auf eine natürliche Art, und Mella konnte verstehen, dass sie auf Patienten und ihre Angehörigen vertrauenswürdig und sympathisch wirkte.

»Deswegen musst du doch nicht so erschrecken. Du hast mich angeguckt, als hätte ich was Verbotenes getan.«

»Entschuldige, das war ... vielleicht ... Ja, du hast recht. Mir war nicht klar, dass ich dir das Notenheft ...«

»Was ist denn mit dem Heft?« Mella hatte ihre Worte wohlüberlegt. Das Eis, auf dem sie sich bewegte, war extrem dünn, immerhin gehörte dieses Notenheft zur schwedischen Vergangenheit ihrer Mutter und damit in die Zone, die durch ein imaginäres Stoppschild gesichert war. »Es war in dem Notenstapel, den du mir gebracht hast.« Sie konnte nicht aufhören, auf jede Regung im Gesicht ihrer Mutter zu achten.

»Ich dachte, ich hätte es ...« Was war denn das für ein Gestammel? Unbeendete Sätze gehörten für gewöhnlich nicht zu den Marotten ihrer Mutter.

»Was, Mam?« Fest hielt sie ihren Blick auf das Gesicht ihrer Mutter gerichtet.

»Ach, nichts.«

»Das stimmt doch nicht. Was ist mit dem Heft?«

Und was ist das für eine Notiz?

Sie biss sich auf die Lippen, um ihre Mutter nicht unüberlegt mit einer Frage zu konfrontieren, die ihr möglicherweise wehtun könnte oder sie dazu brachte, einen unsichtbaren Panzer um sich herum zu errichten. »Da hat jemand was reingeschrieben«, fügte sie hinzu, auf eine sanfte Weise mit leicht gesenkter Stimme. »Auf die Seite mit den Noten von *Hey Jude*.«

Ihre Mutter presste die Lippen aufeinander, legte ihr Besteck auf den Tellerrand und erwiderte endlich Mellas Blick. Eine Weile sahen sie sich stumm an. Mella konnte ihr förmlich ansehen, dass sie mit sich rang.

»Ja«, hörte sie sie sagen. »Da hat jemand was reingeschrieben. Es ist lange her. Und es tut mir heute noch weh, wenn ich mich daran erinnere. Deshalb will ich darüber nicht nachdenken und erst recht nicht sprechen.«

»Hat es was mit meinem Vater zu tun?«

Sie schüttelte den Kopf. »Lass es bitte, Mella.«

»Aber du hast das Heft nicht weggeworfen, wie so viele andere Dinge, die dich an diese schlimme Zeit erinnern.«

»Ich konnte es nicht.« Sie hob ihr Wasserglas und trank es mit großen Schlucken aus.

»Ist es schlimm für dich, wenn ich *Hey Jude* spiele?«, wollte Mella wissen. »Ich mag das Stück, hatte sogar vor, dich zu fragen, ob wir es mal zusammen ...«

»Auf gar keinen Fall!«

Ihre Mutter setzte das Glas so heftig auf dem Tisch ab, dass Mella erschrocken zusammenfuhr.

»Ist ja gut, Mam, reg dich nicht auf, war nur eine Frage. Hab's verstanden.«

Schweigend aßen sie weiter. Das leise Klappern von Besteck auf Porzellan war das einzige Geräusch im Zimmer. Mella bemühte sich, die Spannung zwischen ihnen aufzulösen, indem sie von dem älteren Ehepaar im Erdgeschoss berichtete, das den Winter wie immer auf den Kanaren verbrachte und ihr wie immer eine Karte geschickt hatte. Banale Dinge, die einzig dem Zweck dienten, die Stille zu füllen.

Nach einer Weile bemerkte Mella, dass die Anspannung aus dem Gesicht ihrer Mutter wich. Ihre Unterhaltung wirkte nicht mehr verkrampft, und als sie nach dem Essen gemeinsam den Abwasch erledigten, konnten sie sogar wieder miteinander scherzen.

Später, nachdem sie ins Bett gekrochen war, dachte sie noch einmal an die Reaktion ihrer Mutter, an das nervöse Flackern in ihren Augen, an ihr eindringliches Ablehnen, als Mella erwähnt hatte, dass sie *Hey Jude* gern einmal zu zweit spielen würde. Zweifellos gab es da eine Geschichte, die es ganz sicher wert wäre, erzählt zu werden. Und sie fragte sich, wer wohl mit ihr bis ans Ende der Welt hatte gehen wollen, wenn es nicht ihr Vater gewesen war.

2. März 1982

Lieber Rikard,
wieder lag ein Brief von dir in meinem Gitarrenkoffer, ich musste lächeln, als ich ihn gefunden habe, wusste nicht, dass Gitarrenkoffer als Briefkästen durchgehen.

Wenn wir doch nur mehr Gelegenheiten hätten, uns all diese Dinge persönlich zu erzählen. Aber ich weiß ja, dass das nicht so einfach ist, ich bin deine Schülerin, du hast die Funktion eines Lehrers, und die Schule ist ein geschützter Ort. Siehst du mich grinsen?

Ein geschützter Ort, dass ich nicht lache.

Erst heute habe ich erlebt, dass Tore wieder unglaublich schikaniert wurde. Er ist nicht der beste Rechner, aber er bemüht sich. Das erkennt unser hochgelobter Mathelehrer aber nicht an. Er macht ihn fertig vor der ganzen Klasse, und Tore steht da wie ein Häufchen Elend. Er verliert noch den letzten Rest seines Selbstwertgefühls, wenn diese Demütigungen nicht bald aufhören. Wie wertschätzend gehst du dagegen mit uns um. Mit jedem und jeder von uns. Auch mit denen, die nicht ganz perfekt sind auf ihren Instrumenten und Fehler machen. Du stärkst uns alle und brauchst dazu oft nicht einmal Worte. Das macht dich ganz besonders. Ich schreibe dir das, weil ich nicht weiß, ob dir das bewusst ist und weil ich finde, dass du es wissen solltest.

Ich danke dir für deine Erläuterungen auf meine Frage, was du für einer bist. Dass du schon mit fünf auf dem Klavierschemel gesessen hast und mit sieben zum ersten Mal vor Pub-

likum musiziert hast, hätte ich mir denken können. Du spielst wundervoll, ich glaube, das habe ich dir noch gar nicht gesagt. Als du gestern zu Beginn der Probe Hey Jude *für uns auf dem Klavier gespielt hast, konnte ich nicht anders, als die Augen zu schließen und mich ganz deiner Musik hinzugeben. Von meinem Platz aus konnte ich deine Hände sehen und wie fließend sie über die Tasten geglitten sind. Ich hätte dir ewig zuhören und dich dabei ansehen können. Ich fühlte mich so entrückt von allem, als hätte ich ganz allein im Probenraum gesessen und als hätte mich deine Musik an die Hand genommen und ans Ende der Welt geführt. Ich hoffe, das klingt nicht zu pathetisch. Es ist die Wahrheit! Wenn du einmal ein berühmter Pianist geworden bist, werde ich jedes Konzert von dir besuchen! Ich sehe dich schon in Visby am Stora Torget in der Ruine von Sankta Katarina am Flügel sitzen, umringt von brennenden Kerzen, und durch die Öffnungen zwischen den Gewölberippen fällt das Mondlicht auf dich herab. Wenn du dann* Hey Jude *spielst, werde ich dahinschmelzen. Es wird mich für immer an diesen besonderen Moment in unserem Musikprobenraum erinnern. Spätestens jetzt, denke ich, hältst du mich hundertprozentig für eine romantische Spinnerin.*

Unsere kleine Sonderprobe letztens trägt übrigens Früchte. Ich fühle mich beim Lagenspiel immer sicherer, und auch die Stolperstelle in Here Comes the Sun, *an der ich die letzten Male so oft hängen geblieben bin, geht mir inzwischen immer besser und ohne Fehler von der Hand. Danke, dass du dir Zeit dafür genommen hast, ich weiß gar nicht, wie ich dir zurückgeben kann, was du in mich investierst. Und danke auch für unsere Plauderei am Ende der Stunde. Mit niemandem kann ich mich so über die Musik austauschen, über das, was in mir, in meinem Herzen, in meiner Seele passiert, sobald ich die Finger auf die Saiten setze – das würde keiner verstehen, dem es nicht* ähnlich geht. Dir geht es ähnlich. Das von dir zu hören hat mich berührt. Du hast Worte für das gefunden, was ich fühle!

Falls du mir wieder schreiben möchtest, würde ich mich freuen, mein Gitarrenkoffer nimmt alles, was du ihm gibst.

Und ja, natürlich darfst du mich Griddy nennen. Ich mag meinen richtigen Namen nicht besonders, er klingt langweilig, findest du nicht? Streich ihn aus deinem Sprachgebrauch.

Grüße, Griddy

SIRI

Gotland – September 2022

»Ganz allein?« Eine Falte grub sich in die Haut zwischen Mattis' Augenbrauen. »Hältst du das für eine gute Idee?«

Er ließ die Hände mit der Zeitung sinken. Siri klappte die Tür der Spülmaschine zu, energischer, als sie es beabsichtigt hatte.

»Natürlich nicht.«

Die Betonung hatte auf dem letzten Wort gelegen, und mit dem geräuschvollen Einschnappen der Tür hatte sie es unbewusst unterstrichen. Die Arme vor der Brust verschränkt lehnte sie sich an den Kühlschrank und sah zu Mattis hinüber. Die Schlagzeilen über den Regierungswechsel nach der Parlamentswahl auf dem Titelblatt des *Svenska Dagbladet* sprangen ihr förmlich ins Auge.

»Dann hast du ihm diese irrsinnige Idee also ausgeredet?«, fragte er.

»Keine Chance.«

Sie stieß sich vom Kühlschrank ab und ging zum Tisch, wo sie sich Mattis gegenüber auf ihren Platz setzte.

»Was heißt das?«

»Du weißt, wie schwierig Gespräche mit ihm im Moment sind.«

Mattis faltete die Zeitung zusammen und legte sie vor sich auf den Tisch. Elin war ein paar Minuten zuvor mit ihrer Schultasche aus dem Haus geeilt, um den Bus noch rechtzeitig zu erwischen. Solange sie mit ihnen beim Frühstück gesessen hatte, hatte Siri es vermieden, das Vorhaben ihres Vaters Mattis gegenüber anzusprechen, weil sie keine Diskussion vom Zaun brechen wollte, die Elin möglicherweise irritieren würde. Elin mochte Arvid, sie konnte kaum damit umgehen, dass er so wortkarg geworden war.

»Seit wann weißt du es?«

Mattis griff nach dem Löffel und begann, die Preiselbeeren unter den Getreideflockenbrei zu rühren.

»Seit gestern Nachmittag. Er hat's mir gesagt, als wir noch mal zusammen auf dem Friedhof waren.« Sie hatte mit Mattis schon am vorherigen Abend darüber sprechen wollen, aber den Ort, an den ihr Vater reisen wollte, erst einmal im Internet suchen und geografisch einordnen wollen. Der Eyjafjord war ein sechzig Kilometer langer Fjord im Nordosten Islands, der längste der Insel, wie sie schnell herausgefunden hatte. Und gleich hatte sie sich daran erinnert, dass ihre Eltern vor etlichen Jahren einmal einen Sommer dort verbracht hatten, in einem Fischerdorf mit Blick auf die schneebedeckten Berggipfel auf der gegenüberliegenden Seite des Fjords. Mit glänzenden Augen hatte ihre Mutter nach der Rückkehr davon geschwärmt. »Meine Eltern waren vor Jahren schon mal da«, fügte sie hinzu, als wäre diese Tatsache Erklärung genug.

Es war ein Sommer vor ihrer gemeinsamen Zeit mit Mattis gewesen, wie ihr jetzt einfiel. Sie griff nach ihrer Tasse. Das Aroma des Kaffees stieg ihr in die Nase. Sie trank vorsichtig, um sich nicht die Lippen zu verbrennen, und stellte die Tasse anschließend wieder ab.

»Und wie will er hinkommen?« Mattis schob sich einen Löffel Müsli in den Mund.

»Damals sind sie mit dem Auto nach Visby gefahren, von dort mit der Fähre rüber aufs Festland, dann quer durch Schweden. An der Westküste haben sie die Fähre nach Island genommen.«

»Und auf diese Weise will er jetzt auch wieder hin?«

»Ich weiß es nicht. Er spricht ja nur das Nötigste.«

Mattis seufzte auf. »Bei allem, was er gerade durchmacht, könnte er trotzdem mit uns reden. Würde vieles vereinfachen.«

Siri verkniff sich eine Zurechtweisung. Ihr Vater trauerte um die Liebe seines Lebens. Sie selbst bemühte sich nach Leibeskräften darum, seine Einsilbigkeit ohne Groll hinzunehmen und es auszuhalten, ihn in seiner selbst gewählten Zurückgezogenheit nur selten erreichen zu können. Könnte doch auch Mattis ihm gegenüber eine solche Milde an den Tag legen!

»Ich glaube, wir können alle nur erahnen, was er gerade durchmacht«, sagte sie.

Mattis hob den Kopf, suchte ihren Blick. »Ich weiß, was es heißt, jemanden zu verlieren, den man liebt.«

Natürlich. Wie hatte sie ihm nur das Gefühl geben können, vergessen zu haben, was er durchgemacht hatte, ehe sie sich kennengelernt hatten? Was er gesagt hatte, hallte in ihren Ohren wie ein Echo nach, und die Art, wie er sie nun ansah, kam einem Vorwurf gleich.

»Sicher, entschuldige.«

Sie legte beide Hände um ihre Kaffeetasse. Die Wärme des Porzellans übertrug sich auf ihre Handflächen. Mit Mattis über Verluste zu sprechen, war ein heikles Thema. Sie war sich dessen mehr als bewusst, weshalb sie die Bemerkung bereute, die ihr unbedacht über die Lippen gekommen war. Dass Elins Mutter ihre Beziehung zu ihm nach neun Jahren für beendet erklärt und ihn und die Kleine in einer Nacht- und Nebelaktion verlassen hatte, um sich zu verwirklichen, saß bis heute wie ein Stachel in seinem Herzen. Ein Stachel in einer Wunde, die nicht heilte. Wie konnte man ein solches Verhalten auch verzeihen? Wie konnte man diesen Grund verzeihen? Anfangs hatte Siri oft zu ihm gesagt, dieser Frau auf ewig dankbar zu sein, denn hätte sie ihn nicht verlassen, hätten sie beide, Siri und Mattis, nie ein Paar werden können.

Diese Perspektive hatte Mattis stets besänftigt, und er hatte Siri jedes Mal in die Arme geschlossen und liebevoll angesehen. So war es zwischen ihnen gewesen. Am Anfang. Und nach dem Anfang noch eine Weile.

»Und wann soll die große Reise starten?«

»Das hat er nicht gesagt. Er hat mich nur gebeten, mich um Mamas Sachen zu kümmern. Ich vermute, er schafft es nicht, ihre Schränke auszuräumen und alles ...« Urplötzlich legte sich eine Klammer um ihren Hals, hart und schmerzhaft, sie verhinderte jedes weitere Wort, und sie musste schlucken, ehe sie weitersprechen konnte. »Und alles aus dem Haus zu bringen.«

Ihre Augen füllten sich mit Tränen. Verschwommen sah sie, wie er seinen Arm über den Tisch schob, an ihren Kaffeetassen und Müslischalen vorbei, und dass seine Hand nach ihrer tastete.

»Schaffst *du* es denn?« Sie zuckte schwach mit den Schultern, betrachtete seine Hand, seine schmalgliedrigen Finger mit den feinen dunklen Härchen. Zärtlich strich er über ihren Handrücken, so wie er es früher oft getan hatte, damit sie sich geborgen und getragen fühlte. »Wenn ich dir helfen kann ...«

»Nein, ich schaffe das schon.«

Wie schnell sie sein freundlich und ehrlich klingendes Hilfsangebot abgelehnt hatte. Es kam ihr vor, als hätte sie sich dabei zugesehen, wie sie es mit einer einzigen Bewegung vom Tisch gewischt hatte.

»Wie du meinst.« Er zog seine Hand zurück, und gleichzeitig verschwand das für einen Moment spürbar gewordene Gefühl von Wärme. Siri senkte den Kopf, blies in ihren Kaffee, inhalierte sein Aroma. Warum sagte sie Mattis nicht, dass sie die Schränke ihrer Mutter für sich allein haben wollte? Dass sie sich Zeit dafür nehmen wollte, ihre Kleidungsstücke zu berühren, ihren Schmuck anzusehen, herauszufinden, welche Erinnerungen mit ihren persönlichen Gegenständen verbunden waren? Warum erklärte sie ihm nicht, dass es für sie nicht nur darum ging, Dinge zu entsorgen, die in den Augen anderer unnütz geworden waren und dass sie hoffte, auf diese Weise Abschied nehmen zu können? Abschied zu nehmen von den Habseligkeiten ihrer Mutter, wenigstens das. »Ich muss los.«

Er stand auf. Seine Müslischale war zur Hälfte geleert, der Löffel steckte zwischen Beeren und Haferflockenbrei.

»Du hast nicht mal deinen Kaffee getrunken.«

»Den nehme ich mit.«

Er stand auf, ging zum Küchenschrank und kam mit einem Deckelbecher zurück. Siri sah ihm zu, wie er den Kaffee umfüllte und die Küche verließ. Sie hörte ihn im Flur an der Garderobe mit Schuhen und Jacke hantieren, dann wieder seine Schritte, die sich ihr näherten, spürte seine Lippen warm auf ihrer Schläfe, nahm bei diesem flüchtigen Kuss den Hauch seines After Shaves wahr, hörte sein »Bis später« an ihrem Ohr und kurz danach die Haustür ins Schloss fallen. Stille.

Sie presste ihre Hände fester um die Tasse, aber die Wärme drang nicht bis in ihr Seeleninneres ein. Irgendwo dort auf dem tiefsten Grund herrschte Winter. Ein dauerhafter Winter mit Schneekälte und nebelgrauen Schatten. Schon immer. Doch jetzt, nach dem jähen Tod ihrer Mutter, fühlte es sich an, als wäre die Temperatur in ihrer Seele um weitere Grade gesunken. Dass die kalte, vereiste Stelle auf ihrem Seelengrund sich nach der Trennung von ihrer leiblichen Mutter gebildet hatte, war in ihrem Denken irgendwann zu einer unveränderbaren Tatsache geworden. Es änderte nichts, sich dagegen zu wehren, die gekappten Wurzeln wuchsen beim besten Willen nicht nach, und trotz der bedingungslosen Liebe ihrer Adoptiveltern hatte Siri nie damit aufgehört, sich die stets ins Leere laufende »Wo-komme-ich-her?«-Frage zu stellen.

Sie starrte auf die Tischkante, nippte an ihrem Kaffee, rief sich das Gesicht ihrer Mutter in Erinnerung, wie es auf dem Totenbett ausgesehen hatte. Leblos, fahl, wächsern, den feinen Spalt zwischen Ober- und Unterlidern, als ob sie nicht sicher gewesen wäre, ob sie gehen oder bleiben wollte. Sie zuckte zusammen, der Kaffee hatte ihren Gaumen verbrannt. Hastig stand sie auf, kippte Mattis' Müslirest in die Mülltonne und den übrig gebliebenen Kaffee ins Spülbecken. Dann räumte sie das schmutzige Geschirr in die Spülmaschine und wischte Krümel und Kaffeeflecken vom Tisch.

Sie schlüpfte in Sneaker und Trenchcoat, griff nach ihrem Autoschlüssel. Lange hatte sie innerlich nicht mehr so gefroren. Sie würde versuchen, mit ihrem Vater zu sprechen. Über den Eyjafjord. Über ihre Mutter. Vielleicht sogar über ihre Winterseele.

MELLA

Deutschland – April 2023

Die regenreichen letzten Wochen gingen in ein kühles Frühjahr über. Das Tragen des Monstrums gehörte inzwischen der Vergangenheit an, eine Woche zuvor hatte Mella ihre Arbeit im Verlag wieder aufgenommen. Mit einem üppigen Strauß roter und gelber Tulpen war ihre Kollegin Katja ihr am ersten Arbeitstag entgegengekommen. Sie hatte ihn ihr mit derselben Feierlichkeit überreicht wie einen Pokal für eine sportliche Ausnahmeleistung. Gerührt hatte Mella sich bedankt, auch bei den anderen, in deren Namen Katja ihr die Willkommenstulpen übergeben hatte.

Das siebenköpfige Team des Esperanto Verlags, der Sachbücher mit den Schwerpunkten Kunst und Kultur herausgab, hatte sich im Laufe der letzten Jahre kaum in der Zusammensetzung geändert. Mella war diejenige, die neben ihrem Chef am längsten dazugehörte, seit fast zehn Jahren inzwischen. Sie wusste, dass er mehr in ihr sah als eine Lektorin, die Texte redigierte. Der Bachelorabschluss in Kunstgeschichte, den sie zusätzlich zu ihrem Germanistikstudium erlangt hatte, war von entscheidender Bedeutung für ihre Einstellung gewesen, wie sie später von ihm erfahren hatte.

Dr. Dietmar Laux war ein Hüne von fast zwei Metern, promovierter Literatur- und Kulturwissenschaftler, Ende fünfzig, mit schulterlangem Haar und Nickelbrille. Er trug meist Designerjeans kombiniert mit wagemutig gemusterten Hemden und am Handgelenk stets die goldene Armbanduhr seines verstorbenen Großvaters, wie er Mella einmal erzählt hatte. Ein Versprechen auf dem Sterbebett. »Im nächsten Jahr vertraue ich dir ein besonderes Projekt an«, hatte er bei der Jahresabschlussbesprechung im Dezember zu ihr gesagt, sich aber darüber hinaus nichts entlocken lassen. So war ihr nichts übrig geblieben, als sich in Geduld zu üben, was nicht zu ihren Stärken zählte. An diesem Tag aber stand endlich der Termin für die Projektbesprechung an, bei der Dietmar das Geheimnis lüften würde. Sie vermutete, dass es sich um eins von seinen Herzensprojekten handelte, mit dessen Lektorat er sie beauftragen würde.

Pünktlich zur vereinbarten Zeit nach der Mittagspause fand sich das Team am Tisch im Konferenzraum ein. Dietmar mit seinem in Leder gebundenen Notizbuch, die Kollegin aus der Marketingabteilung, der Kollege vom Vertrieb, sie selbst und Katja vom Lektorat, Vivien, die Auszubildende und Gudrun, Buchhalterin und gute Seele, die kurz vor dem Renteneintritt stand, aber bereits signalisiert hatte, dass sie ohne das Team und den Verlag nicht würde leben können. Der Chef fasste die Neuigkeiten zusammen und äußerte seine Freude darüber, dass Mella wieder einsatzfähig war.

»Ich hatte ja schon angedeutet, dass ich einen besonderen Auftrag für dich habe«, schloss er und blitzte sie durch die runden Brillengläser vergnügt an. »Und damit sind wir auch schon beim nächsten Punkt.«

»Du glaubst nicht, wie gespannt ich bin«, erwiderte sie.

Er lehnte sich in seinem Stuhl nach vorn, stützte die Ellenbogen auf den Tisch und spielte mit einem Kugelschreiber, während er fortfuhr.

»Ihr wisst, dass ich einen neuen Schwerpunkt ins Verlagsprogramm aufnehmen will.« Er blickte kurz hinüber zu dem Kollegen vom Vertrieb. Mella sah ihn nicken. Er war also eingeweiht.

»Mir schwebt eine Reihe vor«, fuhr er mit seinen Erläuterungen fort. »Eine Bildbandreihe über die künstlerische Ausstattung in den Kirchen Europas. Dabei denke ich nicht an die populären Kathedralen, sondern an die unbekannteren kleinen Kirchen, an denen man viel zu oft achtlos vorübergeht, die aber häufig einen Reichtum an künstlerischen Schätzen beherbergen.« Hinter Mellas Stirn formte sich ein Fragezeichen. Sie hatte nicht die geringste Ahnung, worauf Dietmar hinauswollte. »Natürlich könnten wir vor der Haustür anfangen. Allein bei den Kölner Kirchen kommen wir auf über zweihundert, und da gibt es eine ganze Reihe weniger bekannte. Aber beim Recherchieren bin ich auf etwas anderes gestoßen, auf etwas Interessantes und Spannendes. Und jetzt kommst du ins Spiel, Mella.« Sie legte den Kopf schräg und blinzelte fragend in Dietmars Richtung. Noch immer tappte sie im Dunkeln. Aber sie spürte ein zartes Kribbeln im Bauch, das sie an früher erinnerte, als sie zur Kindergitarrengruppe der Musikschule gehört hatte und bei den Sommer- und Weihnachtskonzerten etwas vorspielen musste. »Ich bin davon überzeugt, dass du die Richtige bist, um hinzufahren und zu recherchieren. Du hast ein gutes kunstgeschichtliches Fundament, kannst fotografieren, hast ein Auge fürs Detail, und ...«, er unterbrach sich, sah sie an und zog die Pause unnatürlich in die Länge, »... sprichst sogar schwedisch, wenn ich das richtig in Erinnerung habe.« Mella starrte ihn an, begriff erst allmählich, dass seine Worte nichts anderes zu bedeuten hatten, als dass er sie zu einer Recherchereise nach Schweden schickte. Er lächelte. Dietmar hatte ein umwerfendes Lächeln, man konnte ihm kaum etwas abschlagen, wenn es einen traf. »Und es wird noch besser«, fügte er hinzu. »Hast du nicht mal erzählt, dass deine Familie aus Gotland stammt?« Mella nickte, wollte etwas sagen, wollte erklären, dass der Begriff Familie zu groß war, sie überhaupt keine Beziehung zu dieser Insel in der Ostsee hatte und ihr Schwedisch mit gewaltigen Lücken aufwartete. Doch sie schwieg, weil Dietmar jetzt über die nahezu einhundert Landkirchen Gotlands sprach, von denen fast alle genutzt wurden und die teilweise über eine ausgesprochen gut erhaltene Ausstattung verfügten. Er sah in die Runde und ließ seinen Blick beim Sprechen von einem zum anderen wandern. »Die meisten stammen aus dem Mittelalter. Von den verfallenen Kirchen stehen allein dreizehn in Visby, der Inselhauptstadt. Es gibt einschiffige, zweischiffige und dreischiffige Kirchen, in denen man herausragende Steinmetzarbeiten und Wandmalereien findet, alte Glasmalereien an den Kirchenfenstern, außergewöhnliche Holzschnitzereien. Der byzantinische Einfluss ist in vielen dieser Kirchen deutlich erkennbar. Im Zuge von Restaurierungen hat man außerdem entdeckt, dass etliche Wandmalereien im 18. oder 19. Jahrhundert übermalt wurden. Man hat sie mit größter Sorgfalt freigelegt. Die gotländischen Landkirchen bieten eine Fülle an Material für unseren ersten Bildband.« Er wandte sich wieder Mella zu, die reglos auf ihrem Stuhl saß und Mühe hatte, das Durcheinander in ihrem Kopf zu bändigen. »Mella, ich nehme an, dass du dich ein wenig auf Gotland auskennst. Wenn deine Familie von dort stammt, hast du vielleicht sogar eine Anlaufstelle. Ich könnte mir keine bessere für dieses Projekt vorstellen als dich. Fotografieren, recherchieren, aufschreiben. Sprich mit den Leuten, lass dich durch die Kirchengeschichte führen, schreib auf, was dir interessant erscheint.« Die Worte rieselten durch sie hindurch. Dietmar ließ ihr keine Möglichkeit, irgendetwas zu sagen, etwas einzuwerfen, zu erklären, dass sie die Insel, entgegen seiner Annahme, nicht kannte und sie seit dem Tod ihrer schwedischen Großmutter, die sie nie kennengelernt hatte, keine Familie mehr dort hatte. »Würde mich wirklich freuen, wenn du zusagst.«

Nun erst bemerkte sie, dass alle sie voller Erwartung anblickten. Noch nie hatte Dietmar jemanden aus dem Team auf Recherchereise außerhalb Deutschlands geschickt. Ein Privileg.

»Freust du dich gar nicht?«, raunte Katja ihr zu.

»Doch, klar«, erwiderte sie abwesend. »Ich bin nur ... ein bisschen ...«

»Überrumpelt, was?« Dietmar strahlte sie an. »Ich gebe zu, das hab ich nicht anders erwartet.«

Seine Aussage sorgte für allgemeine Heiterkeit. Auch Mella verzog die Lippen, aber es war kein richtiges Lachen, dazu fühlte sie sich zu verkrampft. Und sie wusste nicht einmal, warum. Sie würde nach Gotland reisen! Inselluft atmen, die Orte sehen, an denen ihre Mutter gelebt hatte. Sie könnte das Grab ihrer Großmutter Frida besuchen, ihr Schwedisch perfektionieren, sich in allen Himmelsrichtungen frei über die Insel bewegen und sich so die Heimat ihrer Mutter erschließen. Plötzlich erschien ihr Dietmars Idee wie ein schillerndes Meer neuer Möglichkeiten.

»Und wann soll ich los?«

»Wenn du spontan und wieder fit fürs Reisen bist, gern im Mai. Gudrun, schau bitte nachher schon mal nach einem Flug für Mella.«

»Mach ich«, erwiderte Gudrun. »Am besten mit Rückflug, oder?« Sie grinste. »Wir wollen sie ja zurückhaben.«

Dietmar schmunzelte.

»Und wie lange?«, fragte Mella, der es Mühe bereitete, ihr vor Aufregung trommelndes Herz zu besänftigen.

»Ich dachte an drei Wochen«, antwortete Dietmar. »Da Gotland flächenmäßig nicht so groß ist, wirst du mehrere Kirchen an einem Tag abarbeiten können. Besteht die Möglichkeit, dass du bei jemandem aus deiner Familie unterkommen kannst?« Mella schüttelte den Kopf, und während sie noch überlegte, ob sie einen erklärenden Satz hinzufügen sollte, der Dietmar deutlich machen würde, dass sie keine Familie auf Gotland hatte, fuhr ihr Chef fort. »Kein Problem, dann sprich mit Gudrun wegen einer Unterkunft, da halte ich mich raus. Schau, wo sich dein Stützpunkt für die Erkundungen der Insel anbietet, dann könnt ihr zusätzlich zu den Flügen die Übernachtungsmöglichkeit direkt mitbuchen. Und denk an einen Mietwagen, Gudrun.«

Sie fing Gudruns Blick auf und ihr ermutigendes Lächeln. Das Herz hämmerte jetzt bis in ihre Ohren. Sie war noch nie allein verreist, noch nie allein geflogen. Sie war noch nie in Schweden gewesen, im Heimatland ihrer Eltern. Ihr stand eine Premiere nach der anderen bevor. Und als sie nach Feierabend eine Nachricht an Fränzi ins Handy tippte, um die Neuigkeiten und auch den Zwiespalt mit ihr zu teilen, erhielt sie eine von etlichen Herzchen garnierte Rückmeldung von ihrer Freundin, die aus nur zwei Sätzen bestand:

Die größten Abenteuer erlebt man nicht in, sondern außerhalb seiner Komfortzone, das weißt du doch. Gratulation, freue mich riesig mit dir!

6. März 1982

Lieber Rikard,
wieder lag ein Brief von dir in meinem Gitarrenkoffer. Wie sehr ich mich jedes Mal freue, kann ich nicht in Worte fassen. Danke, danke, danke! Vor allem für deine Offenheit.

Es gibt also jemanden in deinem Leben, eine Frau, die du liebst. Liv. Du hast sie nur in einem Satz erwähnt, in einem Nebensatz, einem kleinen eingeschobenen Satz mit ein paar Worten, der im ersten Moment wirkt, als wäre er aus Versehen aufs Papier gefallen. Aber irgendetwas sagt mir, dass Liv einen größeren Platz in deiner Lebensgeschichte einnimmt, als eine Handvoll Worte es in einem Nebensatz tun. Vielleicht hättest du mehr über sie geschrieben, wenn ich mehr über sie wissen sollte. Soll ich nicht?

Und um deine Frage zu beantworten: Nein, in meinem Leben gibt es keine Liebe. Das klingt unendlich traurig, wie sehr, merke ich erst jetzt, da ich es aufgeschrieben habe und es schwarz auf weiß lese. Noch nie habe ich es ausgesprochen. Wer spricht schon gern von einem liebesleeren Leben? Und vor allem: Mit wem kann man das tun, ohne sich zu schämen? In den Briefen an dich fällt es mir nicht schwer, und ich weiß nicht, ob es daher kommt, dass sich Ehrlichkeit und Wahrheit auf Papier leichter zum Ausdruck bringen lassen, als ausgesprochene Worte es tun. Oder ob es an deiner Art liegt, die mir das Gefühl gibt, mich nicht dafür schämen zu müssen, dass ich mit achtzehn noch nie einen Freund hatte. Immerhin bist du sieben Jahre älter als ich, du hast Liv, vielleicht schon lange.

Hat dir eigentlich schon mal jemand gesagt, dass du eine ziemliche Ähnlichkeit mit Morten Harket, dem Sänger von A-ha hast? Das finde übrigens nicht nur ich, es ist die Meinung vieler aus dem Musikprojekt. Einige Mädchen nennen dich sogar »Morten«, wenn du nicht in der Nähe bist (ich gehöre nicht dazu). Ich weiß, dass du grinst, während du das hier liest.

So wie du heute Morgen gegrinst hast, als du mich gefragt hast, ob ich schon mal an ein Musikstudium gedacht habe. Ich habe ausweichend geantwortet, das hast du sicher gemerkt, aber das war nur, weil die anderen um uns herum waren, und weil du mir wieder einmal in ihrer Anwesenheit bescheinigt hast, für wie talentiert du mich hältst. Ich habe keine Ahnung, warum ich so ein Lob aus deinem Mund nicht mit gereckten Schultern und selbstbewusster Miene entgegennehmen kann. Am liebsten hätte ich mich in einer Ritze zwischen den Bodendielen verkrochen, weil ich so schlecht mit anerkennenden Worten umgehen kann, es mich einerseits freut, aber gleichzeitig auch beschämt. Ich kann es nicht anders erklären, und ich hoffe, du verstehst mich trotzdem. Musik bedeutet mir wirklich viel, aber studieren, nein, mir schwebt etwas anderes vor.

Als kleines Mädchen habe ich davon geträumt, Ärztin zu werden. Menschen zu heilen. Herauszufinden, warum es ihnen schlecht geht. Etwas zu tun, was ihnen hilft und ihren Zustand bessert. Es begann, als mir die Mandeln entfernt wurden. Ich musste ein paar Tage in der Klinik bleiben, ich war klein, es war die Zeit, in der wir noch eine Familie waren. Bis zu diesem Zeitpunkt war ich nie von zu Hause weg gewesen, noch nie getrennt von meinen Eltern und meiner Schwester Eva, und ich fühlte mich furchtbar allein, wie das verlorenste Wesen auf dem ganzen Planeten. Eine der Ärztinnen brachte mir ein blaues Kuscheltier, eine Mischung aus Hund, Bär und Esel, es spielte keine Rolle, was genau es war, die Geste war wichtig. Es war etwas zum Anfassen, etwas, das ich festhalten konnte. Die Geste dieser Ärztin ist, neben dem Gefühl der Verlorenheit, das Einzige, woran ich mich noch heute erinnere, wenn ich an den Klinikaufenthalt zurückdenke.

Vielleicht ist es diese Kindheitserinnerung, die später den Wunsch in mir geweckt hat, Menschen etwas zum Festhalten zu geben, die sich verloren fühlen. Und während ich diese Zeilen für dich schreibe, wird mir das Herz schwer, weil ich feststelle, dass ich auch heute noch ab und zu etwas zum Festhalten gebrauchen könnte. Es könnte am Zusammenleben mit meiner Schneckenhausmutter liegen. Kinder von Schneckenhausmüttern sollten Menschen haben, die ihnen in Zuständen größter Verlorenheit blaue Plüschtiere zum Festhalten schenken.

Ich spreche normalerweise nicht über diese Dinge, nur mit Eva. Leider sind die Gelegenheiten selten. Sie ist in deinem Alter und im letzten Jahr ausgewandert. Sie hat einen Deutschen kennengelernt, einen Maschinenbaustudenten, der nach seinem Studium für ein halbes Jahr mit einem kleinen Bus durch Schweden gefahren ist, er kam auch nach Gotland, und da hat Eva ihn kennengelernt und sich Hals über Kopf in ihn verliebt. Das beherrscht sie in Perfektion, sich Hals über Kopf zu verlieben, ich beneide sie darum. Mir gelingt dieses Hals-über-Kopf-Verlieben nicht. Ich denke zu viel. Eva sagt, dass man den Kopf ausschalten muss, wenn die Liebe vor der Tür steht, sonst zerdenkt man sie, die Liebe, und schafft es nicht, sich auf sie einzulassen mit Haut und Haaren, und dann verschwindet sie, ehe man sie richtig reingelassen hat in sein Leben. Eva hat sie reingelassen, und jetzt lebt sie mit ihrer Liebe in einer großen deutschen Stadt, und wir sehen uns leider kaum noch.

Dass meine Schwester weggegangen ist, war für meine Mutter eine Tragödie. Sie hat Eva nie einen offenen Vorwurf gemacht, dazu fehlt ihr die Kraft, aber ich spüre, wie weh es ihr tut, dass mit Eva zum zweiten Mal ein wichtiger Mensch ihr Leben verlassen hat. Ich bewundere Eva dafür, dass sie einfach gegangen ist. Ich könnte das nicht. Ich könnte unsere Mutter nicht zurücklassen und in ein anderes Land gehen. Wer soll sich denn dann um sie kümmern?

Ich werde ganz sentimental, wenn ich darüber nachdenke, dass meine Mutter mit dieser Schwere, die ihr von morgens bis abends auf den Schultern lastet, wie eine Fessel für mich ist. Ich hoffe von Herzen, dass ich später einmal keine Fessel für meine Kinder sein werde.

Ich freue mich auf unser Wiedersehen und auf die Sonderprobe, die du mir für die nächste Stunde angekündigt hast.

Es grüßt dich
Griddy

SIRI

Gotland – September 2022

Sie fand ihren Vater in der Hofeinfahrt zwischen Scheune und Wohnhaus, vornübergebeugt hinter der aufgeklappten Motorhaube des alten Volvos. Auf dem hölzernen Klapptisch in der Nähe entdeckte sie seinen gut bestückten Werkzeugkasten, eine Flasche mit Motoröl und die Kunststoffkiste, in der ihr Vater ein Sammelsurium von Ersatzteilen, Schrauben, Lappen und allerlei Gerätschaften aufbewahrte. Sie ging um den Wagen herum. Ihr Vater hielt ein Werkzeug in der Hand, das er irgendwo in diesem Motorenkosmos, von dem Siri so wenig verstand wie von einer Planetenkonstellation im All, aufgesetzt hatte und keuchend hin und her bewegte. »*Hej*, Papa.«

Er reagierte nicht, ächzte leise im Gleichtakt mit dem schnarrenden Geräusch des sich drehenden Werkzeugs.

»Was machst du?«

»Ölfilter wechseln«, brummte er, ohne sich zu ihr umzudrehen. Er stieß einen derben Fluch aus, weil allem Anschein nach etwas nicht nach Wunsch funktionierte.

»Mattis hätte dir helfen können«, versuchte sie, ein Gespräch anzubahnen. »Oder Jerik.«

»Ist ja schon wieder drüben.«

Mit »drüben« meinte er das Festland, Jeriks Wohnung, seine Werkstatt am Stadtrand von Nynäshamn. Die Art, wie er das Wort ausgesprochen hatte – ein wenig despektierlich beinahe –

verdeutlichte das Ausmaß seiner Ernüchterung. Nie hatte er Jerik verziehen, dass dieser mitsamt seiner Tischlerei von Gotland fortgegangen war. Damals hatte er ihm sogar angeboten, die Scheune neben dem Haus, die Jerik eine Zeit lang als provisorische Werkstatt genutzt hatte, vernünftig auszubauen. Doch Jerik hatte beharrlich den Kopf geschüttelt und sich nicht von seinen Plänen abbringen lassen. Damit war die räumliche Entfernung zwischen ihnen zu groß geworden, als dass er auf einen Sprung herüberkommen konnte, um den Ölfilter im Wagen seines Vaters zu wechseln.

»Du hättest es ihm sagen sollen, er war die letzten drei Tage hier, Papa.«

Ihr Vater brummelte etwas, das Siri nicht verstand, vielleicht gar nicht verstehen sollte. Er zog etwas Ölverschmiertes aus dem Motorraum, rieb mit einem Lappen darüber und entfernte mit einem Schraubenzieher eine Gummidichtung. Ob sie jemals wieder auf eine normale Art miteinander sprechen würden? Sie ging ein paar Schritte bis zu den Blumenbeeten ihrer Mutter, die sich an dem Zaun entlang erstreckten, den ihr Vater und Jerik aus Fichtenholzstangen nach alter Tradition erbaut hatten. Üppig blühende Herbstastern, Sonnenblumen mit leuchtenden Blütenblättern und Dahlien in allen Farben wuchsen dort, doch die Erde war trocken.

»Du musst gießen, Papa, sonst geht alles ein«, rief sie ihrem Vater über die Schulter hinweg zu, ohne eine Reaktion zu erwarten.

Sie ging zum Wassertank, füllte die Zinkkanne und goss die Pflanzen. Dann setzte sie sich in einen der beiden Gartenstühle vor der Haustür und wartete, bis ihr Vater seine Arbeit beendet hatte. Irgendwann, nachdem er die Motorhaube zugeklappt und sein Werkzeug in die Scheune gebracht hatte, kam er zu ihr. Er sank in den zweiten Stuhl und rieb sich über das bärtige Gesicht.

»Hab ihn startklar gemacht.« Eine Information, die deutlicher nicht hätte sein können.

»Du willst also wirklich los?«

Sie kannte ihren Vater gut genug, um zu wissen, dass er sich seine Reise nicht ausreden lassen würde.

»Morgen.«

Vor Überraschung weiteten sich ihre Augen. »Schon?«

Er nickte. »Hab's ihr versprochen.«

»Wem, Mama?«

Wieder nickte er, den Blick in den Garten gerichtet, auf das prächtige Meer aus gelben, violetten und roten Blütenköpfen, an denen ihre Mutter sich Jahr für Jahr erfreut hatte. Vielleicht sah ihr Vater seine geliebte Jördis im Geiste dort stehen, in ihrer Latzhose, die sie immer bei der Gartenarbeit getragen hatte, mit verdreckten Gartenhandschuhen und einer Spange in den zusammengezwirbelten Haaren, damit sie ihr bei der Arbeit nicht vor die Augen fielen.

»Sie hat ihn geliebt.« Verzweifelt versuchte sie, etwas Sinnvolles aus den Bruchstücken zu machen, die er ihr hinwarf. »Den Fjord«, fügte er hinzu. »Vor dreizehn Jahren im Sommer.« So viele Worte hatte er seit Tagen nicht von sich gegeben. Eine Welle der Erleichterung breitete sich in Siri aus. »Sie wollte noch mal hin. Jedes Jahr hat sie gesagt: Lass uns noch mal zum Eyjafjord fahren, Arvid. Hab sie immer vertröstet. Immer hab ich gesagt: Wir kommen schon noch mal hin.« Seine Augen begannen zu glänzen. »Wir hatten es uns für nächstes Jahr vorgenommen. Versprich es mir, hat sie gesagt.«

Seine Stimme brach, Tränen rannen wie Sturzbäche über seine Wangen, in seinen Bart. Er weinte ohne einen Laut, seine Schultern bebten in einem fort, und er schloss die Augen, als ertrüge er den Anblick des blauen Himmels und der blühenden Blumen in seinem Garten nicht.

Siri sprang auf und eilte zu ihm. Sie glaubte, seinen Schmerz körperlich spüren zu können, und sie ließ es zu, dass er sich irgendwo in ihrem Inneren mit ihrem Heimweh verband, mit ihrer Sehnsucht, ihrer Traurigkeit. Sie beugte sich zu ihrem Vater hinunter, legte einen Arm um ihn und vergrub ihr Gesicht an seiner Schulter. Wie unsinnig war es doch zu glauben, jemand könnte ihm diese Reise ausreden.

Sie fuhr nicht nach Hause, sondern beschloss, bei ihm zu übernachten, in ihrem alten Mädchenzimmer, aus dem inzwischen ein Gästezimmer geworden war. Außer Großtante Lynna hatten hier schon Freundinnen ihrer Mutter und auch Elin übernachtet. Stets war das Bett frisch bezogen, und immer lagen zwei Handtücher, eine Zahnbürste und ein Stück Orangenseife im Zimmer auf der weiß gestrichenen Kommode bereit.

Zum Glück hatte sie schon vor der Beisetzung im Tourismusbüro um ein paar freie Tage gebeten, die ihr angesichts des Trauerfalls ohne Umstände gewährt worden waren. Man hatte ihr und der ganzen Familie von Herzen Beileid bekundet und sie eindringlich gebeten, sich alle Zeit zu nehmen, die sie brauchte.

Am Abend rief sie Mattis an und teilte ihm mit, dass sie über Nacht in Eskelhem bleiben und ihren Vater am morgigen Tag verabschieden würde. Danach deckte sie den Tisch in der Küche für ihren Vater und sich. Sie schlug alle noch im Kühlschrank befindlichen Eier in die gusseiserne Pfanne und bereitete zwei Omeletts zu, die sie mit *tunnbröd* und gesalzener Margarine aßen.

»Schaust du nach den Blumen?«, fragte er kauend.

Er aß mit Appetit, wie Siri erleichtert feststellte. Vielleicht waren die Omeletts für ihn die erste warme Mahlzeit seit Tagen.

»Klar.« Sie konnte sich ein Lächeln nicht verkneifen. »Meldest du dich zwischendurch mal?«

Er nickte, sah sie lange an, nickte wieder. »Pass auf dich auf.«
»Und du auf dich, Papa.«

Sie lag lange wach in dieser Nacht, starrte ins Halbdunkel des Zimmers, stand auf, um das Fenster weit zu öffnen und die kühle Luft hereinzulassen, und legte sich wieder hin. Erst gegen vier fand sie zur Ruhe. Nur eine Stunde später erwachte sie, weil sie ihren Vater in der Küche hörte. Schranktüren wurden geöffnet und geschlossen, der Kessel mit Wasser gefüllt, etwas über die Fliesen geschoben. Sie hatten nicht darüber gesprochen, um welche Zeit er loswollte. Je weiter der Abend vorangeschritten war, desto tiefer war er wieder in seine Schweigsamkeit verfallen.

Steifbeinig kroch Siri aus den Laken. Sie fühlte sich wie zerschlagen, konnte kaum die Augen offenhalten. Sie hatte in ihrer Unterwäsche genächtigt, streifte sich jetzt ihr T-Shirt vom Vortag über und wickelte sich in die Lammfelldecke, die zusammengefaltet am Fußende des Bettes gelegen hatte. Barfuß verließ sie das Zimmer, durchquerte den kalten Flur, wo an einem der Garderobenhaken die Lodenjacke ihrer Mutter hing, und betrat die Küche. Ihr Vater saß mit einer Tasse Kaffee am Tisch. Er war rasiert und ordentlich gekämmt und trug eine dunkle Hose zu seinem karierten Lieblingshemd.

»Bist schon abfahrbereit«, stellte sie sachlich fest. Sie ließ sich auf den Stuhl neben ihm sinken. »Versprich mir, vorsichtig zu fahren«, sagte sie, während sie ihren Kopf an seinen Oberarm schmiegte.

»Musst dir keine Sorgen machen«, erwiderte er kaum hörbar.

Er hob eine Hand und strich ihr liebevoll über die Wange, als wäre sie wieder die kleine Siri von früher. So saßen sie eine Weile und schwiegen. Als ihr Vater den Kaffee ausgetrunken hatte, stand er auf und ging zur Haustür. Siri folgte ihm, die Decke hielt sie vor der Brust mit einer Hand zusammen. Ihre Füße fühlten sich eisig an auf den kalten Fliesen. Sein Lederkoffer stand dort und daneben ein gepackter Rucksack.

Sie schlossen einander in die Arme. »Mama ist bei dir«, hörte sie sich sagen. »Du trägst sie im Herzen zum Fjord.«

Winkend sah sie dem roten Volvo nach, wie er aus der Hofeinfahrt fuhr. Sie fröstelte. Doch sie wusste, dass es nicht nur an ihren bloßen Füßen lag. Es war der Gedanke, außer ihrer Mutter nun auch ihren Vater verloren zu haben. Aber das hatte sie doch gar nicht. Er würde zurückkommen. Schon bald würde sein Auto wieder vor dem Haus stehen, und sie würde mit ihm hineingehen und Omelette für sie beide braten, und während sie gemeinsam aßen, würde sie seinen Erzählungen vom Eyjafjord lauschen. Sie zog die Decke enger um sich, ging zurück ins Haus, schloss die Tür und kroch wieder zwischen die Laken. Keine fünf Minuten später glitt sie über die Schwelle des längst überfälligen Schlafs.

Es war beinahe Mittag, als sie erwachte. Ein Blick auf ihr Handy zeigte, dass Jerik zweimal versucht hatte, sie anzurufen. Sie tippte eine Nachricht für ihn ins Feld des Messengers.

Habe bei Papa übernachtet. Ist heute Morgen Richtung Island aufgebrochen. Melde mich später.

Nach einer Katzenwäsche ging sie ins Schlafzimmer ihrer Eltern. Sie öffnete das Fenster, zog die Bettwäsche ab und steckte sie in die Waschmaschine. Dann setzte sie sich in den Korbsessel, der in der Ecke zwischen Fenster und der Bettseite ihrer Mutter seinen Platz hatte und heftete ihren Blick auf die Tür des Kleiderschranks. Sie würde Kartons brauchen. Oder stabile Plastiksäcke. Sie war sich noch nicht im Klaren darüber, was sie mit der Kleidung und den Hinterlassenschaften ihrer Mutter machen würde. In Visby gab es einen Secondhandladen, und Ann-Marie hatte von einer der Kirchengemeinden berichtet, die etliche Jahre zuvor eine Kleiderkammer für Bedürftige eingerichtet hatte. Damit gab es zwei mögliche Anlaufstellen.

Aber zuerst wollte sie sich einen Überblick über den Schrankinhalt verschaffen. Beim Aufstehen fiel ihr Blick auf den Nachttisch mit den Messingbeinen neben der Bettseite ihrer Mutter. Vor der kleinen Stehlampe lag ein Buch, ein Roman mit einer Schneelandschaft auf dem Cover. Der Name des Autors sagte Siri nichts. Das Lesezeichen steckte ungefähr in der Mitte. Ein nicht zu Ende gelesenes Buch, schoss es ihr durch den Kopf. Es passte zum nicht zu Ende gelebten Leben ihrer Mutter. Das Schicksal hatte sie vor der Zeit herausgerissen, daran zweifelte wohl niemand. Herausgerissen aus all ihren Plänen und Hoffnungen und ihrem Traum von Island. Hätte sie gewusst, dass ihr Leben nach vierundsiebzig Jahren ein so plötzliches Ende nehmen würde, hätte sie sich für die Reise zum Eyjafjord vermutlich nicht Jahr für Jahr vertrösten lassen.

Sie schüttelte den Gedanken ab. So würde das nie etwas. Entschlossen ging sie zum Schrank, öffnete die beiden Türen, hinter denen sich die Sachen ihrer Mutter befanden. Die Anzahl von Kleidern, Blusen und Mänteln, die sorgfältig auf den Bügeln an der Kleiderstange hingen, war überschaubar. Siris Finger glitten darüber hinweg. Pullover, Strickjacken, T-Shirts und Hosen lagen ordentlich gefaltet in Fächern, ganz oben ein kleiner Stapel Schlafanzüge und Nachthemden. In zwei rechteckigen Körben entdeckte Siri Strümpfe und Unterwäsche, ganz einfache aus weißer und naturfarbener Baumwolle. Sie beschloss, alles aus dem Schrank aufs Bett zu räumen und direkt auszusortieren, was nicht mehr brauchbar war.

Bei den ersten Teilen tat sie sich noch schwer, weil sie sich wie ein Eindringling fühlte, wie jemand, die etwas anrührte, das sie nichts anging, doch nach einer Weile fiel ihr das Räumen leichter. Der marineblaue Wintermantel mit den Hirschhornknöpfen sah aus, als wäre er ungetragen, doch das war er nicht. Ihre Mutter hatte ihn gemocht, und Siri hatte sie oft darin gesehen. Sie hatten ihn ein paar Jahre zuvor zusammen in einem kleinen Laden in Visby gekauft, Siri erinnerte sich, als wäre es gestern gewesen. Ohne einen weiteren Gedanken streifte sie ihn vom Bügel und schlüpfte hinein. Flink schloss sie die Knöpfe, stellte den Kragen hoch und schob die Hände in die Taschen. Dann betrachtete sie sich im Spiegel. Er war etwas zu groß, die Schulternähte saßen zu tief, und die Ärmel waren einen Zentimeter zu lang, aber das machte nichts.

»Ich behalte ihn, Mama.«

Bevor eine Welle der Sentimentalität über sie hinwegrauschen konnte, öffnete sie rasch die Knöpfe und zog den Mantel aus, legte ihn auf die Seite. Sie würde ihn später mitnehmen. Siri kniete sich wieder vor den Schrank, um das unterste Fach auszuräumen, das letzte. Sie zog einen Stapel Winterpullover heraus, legte ihn neben sich und sah nach, ob das Fach wirklich leer war. Da entdeckte sie ganz hinten noch etwas, einen Briefumschlag. Sie griff danach, betrachtete ihn unschlüssig von beiden Seiten. Er war unbeschriftet, die Lasche nur eingesteckt. Siri sank auf den Teppich, lehnte den Rücken an den Bettrahmen und öffnete das Kuvert. Ein Foto steckte darin. Doch ehe sie es herausnehmen konnte, hörte sie den Klingelton ihres Handys. Sie legte das Kuvert beiseite, stand auf und nahm das Gespräch an.

»*Hej*, Mattis.«

»*Hej*, alles okay bei dir? Hab seit gestern Abend nichts mehr von dir gehört.«

»Ich räume Mamas Schränke aus.«

»Und kommst du voran?«

»Ja, schon. Ist alles noch ein bisschen chaotisch gerade.« Sie blickte auf die Kleidungsstapel auf dem Bett.

»Brauchst du Hilfe?«

Sie seufzte auf. »Erst mal brauche ich Kartons, in die ich alles packen kann. Mindestens fünf oder sechs.«

»Ann-Marie müsste noch welche von ihrem Umzug haben.«

»Stimmt, daran hab ich gar nicht gedacht. Würdest du sie fragen, ob sie mir ein paar überlässt?«

»Das macht sie bestimmt.«

»Danke.«

»Kommst du heute nach Hause?«

»Weiß noch nicht. Vielleicht bleib ich noch einen Tag. Irgendwie fühlt es sich richtig an, gerade hier zu sein.«

»Okay, wie du meinst. Dann mach's gut.«

»Du auch. Bis dahin.«

Sie beendete das Gespräch, dieses rationale Frage- und Antwortspiel. Wie sehr sich ihre Kommunikation doch von jener in der Anfangszeit unterschied. Im Rückblick kam es ihr vor, als wäre jedes Wort, das sie damals mit Mattis gewechselt hatte, von Bedeutung gewesen. Und von einer Wärme, die ihr das Gefühl der Kälte, diesen Schmerz, etwas untrennbar zu ihr Gehörendes verloren zu haben, gänzlich genommen hatte.

Sie legte das Handy zurück auf die Kommode. Wahrscheinlich war es von Beginn an ein Irrtum gewesen, bei einem Mann finden zu wollen, was sie mit ihrer leiblichen Mutter verloren hatte. Mit einem Seufzer ging sie zurück zum Kleiderschrank, um ein letztes Mal zu überprüfen, ob sich noch etwas darin befand. Dann fiel ihr Blick auf den Briefumschlag und das Foto darin. Sie zog es heraus, erkannte, dass es eine stark verblichene, gelbstichige Polaroidaufnahme war. Trotz der Farbveränderung ließ sich das Motiv erkennen. Zwei junge Frauen nebeneinander auf einem Sofa sitzend, beide blond und mit Frisuren, die in den Achtzigern in Mode gewesen waren. Dauerwelle, luftgetrocknet. Siri lächelte, als sie das Gesicht ihrer Mutter erkannte. Sie und die andere Frau hielten je einen Säugling im Arm. Die Kinder steckten in Stramplern, außer ihren kleinen Fäustchen und winzigen Gesichtern war kaum etwas von ihnen zu erkennen.

Siri erinnerte sich, dass ihr Vater früher eine Sofortbildkamera besessen und viele Schnappschüsse dieser Art damit festgehalten hatte. Die Fotoalben ihrer Eltern waren voll von Polaroidaufnahmen, die im Laufe der Jahrzehnte viel von ihrer Qualität eingebüßt hatten. Sie betrachtete das Gesicht ihrer Mutter. Wie alt mochte sie gewesen sein? Um die dreißig vielleicht. Das Kind auf ihrem Arm war winzig und bestimmt nicht älter als wenige Wochen. Es konnte sich um Jerik oder um sie selbst handeln. Leider war kein Datum vom Aufnahmetag zu erkennen, ein Detail, das ihr das Zuordnen erleichtert hätte.

Wieder dachte sie an ihren Vater. Wäre er doch hier, damit sie ihn fragen könnte! Ob er das Foto aufgenommen hatte? Sie schob es zurück ins Kuvert, stand auf und legte es auf den Wintermantel. Warum hatte ihre Mutter es nicht mit den anderen in eins der Alben geklebt, sondern in den Tiefen ihres Kleiderschranks vergraben?

MELLA

Deutschland – April 2023

Seit ein paar Tagen wusste Mella, dass sie in knapp zwei Wochen zur Recherchereise nach Gotland aufbrechen würde. Sie würde zunächst von Köln nach Stockholm fliegen und nach einem zweistündigen Stopp mit einer kleinen Maschine weiter nach Visby. Gudrun hatte die Flüge für sie reserviert und ein Zimmer in einer Pension »im Herzen der mittelalterlichen Hauptstadt«. So hatte sie es gesagt. Anfang Juni würde sie zurück sein. Mellas Reisefieber war daraufhin angestiegen, denn die Vorstellung, drei Wochen in der kleinen schwedischen Küstenstadt zu leben, verhieß ein besonderes Lebensgefühl. *Du Glückskeks*, hatte Katja auf einen der quadratischen Notizzettel geschrieben und ihn, versehen mit einer lachenden Sonne, auf Mellas Tastatur gelegt. Im Verlag glaubten alle, dass die Reise für sie eine Art Heimkommen sein würde. Sie verschwieg ihnen, dass sie nie eine Beziehung zu der kleinen Ostseeinsel östlich des schwedischen Festlands aufgebaut hatte, sondern dass ihre Mutter alles in ihrer Macht Stehende dafür getan hatte, dass Gotland bis zum heutigen Tag unnahbar für sie geblieben war.

Noch immer hatte sie ihre Mutter nicht in die Pläne eingeweiht. Sie hatten sich seit der Projektbesprechung weder gesehen noch miteinander telefoniert, was nicht unüblich war. Doch angesichts der bevorstehenden Reise war ein Gespräch längst überfällig. Die ablehnende Haltung ihrer Mutter allem gegenüber, was sie an ihre schwedische Heimat und den Schmerz erinnerte, der sie dort Anfang der Achtzigerjahre mit aller Wucht getroffen haben musste, machte es Mella nicht gerade leicht. Vermutlich würde ihre Mutter sich ebenso überrumpelt fühlen wie sie. Spätestens jetzt musste sie ihr gestehen, dass sie einmal einen Sprachkurs besucht hatte, ohne ihr gegenüber jemals ein Sterbenswörtchen darüber verloren zu haben. Wie würde sie reagieren? Ähnlich bestürzt wie in dem Moment, in dem sie sie *Hey Jude* hatte spielen hören? Bevor sie an jenem Abend nach Hause gegangen war, hatte sie das Notenheft mit der rätselhaften Notiz wortlos an sich genommen und es, ungeachtet von Mellas Protest, in ihrer Tasche verschwinden lassen. »Wirf es bloß nicht weg«, hatte Mella ihr nachgerufen. Danach hatte keine von ihnen den Vorfall noch einmal zur Sprache gebracht.

Es war kurz vor halb elf, Mella löschte die Lichter in der Wohnung und ging ins Badezimmer, wo sie Jeans und Pulli auszog. Dabei fiel ihr Handy aus der Hosentasche auf den weichen Teppich vor der Badewanne. Sie sah eine ungelesene Nachricht von ihrer Mutter, die eine Stunde zuvor eingegangen war.

Hallo, Mella, noch gar nichts von dir gehört diese Woche. Geht's dir gut? Hast du Lust, morgen Abend vorbeizukommen? Ich mach uns was zu essen. Spaghetti mit Pesto?

»Na dann«, murmelte sie mit einem Seufzer.

Den ganzen Tag fieberte Mella dem Abend entgegen. Ihre Mutter lebte nur fünf Haltestationen von ihrem Zuhause entfernt in einer geschmackvoll eingerichteten Eigentumswohnung mit Blick ins Grüne, die sich im ersten Stock eines Vierfamilienhauses befand. Schon beim Betreten der Wohnung nahm Mella das in der Luft liegende würzige Aroma von Knoblauch und Basilikum wahr. Sie begrüßte ihre Mutter, streifte die Schuhe von den Füßen und folgte ihr in die Küche.

»Die Spaghetti brauchen noch ein paar Minuten«, sagte ihre Mutter.

»Tisch schon gedeckt?«

»Alles fertig. Trinken wir einen Wein dazu?«

»Gern.«

Ihre Mutter öffnete die Kühlschranktür und holte eine Flasche Weißwein heraus. Mella lehnte sich an den Türrahmen und sah ihr dabei zu, wie sie die Flasche entkorkte.

Ich muss dir was sagen, Mam ...

»Hast du wieder gut reingefunden in die Arbeit?«

»Bestens. Als wäre ich nie weg gewesen.«

Mein Chef will, dass ich nach Gotland fahre ...

Warum sagte sie es nicht einfach? Während ihre Mutter ihnen Wein einschenkte, berichtete sie von der Nachbarin aus dem Parterre, nach der sie jeden Abend sah und die tags zuvor bewusstlos im Badezimmer zwischen Dusche und Toilette gelegen hatte. Mella hörte nur mit halbem Ohr zu. Voller Ungeduld suchte sie nach Worten, mit denen sie ihre Mutter möglichst schonend über ihr Vorhaben in Kenntnis setzen konnte.

»Unterzucker«, sagte sie jetzt. Sie reichte Mella eins der Gläser. »Zum Glück kenne ich mich mit solchen Situationen aus.«

Sie verließen die Küche und gingen ins Esszimmer. Der Tisch war hübsch gedeckt mit dem guten Geschirr und Servietten. *Schön, dass du da bist* stand darauf. Zwei Holzhasen waren die letzten Überbleibsel der Osterdekoration.

Ich verreise, Mam ...

»So, die Nudeln müssten fertig sein. Ich geh sie schnell abschütten.« Ihre Mutter verschwand in die Küche, und Mella trat ans Fenster. Der baumbestandene Park, auf den sie von hier aus schauen konnte, lag im Licht der schwindenden Sonne. Sie sah Leute mit Hunden, eine junge Frau mit einem Kinderwagen, zwei Männer mit Sportrucksäcken, einen Jogger. Das Stadtleben, wie sie es kannte. Wie lebten die Menschen auf Gotland? Sie hatte gelesen, dass die alte Handelsstadt Visby mit vierundzwanzigtausend Einwohnern die größte Stadt der Insel war. Das Leben in Visby pulsierte sicher nicht so wie in der Millionenstadt Köln. Dafür pulsierte die Vorfreude in ihr umso mehr. Und es fühlte sich falsch an, ihrer Mutter gegenüber noch länger so zu tun, als gäbe es diese Reisepläne nicht.

»Wir können.«

Sie drehte sich um und sah ihre Mutter mit zwei gefüllten Pastatellern hereinkommen.

»Riecht wunderbar«, sagte Mella, während sie zum Tisch ging und ihrer Mutter gegenüber Platz nahm. Sie aßen, tauschten Belanglosigkeiten aus. Ihre Mutter schenkte Wein nach. Irgendwann hielt Mella die innere Anspannung nicht länger aus. »Mein Chef schickt mich im Mai auf Recherchereise.«

Beiläufig hatte es klingen sollen. Sie hoffte inständig, dass ihre Mutter nichts von dem Druck heraushörte, der zentnerschwer auf ihrer Brust lag. Sie wickelte ein paar Spaghetti auf ihre Gabel und schob sie sich in den Mund.

»Oh, klingt spannend«, antwortete ihre Mutter. »Und wohin?«

»Nach Schweden.«

Es war gesagt. Ganz leicht. Zwei Worte. Die Wahrheit. Kein Herumlavieren mehr.

»Was?«

Das Besteck schlug hart auf dem Tellerrand auf, als ihre Mutter es dort ablegte. Mella sah, wie sie nach ihrem Weinglas griff und einen großen Schluck trank. Dann stellte sie es zurück auf den Tisch, hielt aber den Stiel weiter fest umklammert.

»Er möchte eine Bildbandreihe über Kunst in Europas Kirchen rausbringen, und die Landkirchen auf Gotland machen den Anfang.«

Ein Ausdruck von Fassungslosigkeit grub sich in die Züge ihrer Mutter. »Das ist nicht dein Ernst, Mella.«

»Doch.«

»Ausgerechnet Gotland?«

»Ja.«

»Und warum du?«

»Weil er es mir zutraut. Kannst du dich nicht wenigstens ein bisschen mit mir freuen?«

Sie zwang sich dazu, ruhig zu bleiben, ihre Stimme unter Kontrolle zu behalten, obwohl jede Faser ihres Körpers zum Zerreißen gespannt war.

»Tut mir leid, das kann ich nicht.« Ihre Mutter nahm ihr Besteck wieder auf und wickelte mit hektischen Handgriffen ein paar Nudeln auf die Gabel.

»Er schickt ja nicht dich«, sagte Mella. »Nicht du sollst hinfahren, sondern ich.«

Der Blick, mit dem ihre Mutter sie jetzt ansah, war unergründlich. »Ich halte das für keine gute Idee, überleg dir das noch mal. Vielleicht kann er jemand anderen schicken, und du bist beim nächsten Mal dran.«

Mella lachte auf. »Jetzt mal im Ernst, Mam. Ich verstehe, dass du mit deiner Heimat abgeschlossen hast. Da ist ein schlimmes Unglück passiert, es war der schwärzeste Tag deines Lebens, es hat dir den Mann genommen, den du geliebt hast. Ich kann sehr gut verstehen, dass diese Erinnerungen in dir hochkommen, wenn du an Schweden denkst. Aber ich habe doch mit all dem nichts zu tun! Warum hältst du nicht nur dich selbst, sondern auch mich fern von Schweden? Gotland ist die Heimat meiner Eltern, dort liegt meine Großmutter begraben, die ich nie kennenlernen durfte. Für mich ist Dietmars Angebot so was wie ein Zeichen. Da ich es bisher nicht fertig gebracht habe, aus eigenem Antrieb hinzufahren, bekomme ich jetzt die Gelegenheit, mich

Schweden und der Insel zu nähern, und ich will es auch, Mam. Ich will es wirklich! Ich will diese Insel, auf der du aufgewachsen bist, endlich kennenlernen.«

Die Lippen ihrer Mutter waren fest zusammengepresst. Rötliche Flecken erschienen auf ihrem Hals, wie immer, wenn sie sich aufregte, und ihre Schultern wirkten angespannt, beinahe wie eingefroren. Sie sagte kein Wort. Es schien, als wollte sie sich selbst daran hindern, unkontrolliert etwas über die Lippen zu bringen.

Als Mella begriff, dass ihre Mutter nichts erwidern würde, senkte sie den Kopf und begann lustlos in ihren Spaghetti herumzustochern.

»Essen wird kalt«, murmelte sie.

Sie aßen schweigend zu Ende. Zäh und undurchdringlich lag eine unerträgliche Stille zwischen ihnen. Das Verhalten ihrer Mutter erinnerte Mella an die Situation mit dem Notenheft und an die Notiz. *Mit dir bis ans Ende der Welt ... R.* hatte dort gestanden. Sie legte ihr Besteck in den geleerten Teller.

»Wer ist R.?«, fragte sie, ohne länger darüber nachzudenken, ob sie damit erneut ein Tabu brechen würde – die Stimmung hatte sie ohnehin schon verdorben, da kam es auf eine Unantastbarkeit mehr oder weniger nicht an.

»Was meinst du?«

»Irgendwer wollte mit dir bis ans Ende der Welt. Jemand, dessen Name mit R. beginnt, stimmt's?«

»Was soll das, Mella?«

Mit einer unangemessen heftigen Handbewegung schob ihre Mutter den Teller ein Stück von sich weg und schenkte sich gleich darauf Wein nach, obwohl ihr Glas noch halb gefüllt war. Zitterte sie oder wirkte es wegen ihrer fahrigen Handgriffe nur so? Mella wünschte sich, für einen kurzen Augenblick in den Kopf ihrer Mutter hineinsehen zu können. Und in ihr Herz, in die verborgensten Winkel. Mit einem Mal empfand sie tiefes Mitleid. Was wusste sie schon von dem Schmerz, den ihre Mutter als Achtzehnjährige hatte durchleben müssen? Was wusste sie schon von ihrer Kindheit, ihrer Jugend auf Gotland? Wie Mella selbst war auch ihre Mutter vaterlos aufgewachsen. Ihr Großvater hatte seine Frau und die beiden Mädchen verlassen, als ihre Mutter vier gewesen war. Auch dieses Ereignis hatte sicherlich Verletzungen und Schmerz in die Seele ihrer Mutter gegraben. Wenn sie doch nur nicht so verschlossen wäre!

»Ich will dich gern verstehen«, sagte Mella so sanft sie konnte. »Du gerätst in Stress, sobald es um Schweden geht. Liegt es wirklich nur daran, dass mein Vater dort ums Leben kam? Oder ist da auch was mit deiner Mutter gewesen? Warum bist du nie mit mir zu ihr gefahren? Warum durfte ich nicht mit zur Beerdigung damals?«

»Du warst fünf und hattest überhaupt keine Beziehung zu ihr«, antwortete ihre Mutter tonlos.

Sie presste ihre Finger um den Stiel ihres Weinglases und starrte an ihrem Teller vorbei auf die Holzhasen in der Mitte des Tisches.

»Woher hätte ich die auch haben sollen?«

»Lass uns aufhören damit«, bat ihre Mutter.

»Ich will aber nicht aufhören. Ich will wissen, wo meine Wurzeln sind.«

»Deine Wurzeln sind hier, Mella, hier bei mir.« Ruckartig hob ihre Mutter den Kopf und heftete den Blick fest auf Mellas Gesicht. »Ich habe mein Leben lang alles dafür getan, dir Mutter und Vater zugleich zu sein, damit du möglichst nichts vermissen musstest. Ich habe dir alles gegeben, was du für eine unbeschwerte Kindheit brauchtest, und ich bin auch heute noch immer für dich da. Damals bin ich aus Schweden geflohen, als ich hochschwanger war, ich habe dich in Deutschland zur Welt gebracht und aufgezogen. Du bist alles, was ich habe, und ich will dich nicht an eine Insel verlieren, die ich von meiner Landkarte radiert habe.«

Bei den letzten Worten hatte ein leichtes Beben die Stimme ihrer Mutter erfasst. Ihre Augen begannen zu glänzen, ihr war anzusehen, wie verzweifelt sie sich bemühte, die aufsteigenden Tränen zu unterdrücken.

»Aber du verlierst mich doch nicht, nur weil ich drei Wochen dort arbeiten werde.« Welch widersinnige Angst beherrschte nur die Gedanken ihrer Mutter? »Ich komme zurück, Mam«, sagte sie leise, aber eindringlich und zweifellos wie ein Versprechen. »Ich habe nicht vor, dort zu bleiben. Wenn das deine größte Angst ist, kann ich dich beruhigen.«

Sie hoffte, die Situation damit ein wenig zu entspannen, doch die Züge ihrer Mutter blieben verkrampft, und das Lächeln, das sie sich nun abrang, wirkte gezwungen, als bereitete es ihr die größte Mühe.

»Ich kann es nicht ertragen, dass du dorthin gehst, wo mir der Boden unter den Füßen weggerissen wurde, Mella. Der Gedanke macht mich krank. Nach dem Begräbnis meiner Mutter habe ich mir geschworen, dass diese Insel weder mich noch dich jemals wiedersehen wird. Und jetzt will ich nichts mehr davon hören.«

9. März 1982

Lieber Rikard,
weißt du eigentlich, wie sehr ich die Musikprojekttage herbeisehne? Unsere Wiedersehenstage. Unsere »Wir-lächeln-uns-heimlich-zu«-Tage. Tage, an denen ich einen Brief von dir in meinem Gitarrenkoffer finde. Der Schluss deines heutigen Briefes hat mich aus der Fassung gebracht. Ja, das darf ich so sagen, das muss ich so sagen, weil es die Wahrheit ist und weil ich festgestellt habe, dass ich dir die Wahrheit sagen kann, dass es sich sogar sehr richtig anfühlt, sie dir zu sagen.

Ich denke an dich. Viel zu oft. Das hast du geschrieben. Mir geschrieben. Ich bin gemeint. Ich bin die, an die Rikard Engdahl viel zu oft denkt. Obwohl es Liv in deinem Leben gibt. Verlobt seid ihr, du hast es mir mit einer Zerrissenheit mitgeteilt, die ich in jeder Zeile, in jeder Silbe lesen konnte. Du solltest an Liv denken, nur an Liv denken, ihr seid verlobt, das heißt, ihr gehört zusammen. Sie plant eure Hochzeit, aber du denkst an mich, viel zu oft. Deine Worte, deine Wahrheit.

Und ich, lieber Rikard, denke auch an dich. Dir gelten morgens meine ersten und abends meine letzten Gedanken, und zwischendurch drehen sie sich noch weitere tausendmal um dich. Bei den Proben will ich gut sein, will ich dir beweisen, dass ich geübt habe, dass ich das Lagenspiel beherrsche, und dann passieren mir trotzdem diese blöden Fehler. Sie passieren mir nicht, weil ich nicht genug geübt habe, sondern weil ich mich in deiner Nähe kaum konzentrieren kann. Kaum die Augen auf meinem Notenblatt halten kann. Kaum aufhören kann, dich anzusehen. Meine Hand zittert ein bisschen, während sie dir das hier schreibt, während sie dir all diese Ehrlichkeit, diese Offenheit, diese unerhörte Wahrheit gesteht. Und ich kann dir all das nur schreiben, weil du damit angefangen hast, weil du mit diesen Worten, diesen unsagbar bedeutsamen »Ich-denke-viel-zu-oft-an-dich«-Worten angefangen hast. Aber ich will sie dir nicht nur schreiben, ich will sie dir sagen, sie sollen nicht unsagbar bleiben, und ich will dich dabei ansehen, wenn ich sie sage. Ich will in deine blauen Augen sehen, die mich um den Verstand bringen. Und gleichzeitig weiß ich, dass ich es nicht darf. Du gehörst zu Liv, und du bist mein Lehrer.

*Es grüßt dich nachdenklich
deine Griddy*

SIRI

Gotland – September 2022

»Warum, Mama?« Vorwurfsvoll hatte es geklungen, ein wenig trotzig, gemischt mit der Ungeduld eines Kindes, und als erwartete sie allen Ernstes eine Antwort. Sie warf einen raschen Blick über die Schulter, um sich zu vergewissern, dass niemand ihr zugehört hatte und sie möglicherweise für verrückt erklärte, weil sie mit einer Toten sprach. Doch niemand hielt sich zwischen den Gräbern auf, sie war die einzige Friedhofsbesucherin an diesem trüben Vormittag, an dem tief hängende Regenwolken den Himmel über Gotland verdunkelten. Dass sie auf der Heimfahrt vor der Friedhofsmauer in Eskelhem gehalten hatte, war dem Bedürfnis geschuldet gewesen, das sie beim Verlassen ihres Elternhauses verspürt hatte. Nach dem Abschließen der Haustür hatte sie nur kontrollieren wollen, ob sich das Kuvert mit dem Foto in ihrer Jackentasche befand. Es zwischen den Fingern zu ertasten hatte genügt, damit das Karussell aus Gedanken und Fragen wieder an Fahrt hatte aufnehmen können. »Das Foto lässt mich einfach nicht los«, sagte sie mit einem Blick auf die Stelle, an der sie vor ein paar Tagen die Asche ihrer Mutter der Erde übergeben hatten.

Der hübsche Kranz, der die Urne geschmückt hatte, sah nicht mehr ansehnlich aus. Die Blütenköpfe hatten braune, verschrumpelte Ränder.

Dass das Foto sie nicht losließ, stimmte ja so nicht. Es war nicht die Aufnahme an sich, nicht das Motiv, das sie noch immer beschäftigte. Nicht direkt jedenfalls. Es war die Tatsache, dass ihre Mutter das Bild versteckt hatte, was die Frage nach dem Warum unmittelbar nach sich zog. Am Abend zuvor hatte sie sämtliche Fotoalben aus dem Wohnzimmerschrank ihrer Eltern mit aufs Sofa genommen, wo sie es sich mit einem Glas Rotwein zwischen den Kissen bequem gemacht hatte. Sie hatte eine CD von Fred Åkerström in den alten CD-Player ihrer Eltern eingelegt, weil ihre Mutter dessen Musik seit ihrer Jugend geliebt hatte. Sie hatte sich auf die Fotoalben aus den frühen Achtzigern konzentriert, als sie und Jerik Kinder gewesen waren.

Ein abgegriffenes Album aus der Zeit vorher hatte sie sich ebenfalls angesehen, es war gefüllt mit vielen Aufnahmen, die Jördis und Arvid in jungen Jahren zeigten, verliebt, händchenhaltend, mit Freunden auf einem Boot mit einem weißen, sich im Wind blähenden Segel im Hintergrund, und zu zweit beim Spaziergang im Wald, später bei der Hochzeit, die sie in engem Kreis gefeiert hatten. Auf einigen hatte sie die jüngere Version ihrer Großtante Lynna entdeckt. Dass sie mit ihrem Puppengesicht und der jungenhaften Statur das Schönheitsideal der Sechziger perfekt verkörpert hatte, war Siri nie so bewusst gewesen wie beim Anschauen der Fotos.

Es gab zahlreiche Bilder von Jerik, der drei gewesen war, als die Svenssons sie, die kleine verwaiste Siri, als Pflegekind bei sich aufgenommen hatten, und ebenso viele, auf denen sie zusammen mit ihrem Bruder zu sehen war. Beim unbekümmerten Herumtoben auf der Wiese im Garten. An irgendeinem der vielen gotländischen Strände, mit Schwimmflügeln an den dürren Ärmchen und einem Eimerchen in der Hand. Auf einer Weide inmitten einer Herde von Lämmern, Jeriks Arm beschützend um ihre Schultern gelegt, sie in Jeriks dunkelgrünen Gummistiefeln, die ihr viel zu groß gewesen waren, ein Zwerg in Siebenmeilenstiefeln. Großer Bruder, kleine Schwester, eine Einheit aus vier Beinen, vier Armen und zwei Herzen. Den halben Abend lang hatte sie in Kindheitserinnerungen geschwelgt, und nachdem auf das erste ein zweites Glas Rotwein gefolgt war und Fred Åkerströms melancholische Balladen verklungen waren, war sie in den weichen Sofapolstern eingeschlafen, umgeben von Schnappschüssen aus einer vergangenen Zeit.

Und nun stand sie am Grab ihrer Mutter und scharrte mit der Schuhspitze ungeduldig ein Muster in den Kies. Eine Antwort auf ihre Fragen würde sie hier kaum finden. Der Einzige, der ihr möglicherweise etwas dazu sagen könnte, war ihr wortkarger Vater, der sich auf dem Weg nach Island befand, um ein Versprechen einzulösen, das ihm wichtiger war als irgendetwas anderes.

Sie griff in die Jackentasche, nahm das Kuvert heraus und öffnete es. Noch während sie das Foto aus dem Umschlag zog, flatterte ein Zettel zu Boden und landete vor ihren Füßen. Verwundert hob sie ihn auf. Merkwürdig, dass er ihr tags zuvor nicht in die Hände gefallen war. Sie faltete ihn auseinander. Ein aus einem Notizbuch herausgetrenntes Blatt ohne Linien, an einer Seite war der Rand ausgefranst. Mit gut leserlicher Handschrift und Bleistift hatte jemand etwas darauf notiert.

Mit Ingrid Haglund und Mella, Januar 1983

Damit war klar, dass der Säugling im Arm ihrer Mutter nicht Jerik sein konnte. Sie selbst war es. Sie war im Dezember 1982 geboren, das Baby auf dem Bild mochte ein Neugeborenes von wenigen Wochen sein. Hinter dem Namen Ingrid Haglund verbarg sich wahrscheinlich eine Freundin. Oder eine Frau, die ihre Mutter aus dem Mutter-Kind-Heim gekannt hatte und deren Baby im gleichen Alter gewesen war wie sie, die kleine Waise Siri. Nichts, was einen Grund für Geheimniskrämerei bieten würde. Kurz entschlossen griff sie nach ihrem Handy und fotografierte das Polaroid ab. Dann schickte sie Jerik eine Nachricht, an die sie das Foto anhängte.

Hej, großer Bruder, hast du dieses Bild schon mal gesehen? Oder kennst du die Frau neben Mama?

Keine zwei Minuten später ploppte seine Antwort auf.

Hej, kleine Schwester, zweimal nein. Wo hast du's gefunden?

Mit dem Anflug einer leichten Enttäuschung stieß Siri den Atem aus.

Schon gut, tippte sie, *erzähle dir später davon.*

»Das klingt alles total plausibel und nachvollziehbar«, sagte sie abends zu Mattis. Das Foto lag zwischen ihnen auf dem Tisch, der Zettel daneben. Mattis interessierte sich offenbar weder für das eine noch für das andere. Sie saßen einander gegenüber und löffelten Blaubeersuppe mit Grießklößchen, die Ann-Marie zubereitet hatte. »Und trotzdem stimmt doch da irgendwas nicht. Warum sollte sie den Brief sonst im hintersten Winkel des Kleiderschranks versteckt haben?«

»Weshalb fragst du deinen Vater nicht?«

»Ich kann ihn nicht erreichen. Du weißt doch, dass er sein Handy nur einschaltet, wenn er telefonieren will. Wir haben vereinbart, dass er sich meldet. Andersherum geht es nicht.«

»Und was ist mit Jerik? Vielleicht kennt er des Rätsels Lösung.«

»Tut er nicht, hab ihn schon gefragt.«

»Dann wird dir wohl keiner eine Antwort geben können.«

Sie rührte mit dem Löffel in ihrem Teller herum. Die Suppe schmeckte hervorragend, Ann-Marie war eine großartige Köchin, und Siri kam sich schäbig vor, weil sie die unverhoffte Mahlzeit nicht mit Genuss verspeisen konnte.

»Lass es auf sich beruhen, du machst dir unnötige Gedanken, die zu nichts führen«, sagte Mattis.

Sie schwieg, was hätte sie auch sagen sollen. Anscheinend begriff Mattis nicht, wie sehr das Rätsel um das Foto an ihr nagte.

»Wenn du erst wieder arbeiten gehst ...« Er unterbrach sich mitten im Satz. »Ach, übrigens«, fuhr er dann fort. »Es hat jemand für dich angerufen. Die Rektorin der Guteskolan in Visby. Sie hat den Artikel über die Preisverleihung des Leuchtturmwettbewerbs in der Zeitung gelesen und möchte dich mit deiner Marionette für den Geschichtsunterricht der siebten Klasse buchen. Ihre Nummer steht auf dem Block drüben beim Telefon.«

Mit einer Kopfbewegung wies er hinüber zum Küchentresen. Sie warf einen raschen Blick in die Richtung und stellte fest, dass Mattis' Information kaum etwas in ihr auslöste. Keine Spur von Freude, obwohl sie sich sehnlichst erhofft hatte, dass ihre Marionettenpremiere und der Zeitungsartikel, in dem sie erwähnt worden war, allgemeines Interesse wecken würden.

»Danke«, sagte sie nur, schob ihren Suppenteller ein Stück von sich weg und lehnte sich in ihrem Stuhl zurück.

Während sie Mattis dabei zusah, wie er den Rest seiner Suppe aß, dachte sie an die beiden letzten Tage im Haus ihrer Eltern. An den blauen Mantel, auf dessen Revers sie, als sie ihn in ihren Schrank hatte hängen wollen, ein helles Haar ihrer Mutter gefunden hatte. Es war nur ein Haar, aber es hätte sie beinahe aus der Fassung gebracht.

»Vielleicht tut es dir gut, wenn du wieder arbeiten gehst«, sagte er und legte den Löffel auf den Tisch. »Das lenkt dich ab.«

Er hatte es sicher in guter Absicht gesagt, aber seine Worte hatten eine verwundbare Stelle in Siris Innerem getroffen. Wie eine Floskel hatten sie geklungen. Wie etwas, über das er nicht nachgedacht, was er unüberlegt dahergesagt hatte und was den Eindruck in ihr erweckte, er nähme sie nicht ernst.

»Du verstehst das nicht.«

Kaum, dass sie es gesagt hatte, bereute sie es auch schon. Sie war zu müde für Diskussionen, und ihre Aussage würde einen unangenehmen Wortwechsel nach sich ziehen, das wusste sie.

»Dass du noch Zeit brauchst?«

Sie schüttelte den Kopf. »Dass ich wissen will, warum meine Mutter das Foto versteckt hat.«

Er seufzte, rieb sich mit beiden Händen übers Gesicht und sah sie dann an. »Du wirst es ohne deinen Vater nicht rausfinden. Solange er unterwegs ist, kommst du nicht weiter. Also, warum hörst du nicht auf, dir das Hirn zu zermartern und wartest einfach ab, bis er zurückkommt?«

Anscheinend begriff er nicht, wie existenziell die rätselhafte Fotografie für sie war. Hatte sie sich jemals in seiner Anwesenheit so unverstanden gefühlt?

»Abwarten ist nicht gerade meine Stärke.« Sie verschränkte die Arme vor der Brust.

»Meine Güte, Siri, mach kein Drama draus. Es wird sich schon alles auflösen. Ist ja nichts Verbotenes auf dem Foto.«

Er stand auf und trug seinen Teller zur Spüle. Ein untrügliches Zeichen dafür, dass die Unterhaltung ihn langweilte. Oder ihn anstrengte.

»Ja, du hast recht.«

Sie stand ebenfalls auf und beschloss, Mattis gegenüber kein Wort mehr über das rätselhafte Foto zu verlieren. Schweigend räumten sie den Tisch ab, begleitet von den vertrauten Alltagsgeräuschen, dem Klappern der Löffel, die Mattis in den Besteckkorb fallen ließ, dem leisen Quietschen der Spülmaschinentür, dem Rauschen des Wassers aus dem Hahn.

Alles war wie immer, oder?

MELLA

Deutschland und Schweden – Mai 2023

Mit jedem Tag, der die Zeitspanne bis zum Abflugtermin verringerte, wuchs Mellas Aufregung. Seitdem die ausgedruckten Flugtickets an der Magnetwand hinter ihrem Schreibtisch hingen, wo sie immer wieder in ihr Blickfeld traten, schien sich ihr Herz dauerhaft in einer latenten Unruhe zu befinden. Mein Inselherz, dachte sie manchmal und wunderte sich über das Ausmaß der Vorfreude, die ihr durch die Tage folgte. Den diffusen Schatten, der auf dieser Vorfreude lag, bemühte sie sich zu übersehen oder ihm zumindest keine allzu große Aufmerksamkeit zu schenken. Könnte sie doch offen mit ihrer Mutter über ihre Reisepläne sprechen, so wie sie stets alles mit ihr besprach. Sie hätte gern etwas über Gotland erfahren, nicht aus dem Internet oder aus dem Reiseführer, den sie sich in der Buchhandlung am Neumarkt gekauft hatte und dessen Vorderseite eine der zahlreichen Landkirchen unter einem strahlend blauen Himmel zeigte. Jedes Wort in diesem Büchlein hatte sie bereits gelesen, doch keins davon könnte die Erzählungen aus dem Mund ihrer Mutter ersetzen, die es nie gegeben hatte, und nach denen Mella sich so schmerzlich sehnte. Ihre Mutter war auf der von der Ostsee umgebenen Insel, kaum mehr als hundert Kilometer vom schwedischen Festland entfernt, geboren und aufgewachsen. Sie war dort zur Schule gegangen, hatte die Luft der Insel geatmet, das Rauschen der Wälder im Inselinneren gehört, den erdigen

Geschmack auf der Zunge und den gotländischen Wind auf der Haut gespürt. Sie hatte ihre Fußabdrücke im Sand und auf den Inselstraßen hinterlassen und später ihre Mutter auf dem Friedhof eines gotländisches Dorfes beerdigt, von dem Mella nicht einmal den Namen kannte.

Authentischer als jeder Reiseführer hätte sie ihr vom Leben auf Gotland berichten können. Nach der barschen Reaktion neulich hatte Mella sich allerdings selbst verboten, auch nur ein Wort hinsichtlich der bevorstehenden Reise zu verlieren. Um genau das hatte ihre Mutter sie ja gebeten. Nicht mehr darüber zu sprechen. Und doch schwang die Tatsache, dass die mütterliche Missbilligung Mellas Reisepläne nicht ins Wanken gebracht hatte, bei jeder Begegnung, jedem Telefonat, bei jedem Gespräch als unterschwelliger Vorwurf mit.

Gudrun hatte einen Flug für den zweiten Sonntag im Mai reserviert, ausgerechnet am Muttertag, was in Mella ein Gefühl des Bedauerns ausgelöst hatte. Seit Jahren gab es das ungeschriebene Gesetz zwischen ihr und ihrer Mutter, diesen besonderen Maisonntag zusammen zu verbringen und gemeinsam etwas zu unternehmen. Mit zerknirschter Miene und einem gemurmelten »Kann man wohl nicht ändern« hatte ihre Mutter Mellas ehrlich hervorgebrachte Entschuldigung kommentiert, und Mella war sich im Klaren darüber gewesen, dass dies den zwischen ihnen liegenden Graben noch verbreitete.

»Versuch, nicht dauernd an sie zu denken«, sagte Fränzi beim Abschied. Sie standen inmitten der weitläufigen Halle vor dem Check-in-Schalter des Köln Bonn Airport, vor dem bereits einige Fluggäste mit ihrem Gepäck warteten. Es war kurz nach sieben am Morgen, die meisten Schalter waren noch geschlossen. Fränzi zog Mella in ihre Arme. »Es ist eine wunderbare Chance für dich, endlich das Land deiner Eltern kennenzulernen, lass dich nicht entmutigen. Es war deine Mutter, die diese schlimmen Erfahrungen dort gemacht hat, nicht du. Lass nicht zu, dass sie auf dich überträgt, was ihr selbst das Herz schwer macht.« Unablässig strich Fränzi ihr über den Rücken.

»Immerhin hat sie mir gestern einen guten Flug gewünscht«, erwiderte Mella.

Auf Außenstehende musste der innige Abschied zwischen den Freundinnen wirken, als bräche eine von ihnen zu einer Reise ohne Wiederkehr auf.

»Na siehst du, wahrscheinlich wünscht sie dir tief in ihrem Herzen eine gute Zeit, aber sie kann es dir einfach nicht zeigen, weil da diese kleine schmerzende Stelle ist, die sie zugeschüttet hat mit ... Ich weiß nicht, mit Härte vielleicht. Ihre einzige Chance, mit der Vergangenheit abzuschließen.«

Eine Truppe junger Leute, bepackt mit überdimensionalen Rucksäcken, zog lärmend und lachend an ihnen vorbei bis ans Ende der Warteschlange.

»Du hast recht«, sagte Mella. »Ich werde versuchen, es so zu sehen.« Fränzi nickte ihr aufmunternd zu. »Und jetzt checkst du ein, findest dein Gate, und wenn du in Stockholm gelandet bist, schickst du mir postwendend ein Lebenszeichen, klar?«

Mella nickte, warf Fränzi einen Luftkuss zu und zog mit ihrem Koffer davon, um sich hinter den Jugendlichen einzureihen.

Nach zwei Stunden Flugzeit landete die Maschine planmäßig in Stockholm/Arlanda. Bis zum Anschlussflug nach Gotland blieben Mella neunzig Minuten. Sie kaufte sich einen Milchkaffee zum Mitnehmen, dazu eine Tüte *kanelbullar*, die traditionellen Zimtschnecken, in Miniformat. Der Kaffee schmeckte besser als befürchtet und wärmte. Zusammen mit dem süßen Gebäck genau das Richtige, um die Zeit bis zum Weiterflug nach Visby zu überbrücken. Sie schlenderte zur Wartezone, die bis auf zwei junge Mädchen, die mit ihren Handys beschäftigt waren, und einem älteren Paar, das sich leise auf Schwedisch unterhielt, menschenleer war.

Sie sank auf einen der Stühle nahe der Fensterfront, durch die sie hinaus aufs Rollfeld sehen konnte, schob sich ihren Rucksack zwischen die Füße und öffnete die Tüte mit den Zimtschnecken. Wenig später betrat eine Familie mit zwei Kindern im Kindergartenalter die Wartezone. Sie breiteten sich auf den Plätzen ihr gegenüber aus. Der kleinere der beiden Jungen, ein strohblondes stämmiges Kerlchen, trug einen Plüschlöwen im Arm, dem ein Auge fehlte. Mella schnappte ein paar schwedische Wortfetzen auf. Unverhohlen linste der Kleine zu ihr herüber. Beneidete er sie um ihre Zimtschnecken? Er näherte sich zögernd. Sie erinnerte sich, dass Fränzi es früher nie gemocht hatte, wenn jemand ihren Kindern ungefragt Süßigkeiten gegeben hatte, weshalb sie sicherheitshalber den Blick der Mutter suchte, die aber gerade mit dem zweiten Kind den Toiletten zustrebte.

»Noah, komm her.« Schon war der Vater des Jungen neben ihm, um ihn sanft von Mella wegzuziehen. Dabei warf er ihr einen entschuldigenden Blick zu.

»Ist schon okay«, sagte sie mit einem Lächeln. Auf Schwedisch, ohne großes Nachdenken. »Wenn er eine haben darf ...« Sie deutete auf die Tüte in ihrer Hand.

Das Gesicht des Kleinen hellte sich auf. Erwartungsvoll blickte er seinen Vater an.

»Das ist sehr nett, vielen Dank«, sagte der. Auf seinen stämmigen Beinchen eilte der Kleine wieder zu ihr, und sie reichte ihm eine der Hefeschnecken. Artig bedankte er sich. »David«, stellte sich der Vater des Jungen vor. Er trug einen Vollbart und seine blonden Haare am Oberkopf zusammengezwirbelt.

»Mella«, erwiderte sie, etwas erstaunt darüber, dass er ihr seinen Namen genannt hatte.

Es war doch nur eine flüchtige Bekanntschaft in der Wartezone. Ob diese Art der Förmlichkeit in Schweden üblich war? Sie fragte sich, ob er sie für eine Schwedin hielt, und stellte fest, dass der Gedanke ihr gefiel.

»Wir sind auf dem Weg zu meiner Mutter, sie lebt drüben auf Gotland«, hörte sie ihn sagen, als geböte es die Höflichkeit, diese Information preiszugeben.

»Ah, Muttertag«, sagte Mella.

Dass ihre Mutter diesen Tag zum ersten Mal allein verbringen würde, saß in ihrem Herzen wie ein Stachel, den sie in diesem Augenblick, da sie daran erinnert wurde, mit aller Heftigkeit spürte.

Er zog die Stirn kraus. »Nein, nein, ist doch erst in zwei Wochen.«

Mellas Augenbrauen hoben sich. »Oh, das wusste ich nicht. Bei uns ...«

Davids Mund verzog sich zu einem Lächeln. »Ich hab mir gleich gedacht, dass du nicht aus Schweden kommst.«

Er duzte sie. Natürlich. Das war in Schweden üblich.

»Man hört es mir bestimmt an«, sagte sie mit einem verlegenen Lächeln. »Ich spreche die Sprache noch nicht so lange.«

»Du machst das sehr gut, man hört nur den deutschen Akzent. Ihr Deutschen habt so etwas Hartes in der Aussprache.«

In einer übertriebenen Geste schlug sie beide Hände vors Gesicht. »Nicht schwedisch genug?«, fragte sie durch ihre abgespreizten Finger hindurch. Er nickte und lachte, aber es klang nicht spöttisch, weshalb Mella es ihm nicht verübelte. Sie nahm die Hände herunter und bemerkte mit untrüglicher Gewissheit, dass sein Blick die Vernarbung an ihrem Handgelenk erfasst hatte. Wie so oft zupfte sie aus einem Impuls heraus am Ärmel ihrer Jacke. »Ich bin in Deutschland geboren«, beeilte sie sich zu erklären, »und lebe auch dort. Meine Mutter stammt aus Gotland.« Er nickte. »Und mein Vater aus Mittelschweden«, schob sie hinterher, weil es sich richtig anfühlte. Weil es sich nach einer Vollständigkeit anfühlte, die sie nie kennengelernt hatte.

»Dann machst du Urlaub in der Heimat deiner Eltern«, stellte er fest, hob seinen Sohn auf den Schoß und wischte ihm mit einem Papiertaschentuch Mund und Hände sauber.

Mella schüttelte den Kopf. »Keinen Urlaub, ich hab beruflich hier zu tun.«

»Wow«, sagte er anerkennend. »Es gibt schlechtere Orte, um seiner Arbeit nachzugehen.«

»Ja, ich bin sehr gespannt. Ich war noch nie auf Gotland.«

»Ist ein wunderbarer Ort. Meine Brüder und ich sind da aufgewachsen, in einem kleinen Dorf südlich von Visby. Von wo stammt deine Mutter?«

Mella presste die Lippen aufeinander. Was sollte sie antworten? Nicht zu wissen, in welchem Ort die eigene Mutter aufgewachsen war, wo die Großmutter beerdigt lag, an welchen Orten der Insel möglicherweise Menschen lebten, die sich an sie erinnerten, musste merkwürdig auf Außenstehende wie David wirken. Sollte sie flunkern? Etwas behaupten, was nicht der Wahrheit entsprach, um nicht länger um eine Antwort verlegen zu sein? Unsinn.

»Das hat sie mir nie verraten«, antwortete sie. »Ist eine schwierige Geschichte.«

Ein verkrampftes Lächeln huschte über ihre Lippen, sie bemühte sich, es leicht wirken zu lassen, aber es gelang ihr nicht.

»Du hast Bekanntschaft geschlossen!« Seine Frau war mit dem älteren Jungen zurückgekommen, ohne dass Mella sie bemerkt hatte. »Ich bin Marit.«

Sie lächelten einander zu. Marit war zierlich und ausnehmend hübsch, hatte große dunkle Augen und blonde Locken.

»Mella, *hej*.«

Die Wartezone hatte sich gefüllt, wie Mella erst jetzt bemerkte.

Sie packte die Tüte mit den restlichen Zimtschnecken in ihren Rucksack und zwang sich dazu, die Gedanken, die das kurze Gespräch mit David nach sich gezogen hatten, nicht so nah an sich heranzulassen.

Ein klarer Himmel, an dem hier und da ein paar Wattewolken trieben, spannte sich über die Insel, als Mella gegen Mittag, den Koffer hinter sich herziehend, das Flughafengebäude von Visby Airport verließ. Im Vergleich zur Ankunftshalle in Stockholm fehlte hier die nach der Ankunft übliche Betriebsamkeit. Die wenigen Fluggäste, die soeben mit der kleinen Maschine angekommen waren, verstreuten sich im Nu in alle Richtungen. Vielleicht war das fehlende Menschengewimmel ein Vorgeschmack auf das Inselleben, das, wie Mella gelesen hatte, geprägt war von Beschaulichkeit. Eine laue Brise strich ihr über die Stirn, spielte mit einer Haarsträhne, die sich aus ihrem Zopf gelöst hatte. Sie schob sie sich hinters Ohr. Der Wind fühlte sich anders auf der Haut an als zu Hause. Oder bildete sie sich das ein?

Sie zog ihr Handy aus dem Rucksack. Der überfälligen Nachricht an Fränzi, die sie mit Herzchen ausschmückte, ließ sie eine an ihre Mutter folgen. Auch sie sollte wissen, dass sie ihr Ziel wohlbehalten erreicht hatte.

Mella sah sich nach einem Taxi um, der Mietwagen, den Gudrun für sie in Visby reserviert hatte, war erst am folgenden Tag abholbereit. Sie hatte sich vorgenommen, gleich danach die Insel zu erkunden, um sich einen Überblick über die Landkirchen zu verschaffen, und konnte es kaum erwarten. An einem Stand neben dem Ausgang mit Flyern über die Insel entdeckte sie ein aufwendig gestaltetes Faltblatt des Tourismusbüros in Visby. Sie überflog die Fotos und stellte mit einer gewissen Zufriedenheit fest, dass sie die dazugehörigen Texte spielend leicht übersetzen konnte. Eine Führung durch den mittelalterlichen Stadtkern, Visby bei Nacht, interaktive Stadtführungen für Kinder, Hansestadt Visby – UNESCO Weltkulturerbe, Besichtigung der Kirchenruinen und schließlich las sie: *Blaues Blut auf Gotland – Stadtrundgang mit Ihrer Majestät, Prinzessin Eugénie von Schweden.* Mellas Blick verharrte auf der Abbildung einer künstlerisch gestalteten Marionette in zauberhaftem Tüllkleid, die man vor einer aus roten Backsteinen gemauerten Wand positioniert hatte. Den Namen dieser Prinzessin hatte Mella nie gehört. Wer war sie? Was verband sie mit der Insel?

Sie wusste so vieles nicht über Gotland. Ob ihre Recherchearbeit ihr Zeit ließ, sich ein wenig umzuschauen? Vielleicht fand sie sogar ein paar Friedhöfe, auf denen sie … Sie schüttelte den Kopf. So ein Unsinn. Mehr als den Namen ihrer Großmutter kannte sie ja nicht. Und Haglund war ein gebräuchlicher schwedischer Familienname, der auf Grabsteinen wahrscheinlich zuhauf vorkam. Noch einmal warf sie einen Blick auf das Foto der Holzprinzessin. Was für eine ausgefallene Idee, diese hübsche Majestät als Stadtführerin einzusetzen. Sie beschloss, sich direkt am nächsten Morgen, nachdem sie die Autovermietung aufgesucht hatte, zur Stadtführung mit Prinzessin Eugénie anzumelden. Zunächst brauchte sie aber ein Taxi nach Visby. Sie verstaute den Flyer in ihrem Rucksack.

»*Hej*, wohin musst du?«

David tauchte hinter ihr auf, den Kleinen daumenlutschend und mit müden Augen auf dem Arm. Den einäugigen Löwen hielt er zusammen mit dem Kinderrucksack fest in seinen kleinen Händchen. Direkt hinter ihm erschien Marit mit dem älteren Kind an der Hand.

»Nach Visby, ich werde da die nächsten drei Wochen in einer Pension wohnen.« Sie blinzelte in die Sonne und beschattete mit einer Hand die Augen, während sie mit einem Seitenblick bemerkte, dass eins der beiden auf Kundschaft wartenden Taxis in diesem Moment davonfuhr. »Ich nehme mir ein Taxi.«

»Wenn du willst, kannst du mit uns fahren«, hörte sie David sagen. Er deutete auf einen unweit geparkten VW Bus in einem schrillen Orange. »Ein Freund von uns holt uns ab, da ist genug Platz drin für uns alle.« Er lief in Richtung des Busses. Die Fahrertür öffnete sich, ein junger Mann stieg aus und winkte ihnen zu. »Wir fahren ohnehin an Visby vorbei, sind ja nur ein paar Kilometer«, rief er ihr über die Schulter zu. »Kein Problem, dich zu deiner Pension zu bringen.«

Unschlüssig verharrte Mella auf der Stelle.

Marit lächelte ihr zu. »Komm, überleg nicht lange, steig ein.«

12. März 1982

Liebster Rikard,
habe ich jemals so viele erste Sätze geschrieben, durchgestrichen, geändert, verworfen, neu begonnen? Ich finde einfach keinen Anfang. Keinen, der uns beiden und dem, was gerade mit uns passiert, angemessen ist, keinen, mit dem ich zufrieden bin. Vielleicht liegt es an den Worten, die du an den Anfang und ans Ende deines letzten Briefes gestellt hast. An den Worten, den wunderschönen, und an all dem Unsichtbaren, Unlesbaren, und doch so deutlich Spürbaren dazwischen, an der Ehrlichkeit, der Offenherzigkeit, mit der du mir schreibst, was du fühlst, was in deinem Herzen vor sich geht, wenn du mich siehst, wenn du mir schreibst, wenn du meinen Namen denkst.

Sie erschrecken mich nicht, deine Worte, deine Gefühle, deine Gedanken, deine durchmischten Karten, gar nicht, nein ... Sie fallen mitten in mein Herz wie kleine kostbare Geschenke, die so besonders sind, weil sie von DIR kommen. Wie kann es nur sein, dass du diese sanften und gleichzeitig so starken Gefühle für mich hast? Und wie kann es sein, dass all das, was du mir schreibst, mir so unter die Haut geht oder mich einhüllt oder beides? Ich würde dir wahnsinnig gern erklären, was ich dabei fühle, aber es will mir nicht einmal im Ansatz gelingen, denn du raubst mir die Worte. Ja, so ist es, so kann es nur sein: Deine Worte rauben mir die meinen, und ich will nicht sprachlos bleiben, wenn ich dich das nächste Mal sehe.

Rikard, Liebster, ich spüre deine Verzweiflung, deinen Zwiespalt, ich spüre Liv. Sie ist zwischen uns, zwischen den

Worten, zwischen deinen Gefühlen, sie schwingt mit, wenn du mir von den Schmetterlingen in deinem Bauch schreibst. Sie weiß nichts von mir, sie weiß nichts von uns, sie ist deine Verlobte, deine zukünftige Braut, und das, was wir fühlen, ist deshalb falsch, obwohl sich nie etwas richtiger angefühlt hat.

Verzweifelter denn je grüßt dich
deine Griddy

SIRI

Gotland – Oktober 2022

Zwei Wochen waren seit der Beisetzung vergangen. In allen Farben leuchtete das Laub der Bäume zu beiden Seiten der gotländischen Straßen und im Garten der Villa Märta, dem Siri, Ann-Marie und Elin schon den halben Nachmittag lang mit allerlei Werkzeugen zu Leibe rückten. Ann-Marie hatte sich für den Apfelbaum entschieden und die Leiter aus dem Schuppen geholt. Als hätte sie nie etwas anderes gemacht, stand sie ohne Angst auf der vorletzten Sprosse und erntete die ersten rotbackigen Winteräpfel, um ihnen in einer vorbereiteten Holzkiste ein Quartier für die nächsten Monate zu geben. Elin, die unbedingt hatte helfen wollen, sammelte mit Harke und beiden Armen eifrig das Laub vom Rasen. Die Schubkarre füllte sich zusehends.

Siri beobachtete die beiden vom Ende des Gartens aus, dort, wo der Lattenzaun das ausgedehnte Grundstück begrenzte und sie die inzwischen verwaisten Blumenbeete mit dem Spaten bearbeitete. Jedes Mal, wenn sie sich für einen Moment aufrichtete und den Rücken streckte, ließ sie ihren Blick über den Wildwuchs hinter dem Zaun hinweg auf die Ostsee und die schmale Linie am Horizont wandern, die das helle Blau des Himmels von dem um ein paar Nuancen kräftigeren vom Meer trennte. Mattis hatte ihr erzählt, dass sich sein Großvater, der die Villa etwas außerhalb von Visby auf einer Anhöhe hatte erbauen lassen, in diese Aussicht verliebt hatte, noch bevor auch nur ein Stein auf den damals noch unerschlossenen und von Gras und dornigen Sträuchern bewachsenen Platz gesetzt worden war. Verträumt hatte er über die silbrig glitzernde Ostsee bis hinüber zum Högklint, der imposanten Kliffspitze, geblickt und schon damals den heißen Wunsch verspürt, hier einmal ein Haus zu bauen. Für sich und seine Frau und für alle, die nach ihnen kommen würden.

Sie drehte sich um, sah Ann-Marie auf der Leiter stehen, den Arm nach dem nächsten Apfel ausgestreckt. Ihre glockenklare Stimme drang gedämpft zu ihr herüber. Das Lied, das sie sang, war Siri nicht bekannt, vielleicht war es, wie so oft, eins, das Ann-Marie sich gerade ausgedacht hatte. Elin, die mit den Laubhaufen kämpfte, sah mit ihrem raspelkurz geschnittenen Haar und dem braunen Parka aus wie ein kleiner Junge. Nur die geblümten Gummistiefel deuteten darauf hin, dass dieser Eindruck täuschte. Siri nahm ihre Arbeit wieder auf, stieß den Spaten in die lehmige Erde und grub sie weiter um. Meine drei Lieblingsfrauen, hatte Mattis einmal gesagt, als sie ihr erstes Julfest gemeinsam gefeiert hatten, und Siri hatte sich an ihn geschmiegt, dankbar dafür, dass er die Trennung von Elins Mutter verwunden hatte und sie, Siri, als Teil seiner Familie betrachtete.

»Zeit für eine Pause, Mädels!« Siri wandte sich um. Sie sah Ann-Marie nun am Fuß der Leiter stehen, beide Arme in die Seiten gestemmt. Feurig leuchtete ihr kupferfarbenes Haar in der Nachmittagssonne. Mit beiden Händen formte sie einen Trichter vor dem Mund. »Ich setz Kaffee auf!«, rief sie.

Wenig später saßen sie zu dritt auf der Veranda, auf die man aus dem Garten über eine Holztreppe gelangte. Ann-Marie hielt nichts von den neumodischen Kaffeeautomaten, sie schwor auf Filterkaffee. Er dampfte bereits in den Tassen, als Siri dazukam. Elin brachte einen Teller mit Schokoladenkeksen aus dem Haus.

»Hast du was von deinem Vater gehört?«, fragte Ann-Marie.

»Vorgestern.«

Siri nahm sich einen Keks. Sie war auf dem Weg zur Arbeit gewesen. Sie erinnerte sich an den Stein der Erleichterung, der ihr vom Herzen gepoltert war, als der Anruf ihres Vaters sie erreicht hatte. Der erste seit seiner Abreise. »Er war genauso wortkarg wie die letzten Tage hier. Ein Gespräch ist leider nicht zustande gekommen, jedenfalls keins, das diesen Namen verdient hätte.«

»Aber er hat den Fjord erreicht?«

»Zum Glück, ja. Er ist in einer kleinen Pension untergekommen.«

Auf ihre Frage, wie lange er zu bleiben gedenke, war er ihr die Antwort schuldig geblieben. Das versteckte Foto im Schrank ihrer Mutter anzusprechen war undenkbar gewesen, dabei hatte sie es sich so sehr gewünscht.

»Was macht er denn da ganz allein?«, schaltete Elin sich ein.

Ihren Kakao hatte sie schon zur Hälfte geleert. Sie tunkte den Keksrand ein und lutschte das weich gewordene Stück ab.

»Ich weiß es nicht«, antwortete Siri wahrheitsgemäß. »Er braucht ein bisschen Zeit für sich. Er ist sehr traurig, weißt du.«

»Das bin ich auch. Aber ich würde nicht allein sein wollen beim Traurigsein.« Mit großen Augen sah Elin sie an. Ein Schokoladenbart zierte ihre Oberlippe.

»Jeder geht anders mit seiner Traurigkeit um«, sagte Siri sanft. »Deshalb ist es gut, wenn man weiß, was das Beste für einen ist. Ich glaube, dass Arvid den Fjord gerade braucht, weil die Gegend ihn an eine schöne Zeit erinnert, die er mit Jördis hatte.«

Elin gab sich zufrieden. Sie trank ihren Kakao aus und sprang auf. »Ich arbeite weiter. Komm mit, Sid.«

Schon war sie die Treppe hinunter in den Garten gestürmt. Sie hörten, wie sie ihrem imaginären großen Bruder Anweisungen gab.

»Ob er jemals aus ihrem Leben verschwinden wird?«, fragte Siri nachdenklich. »Das geht schon so lange.«

»Du weißt doch, was die Psychologin gesagt hat.« Ann-Marie schlug die Beine übereinander und nippte an ihrem Kaffee.

»Ja, klar«, antwortete Siri. »Kreative Veranlagung, Ausleben der Fantasie und so, das klingt eigentlich ganz stimmig. Obwohl wir uns inzwischen alle an ihn gewöhnt haben, bleibt es weiterhin seltsam, wenn man bedenkt, dass Elin schon zehn ist. Wir legen mit einer solchen Selbstverständlichkeit ein Gedeck für ihn auf den Tisch, dass es mir manchmal Angst macht.«

»Ich bin davon überzeugt, dass er ihr mehr hilft als schadet.« Ann-Marie hatte die Ellenbogen auf dem Tisch aufgestützt und hielt ihre Tasse mit beiden Händen. »Vielleicht hätte sie es damals, nachdem ihre Mutter sie und Mattis verlassen hat, ohne Sid nicht geschafft. Einen großen Bruder zu haben, kann einem ein Gefühl von Sicherheit geben.«

Jerik tauchte in Siris Gedanken auf. »Das versteht wohl niemand besser als ich«, sagte sie. »Ohne Jerik würde auch meinem Leben etwas Elementares fehlen.« Ann-Marie lächelte ihr zu. »Wie geht es dir?«, fragte sie. »Tut es dir gut, wieder arbeiten zu gehen?«

»Ja, schon. Wenn ich die Touristengruppen begleite, bin ich für eine Weile nur die Stadtführerin Siri Svensson und kann die trauernde Tochter etwas hinter mir lassen. Außerdem hat die Rektorin der Guteskolan Prinzessin Eugénie angefragt.« Sie lächelte.

»Wie schön, das freut mich. Wenn du irgendwann ein zweites Kleid für sie möchtest, sag Bescheid. Ich nähe Ihrer Majestät gern eine neue Robe.« Sie zwinkerte ihr zu, stellte die Tasse ab und schob sich den Rest eines Kekses zwischen die Zähne.

»Fürs Erste ist sie sehr gut angezogen, finde ich. Ulrika Karlsson hat sich gar nicht mehr eingekriegt.«

Sie hörten Elin im Laub rascheln und mit Sid sprechen.

»Und wie geht's dir sonst?«, fragte Ann-Marie.

Siri seufzte. »Ich weiß es nicht genau. Denke viel nach.«

»Möchtest du reden?«

»Da ist nicht viel zu reden, glaube ich. Dauernd kommen mir diese Gedanken.« Sie trank einen Schluck Kaffee, betrachtete ihre Hände, die Fingernägel schwarz von der Gartenerde. »Ich weiß nicht, ob du verstehen kannst, wie man sich fühlt, wenn die eigene Herkunft im Dunklen liegt. Ein Findelkind zu sein, treibt vermutlich jeden früher oder später zu der Frage, woher man kommt, zu wem man gehört. Ich war etwas älter als Elin, als ich zum ersten Mal diese kalte Stelle in mir realisiert habe. Die immer im Schatten liegt, die nie hell und warm wird. Nicht zu wissen, von wem man abstammt, ist so, als würden einem die Wurzeln fehlen. Ohne Wurzeln kann aus keiner Pflanze etwas werden.«

»Aber es ist doch was aus dir geworden. Etwas Wunderbares sogar.«

Siris Lippen verzogen sich zu einem gezwungenen Lächeln. »Das verdanke ich der Frau, die mir fast vierzig Jahre lang die verlorene Mutter ersetzt hat.« Sie schüttelte den Kopf. »Nein, das stimmt so nicht. Sie war kein Ersatz. Sie *war* meine Mutter. Sie hat versucht, mir Wurzeln zu geben. Dafür bin ich ihr unendlich dankbar, auch meinem Vater natürlich. Aber jetzt, nach ihrem Tod, fühlt es sich an, als hätte ich zum zweiten Mal etwas verloren, was untrennbar zu mir gehört hat. Und seit sie nicht mehr da ist, spüre ich diese dunkle, kalte Stelle viel stärker.«

Ann-Marie nickte. »Verstehe.« Sie berührte Siris Hand. »Das muss wehtun.« Sie sahen sich an, ein Lächeln huschte über Siris Lippen.

»Und da ist noch was«, fuhr Siri fort. Bisher hatte sie außer mit Mattis und Jerik mit niemandem über das Foto gesprochen. Ann-Marie einzuweihen war ihr bisher nicht in den Sinn gekommen, Mattis' Schwester würde ihr ohnehin nicht helfen können. Doch angesichts der Nähe, die sie gerade mit ihr teilte, würde es keinen besseren Zeitpunkt geben. »Ich habe ein Foto gefunden. Im Schrank meiner Mutter. Beim Ausräumen ihrer Sachen.«

Mit dem Zeigefinger folgte sie dem Rand der Kaffeetasse. Sie spürte eine winzige Kerbe an einer Stelle. In Erwartung einer weiteren Erklärung legte Ann-Marie den Kopf schräg. In wenigen Worten fasste Siri zusammen, wie und wo sie das Polaroidfoto gefunden hatte und welche Fragen seither in ihrem Kopf umherkreisten.

»Und du trägst das seit zwei Wochen mit dir herum?« Ann-Maries Augenbrauen hoben sich. »Warum hast du nicht längst was erzählt?«

»Ich hab mit Mattis drüber gesprochen. Er sagt, ich soll es nicht überbewerten und meinen Vater drauf ansprechen, sobald er zurück ist. Aber wir wissen ja alle, wie schwierig Gespräche mit ihm gerade sind, außerdem habe ich keine Ahnung, wann er zurückkommt. Ich traue ihm zu, dass er in Island überwintert.« Sie pickte mit dem Zeigefinger einen Kekskrümel auf und schob ihn sich zwischen die Lippen.

»Mein Herr Bruder ...«, sagte Ann-Marie und schickte ein kurzes, zynisch klingendes Lachen hinterher. »Ich kann verstehen, dass dich das nicht loslässt. Ginge mir genauso. Gibt es außer deinem Vater niemanden, den du danach fragen kannst?«

»Jerik konnte auch nicht weiterhelfen, er kennt weder das Foto noch die Frau, die mit Mama darauf zu sehen ist.«

»Die Frau gehört also nicht zum engeren Kreis, sonst könntet ihr sie zuordnen.«

Siri schüttelte den Kopf. »Unsere Verwandtschaft beschränkt sich auf eine überschaubare Zahl von Personen. Das hast du ja bei der Beisetzung gesehen.«

Ann-Marie kniff die Augen zusammen. »Was ist mit deiner …? Wie heißt sie noch gleich? Sie war nach der Beisetzung mit uns beim Kaffeetrinken. Vielleicht weiß sie, wer die Frau auf …«

»Großtante Lynna!«, rief Siri wie elektrisiert. »Lieber Himmel, warum hab ich an sie noch gar nicht gedacht? Natürlich!«

Sie legte den Kopf in den Nacken und schloss für einen Moment die Augen, ehe sie Ann-Marie wieder ansah. »Sie ist Mamas einzige noch lebende Verwandte. Die Schwester ihres Vaters. Ich hab nie viel mit ihr zu tun gehabt. Früher sind wir manchmal zu Besuch hingefahren, aber sie war ja oft mit ihrem Mann in der Welt unterwegs. Wir wussten meistens nicht einmal, wann sie sich wo aufhält. Das hat sich geändert, seit ihr Mann nicht mehr lebt. Mama und sie hatten die letzten Jahre wieder mehr Kontakt.«

»Könnte sie die Frau auf dem Bild kennen?«

»Du bist ein Schatz, Ann-Marie, ich werde sie auf jeden Fall fragen. Vielen Dank für die Idee. Und für dein offenes Ohr.«

»Ich helfe, wo ich kann«, erwiderte Mattis' Schwester mit einem Augenzwinkern. »Sie sagte, dass sie am anderen Ende der Insel wohnt.«

»In Fårösund, an der Nordostküste.«

»Bist du entschlossen?«

Sie sahen einander über den Tisch hinweg an. »Ja«, sagte Siri mit fester Stimme, und sie spürte, wie richtig es sich anfühlte, entschlossen zu sein. Und zielgerichtet. Doch da formte sich Mattis' Gesicht in ihren Gedanken, die Härte in seinem Blick, mit dem er sie bei ihrer letzten Diskussion angesehen hatte, sein Unverständnis, das er nicht verborgen hatte. Könnte er sie doch ebenso verstehen wie Ann-Marie! Er würde ihr Vorhaben, Großtante Lynna in Fårösund zu besuchen, sicher nicht gutheißen.

Die Erkenntnis traf sie wie ein Schlag. Als sie später ihre Arbeit wieder aufnahmen, verfiel sie in ein tiefes Schweigen, das dem ihres Vaters nicht unähnlich war, wie sie zwischendurch feststellte.

Am Abend nahm sie das Polaroidfoto noch einmal in die Hände. Nachdenklich betrachtete sie das Gesicht ihrer Mutter. Vielleicht wusste ihre Großtante Lynna tatsächlich, was es mit Ingrid Haglund auf sich hatte. Sie spürte ein leichtes Bauchkribbeln, doch je länger sie ihren Blick auf das Foto heftete, desto vehementer drängte sich ein Gedanke in den Vordergrund. Ein erschreckender, verstörender Gedanke: Sollte es tatsächlich ein Geheimnis im Leben ihrer Mutter geben, das all die Jahre verborgen in einem Briefumschlag in ihrem Schrank geruht hatte, missbrauchte sie dann mit ihren Nachforschungen ihr Vertrauen?

MELLA

Gotland – Mai 2023

$\mathcal{P}$ettersson – eingraviert in das dunkel angelaufene Messingschild über dem Klingelknopf, den Mella bereits zweimal gedrückt hatte, ohne dass jemand öffnete. Sie blickte sich um, sah die wenig befahrene Straße entlang und an der Hausfassade mit dem gelben Anstrich hoch. Die Pension der Petterssons, in der Gudrun ein Zimmer für sie reserviert hatte, war in einem Gebäude aus dem Jahr 1903 untergebracht, wie die über der Haustür angebrachten Eisenziffern verrieten. Es befand sich in einem kopfsteingepflasterten Sträßchen, das sich hangaufwärts schlängelte und in dem sich zu beiden Seiten Wohnhäuser in ähnlichem Stil befanden. An beinahe jeder Fassade rankten Kletterrosen an Spalieren empor, die ersten zaghaft aufbrechenden Knospen wirkten wie winzige Farbtupfer.

Dass der historische Kern Visbys auf einer Anhöhe erbaut worden war, durchzogen von einem Gewirr aus schmalen Sträßchen und Gassen, die vom Hafen aus bis zur alten Stadtmauer anstiegen, hatte Mella nicht erwartet. Auf der Fahrt in dem orangefarbenen Bus von Davids Freund hatte sie nicht genug bekommen können vom Anblick der dicht beieinanderstehenden Häuser mit ihren aus Holz gefertigten Eingangstüren und Fensterläden, die wirkten wie die Szenerie aus einem Märchen. Doch jetzt kroch ein Gefühl der Verlorenheit in ihr herauf, wie sie so dastand mit ihrem Gepäck vor einem fremden Haus mit dunkelrot angestrichener Holztür, an der ein vertrockneter Weidenkranz hing, der einen mehr als traurigen Anblick bot. *Välkommen* las sie auf einem verblichenen Holzbrett. Es sah aus, als wäre es einst ein Stück angeschwemmtes Treibgut gewesen, das bei einem Strandspaziergang aufgelesen und als Türschild umfunktioniert worden war.

Sie warf einen Blick auf ihre Armbanduhr. Ob die Petterssons sie erst später erwarteten? Vielleicht würde sie ein Café in der Nähe finden, um die Zeit zu überbrücken. Sie griff nach ihrem Koffer, doch als sie sich umdrehte, sah sie, dass sich eine Frau dem Haus im Laufschritt näherte.

»Bin schon da, bin schon da!«, hörte sie sie rufen. »War bei den Nachbarn, entschuldige, dass du warten musstest.« Außer Atem blieb die Frau stehen, kramte in ihrer Hosentasche und zog gleich darauf ein Schlüsselbund heraus. »Herzlich Willkommen in Visby.« Ihre Augen waren von einem Netz feiner Fältchen umgeben, und sie wurden ganz klein, als sie Mella anlächelte. »Anna Pettersson«, stellte sie sich vor.

Der Händedruck ihrer Pensionswirtin war warm und fest. Sie hatte ihr von grauen Strähnen durchzogenes Haar zu einem zotteligen Knoten am Hinterkopf aufgesteckt und trug Jeans mit weitem Schlag, wie sie früher einmal in Mode gewesen waren, dazu Clogs mit Holzabsätzen.

»Mella Haglund, freut mich.«

»Hattest du eine gute Anreise?« Sie schloss die Tür auf, ging Mella voran ins Haus und eine schmale Treppe hinauf, deren Holzstufen unter ihren Schritten knackten, bis ins Obergeschoss unter dem Dach. Von einem kleinen Flur zweigten zwei Türen ab, weiß lackiert, abgenutzt, mit altmodischen Türklinken. Auf den Holzdielen lag ein Flickenteppich in verschiedenen Brauntönen. Anna öffnete beide Türen. »Das Bad«, sagte sie. »Nicht groß, aber es ist alles drin.« Mella warf einen Blick an Annas Schulter vorbei in den winzigen, beige-braun gefliesten Raum mit Dusche, Waschbecken und Toilette und einem Fenster im Dach. Anna wandte sich der zweiten Tür zu. »Und das ist dein Zimmer«, erklärte sie. »Ich hoffe, du kannst dich hier wohlfühlen.« Sie lächelte, ihre Augen verschwanden beinahe in den Fältchen.

Mella trat ein. Durch die offen stehende Balkontür fiel das satte Licht der Nachmittagssonne herein und malte einen hellen Streifen auf die Bodendielen. Der Vorhang bauschte sich in der Brise. Die Holzperlen des Mobiles am Fenster klackerten sacht. Mellas Blick glitt vom Bett mit der gestreiften Tagesdecke über die antik wirkende Kommode bis zu einem ockergelb bezogenen Cocktailsessel, der aussah, als wäre er ein Relikt aus den Fünfzigern. An der Wand hing ein rahmenloses Aquarell, das einen Strand mit windgebeugten Kiefern zeigte. In diesem Zimmer passte eins nicht zum anderen, doch jedes Teil war unzweifelhaft auf liebenswerte Weise ausgewählt worden.

»Gemütlich«, sagte sie mit einem Lächeln in Anna Petterssons Richtung.

Sie streifte ihren Rucksack ab und ging zur Balkontür. Mit einer Hand schob sie den Vorhang etwas zur Seite und sah hinaus.

»Ich richte dir das Frühstück morgens gegen acht. Ist das in Ordnung?«

Rote Ziegeldächer, dazwischen das Grün der Gärten, und weit hinten am Horizont, scheinbar zum Greifen nah, der schmale, leuchtend blaue Streifen der Ostsee.

»Wunderbar, ist in Ordnung.« Sie drehte sich zu Anna um. »Ist schön hier …« Sie deutete hinaus. »Das Meer zu sehen, meine ich.«

»Nun ja, wir leben auf einer Insel, und Visby liegt an der Küste«, erwiderte Anna Pettersson. Sie zwinkerte ihr zu. »Aber du hast recht, ist eine nette Aussicht.« Sie wandte sich zum Gehen, hielt aber inne, ehe sie das Zimmer verließ. »Ach, noch was, im Haus ist Rauchverbot, auf dem Zettel da drüben steht das WLAN-Passwort, und wenn du jemanden zum Übernachten mitbringst, wüsste ich das gern vorher.«

Klare Regeln in Anna Petterssons Pension. »Ich werde mich an alles halten«, sagte Mella mit feierlichem Ernst.

Anna nickte. »Für eine Deutsche sprichst du gutes Schwedisch.« Mella schüttelte den Kopf und signalisierte mit einer Geste, dass sie ihr nicht zustimmte. Sicher hatte ihre Pensionswirtin nur etwas Nettes sagen wollen. Das kurze Gespräch mit David fiel ihr wieder ein, und sie dachte an die Fahrt zur Pension. Sie hatte sich unwohl gefühlt, weil die junge Familie einen Umweg von ein paar Kilometern in Kauf hatte nehmen müssen, um sie nach Visby zu bringen. Beim Aussteigen hatte sie sich für die Umstände entschuldigt, aber sie hatten alle lachend abgewunken und ihr eine gute Zeit gewünscht.

»Ach, ich muss noch viel besser werden, vor allem meine Aussprache ist nicht ... schwedisch genug.« Verlegen senkte sie den Kopf.

»Ich verstehe jedes Wort, das du sagst.« Annas Lächeln hatte etwas Herzerfrischendes.

»Danke.«

»Wenn du Fragen hast oder Hilfe brauchst, meld dich, ich bin eine waschechte Gotländerin, lebe seit meiner Geburt auf der Insel.« Sie reichte Mella zwei Schlüssel an einem Ring. »Der größere ist fürs Zimmer, der kleine für die Haustür. Im Badezimmer steckt einer. Aber du brauchst dich nicht zu sorgen, außer dir und mir wohnt hier niemand. Ach, und die Haustür klemmt manchmal, musst ein bisschen dagegendrücken, damit sie aufspringt.«

Früh am nächsten Morgen erwachte Mella nach einem traumlosen Schlaf vom Gesang der Vögel, die ein Heidenspektakel vor der sperrangelweit offen stehenden Balkontür machten.

Nach einem einfachen Frühstück, das Anna ihr in einem Zimmer neben ihrer Küche servierte, machte Mella sich auf den Weg zur Autovermietung. Sie streifte durch das allmählich erwachende Hafenstädtchen, vorbei an der imposanten Ruine von Sankta Katarina und über den Stora Torget mit den Marktständen bis zum Dom nur zwei Straßen weiter. Am Donners Plats entdeckte sie das Tourismusbüro. Die Marionette fiel ihr wieder ein, Prinzessin Eugénie, und was sie abends zuvor im Internet über die Tochter von König Oskar herausgefunden hatte. Die Prinzessin war für ihr großes Herz bekannt gewesen und hatte im Jahr 1866 auf Gotland zunächst ein Waisenhaus für Jungen und drei Jahre später eins für Mädchen gegründet. Auch die Gründung eines Hospitals für unheilbar Kranke, das sie mit den geerbten Juwelen ihrer Großmutter finanziert hatte, ging auf die Prinzessin zurück. Zehn Jahre später war sie Vorsitzende des Schutzvereins für Arme, Invalide, unheilbar Kranke und beeinträchtigte Kinder geworden. Die Liste der von ihr ins Leben gerufenen Hilfsvereine und Institutionen war noch länger. Mella hatte nicht alles behalten, aber dass Prinzessin Eugénie viel Gutes auf Gotland bewirkt hatte, war unstrittig.

Sie betrat das Gebäude. Durch eine Art Vorraum mit Wänden, die über und über bedeckt waren mit Veranstaltungsplakaten, gelangte sie zu den beiden Informationsschaltern.

»*Hej.*« Der junge Mann, der hinter einem der Schalter vor einem Computerbildschirm stand, sah auf. Er trug eine Brille mit dicken Gläsern und ein akkurat gebügeltes Hemd.

»Ich interessiere mich für eine Stadtführung mit Prinzessin Eugénie«, sagte Mella in einwandfreiem Schwedisch. »Habe in einem Flyer davon gelesen.«

Gerüst war offenkundig damit beschäftigt, die Wandmalerei zu bearbeiten.

Sie setzte sich in eine der vorderen Bankreihen, betrachtete die prächtig gearbeitete Kanzel, die Kreuzgewölbe an der Decke und den mit farbigen Heiligenfiguren ausgestatteten Altarschrein. Der Restaurator schien hochkonzentriert in seine Arbeit vertieft zu sein, weder unterbrach er sein Tun noch blickte er zwischendurch auf. Die Gleichförmigkeit in seinen Bewegungen und ruhevollen Handgriffen übertrug sich auf Mella. Sie versuchte, das Motiv zu erkennen, an dem er arbeitete, doch dafür saß sie zu weit entfernt. Jetzt richtete der Mann sich auf, streckte den Rücken, ließ die Schultern kreisen. Er trug Jeans, einen grob gestrickten Pullover und einen Schal. Ob er etwas über die Kirchengeschichte wusste? Wenn er seine Arbeit ernst nahm, ganz sicher. Damit hätten sie etwas gemeinsam, sie und der Fremde. Sie sollte ihn ansprechen. Eine solche Gelegenheit würde sich ihr so schnell nicht wieder bieten. Wieder wünschte sie sich ihre Jeansjacke herbei, diesmal jedoch nicht wegen der unangenehmen Kühle, sondern um ihren vernarbten Arm vor den Blicken des Fremden zu schützen.

Stell dich nicht so an, Mella ...

Fränzis Stimme. Als säße sie neben ihr.

Mella überlegte, ob sie auf ihre seit Jahren bewährte Strategie zurückgreifen und den Arm hinter dem Rücken verstecken könnte. Doch das würde mit Tablet und Kamera nicht funktionieren. Es blieb ihr also nichts weiter, als Fränzis Rat zu beherzigen. Gedanklich legte sie sich ein paar Sätze auf Schwedisch zurecht, dann stand sie auf und ging nach vorn. Als nur noch ein paar Schritte zwischen ihnen lagen, drehte der Mann sich zu ihr um. Ihr Vorhaben, ein freundliches Gesicht aufzusetzen und ihn auf die Geschichte der Kirche anzusprechen, fror augenblicklich ein. Sein schockstarrer Blick, die geweiteten Augen, mit denen er sie fixierte, als hätte sie ihn mit ihrer Anwesenheit nicht nur überrascht, sondern regelrecht erschreckt, verunsicherten sie. Aus einem Impuls heraus hob sie beide Hände.

»Entschuldige«, sagte sie, »wollte dich nicht erschrecken.«

Sie nahm die Hände herunter, zwang sich zu einem Lächeln, wollte ihren Namen nennen, ihm sagen, was sie hier suchte, doch jedes Wort erstarb, ehe es ihre Lippen verlassen konnte, weil der seltsam verstörte Gesichtsausdruck des Restaurators sie irritierte. Ohne den Anflug eines Lächelns oder einer Regung, die sein Entgegenkommen signalisieren könnte, glitt sein Blick von ihrem Gesicht über ihre Schultern und den Arm mit den Verbrennungsnarben weiter zur Hand mit der Kamera und schließlich zurück zu ihrem Gesicht. Schnell presste sie ihren Unterarm dicht an den Körper – eine jahrelang eingeübte Bewegung, die sie in Situationen wie dieser dringend brauchte, um nicht gänzlich vor Scham in Grund und Boden zu versinken. Dabei könnte es ihr doch gleichgültig sein, dass der Fremde in dieser Kirche in Lärbro ihren vernarbten Arm entdeckt hätte. Sie kannte ihn ja nicht einmal.

Noch immer zeigte er keinerlei Zeichen von Freundlichkeit, sagte kein Wort, schaute sie nur an, mit diesem verschreckten Blick. Als wäre sie ein Geist oder ein Eindringling, der ohne Ankündigung in seinen persönlichen Raum eingebrochen wäre. Sie fror noch mehr als zuvor.

»Tut mir leid«, sagte sie hastig und merkte erst danach, dass sie Deutsch gesprochen hatte.

Sie wandte sich um und eilte so schnell sie konnte an den Säulen vorbei zum Eingang. Obwohl sie sich nicht mehr zu dem Restaurator umdrehte, spürte sie seinen Blick, bis sie durch die offen stehende Tür ins Freie geflohen war.

20. März 1982

Rikard, mein Liebster,
über eine Woche haben wir geschwiegen, keine Briefe, keine persönlichen heimlichen Worte bei den Proben, nur Blicke. Sie haben sich aneinander festgehalten, so kam es mir vor. Ich wusste bisher nicht, dass man sich mit Blicken aneinander festklammern und gewärmt und geliebt fühlen kann, wie berührt, beinahe gestreichelt. Und dass winzige Funken sich in der Luft verteilen können, wenn die Blicke nur tief genug sind, wenn sie miteinander verschmelzen, wenn die Herzen nur wild genug klopfen, unsichtbar, unhörbar, unbemerkt für alle anderen. Dachte ich ernsthaft, dass sich unsere Gefühle füreinander auf ein korrektes Maß herunterfahren lassen, wenn wir aufhören, miteinander zu sprechen, uns zu schreiben, ich mir fortwährend klarmache, dass ich deine Schülerin bin, dass du nicht nur mein Lehrer, sondern auch verlobt bist? Wenn ich nur oft genug an Liv denke, die unsichtbare Liv, die ich nicht kenne und deren Name in den Ring graviert ist, den ich an deinem Finger sehe, diesen schmalen goldenen Ring als Zeichen dafür, dass du an sie gebunden bist? Habe ich wirklich gedacht, Schweigen und Nichtschreiben wären brauchbare Gegenmittel? Wirksame Methoden, um mein Herz abzukühlen? Strategien, die mir dabei helfen, in dir nichts weiter zu sehen als den Musikstudenten, der dienstags und freitags für ein Projekt in meine Schule kommt? Tag für Tag rede ich mir ein, mit dir befreundet sein zu können. Nichts weiter. Nur das. Ja, es wäre wundervoll. Aber wie kann ich dich als Freund betrachten, wenn mein

Herz in deiner Gegenwart völlig aus dem Takt gerät, wenn beim Blick aus deinen blauen Augen die vertraute Tonart meines Herzschlags wechselt, wenn aus der Ordnung eines gleichmäßigen Vierviertaktes ein heilloses Durcheinander wird, weil die Noten aus der Reihe tanzen?

Über eine Woche Schweigen. Und dann, kurz vor Ende der Probe, hast du in einer Spielpause nach meinem Notenheft gefragt. Wie beiläufig hast du mich gebeten, es dir für einen Moment zu überlassen, als wolltest du schnell etwas darin nachsehen. Du hättest jeden anderen aus unserer Gruppe bitten können, aber du bist zu mir gekommen. Ich gab es dir, du hast es an dich genommen, und dabei haben sich unsere Finger für eine Millisekunde berührt. Hast du es bemerkt? Eine Explosion in meinem Inneren. Du hast das Heft mitgenommen ans Pult, dich darübergebeugt, ich konnte sehen, dass du deinen Füller nahmst und etwas schriebst. Ich begriff nichts, wusste dich und was du da getan hast, nicht einzusortieren, konnte ja nichts sagen oder fragen. Du hast das Heft zugeklappt, dich uns zugewandt und die Probe beendet.

Alle haben zusammengepackt, und plötzlich waren da diese Geräuschkulisse und die Geschäftigkeit des Aufbruchs um mich herum, aber ich wollte nicht aufbrechen, nicht meine Sachen einpacken, nicht den Raum verlassen, ich wollte auf meinem Platz sitzen bleiben und mit dir allein sein. Ein paar gestohlene Augenblicke mit dir, wie so oft zuvor. Du hast mir das Heft auf den Notenständer gelegt. Hey Jude, *hast du leise gesagt, fast hätte ich es nicht verstanden wegen des Lärms um uns herum. Du hast gelächelt und ich habe immer noch nicht begriffen. Erst später, erst zu Hause, hier, in meinem kleinen Zimmer unterm Dach, habe ich die Worte entdeckt, deine Worte, diese Handvoll Worte in deiner Handschrift, die ich mir am liebsten ins Herz tätowieren würde, damit sie nie verloren gehen.*

Mit dir bis ans Ende der Welt ... R.

Es steht kein Fragezeichen dahinter, also verstehe ich deine Worte nicht als Frage, die eine Antwort verlangt. Sondern als eine Absicht, einen Wunsch, einen Traum. Ich weiß nicht, wo es liegt, das Ende der Welt, es spielt keine Rolle. Wenn wir nur zusammenbleiben können, ist es mir gleich, wo.

Deine Griddy

SIRI

Gotland – Oktober 2022

Noch am selben Abend telefonierte Siri mit ihrer Großtante Lynna, um sich für den darauffolgenden Sonntag zum Besuch anzumelden. Die alte Dame reagierte überrascht. Siri sei ja ewig nicht bei ihr gewesen, und man habe sich doch vor wenigen Wochen bei Jördis' Begräbnis erst gesehen, sagte sie. Dennoch brachte sie ihre Freude wortreich zum Ausdruck, und sie versprach Siri selbst gebackene Safranpfannkuchen mit Salmbeermarmelade.

Das schlechte Gewissen zwickte Siri. Ihre Großtante konnte ja nicht ahnen, dass es einen Grund für ihren Besuch gab. Dass es ein Rätsel gab, das Siri allein nicht entschlüsseln konnte. Dass alle Hoffnungen auf ihr, der Großtante, ruhten. Und dass nichts anderes als dies der Anlass für den Besuch war.

»Ist was mit ihr?«, fragte Mattis, nachdem Siri ihm am nächsten Tag berichtet hatte, dass sie am kommenden Sonntag nach Fårösund fahren würde.

Sie hatten ein paar Einkäufe erledigt und, beladen mit Taschen und einem großen Einkaufskorb, wenige Augenblicke zuvor das Haus betreten. Mattis räumte Käse und Joghurt in den Kühlschrank, Siri verstaute das Gemüse in der Vorratskammer.

»Was soll mit ihr sein?«, rief sie ihm über die Schulter zu.

»Na, weil du hinfährst. Das hast du noch nie gemacht, seit wir uns kennen.«

Sie ging zurück zur Küche. Es wäre leicht, ihm zu antworten. Ihm zu sagen, auf welche Idee Ann-Marie sie gebracht hatte. Mattis würde die Augen verdrehen. Er würde sich mit einer Hand durch die Haare fahren und dann den Kopf schütteln, wie er es so oft tat, wenn er etwas nicht nachvollziehen konnte. Es wäre der Beginn einer weiteren Diskussion. Die wollte sie unter allen Umständen vermeiden. Die letzte war ihr noch lebhaft und wenig angenehm in Erinnerung.

»Genau, deswegen wird es Zeit, dass ich es tue«, sagte sie ausweichend. Sie schob das Päckchen mit dem Salz in den Schrank neben Mehl- und Zuckertüten.

»Ich habe am Sonntag frei«, sagte Mattis. »Wir hätten was unternehmen können.« Der anklagende Unterton war nicht zu überhören. Sie senkte den Kopf, schob die Unterlippe leicht vor. Mattis restaurierte zurzeit die Wandmalereien in der Kirche in Gothem. Seine Arbeit nahm eine Menge Zeit in Anspruch, an manchen Tagen verließ er das Haus in aller Frühe und kam erst abends nach Hause. Ein weiterer Streitpunkt. Mehrmals hatte Siri ihm deutlich gemacht, wie wenig es ihr gefiel, dass sie wegen seiner Arbeit kaum Zeit füreinander hatten. Die Sonntage waren ihm heilig, das wusste sie.

»Na gut, ich begleite dich«, hörte sie ihn sagen, bevor sie etwas erwidern konnte. »Können wir Elin mitnehmen? Sonst frage ich Ann-Marie, ob sie solange bei ihr bleiben kann.«

Ruckartig hob Siri den Kopf. »Mattis, das ... Ich würde lieber ... Es ist kein ... gemütlicher Familienbesuch.«

Sie ärgerte sich über ihr Gestotter. Über ihre Unfähigkeit, ihm klar zu sagen, worum es ihr bei dem Besuch ging. Und darüber, dass sein Verhalten sie zu dieser unsinnigen Vermeidungstaktik zwang.

»Das klingt, als wolltest du allein hin.«

Er kniff die Augen zusammen, ein wenig nur, als wäre er nicht sicher, ob er mit seiner Vermutung richtig lag.

»Ich möchte mit ihr über früher reden. Mich mit ihr an Mama erinnern.« Noch umständlicher hätte sie sich kaum ausdrücken können. Wie ein Kind mit begrenztem Wortschatz kam sie sich vor.

Mattis' Blick war undurchdringlich, ließ nicht erkennen, ob Verständnis und Akzeptanz darin lagen, oder doch eher Ungläubigkeit, Zweifel oder gar Missfallen.

»Okay«, sagte er nur. »Wenn ich störe, bleibe ich selbstverständlich hier.« Er verließ die Küche.

In der Gewissheit, ihn zutiefst verletzt zu haben, sah sie ihm nach. Jedes seiner Worte zeugte davon, sie hörte es an der Art der Betonung, sah es an seinem versteinerten Gesicht.

»Mattis, warte!« Sie lief ihm nach. Er war schon an der Haustür, hatte die Klinke in der Hand, sich aber auf ihre Bitte noch einmal umgedreht. »Was?«

»Entschuldige.« Sie näherte sich ihm bis auf zwei Schritte. »Ich will ihr das Foto zeigen. Du hast so gereizt darauf reagiert, ich wollte neue Diskussionen vermeiden.«

Sie sah ihm offen ins Gesicht. Seine Augen wirkten in diesem Moment mehr grün als blau. Sie mochte diesen dunkleren Schimmer.

»Das Foto, das du im Schrank deiner Mutter gefunden hast? Sag bloß, du hast es immer noch im Kopf?«

Jeden Tag...

Sie verbiss sich die Bemerkung, verzog stattdessen die Lippen zu einem schiefen Lächeln.

»Siri, bitte, hör doch auf, im Leben deiner Mutter herumzuwühlen. Man muss nicht allen Dingen auf den Grund gehen.«

»Du verstehst mich überhaupt nicht.« Sie hatte das vorletzte Wort besonders gedehnt und merkte nun, dass ihr Herz in ein ungezügeltes Stakkato verfiel. »Genau genommen habe ich mich noch nie so unverstanden von dir gefühlt.«

Mattis warf die Arme in die Luft und stieß ein zynisches Lachen aus. »Unverstanden?«, wiederholte er und ließ seine Arme sinken. »Weil ich meine Meinung sage? Weil ich nicht das sage, was du hören willst?«

»Weil du mir das Gefühl gibst, dass wir nicht mehr die gleiche Sprache sprechen«, rief sie. Sie hatte nicht laut werden wollen und bereute es, sich nicht besser im Griff zu haben. »Ich habe meine Mutter verloren! Sie war der Mensch, der mir so nahe stand wie kaum jemand sonst ...«

Tränen stiegen ihr in die Augen, ihre Stimme brach. Sie wandte sich von ihm ab, holte Luft, wollte die Tränen wegdrängen und stellte fest, dass es ihr nicht gelang. Sie strömten ihr über die Wangen. Ungeduldig rieb sie mit dem Handrücken darüber. Er sollte nicht glauben, sie setzte ihre Tränen als Druckmittel ein. Voller Verzweiflung rang sie nach Worten, die ihm erklären würden, was sie beim Betrachten des Fotos fühlte. Aber sie konnte ja nicht einmal sich selbst die widersprüchlichen Gefühle des Ausgeschlossenseins und gleichzeitig der Zugehörigkeit erklären, die sie jedes Mal überrannten, wenn sie das Foto mit den Frauen und ihren Kindern ansah. Kein Wunder, dass Mattis sie für überspannt hielt. Sie ging zurück zur Küche, riss ein Stück Küchenpapier von der Rolle und schnäuzte sich die Nase.

»Dass du trauerst, verstehe ich doch, Siri.« Er war ihr gefolgt, wie sie mit einer gewissen Erleichterung feststellte, und hatte seine Stimme gesenkt. »Ich will nur nicht, dass du dich wegen eines blöden Fotos in irgendwas verrennst.«

Sie fuhr herum, sah ihn im Türrahmen lehnen, beide Arme vor der Brust verschränkt.

»Was glaubst du denn, in was ich mich verrenne?«, fragte sie, eine Spur zu patzig.

»Keine Ahnung, du erzählst mir ja nichts.« Seine Augen funkelten.

»Weil du es nicht ernst nimmst!« Sie erwiderte seinen Blick. »Weil du *mich* nicht ernst nimmst!«

»Sag mal, was ist denn los mit dir?«

Sein Gesicht verschwamm erneut hinter einem Tränenschleier. Warum war sie nur so dünnhäutig geworden? Sie versuchte sich zu beruhigen, merkte jedoch, dass es ihr ganz und gar nicht gelang. Dass sie mehr Luft brauchte. Dass sie nicht mehr nach Worten suchen, nicht mehr reden, nichts mehr erklären wollte. Sie stürzte an Mattis vorbei in den Flur und weiter zur Haustür, riss sie auf, trat ins Freie, füllte ihre Lungen so gierig mit der klaren Oktoberluft, als hinge ihr Leben davon ab. Im Haus knallte eine Tür ins Schloss.

Siri ging ein paar Schritte, wünschte sich, ihr Herz käme endlich zur Ruhe, noch immer pochte es viel zu schnell. Was war nur los mit ihr? Diese übertriebene Empfindsamkeit kannte sie gar nicht. Mit dem Ärmel wischte sie sich die Tränenspuren von den Wangen. Sie und Mattis, das hätte etwas für immer sein können. Sie hatte fest daran geglaubt, schon damals auf dem Fähranleger, als er ihr mit diesem unwiderstehlichen Grinsen dabei zugesehen hatte, wie sie ihre Unterwäsche eingesammelt hatte. Schon da war sie davon überzeugt gewesen, dass es mit ihm anders werden würde als mit ihren gescheiterten Beziehungen zuvor. Aber irgendetwas hatte sich verändert, irgendetwas sorgte dafür, dass die damals verspürte Gewissheit immer mehr verblasste.

»*Hej*, was ist denn los?«

Ann-Maries einfühlsam klingende Stimme riss sie aus ihren Gedanken. Siri drehte sich zu ihr um, spürte den leichten Druck von Ann-Maries Hand auf ihrem Arm. Ihre Haare waren feucht und dufteten nach Vanille.

»Entschuldige, wir waren nicht gerade leise«, sagte Siri, »du hast bestimmt jedes Wort mitbekommen.«

»Nicht jedes.« Ann-Marie lächelte. »Aber als mein Bruder die

Tür zu seinem Arbeitszimmer ins Schloss geworfen hat, dachte ich, ich schau mal nach euch.«

»Hast du versucht, mit ihm zu reden?«, erkundigte Siri sich vorsichtig.

»Keine Chance.« Siri seufzte auf. »Komm«, sagte Ann-Marie. »Gehen wir rein. Das wird schon wieder.«

Die nächsten Tage sprachen sie nur das Nötigste miteinander. Wenn Elin bei ihnen war, versuchten sie, das Kind die zwischen ihnen liegende Spannung nicht spüren zu lassen. Doch kaum war sie aus dem Zimmer, verfielen sie erneut in ihr eisiges Schweigen. Der Appetit war Siri abhandengekommen, dafür trank sie Unmengen an Kaffee, um ihren Magen zu füllen, obwohl sie merkte, dass er dagegen zu rebellieren begann. Mattis arbeitete noch mehr als sonst. Er verließ das Haus ungewöhnlich früh und ohne Frühstück, und wenn er zurückkehrte, war es meistens dunkel. Siri fragte nicht, aber sie sah ihm an, dass er ebenso unter der Stille zwischen ihnen litt wie sie selbst.

Am Sonntagvormittag verließ sie die Villa Märta mit der knappen Information, dass sie zu Großtante Lynna fahre. Sie wartete einen Moment auf einen Abschiedsgruß, ein Wort, insgeheim wartete sie sogar darauf, dass er käme, sie in die Arme nehmen und ihr eine gute Fahrt wünschen würde. So wie er es früher getan hatte. Doch es rührte sich nichts, und Siri zog die Haustür ins Schloss.

MELLA

Gotland – Mai 2023

Außer Atem wendete sie den Wagen auf der kiesbestreuten Parkfläche. Fort von der Kirche, von dem Fremden mit dem schockstarren Blick, um das unangenehme Gefühl, das die sonderbare Begegnung mit ihm in ihr ausgelöst hatte, möglichst schnell hinter sich zu lassen. Ungeduldig zerrte sie an der Sonnenblende, weil sie ins grelle Licht des Nachmittags blinzeln musste und ihre Sonnenbrille dummerweise in der Pension vergessen hatte. Sie bog nach rechts auf die Straße ab, die sie in den Ort geführt hatte.

Beruhige dich, Mella ...

Was war schon passiert? Er hatte sie angestarrt, stumm wie ein Fisch, hatte zu allem Überfluss auch noch ihren vernarbten Arm gesehen und deshalb erst recht kein Wort rausgebracht. Na und? Sie würde ihn nie wiedersehen, es konnte ihr egal sein, was er dachte. Er war irgendein Unbekannter. Sie ließ das Seitenfenster herunterfahren. Kühl strömte der Fahrtwind ins Wageninnere, streifte ihre Wange, ihre Stirn, wehte ihr eine Haarsträhne vor die Augen und vertrieb die Hitze, die die Aufregung in ihr ausgelöst hatte. Warum, verdammt noch mal, gelang es ihr nach all den Jahren immer noch nicht, ihren vernarbten Arm als eine Selbstverständlichkeit, als einen Teil von sich zu betrachten? Wie oft hatte Fränzi ihr schon geraten, Freundschaft mit ihm zu schließen?

Nicht, dass sie es nicht schon versucht hätte. Sie hatte sogar unmittelbar nach dem Unglück, genau genommen nach der ersten Operation, ein paar Sitzungen bei einem Therapeuten gehabt. Einer der Klinikärzte hatte gemeint, es sei wichtig, nichts zu versäumen. Ihre Mutter hatte dem zugestimmt. Auch sie hatte nichts versäumen wollen. So hatte Mella sich auf die Sitzungen eingelassen, doch am Ende war sie verzweifelter denn je gewesen, weil sie das Therapieziel nicht erreicht hatte, obwohl der Therapeut sein Möglichstes getan hatte. Die Blicke anderer genügten, damit sie sich minderwertig und beschädigt fühlte. Blicke, in denen Neugier, Schreck, Mitleid oder – und das war das Schlimmste – so etwas wie Abscheu oder Entsetzen lagen. Der Knacks, den ihr Selbstbewusstsein dadurch davongetragen hatte, schien irreparabel.

Beiläufig bemerkte sie, dass sie Lärbro verlassen hatte, dass die letzten Häuser im Rückspiegel klein und kleiner wurden. Ihre Gedanken trieben zurück zu jenem schicksalhaften Nachmittag. Ein Sonntag in den Sommerferien, sie war fünfzehn gewesen. Die Party hatte bei Sven stattgefunden, im weitläufigen Garten seiner Eltern, in dem es einen Pool gegeben hatte und exotische Pflanzen drumherum. Es war Svens achtzehnter Geburtstag gewesen, und Mella hatte tagelang gekämpft, um ihrer Mutter klarzumachen, wie wichtig diese Party und wie auserlesen der Kreis derer war, die Sven, der Bruder einer ihrer Freundinnen, eingeladen hatte. Es hatte Bier und Cocktails gegeben und Würstchen und Steaks vom Schwenkgrill. Es waren mindestens dreißig Leute da gewesen, die meisten in Svens Alter. Die Schmetterlinge in Mellas Bauch waren in Schwärmen aufgestoben, als Sven seinen Arm um ihre Schultern gelegt hatte. Der erste Kuss hatte förmlich in der Luft gelegen.

Doch dann war alles anders gekommen. Irgendwer hatte plötzlich eine Flasche Brennspiritus in der Hand gehabt. »Pass auf mit dem Zeug!«, hatte jemand gerufen, und zeitgleich hatte es wahnsinnig gezischt, die Flammen waren hochgeschossen und ein paar Mädchen hatten geschrien, als ein Windstoß hineingefahren war und die Flammen geradewegs in Mellas Richtung getrieben hatte. Aus einem Reflex heraus hatte sie ihren linken Arm schützend vors Gesicht gehalten. Von einem Wunder hatten die Klinikärzte später gesprochen, weil ihr Gesicht und andere Körperteile unbeschadet geblieben waren.

Sich an diesen Nachmittag zu erinnern, rief auch über zwanzig Jahre später noch ein Gefühl der Beklemmung in ihr hervor. Viele Monate hatte sie in der Uniklinik verbracht, dreimal war sie operiert worden. Die langwierigen Prozeduren der Hauttransplantationen und die Infektion, die den Heilungsprozess um Monate verzögert hatte, hatten sie an den Rand der Verzweiflung getrieben. Als sie endlich aus der Klinik entlassen worden war, hatte sie sich gefühlt wie ein anderer Mensch. Nein, sie hatte sich nicht nur so gefühlt. Sie war ein anderer Mensch geworden. Etwas von ihr war unumkehrbar verloren gegangen. Seitdem gab es die heile Mella nicht mehr. Nur noch die mit dem vernarbten Arm, in deren Leben Sven nie wieder eine Rolle gespielt hatte.

Sie passierte eins der kleinen Dörfer, die sich ähnelten wie ein Ei dem anderen, und plötzlich war sie nicht mehr sicher, ob sie sich noch auf der 148 befand, der Nationalstraße, auf der sie gekommen war und die sie zurück nach Visby führen würde. Hatte sie sich zu allem Überfluss auch noch verfahren? In einer Geste der Ungeduld hieb sie mit der flachen Hand aufs Lenkrad. Kein Wunder, sie war abgelenkt gewesen, mit ihren Gedanken weit fort. Da tauchte am rechten Straßenrand eine heruntergekommen wirkende Holzhütte auf und direkt daneben eine Haltebucht. Kurz entschlossen lenkte sie den Renault dorthin und stellte den Motor ab. Wie viele Kilometer war sie wohl in die falsche Richtung gefahren? Anna Pettersson hatte gesagt, dass man auf Gotland kein Navigationsgerät brauche, weil das Verkehrsnetz überschaubar sei und es mehr Hinweisschilder gebe, als man benötige. Als Einheimische hatte sie gut reden.

Mella angelte nach ihrem Handy und öffnete den Routenplaner. Beim Blick aus dem Seitenfenster bemerkte sie, dass sie an einem See stand, in den drei Holzstege führten. Üppige Schilfpflanzen wuchsen zwischen ihnen. Ohne weiter nachzudenken, stieg sie aus. Beim Näherkommen entdeckte sie mehrere Boote an den Holzpollern und auf dem äußeren Steg einen auf einem dreibeinigen Hocker sitzenden Angler. Ein tiefer Frieden umgab die Szenerie. Nur das Schnattern einer Ente war zu hören. Augenblicklich fiel alles von Mella ab, was sie bis eben beschäftigt und aufgewühlt hatte.

Ihr Blick glitt über das Funkeln auf der Wasseroberfläche und die im Wind raschelnden Schilfpflanzen hinauf in den hellen Nachmittagshimmel, an dem ein paar Wattewolken trieben. Über den mittleren der Bootsstege ging sie bis zum Ende und ließ sich dort auf den Holzbrettern nieder, die warm waren von der Sonne. Jetzt endlich konnte sie noch einmal an Lärbro denken, an die Kirche mit dem auffälligen Turm. Ihr Bau und ihre Ausstattung waren es wert, in den geplanten Bildband aufgenommen zu werden. Wie sollte sie Dietmar erklären, dass sie ausgerechnet dieses Schmuckstück vom Radar gestrichen hatte? Würde er verstehen, dass das eigentümliche Verhalten des Restaurators der Grund dafür war, und dass sie die Flucht ergriffen hatte, weil ihr in seiner Anwesenheit ihre eigene Unzulänglichkeit bewusst geworden war – ihr fehlendes Selbstwertgefühl? Was würde Fränzi wohl dazu sagen? Mella zog ihr Handy aus der Hosentasche und warf einen Blick darauf. Zwanzig nach fünf. Ob sie sich etwas Zeit für ein Telefonat stehlen könnte? Mella tippte ihre Nummer an, die Freundin meldete sich schon nach dem zweiten Klingelton.

»Hey, wie schön, dass du anrufst!«, hörte sie ihre vertraute Stimme.

»Hallo, Fränzi, passt es gerade?«

»Ja, passt prima, ist doch mein freier Nachmittag. Sitze im Hallenbad und warte auf die Kinder. Bis sie umgezogen und mit trockenen Haaren hier sind, dauert es noch. Erzähl, wie's dir geht!«

In wenigen Sätzen fasste Mella ihre Ankunft in Schweden, die Hilfsbereitschaft von David und Marit und die Freundlichkeit ihrer Pensionswirtin Anna zusammen und sprach anschließend die unliebsame Begegnung mit dem Fremden an.

»Dabei bietet diese Kirche sehr viel Interessantes und muss unbedingt in unserem Bildband vorgestellt werden. Dietmar soll nicht den Eindruck haben, ich würde schlampig arbeiten. Die Informationen zur Kirchenhistorie finde ich schon woanders, aber ich habe wegen meines fluchtartigen Abgangs dummerweise kein einziges Foto gemacht.«

»Dann bleibt dir wohl nichts anderes übrig, als noch mal …«

»… hinzufahren?« Mella seufzte leise auf.

»Ja.«

»Und ihm noch mal zu begegnen?«

»Na und? Was soll denn passieren?« Der Angler auf dem Steg neben ihr saß weiter reglos auf seinem Hocker, wie ein Standbild. Sie wandte den Blick von ihm ab, hörte Fränzi weitersprechen. »Der Typ ist ein schräger Vogel, ein schrulliger Künstler wahrscheinlich, der es nicht gewohnt ist, dass ihm Leute bei der Arbeit zusehen. Vielleicht fühlte er sich beobachtet von dir. Oder er hat ein Problem mit Frauen, wer weiß.«

Der Wind kräuselte die Wasseroberfläche, trieb kleine Wellen heran, die gluckernd um die Pfosten des Stegs schwappten. Mella schätzte Fränzis Sicht der Dinge. Ihre Klarheit, wenn es darum ging, verworrene Gedanken zu ordnen. Ihre Entschiedenheit, sobald sie ein Ziel ins Auge gefasst hatte. Ihre Fähigkeit zu handeln, ohne zu zögern.

»Du meinst wirklich, ich soll da noch mal hin?« Sie streckte den Rücken durch und blinzelte in die Sonne, die noch genug Kraft hatte, ihre Stirn zu wärmen.

»Klar. Beachte ihn gar nicht, schieß deine Fotos, und nach ein paar Minuten verschwindest du wieder.«

Mella stieß den Atem zwischen den halb geschlossenen Lippen aus.

»Ignorier ihn. Ist eine wunderbare Übung. Wenn diese Kirche in den Kunstband soll, schieb es nicht auf, sonst bekommst du's nicht mehr aus dem Kopf.«

Im Hintergrund waren jetzt die Stimmen von Fränzis Kindern zu vernehmen, Fränzi sprach mit ihnen, es raschelte in der Leitung, dann entschuldigte sie sich bei Mella, und sie verabschiedeten sich.

Schieb es nicht auf.

Natürlich hatte Fränzi recht, es war sinnlos, weiter zu grübeln. Entschlossen stand Mella auf, stieg ins Auto, wendete und fuhr zurück nach Lärbro. Sie parkte an derselben Stelle vor der Kirchhofmauer, und dieses Mal streifte sie ihre Jeansjacke über. Dann griff sie nach ihrer Tasche, in der sich Kamera und Tablet befanden. Wenig später betrat sie die Kirche erneut.

Der Restaurator stand noch immer auf dem Gerüst. Um ihn nicht noch einmal zu erschrecken, zog sie die Tür hinter sich betont fest in Schloss. Während sie umherging und nach den besten Motiven für ihre Fotos suchte, hielt sie sich an Fränzis Rat und bemühte sich, seine Anwesenheit zu ignorieren. Sie stellte Belichtung und Winkel in der Kamera ein und schoss ein paar Aufnahmen vom aufwendig gestalteten Taufstein, von den beiden Pfeilern und den Kapitellen und schließlich von den Malereien an der Gewölbedecke. Langsam ging sie an den Säulen vorbei und durch den Mittelgang nach vorn bis zum Chor, ohne dem Fremden einen einzigen Blick zu schenken. Auch hier entdeckte sie Malereien an den Wänden, die sie mit der Kamera festhielt, ebenso die mit Figuren, Inschriften und sakralen Symbolen prächtig ausgestattete Kanzel.

Allmählich wich die Aufregung, und sie stellte fest, dass es so einfach war, wie es aus Fränzis Mund geklungen hatte. Sie ignorierten sich gegenseitig. Doch mit einem Mal hörte sie hinter sich das Gerüst unter seinen Schritten knarzen. Er stieg offenbar herunter. Sie drehte sich nicht um, fotografierte weiter, machte eine, zwei, drei Aufnahmen.

Beachte ihn gar nicht ...

Mit einem raschen Blick vergewisserte sie sich, dass der linke Ärmel ihrer Jeansjacke ihr Handgelenk genug bedeckte.

»Die meisten Malereien stammen aus dem 13. Jahrhundert.« Seine Stimme klang warm und unaufgeregt. Etwas in Mella weigerte sich, sich umzudrehen, weil sie fürchtete, damit etwas zu zerstören, das sie nicht einmal benennen konnte. Sie tat so, als erforderte das Fotografieren ihre absolute Aufmerksamkeit, drückte immer wieder auf den Auslöser, nur um den Fremden nicht ansehen zu müssen. »Die wenigsten Leute konnten damals lesen und schreiben, deshalb malte man biblische Szenen mit Kalkfarben auf die Kirchenwände. Eine typische Technik für die Gotteshäuser auf Gotland.«

Etwas irritiert hielt sie inne, nahm die Kamera nun doch herunter und wandte sich um. Das Letzte, was sie erwartet hatte, war angesprochen zu werden, sogar Antworten auf Fragen zu erhalten, die sie nicht einmal gestellt hatte. Der Gesichtsausdruck des Mannes wirkte nun entspannter, seine Augen leuchteten grün im Licht, das durch die hohen Fenster hereinfiel. Der Anflug eines Lächelns huschte über seine Lippen, verschwand jedoch direkt, als wäre es ein Versehen gewesen.

»Tut mir leid, wenn ich dich vorhin erschreckt habe«, sagte sie, weil ihr sonst nichts zu sagen einfiel und weil sie eine Entschuldigung angebracht fand. So weit war es also mit dem Vorhaben gekommen, ihn zu ignorieren. Er schob seine Hände in die Hosentaschen, senkte den Kopf, hob ihn aber gleich wieder und sah sie an. Sie zwang sich dazu, seinem Blick nicht auszuweichen, obwohl die darin liegende Eindringlichkeit sie zu verunsichern begann. Das Grün seiner Augen veränderte sich, sah jetzt mehr blau aus. Oder war es umgekehrt? »Kommt wahrscheinlich nicht oft vor, dass jemand sich hierher verirrt, wenn du arbeitest.« Sie redete zu viel, biss sich auf die Lippen. Eine dunkelblaue Wollfluse, wahrscheinlich aus seinem Schal, hatte sich in den Bartstoppeln an seinem Kinn verfangen. Sie verlieh ihm etwas Liebenswertes. Beinahe hätte Mella über diese Feststellung geschmunzelt. Der erste Sympathiepunkt dank einer Wollfluse. »Aber interessant, was du über die Malereien weißt.«

Sich mit ihm über die Ausstattung des Kirchenbaus auszutauschen, fühlte sich zwangloser an, war sicheres Terrain, auf dem sich unverbindlich miteinander sprechen ließ.

»Mein Job«, erwiderte er mit einer raumgreifenden Bewegung beider Arme, die die Wandzeichnungen ebenso einschloss wie seinen Arbeitstisch, ja, die ganze Kirche.

»Ich arbeite für einen deutschen Verlag und interessiere mich für die Historie der gotländischen Landkirchen«, sagte sie. »Weißt du noch mehr über diese hier?«

»Was willst du wissen?«

»Ein paar Besonderheiten, die charakteristisch für sie sind.«

»Da gibt es einige«, erwiderte er. Mella legte ihre Kamera auf einer der Kirchenbänke ab und zog ihr Tablet aus der Tasche, um sich ein paar Notizen zu machen. »Zum Beispiel der achteckige Turm«, fuhr er fort. »Er stammt aus dem 14. Jahrhundert und ist einzigartig auf Gotland. Im Jahr 1522 wurde er durch einen

Sturm beschädigt, sodass man die obere Ebene abtragen musste und er seine ursprüngliche Höhe eingebüßt hat. Oder hier ...« Er ging ein paar Schritte in Richtung des Altarschreins. »Der Schnitzaltar mit den Apostelfiguren. An der Wand auf der Rückseite haben wir wieder die Malereien, ausgesprochen detailreich gearbeitete Ranken, schau hier.«

Seine Stimme hüllte sie ein, er sprach ohne Hast, mit Pausen zwischen den Sätzen, als wüsste er, dass ihr Schwedisch noch in den Kinderschuhen steckte. Eine wunderbar warme Stimme, dachte sie, während sie ihm nachging, lauschte, notierte, dem Gesagten mit Blicken folgte, dann und wann nickte. Sie stellte keine Zwischenfragen, weil alles, was er von sich gab, aufschlussreich und verständlich war, weil sie ihn nicht unterbrechen wollte, weil sie ihm weiter zuhören wollte.

»Jetzt hatte ich dank dir eine kleine Kirchenführung«, sagte sie, nachdem er geendet hatte. »Ich hoffe, ich hab dich nicht von der Arbeit abgehalten. Danke für deine Zeit.« Sie schenkte ihm ein Lächeln, verwundert darüber, wie leicht es ihr über die Lippen kam, und plötzlich fand sie überhaupt nicht mehr, dass er ein sonderbarer Typ war. Er stand den Kirchenfenstern zugewandt, durch die das Licht in langen Streifen zu ihnen hereinfiel und mit seiner Augenfarbe spielte. Solche Farbwechsel hatte Mella noch bei niemandem sonst gesehen, sie konnte nicht umhin, eine gewisse Faszination zu empfinden. Ein winziges Lächeln huschte über sein Gesicht, aber wieder verschwand es direkt, als hätte es keine Daseinsberechtigung.

Mella dankte dem Mann erneut und verabschiedete sich. Leichten Schrittes verließ sie die Kirche. Ehe sie Richtung Visby fuhr, tippte sie eine Nachricht an ihre Freundin.

Hej, *Fränzi, habe bei einer privaten Kirchenführung eine Menge erfahren. Unter anderem, dass der schrullige Kauz eigentlich ganz nett ist. Melde mich später noch mal. Kuss, Mella.*

25. März 1982

Liebster Rikard,

fünf Wochen. Fünfunddreißig Tage. Zehn reguläre Proben, dreimal Einzelunterricht. Ich will verstehen, wie es sein kann, dass in dieser kurzen Zeit dieses Band zwischen uns entstehen konnte. Wir stehlen uns Zeit, hier zehn Minuten, da fünf, mit ein wenig Glück eine Viertelstunde. Vor Probenbeginn oder danach. Vor den Tagen, an denen ich Einzelunterricht bei dir habe, kann ich kaum schlafen, weil ich weiß, dass wir eine Stunde lang ungestört sein werden. Dass es Augenblicke geben wird, in denen deine Hand nach meiner suchen wird, in denen wir uns berühren werden, mit dieser unbegreiflichen Zärtlichkeit, so unschuldig beinahe, und ich mich in deine Arme sehne, die so nah sind und doch so unerreichbar. Wir respektieren die Grenze.

Gehst du mit mir bis ans Ende der Welt?, hast du heute Morgen gefragt. Geflüstert. Obwohl wir allein waren im Musikraum, weil die anderen schon gegangen waren. Geflüstert hast du's, als hätten die Wände, der alte, verschlissene Bühnenvorhang, die Fensterscheiben, die Deckenstrahler Ohren. Als könnten die Stühle, die Notenständer, unsere Gitarren es hören und uns verraten. Wir dürfen so nicht miteinander sprechen, wir dürfen so nicht fühlen, deine Augen dürfen nicht so leuchten, wenn du mich ansiehst. Da ist Liv. Die deine Frau sein möchte. Die sich auf eure Hochzeit freut. Die Hochzeit ist noch immer ihr Plan. Deiner ist es nicht mehr, du hast es mir heute deutlich gesagt. Hast mir versichert, dass du nicht mehr zwei-

felst, deinen inneren Zwiespalt niedergerungen hast, deine Unsicherheit, dein Hadern. Ich will dir glauben, will dir jedes Wort glauben, weil ich nicht mit der Vorstellung umgehen kann, dass wir keine gemeinsame Zukunft haben werden, dass unsere Zeit zu Ende gehen wird, spätestens am Tag des Projektkonzertes.

Ist es besser, wenn wir vorerst aufhören, uns zu schreiben, wenn wir aufhören, uns in unseren Gefühlen zu verlieren, wenn wir beenden, was nicht einmal richtig begonnen hat, bevor wir überhaupt nicht mehr herausfinden? So lange, bis du frei bist, bis du mit Liv gesprochen hast, bis deine Zeit an unserer Schule zu Ende ist?

Mit einem Herzen schwer wie Blei grüßt dich
deine Griddy

SIRI

Gotland – Oktober 2022

Sie verließ Visby in Richtung Norden, etwa eine Stunde vor Mittag erreichte sie Fårösund, von dem aus die gelben Fähren nach Fårö übersetzten.

Es musste etwa acht Jahre her sein, dass Großtante Lynnas Mann, den Siri kaum einmal zu Gesicht bekommen hatte, gestorben war. Bald nach seinem Tod hatte sie ihr gemeinsames Haus an der Bucht verkauft und ein dreißig Quadratmeter großes Zimmer in einer Senioren-WG am Ortsrand angemietet. Siri erinnerte sich, dass ihre Eltern damals beim Umzug geholfen hatten.

Sie parkte den Wagen vor dem Haus. Vier Namen standen auf der von wucherndem Efeu umrankten Schieferplatte neben dem Klingelknopf. Genau genommen war die ganze Hausfront von Efeu bewachsen, nur die Fenster mit den grünen Holzläden hatte man sorgfältig freigeschnitten. Sie klingelte, es dauerte einen Moment, bis die Tür geöffnet wurde.

»Siri, wie schön, komm rein!«

Großtante Lynna in einem weinroten Strickkleid, den Saum an Ärmeln und Kragen mit Pailletten besetzt, breitete die Arme aus. Siri drückte sie vorsichtig an sich, darum bemüht, die zierliche Lesebrille, die an einer Goldkette vor der Brust ihrer Großtante baumelte, nicht zu zerbrechen. Die alte Dame war hager, Siri glaubte, jeden Knochen unter dem Kleid zu spüren. Der vertraute Duft ihres Parfums rief Kindheitserinnerungen in Siri wach, und sie dachte zurück an die seltenen Besuche im Haus ihrer Großtante, in dem immer eine Wolke aus Veilchenduft in den Räumen geschwebt hatte. Mit kleinen Schritten ging sie Siri voran bis ans Ende des Flures, von dem zwei der vier Zimmer abzweigten.

»Willkommen in meinem Reich.«

Sie unterstrich das Gesagte, indem sie beide Arme hob. Ihr Goldarmband war zu weit, es drohte über das knochige Handgelenk zu gleiten, als sie die Arme sinken ließ.

Siri sah sich um. Sie erkannte die antiken Möbelstücke, die Großtante Lynna aus ihrem Haus mit hergebracht hatte. Die Récamiere mit dem hellgrauen Veloursbezug, die beiden dazu passenden Biedermeiersessel, die wuchtige Kommode aus Kirschholz. Hinter einer Art Raumteiler befand sich vermutlich ihr Bett. Das Fenster öffnete den Blick auf die Nachbarhäuser, graue Dächer, moosbewachsene Schindeln, gemauerte Schornsteine. Früher hatte Großtante Lynna aus allen Fenstern des Hauses den Himmel, das Meer oder Teile des Gartens sehen können.

»Komm, setz dich.«

Ihre Großtante wies ihr einen der beiden Stühle zu, während sie selbst sich auf die Récamiere setzte. Sehr vornehm wirkte sie, wie sie kerzengerade auf der Kante saß, ihre Füße in den Hausschuhen aus pflaumenblauem Samt dicht nebeneinanderstellte und die Hände auf die Oberschenkel legte. Hinter ihr hing ein großes rechteckiges Gemälde, das eine Schafherde zeigte, gotländische Lämmer mit silbergrauem Fell und dunklen Köpfen, hinter denen die Sonne aufging, die wie eine leuchtende Aura die Tiere umgab.

Sie plauderten ein wenig, Großtante Lynna erkundigte sich nach Arvid, nach Jerik, nach Elin und Mattis und nach der hübschen rothaarigen Frau, die beim Trauerkaffee neben ihr gesessen hatte. Irgendwann stand sie auf, ging aus dem Zimmer und kam mit einer Glaskaraffe zurück.

»Selbst gemacht«, sagte sie nicht ohne Stolz.

Sie füllte zwei Kristallgläser und reichte Siri eins davon. Manche Dinge ändern sich nie, dachte Siri, so wie der Geschmack und das Prickeln von Holunderlimonade auf ihrer Zunge.

Gegen Mittag gingen sie zusammen in die geräumige Küche, in der es duftete wie in einer Konditorei. Großtante Lynna hatte ihr Wort gehalten und einen Safranpfannkuchen gebacken, der sich noch in der Auflaufform befand, in der sie ihn zubereitet hatte. Sie teilte zwei Stücke ab und gab sie auf bereitgestellte Teller. Dabei sprach sie unentwegt. Über ihre drei Mitbewohner, mit denen sie montags und freitags Scrabble spielte. Über die wunderbaren Vanillewaffeln, die sie an jedem Samstag gemeinsam buken und anschließend am großen Küchentisch miteinander aßen. Über den Herbst, den sie schon jetzt in ihren verschlissenen Kniegelenken spürte und dass sie gar nicht an den Winter und den Frost denken dürfe. Siri hatte in der Zwischenzeit die Kaffeemaschine befüllt und angestellt.

Als sie später zusammen am Tisch saßen, staunte sie darüber, dass sie zum ersten Mal seit dem Streit mit Mattis mit Appetit essen konnte und der Kaffee ihr keine Magenschmerzen bereitete.

»Sehr lecker!«

»Sicher?«

Siri nickte. »Köstlicheren Safranpfannkuchen habe ich noch nirgends gegessen.«

»Du übertreibst.«

»Nein, ich meine es ernst.« Sie nahm einen Löffel Salmbeermarmelade, die Großtante Lynna in einem Schälchen auf den Tisch gestellt hatte.

»Gut, wenn du es ernst meinst, Kind, dann beantworte mir

eine Frage.« Überrascht hörte Siri auf zu kauen. Sie wechselten einen langen Blick über den Tisch hinweg. »Du kommst doch nicht ohne Grund zu mir?«

Die alte Dame lehnte sich ein wenig nach vorn, die Gabel in der Hand. Wie eine Gouvernante wirkte sie, die ihrem Zögling zu verstehen gab, dass sie sich nichts vormachen ließ.

Betreten senkte Siri den Kopf. »Du hast recht.«

»Dann los.«

Siri legte ihr Besteck auf den Rand des Tellers und trank einen Schluck Kaffee, bevor sie zu sprechen begann.

»Beim Ausräumen von Mamas Sachen ...« Sie drehte sich um, angelte nach ihrer Umhängetasche und nahm das Kuvert heraus. »Schau mal. Dieses Bild hab ich gefunden. In der hintersten Ecke ihres Kleiderschrankes.« Sie reichte ihr die Polaroidaufnahme. »Die eine Frau auf dem Foto ist Mama, und ich bin wohl das Baby in ihrem Arm. Es wurde im Januar 1983 aufgenommen.«

Großtante Lynna nahm das Foto, hielt es etwas von sich weg, betrachtete es mit gerunzelter Stirn. Mit der anderen Hand schob sie sich die Brille auf die Nase, stand auf und trat ans Fenster.

»Leider sehr verblasst«, murmelte sie. Sie hielt die Aufnahme schräg gegen das hereinfallende Licht und wiegte den Kopf.

»Es lag ein Zettel dabei.«

Siri fischte ihn heraus, obwohl sie genau wusste, was darauf geschrieben stand. Sie legte ihn neben ihren Teller, weil ihre Großtante noch immer am Fenster stand, vertieft in die Gesichter auf dem Foto. Siri musterte sie, jede Regung in ihren faltigen Zügen, lauschte auf jedes Murmeln, jeden Atemzug.

»Wie jung Jördis da aussieht. 1983 war das, sagst du? Da muss sie Mitte dreißig gewesen sein. Ein hübsches Ding.«

»Wer ist die andere Frau? Kennst du sie?«

Wieder wiegte Großtante Lynna den Kopf. »Fast vierzig Jahre ist das her«, hörte Siri sie murmeln.

Endlich wandte sie sich um und bewegte sich langsam zum Tisch zurück.

Sie weiß etwas ...

Drei Worte. Sie hämmerten in Siris Kopf, oder war es ihr Herzschlag, den sie glaubte, in den Ohren zu hören?

»Nein.« Großtante Lynna legte das Foto auf den Tisch, schob es mit zwei Fingern neben Siris Tasse.

»Wirklich nicht?« Siri wurde von einer Welle der Enttäuschung überrollt. Sie drehte den Zettel mit den Namen herum, sodass ihre Großtante sie lesen konnte. »Schau hier.«

»Tut mir leid, ich kenne sie nicht. Sicher eine Freundin von Jördis.«

»Eine Freundin, die man verstecken muss?« Großtante Lynna zuckte mit den Schultern und setzte sich wieder auf ihren Platz. »Auf dem Zettel steht der Name Ingrid Haglund, und ihr Kind heißt anscheinend Mella«, versuchte Siri es weiter.

»Sagt mir beides nichts.« Die alte Dame nahm die Gabel zur Hand und widmete sich den Resten auf ihrem Teller. »Arvid hatte früher so eine Kamera«, sagte sie abwesend. »Die waren zu der Zeit in Mode. Er hat einen Haufen Schnappschüsse damit gemacht. Von dir und deinem Bruder vor allem. Man hat sie nach ein paar Minuten schon in der Hand halten können, die Aufnahmen. Das war verrückt.«

Sie stieß ein kurzes Lachen aus, tauchte die Messerspitze in die Marmelade und bestrich einen Teil ihres Kuchens damit.

»Wenn die Frau eine Freundin von Mama war, hätte sie das Foto nicht verstecken müssen.«

Siri merkte, dass sie sich wiederholte. In ihren Worten ebenso wie in ihren Gedanken. Sie lief im Kreis. Immerzu dieselben Fragen.

»Wie auch immer, Siri, wenn Jördis wirklich etwas aus ihrem Leben geheim halten wollte, dann geht es uns nichts an. Dann hatte sie ganz sicher einen guten Grund dafür, dass sie es nicht mit aller Welt teilen wollte.« Großtante Lynna hatte beide Unterarme an die Tischkante gelehnt, Messer und Gabel unbewegt in den Händen. Ihre Haltung signalisierte, dass das, was sie zu sagen hatte, zu wichtig war, um dabei etwas so Profanes zu tun, wie einen Safranpfannkuchen zu verspeisen. Fest blickte sie Siri ins Gesicht. Dabei erweckte sie den Eindruck, als wollte sie dem Gesagten noch etwas hinzufügen, aber nicht, ohne zuvor die Worte sorgfältig abzuwägen. »Wenn sie so viele Jahre ein Geheimnis gehütet hat, dann könntest du etwas zerstören, indem du daran rührst. Überleg dir gut, ob du das willst.«

Siri zog die Augenbrauen so dicht zusammen, dass sich eine Falte über ihrer Nasenwurzel in die Haut grub. »Wie meinst du das?«

Das leise Ticken der Wanduhr war das einzige Geräusch im Raum. Ein Gleichtakt, der etwas Vorhersehbares hatte und eine beruhigende Wirkung auf sie ausübte.

»Manchmal dienen Geheimnisse dazu, einen oder mehrere Menschen zu schützen. Jemanden vor seelischem Schmerz zu bewahren, vor Angstgefühlen, vor Scham oder Schuld. Und wenn du nun anfängst, es zu ergründen und darin herumzuwühlen, könnte es dazu kommen, dass jemand, der beschützt werden sollte, plötzlich angreifbar wird. Es könnte passieren, dass du diesen Schutz zerstörst und etwas freilegst, das wehtut. Vielleicht würdest du sogar ihr selbst wehtun, wenn auch nicht mehr körperlich.«

Ihre Großtante sah sie noch einen Moment lang schweigend an. Jedes einzelne ihrer Worte hallte nach. Sie drängten sich in das gleichförmige Ticken der Wanduhr, hingen über ihren Köpfen in der Luft, über dem Tisch, über den Tassen, in denen der Kaffee kalt wurde, und sickerten schließlich in Siris Herz.

MELLA

Gotland – Mai 2023

Beim ersten Sichten der Fotos zeigte sich, dass die meisten brauchbar waren. Einige waren Mella sogar besonders gut gelungen, dabei hatte sie beim Fotografieren die Befürchtung gehabt, dass das diffuse Licht in der Kirche in Lärbro die Qualität beeinträchtigen könnte. Aber sie hatte noch etwas anderes bemerkt. Ihn. Auf zwei der Aufnahmen, im Hintergrund. Einmal schemenhaft und erst auf den zweiten Blick erkennbar, einmal am Rand des Fotos im Profil gut sichtbar. Versehentlich. Natürlich. Sie hatte doch darauf geachtet, nur die Ausstattung der Kirche in den Bildausschnitt zu nehmen und den Restaurator zu ignorieren, oder?

Mella betätigte die Zoomfunktion, dachte an seine Augenfarbe, tiefes Grün und leuchtendes Blau im Wechsel, je nach Lichteinfall. Wald und Meer. Die Farben der Insel. Ob er auf Gotland lebte oder nur zum Arbeiten herkam? Sie stieß ein leises Zischen aus und schüttelte den Kopf über sich selbst. Als ob es wichtig wäre, wo er lebte. Entschlossen schaltete sie das Tablet aus und legte es beiseite.

Nach drei Tagen hatte sich eine gewisse Alltagsroutine eingestellt. Anna Pettersson sorgte jeden Morgen für eine vernünftige Grundlage, wie sie das Frühstück bezeichnete, das sie für Mella auf dem runden Tisch vor dem Erkerfenster herrichtete. Von hier aus öffnete sich der Blick in den Garten, der den Eindruck erweckte, als stammte er aus einem Märchen, wild und verwunschen. Eine krumm gewachsene Eiche am Ende des Grundstücks streckte ihre knorrigen Zweige schützend über die darunter platzierten Gartenmöbel. Eine Schaukel baumelte an einem der unteren Äste, ein einfaches Holzbrett an zwei Stricken. Mella fragte sich, ob Anna Pettersson wohl Kinder oder Enkel hatte. Wuchernde Beerensträucher begrenzten das Grundstück zu beiden Seiten, Wicken wanden sich an dem weiß angestrichenen Holzzaun hoch, und in der von Butterblumen übersäten Wiese hockten, wie zufällig dorthin geraten, aus Holz geschnitzte Kobolde, von Regen und Wind verwittert.

Anna Pettersson hatte Mella ausdrücklich erlaubt, den Garten zu nutzen, doch bisher hatte sich noch keine Gelegenheit für eine Mußestunde in diesem Refugium ergeben.

Mella fand Gefallen an Annas Haferflockenporridge, das sie allmorgendlich in einer hübschen Schale mit einem Klecks Preiselbeermus servierte. Und als Mella am diesem Morgen den frisch aufgebrühten Kaffee lobte, schenkte Anna sich ebenfalls eine Tasse ein und setzte sich zu ihr an den Erkertisch. Es war, als wäre es nie anders gewesen. Als säßen sie seit Jahr und Tag miteinander beim Morgenkaffee mit Blick auf die Eiche in Annas Garten.

»Am Wochenende ist Strandfest«, sagte Anna. »Mit Ständen, Flohmarkt und Bühnenprogramm und Spielattraktionen für die Kinder. Sie bauen schon auf.«

»Klingt nach einem großen Ereignis.«

»Ja, ist es wirklich, ich bin dieses Jahr zum ersten Mal mit einem Stand dabei.«

»Du verkaufst?« Mella hob die Augenbrauen, als Anna mit ihrer Kaffeetasse in Richtung einer Vitrine an der Längsseite des Raumes deutete. »Ich hab inzwischen so viel davon. Mal sehen, ob die Leute es wollen.«

Mella hatte den Inhalt der Vitrine bei ihrem ersten Frühstück ausgiebig begutachtet. Auf den gläsernen Regalböden standen kleine, aus Strandgut gefertigte Kunstobjekte. Angeschwemmte Holzstücke, Muscheln, Federn von Wasservögeln, glatt gespülte Kieselsteine, farbige Glasscherben mit stumpf geschliffenen Rändern, abgerissene Teile von Fangnetzen.

»Das hast alles du selbst gemacht?«

Mit der Kaffeetasse in der Hand stand Mella auf und trat an die Vitrine. Ihr Blick glitt über die Objekte.

»Ich muss dabei nicht nachdenken, sie entstehen von ganz allein.«

»Sie sind wunderschön. Jedes einzelne ein kleines Kunstwerk. Die Leute werden sie dir aus den Händen reißen.«

Anna lachte, wurde jedoch gleich wieder ernst. »Es gab mal jemanden in meinem Leben, der das belächelt hat.«

Mella wandte sich zu ihr um. »Das hat dich anscheinend nicht davon abgehalten, weiter daran zu arbeiten.«

»Eine Weile schon. Ich hab erst wieder damit angefangen, nachdem ich mich befreit hatte.«

Mella lächelte Anna zu. »Brauchst du Hilfe beim Standaufbau?«

»Oh, das ist sehr liebenswürdig. Ich hab das ja noch nie gemacht. Wenn du mir helfen magst, sag ich nicht Nein.«

»Ich mache das gern, sag mir wann und wo, und ich bin da.«

»Am Freitag ist die Eröffnung mit großer Party, und am Samstag findet der Strandmarkt statt.«

»Gut, ich bin dabei«, versprach Mella.

Doch zuvor galt es, noch ein paar Kirchen auf ihrer Liste zu besuchen.

Überraschend schnell gewöhnte sie sich an das gotländische Schwedisch. Mit jedem Tag kam es ihr leichter über die Lippen.

Straßen und Ortsnamen der Insel waren ihr bald vertraut, sodass sie die Inselkarte, die Anna ihr sicherheitshalber gegeben hatte, immer seltener zur Orientierung brauchte. Ihre Recherchestreifzüge grenzte sie zunächst auf den Osten der Insel ein. Norrlanda, Gothem, Gammelgarn, Slite, Othem – beinahe jede noch so kleine Ortschaft besaß eine Kirche und einen ringsherum angelegten Friedhof. Schon bald gewöhnte sie sich an, nach dem Besuch der jeweiligen Kirche über den dazugehörigen Friedhof zu streifen. Nachdenklich schritt sie die Grabreihen ab, las die in die Steine eingravierten Namen, und sie fragte sich, ob die Überreste ihrer schwedischen Großmutter in diesem oder jenem Grab zur Ruhe gebettet worden waren. Flüchtig dachte sie an die Begräbnisstätte ihres Vaters in Mittelschweden, einer für sie unerreichbaren Ferne. Las sie den Namen Frida auf einem der Steine, hielt sie für einen Augenblick wie elektrisiert inne. Weiter wusste sie ja nichts von ihrer Großmutter. Frida Haglund. Mehr war ihre Mutter nie bereit gewesen preiszugeben. Mella hätte nicht einmal sagen können, was sie sich wünschte, was sie sich erhoffte, selbst wenn sie einen Grabstein mit diesem Namen entdecken würde. All die Jahre hatte sie die Schweigsamkeit ihrer Mutter fraglos hingenommen, jetzt aber spürte sie immer häufiger, wie wütend es sie machte, nichts über ihre Familie zu wissen, nicht einmal Geburts- und Sterbedatum ihrer Großmutter zu kennen. Sie musste sich dazu zwingen, der aufsteigenden Wut keinen allzu großen Raum zu geben, sondern sich auf ihre Arbeit zu konzentrieren.

Jeden Abend saß sie mit ihrem Tablet auf dem Schoß an der geöffneten Balkontür ihres Pensionszimmers, sortierte, was sie über die jeweiligen Landkirchen herausgefunden hatte, und speicherte die dazugehörigen Fotos mit entsprechenden Stichworten ab, um zu vermeiden, dass sie bei der großen Anzahl der Inselkirchen etwas durcheinanderbrachte. Sie mochte diese Arbeit, und sie mochte es, wenn dabei eine Brise zu ihr hereinwehte, die Vorhänge bauschte, ihr wie in einer sanften Berührung über die Stirn strich und die Geräusche der Straße zu ihr herauftrug. Und wenn sie zwischendurch den Kopf hob und den Blick über die roten Schindeln der Dächer hinwegwandern ließ, bis zur Ostsee in der Ferne, die ihr manchmal silberblau erschien, dann wurde ihr klar, dass sie sich nie zuvor ihrer gotländischen Wurzeln so bewusst gewesen war.

Am Abend betrachtete sie das Gesicht, das ihr aus dem Spiegel entgegenblickte. Es hatte eine leichte Bräune angenommen, wirkte natürlich und frisch. Aus ihrem Zopf hatten sich ein paar helle Haarsträhnen gelöst, die ihr über die Schultern fielen, es sah aus, als wäre sie am Strand entlanggelaufen und der Wind hätte ihr die Frisur zerzaust. Außenstehende könnten sie für eine Schwedin halten, eine Gotländerin. War es ihr wichtig, eine von ihnen zu sein? Nicht als Ausländerin wahrgenommen zu werden, sondern als Einheimische? Und warum ging ihr bloß dieser Typ aus der Kirche nicht aus dem Sinn? Nur weil er sich beim zweiten Mal etwas offener gezeigt, ihr unaufgefordert Hinweise zur Kirchengeschichte gegeben und am Ende sogar für einen Moment gelächelt hatte? So ein Unsinn. Das alles täuschte wahrscheinlich nur über seine verschrobene Seite hinweg.

Sie schüttelte die Gedanken an den Mann ab und vertiefte sich vor dem Einschlafen in ihre Pläne für den folgenden Tag.

Am nächsten Morgen gab sie den Namen ihres ersten Ziels, Tingstäde, in den Routenplaner ein. Während der Fahrt dachte sie daran, dass die dortige Kirche in der Vergangenheit zu den drei gotländischen Asylkirchen gezählt hatte, in denen eine unter Verdacht stehende Person für die Zeit der Verhandlung bis zu vierzig Tage lang Schutz und Sicherheit hatte finden können. Vielleicht entdeckte sie etwas im Inneren der Kirche, das auf diese Gegebenheit hinwies. Sie war so tief in ihren Gedanken versunken, dass sie beinahe den Abzweig nach Tingstäde übersehen hätte. Als sie auf demselben Schild las, dass die Entfernung bis nach Lärbro nur wenige Kilometer betrug, nistete sich augenblicklich der Restaurator mit den Wald- und Meeraugen in ihre Gedanken ein. Und er machte keine Anstalten, sie wieder zu verlassen, schon gar nicht, als Mella die Kirche in Tingstäde nach dem Recherchebesuch verließ und unschlüssig hinter dem Steuer des Renaults saß. Zurück nach Visby oder in die entgegengesetzte Richtung nach Lärbro?

Was genau interessierte sie an diesem Fremden, dessen Namen sie nicht kannte? Sie hatte beobachtet, mit welchem Geschick er die Wand bearbeitet hatte, voller Ruhe, mit Bewegungen, die ihm souverän und sicher von der Hand gegangen waren, weil er sie vermutlich vorher schon ungezählte Male an anderen Kirchenwänden auf die gleiche Weise ausgeführt hatte. Sie erinnerte sich an seine Stimme, sein Lächeln, mit dem er so sparsam umging, und an die blaue Wollfluse in seinen Bartstoppeln. Je länger sie über all das nachdachte, desto klarer lag die Richtung vor ihr. Ohne weiter nachzudenken, startete sie den Motor und folgte den Schildern nach Lärbro.

Aber womit könnte sie ihm gegenüber ihr erneutes Erscheinen erklären? Falls er fragen würde. Falls er sie komisch ansehen würde. Falls er wieder genauso erschrocken reagieren würde wie beim ersten Mal. Sie würde sagen, dass die Fotos vom Taufstein nicht aussagekräftig genug waren. Das Licht, der Winkel, die Perspektive. Ja, das klang plausibel.

Mella parkte vor der Kirchhofmauer wie die beiden Male zuvor. Mit der Kamera in der Hand betrat sie das Innere des Kirchenbaus. Kühle umfing sie. Stille. Und der modrige Geruch. Sie ließ ihren Blick an den Säulen entlangwandern bis nach vorn zum Altarbereich, wo er an den Malereien gearbeitet hatte. Die

Kirche war menschenleer. Ein herbes Gefühl der Enttäuschung breitete sich aus. Ob er inzwischen seine Arbeiten beendet hatte? Nein, das Gerüst befand sich noch an der Wand, wie sie jetzt erkannte, da sie sich der Apsis näherte. Auch der Klapptisch mit dem Sammelsurium an Arbeitsmaterialien stand noch dort. Sie entdeckte einen zu drei viertel mit Kaffee gefüllten Becher und eine aufgeschraubte Thermoskanne, der Deckel lag daneben. Alles wirkte, als müsste er jeden Moment um die Ecke kommen, doch er war nirgends zu sehen.

Wieder richtete sie ihren Blick auf die Arbeitsutensilien, die Thermoskanne, den Kaffeebecher. Dann sah sie die Tasche. Eine Umhängetasche, wie Männer sie manchmal bei sich trugen, aus braunem, verschlissenem Leder mit einem Riemen zum Umhängen. Sie lag halb offen auf dem Steinfußboden, als hätte jemand sie achtlos dorthin geworfen. Oder als wäre sie kopfüber vom Tisch gefallen. Ihr Inhalt hatte sich um sie herum verteilt. Wieder sah Mella sich um, in der Hoffnung, er käme auf einmal zur Tür herein oder aus der Sakristei, wo es sicher ein Waschbecken gab, eine Toilette. Vielleicht war er Raucher und stand draußen mit einer Zigarette. Sie beschloss zu warten und setzte sich in die zweite Bankreihe. Als sich nach einer endlos scheinenden Viertelstunde noch immer nichts regte, stand sie auf, um die Kirche zu verlassen. Noch einmal streifte ihr Blick die Tasche. Ob sie sie unter den Tisch schieben sollte, um sie vor ungebetenen Blicken zu schützen? Wie oft am Tag mochte sich jemand hierher verirren?

Sie näherte sich, ging in die Hocke ... und stockte. Außer einem Päckchen Papiertaschentücher und einem Notizblock lag auch ein Geldbeutel auf dem Boden. Leder, schwarz, mit abgegriffenen Kanten. Sie überlegte nicht. Kurz entschlossen griff sie danach. Ob sich der Personalausweis des Restaurators darin befand? Mit seinem Namen?

Mella, was machst du? Was interessiert es dich, wie dieser Typ heißt? Bist du völlig übergeschnappt? Vor drei Tagen bist du vor ihm geflohen, und jetzt vergreifst du dich an seinem Eigentum, weil dich plötzlich sein Name interessiert?

Ihre Hand lag auf dem Geldbeutel. Sie durfte ihn nicht öffnen, das gehörte sich nicht. Mella richtete sich auf, warf einen Blick zum Ausgang und zur Nebentür. Die in den Altar geschnitzten Apostel beäugten sie unverhohlen, doch noch immer befand sich außer ihr keine Menschenseele im Inneren des Gotteshauses. Wieder hockte sie sich hin, und dieses Mal zögerte sie nicht. Entschlossen klappte sie den Geldbeutel auf. Ihr Gewissen färbte sich rabenschwarz. Auf der einen Seite das Münzfach, dahinter ein paar Scheine, auf der anderen Seite einige Fächer, in denen verschiedene Karten steckten. Ganz vorn lugte seine Identitätskarte heraus.

Mella fühlte sich wie eine Außenstehende, die sich selbst dabei zusah, wie sie die Karte im Zeitlupentempo aus dem Fach zog. Sein Gesicht. Etwas anders als in ihrer Erinnerung, jünger, bärtiger. Darunter das Ausstellungsdatum, rechts daneben seine persönlichen Daten.

Mattis Lindholm. Geboren am 15. August 1980.

Ein Sturm braute sich in ihrem Gewissen zusammen, dröhnte in ihrem Kopf, in ihrem Herzen, in ihrem ganzen Körper.

Hör sofort auf damit!

Rasch schob sie die Karte zurück ins Steckfach, den Geldbeutel legte sie wieder dorthin, wo er zuvor gelegen hatte. Da bemerkte sie etwas Glänzendes auf dem Steinfußboden in der Nähe des Altarteppichs. Einen silbernen Ring, schmal und schlicht. Ob er Mattis Lindholm gehörte? Ob er ihn während der Arbeit vom Finger streifte und in seine Tasche steckte, aus der er nun herausgefallen war? Vielleicht gehörte er ihm auch gar nicht, vielleicht hatte irgendjemand sonst ihn verloren, ein Tourist, der sich die

Wandmalereien oder den geschnitzten Altar angesehen hatte. Ein Zufall, dass er nun hier lag, in der Nähe der Tasche. Möglicherweise vermisste jemand ihn und war auf dem Weg hierher, um ihn zu suchen. Sie hob ihn auf, legte ihn auf den Tisch und stellte fest, dass es kein Ring für eine Männerhand war. Dann gehörte er keinesfalls Mattis Lindholm. Sie drehte ihn ein wenig, dabei entdeckte sie eine feine Gravur auf der Innenseite.

Mattis, für immer.

Irritiert verengte Mella die Augen. Der Ring war zweifellos für eine Frauenhand gedacht. Für die Hand der Frau, der Mattis Lindholm die Ewigkeit versprochen hatte. Aber warum trug diese Frau ihn nicht am Finger? Wusste sie noch gar nichts von ihrem Glück? War der Ring ein Geschenk, das den Weg zu seiner Trägerin noch nicht gefunden hatte?

Mattis, für immer ...

Ihr Gewissen war jetzt so finster wie ein Brunnenschacht. Doch ehe sie bemerkte, was sie da tat, schob Mella ihn auf den Ringfinger ihrer rechten Hand. Es war unverzeihlich, das wusste sie, und trotzdem ... Der Ring passte perfekt. Als wäre er für sie gemacht. Ein feiner Stich durchfuhr sie, ausgelöst allein durch die Gewissheit, dass es eine Frau in Mattis' Leben gab. Noch dazu eine, an die er sich für immer gebunden hatte.

Eilig streifte sie den Ring vom Finger, legte ihn gut sichtbar neben den Geldbeutel. Dann griff sie nach ihrer Kamera und eilte aus der Kirche.

2. April 1982

Rikard, mein Liebster,

unser erster Kuss! Mir wird jetzt noch schwindelig, wenn ich daran denke. Meine Knie sind ganz weich geworden, hast du es gespürt? Eigentlich ist alles an mir ganz weich geworden, in deinen Armen konnte ich nichts anderes sein als weich. Sanft. Leicht. Voller Zärtlichkeit, die aus mir herauswollte und die gleichzeitig in meinen Adern pulsierte und mich ganz erfüllt hat. Ich kann nicht aufhören, mir unseren Kuss in Erinnerung zu rufen, den Moment nach der Probe an der Tür. Außer uns beiden war niemand mehr da, Stille im Musikraum, vom Hof hörten wir den üblichen Pausenlärm, ein paar Stimmen auf dem Flur, aber anstatt rauszugehen, hast du die Tür geschlossen und dich zu mir umgedreht. Mich angesehen. Mit beiden Händen mein Gesicht umfasst.

Ich habe aufgehört zu denken. Erdbeben in meinem Herzen. Stärke 8. Eine Flutwelle nach der anderen. Und dann warst du plötzlich so nah, so nah, so nah. Dein warmer Atem, deine Zungenspitze zwischen meinen Lippen. Deine Arme, deine Hände, dein Flüstern an meinem Ohr. So nah waren wir uns nie. Nie wieder kann ich zurück, Liebster. Nichts wird jemals wieder sein wie zuvor. Unser Kuss hat besiegelt, was wir längst wussten. Was über unsere seelische Verbundenheit und über unsere Liebe zur Musik hinausgeht. Was über alles hinausgeht, wovon wir dachten, dass wir es füreinander sein können.

Noch nie hat jemand mich so geküsst, hat mich ein Kuss so

erschüttert. Tief hat sich die Erinnerung an ihn in mein Herz gegraben! Und da bleibt sie, verborgen vor der ganzen Welt, ein Geheimnis, das geheimste aller Geheimnisse, niemand weiß es, und niemand kommt und nimmt es mir weg, und wenn ich morgen früh aufwache, werde ich lächeln, weil es noch immer da ist. Bei dir finde ich, was ich nicht einmal gesucht habe, weil ich nicht wusste, dass es so etwas gibt, und es ist etwas, das mich zutiefst erfüllt und lebendig macht.

Und doch: Was auch immer kommt, ich will dich nicht unter Druck setzen. Du sollst dich frei in deinem Leben bewegen, in deinen Gedanken, in deinen Entscheidungen. Ich bin ein Teil deines Lebens geworden, so hast du es in deinem letzten Brief formuliert, ein lieb gewordener Teil, ein nicht mehr wegzudenkender Teil, das hat mir gefallen, es fühlt sich wunderbar an, ein Teil in deinem Leben zu sein, in deiner Wirklichkeit, nicht nur in einem fernen Traum. Du wirst mit Liv sprechen, wirst ihr die Wahrheit gestehen, das hast du mir versprochen, obwohl ich es nicht von dir verlangt habe, und ich habe nichts darauf erwidert, weil ich nicht wusste, was ich hätte sagen sollen, was du hättest hören wollen, und weil ich wusste, dass es nicht mehr nur um uns beide, sondern auch um Liv geht. Um Liv, die dich liebt. Die denkt, dass sie im Sommer deine Braut sein wird.

Deine Griddy in Liebe

SIRI

Gotland – Dezember 2022

»Ich versteh dich so schlecht, Papa. Kannst du lauter sprechen?«

Siri presste das Handy ans Ohr. Die Verbindung war miserabel. Entweder war das Mobilfunksignal zu schwach oder ihr Vater bewegte sich, während er mit ihr sprach, außerhalb des Empfangsbereichs. Es war der vierte Anruf, seit er Ende September zum Eyjafjord aufgebrochen war. Der vierte Anruf in zehn Wochen. Ein weiteres Mal hatte er sich bei Jerik gemeldet, aber die Verbindung war katastrophal gewesen, wie ihr Bruder berichtet hatte, weshalb sie das Gespräch nach kurzer Zeit hatten abbrechen müssen. »Ich glaube, er will überhaupt nicht mit uns sprechen«, hatte er anschließend zu Siri gesagt. Er will allein sein, hatte sie gedacht, allein mit sich und Mama. Sie hatte beschlossen, damit aufzuhören, sich um ihren Vater zu sorgen. Es fiel ihr nicht leicht. Nur selten von ihm zu hören, nicht wissend, wie es ihm ging, trug nicht gerade zur Eindämmung ihrer Sorge um ihn bei.

»Papa, ich verstehe kein Wort, wo bist du?«

Sie ging nach draußen, doch auch dort besserte sich die Verbindung nicht. Schließlich signalisierte ein kurzer Piepton den Abbruch des Gesprächs. Sie seufzte und schob das Handy in die Jackentasche. Dann ging sie wieder ins Haus ihrer Eltern, an den Kartons mit den aussortierten Kleidungsstücken ihrer Mutter vorbei, die noch immer im Flur an der Wand standen. Seit Wochen.

In der Küche nahm sie die Gießkanne und wässerte die wenigen Grünpflanzen, die die mangelnde Pflege der letzten Zeit überlebt hatten. Ihre Mutter hatte jeden Tag mit ihnen gesprochen, und sie waren prächtig gediehen. Doch weder Arvid noch Siri hatten diese Form der Pflanzenpflege fortgeführt. Kein Wunder, dass sie sich vernachlässigt fühlten und auch so aussahen.

Seit ihr Vater nach Island aufgebrochen war, fuhr Siri an jedem Samstag nach Eskelhem. Jedes Mal riss sie die Fenster ihres Elternhauses auf, goss die Pflanzen und drehte die Wasserhähne auf, um die Leitungen durchzuspülen. Sie kontrollierte den Durchlauferhitzer, den Gastank und das Heizthermostat. Es waren notwendige Handgriffe, die ihr anfangs ungewohnt erschienen waren, doch mittlerweile hatten sich die Rundgänge durch die Räume des unbewohnten Hauses zu einer Routine entwickelt, über die sie nicht mehr nachdachte.

Sie stellte die geleerte Gießkanne neben die Spüle, ließ einen letzten Blick durch die Küche wandern und verließ das Haus. Um sich vor der Dezemberkälte zu schützen, zog sie den Reißverschluss ihrer Jacke zu bis unters Kinn. Vor einiger Zeit hatte sie das Vogelhaus, das ihr Vater einst gebaut hatte, aus der Scheune geholt und es an seinen Platz unter dem Nussbaum gestellt. Sie griff in die Tasche ihrer Jacke, wo sie die Tüte mit den Sonnenblumenkernen fand, die sie mitgebracht hatte. Vorsichtig befüllte sie das Häuschen damit.

»Wann kommt denn Arvid zurück?« Ohne sich umzudrehen, wusste Siri, wer da über den Hof auf sie zukam. »Hörst du ab und zu was von ihm?«

Viveca Sundström, die Nachbarin der Svenssons, seit über zwanzig Jahren. Sie war im Alter ihrer Mutter und seit dem letzten Winter verwitwet. Viveca hatte fünf Kinder und zwölf Enkel, von denen Jördis fast allen auf die Welt geholfen hatte. Siri schüttelte die letzten Kerne aus der Tüte. Ja, sie hörte ab und zu was von ihm, und gleichzeitig auch nicht.

»*Hej*, Viveca«, grüßte sie zurück.

Viveca trug eine grob gestrickte graue Jacke mit Zopfmuster, die ihr zu weit war und fast bis zu den Knien reichte. Mit einer Hand hielt sie sie vor dem Oberkörper zusammen.

Jetzt legte sie ihre Stirn in Falten. »Er wird doch nicht für immer bleiben?«

»Wir telefonieren ab und zu. Es geht ihm gut am Fjord.« Sie hoffte es. Viveca brauchte nicht zu wissen, dass sie kaum Kontakt zu ihrem Vater hatte, es würde ihre Sorge nur vergrößern. Die Einsilbigkeit, in die er nach dem Tod ihrer Mutter verfallen war, hatte er beibehalten. Längst hatte sie ihr Vorhaben aufgegeben, ihn nach der rätselhaften Polaroidaufnahme zu fragen. Nach dem Gespräch mit Großtante Lynna im Oktober hatte sie sich innerlich einen Schritt zurückgezogen. Es lag ihr fern, im Leben ihrer Mutter herumzuwühlen, wie ihre Großtante es ausgedrückt hatte. Sollte ihre Mutter ein Geheimnis gehütet haben, dann gehörte es ihr. Niemanden ging es etwas an, auch Siri nicht. Das jedenfalls betete sie sich seit Wochen vor. In der Hoffnung, dass ihre Gedanken endlich aufhörten, stets um dieselben Fragen zu kreisen. »Er spricht nicht drüber«, erklärte Siri.

Sie knüllte die leere Tüte zusammen und schob sie in ihre Jackentasche. Nicht zum ersten Mal fragte sie sich, ob ihr Vater gelegentlich ans Zurückkommen dachte und ob ein Leben in diesem seelenlosen Haus, in diesem Haus ohne seine geliebte Jördis, überhaupt noch vorstellbar für ihn war. Ein merkwürdiges Gefühl flutete Siris Herz, es stach und schmerzte, aber es hatte nur entfernt mit ihren Eltern zu tun, auch wenn der Gedanke an sie der Auslöser war. Vielmehr hatte es mit ihr selbst zu tun, mit ihrem eigenen Leben, und das wusste sie. Mit ihrem Unvermögen, so zu lieben, wie ihre Eltern sich geliebt hatten. Mit der kaum noch spürbaren Freude, mit Mattis zusammen zu sein. Mit den elenden Gedanken, die sie in letzter Zeit immer häufiger heimsuchten, wenn sie sich fragte, wie es wohl sein mochte, wieder allein zu leben. Mit der Gewissheit, dass ihr Miteinander sie nicht mehr erfüllte, dass sie Mattis' Nähe nicht mehr suchte, ja, sogar Abstand von ihm wollte. Und dass der zu Beginn ihrer Beziehung verspürte Wunsch, mit ihm alt zu werden, in eine Ferne gerückt war, wo sie ihn kaum noch sehen konnte. Ihre Winterseele fror stärker denn je. Sie sehnte sich nach Wärme und resignierte, wenn sie sich eingestand, dass sie sie wahrscheinlich niemals irgendwo finden würde. Nicht bei Mattis. Nicht im Haus ihrer Eltern. Nicht am Grab ihrer Mutter.

»Ich kann nach dem Haus sehen«, hörte sie Viveca sagen. »Brauchst nicht jede Woche extra herzukommen.«

»Lieb von dir, danke«, sagte Siri. Sie schüttelte die bedrückenden Gedanken ab. »Ist schon in Ordnung. Ich verbinde es gern mit einem Besuch auf dem Friedhof.«

Viveca legte ihren Kopf schräg. Siri spürte den aufmerksamen Blick der Nachbarin auf ihrem Gesicht ruhen.

»Geht es dir gut, Siri?«

Mit einer Hand berührte Viveca ihre Schulter. Durch die dicke Daunenjacke spürte Siri die Berührung kaum. Wahrscheinlich war der Nachbarin ihre Nachdenklichkeit aufgefallen. Sie rang sich ein flüchtiges Lächeln ab.

»Geht schon.«

»Ich hab Butterkuchen gebacken, ist noch warm. Mit Zimt. Hast du ein bisschen Zeit?« Erwartungsvoll blickte Viveca sie an.

Die Aussicht auf ein Stück ofenwarmen Kuchen und eine Tasse Kaffee machte ihr bewusst, wie sehr sie trotz der Winterjacke fror. Sie nickte.

»Warum nicht? Ich hatte ewig keinen Butterkuchen.«

Viveca lächelte und hakte sich bei Siri unter. Gemeinsam überquerten sie den Hof.

Nur wenig später fand Siri sich an Vivecas rustikalem Küchentisch wieder. Es war heimelig, der Kachelofen im Flur verströmte seine Wärme bis zu ihnen herein. Am Fenster, das den Blick hinaus auf den Waldrand lenkte, klebten zwei Sterne aus farbigem Pergamentpapier, die aussahen, als wären es Kunstwerke ihrer Enkelkinder. Der Blechkuchen duftete verführerisch. Siri sah Viveca zu, wie sie Milch aufschäumte und in zwei Kaffeebecher gab.

»Ich hab von deiner Marionette in der Zeitung gelesen.« Sie stellte eine Tasse vor Siri hin und setzte sich mit der zweiten zu ihr.

»Ja, so langsam wird sie bekannt. Ich war schon zweimal mit ihr in der Schule im Geschichtsunterricht, und nach meinem Urlaub im Januar darf ich sie auch bei den Stadtführungen mitnehmen. Wir bieten dann eine Führung für Erwachsene und eine für Kinder an, bei der sie die Geschichte von Prinzessin Eugénie kennenlernen.«

Sie dachte daran, wie ausgelassen Jerik sich mit ihr darüber gefreut hatte, dass das Tourismusbüro im Prospekt für das neue Jahr mit seiner Holzprinzessin warb, und ihr wurde ganz warm ums Herz. Viveca gab ein Stück Kuchen auf jeden Teller. Siri bedankte sich und kostete.

»Wie bei Mama, sie hat auch Zimt reingemacht.«

»Das Rezept stammt von Jördis.«

Siri hielt inne, die Gabel mit dem aufgespießten Stück Kuchen ruhte bewegungslos auf dem Tellerrand. Tränen schossen ihr in die Augen, unmöglich, sie zurückzuhalten.

»Ach, Siri …«

Viveca stand auf, ging zum Küchenschrank und kam mit einem Päckchen Papiertaschentücher zurück. Wortlos schob sie es Siri hin, dann setzte sie sich wieder.

»Entschuldige«, sagte Siri leise.

Umständlich zog sie ein Taschentuch aus der Packung und tupfte sich die Tränen aus den Augen.

»Ich muss mich entschuldigen. Es sind ja manchmal die ganz gewöhnlichen Dinge wie ein Butterkuchenrezept, die so wehtun können.«

Viveca hatte es auf eine so mitfühlende Art gesagt, dass sogleich weitere Tränen Siris Augen füllten. »Ach, es ist ja nicht nur die Trauer um Mama«, sagte sie mit einem tiefen Seufzer.

Geräuschvoll putzte sie sich die Nase. Es war, als wäre ihr Inneres zu klein, um all die Gefühle, die wie in einem Sturm herangeschwemmt wurden, aufzunehmen.

»Wenn du erzählen willst, was dich bedrückt …«

Heftig schüttelte sie den Kopf. »Ich muss nur einen Weg finden, auf dem ich mich selbst nicht aus den Augen verliere. Im Moment kommt es mir vor, als wäre ich auf einem unterwegs, der gar nicht mein eigener ist, und ich kann nicht mal erklären, warum es sich so anfühlt.«

Die Polaroidaufnahme kam ihr wieder in den Sinn. Sie hatte sie mitsamt dem Zettel in der Schublade verstaut, in der sie ihre Nachtwäsche aufbewahrte, ganz hinten, ähnlich verborgen, wie sie im Schrank ihrer Mutter gelegen hatte.

Viveca sah sie lange an. Sie schien nachzudenken, und als sie zu sprechen begann, sah sie Siri offen ins Gesicht. »Ich bin mehr als dreißig Jahre älter als du, Siri, ich gehöre einer anderen Frauengeneration an. Aber ich war wie du einmal jung, und ich glaube, dass es völlig egal ist, wie alt wir sind und welcher Generation wir angehören. Was wir fühlen, unterscheidet sich nicht. Ich bin auch einem Weg gefolgt, der nicht mein eigener war. Mein Leben lang.« Sie sah starr an Siris Schulter vorbei auf die gegenüberliegende Wand und schien sich in einer anderen, einer vergangenen Zeit zu verlieren. »Ich hatte eine Freundin. Astrid.

Die beste, die man sich wünschen kann. Wir kannten uns von Kindertagen an, waren Bauernkinder, beide auf einem Hof aufgewachsen, in der Nähe eines Sees, drüben in Småland. Unsere Familien waren befreundet miteinander. Jedes Jahr im Sommer waren wir am See, schwimmen, angeln, sind mit dem Boot raus, haben am Lagerfeuer gesessen, all diese wundervollen Dinge, weißt du. Außer Astrid und mir waren da immer eine Menge anderer Kinder, ältere und jüngere, es waren unvergessliche Sommer. Und irgendwann gehörten wir endlich zu den Älteren. Noch immer klebten Astrid und ich aneinander wie Pech und Schwefel. Hätte mir damals jemand gesagt, dass ich meine beste Freundin einmal hintergehen würde, hätte ich es niemals geglaubt.«

Mit einer fahrigen Bewegung fuhr Viveca sich durch die grauen Haare, die wie immer zu einem schlichten Zopf im Nacken zusammengebunden waren. Ein paar Strähnen hatten sich gelöst.

»Da war plötzlich ein Junge aus Malmö, den wir vorher noch nicht am See gesehen hatten. Freddie. Er sah unglaublich attraktiv aus. Verwegen. Er war ein paar Jahre älter als wir, fuhr Motorrad und rauchte. Und er konnte schwimmen wie kein anderer. Astrid und er ... sie verliebten sich. Wir waren sechzehn, und sie erlebte mit ihm innerhalb weniger Wochen alles, wovon ich noch überhaupt keine Ahnung hatte. Ich spürte nur mein Herz brennen. Wenn ich die beiden zusammen gesehen habe oder wenn ich sie über ihn reden hörte, wäre ich am liebsten weit weggelaufen, weil ich ihre Schwärmereien nicht ertragen konnte. Für ihn war ich nur die Freundin seiner Freundin. Aber er war für mich so viel mehr, und das war mein Geheimnis. Ich war so verliebt, dass ich glaubte, verrückt zu werden, weil ich wusste, dass er unerreichbar für mich war.«

Siri wagte kaum zu atmen, denn intuitiv spürte sie, dass dies ein besonderer Moment für Viveca war. In ihrer Stimme lag ein leichtes Zittern, sie sprach nicht mit der Festigkeit, die sie von ihr kannte. Ob sie zum ersten Mal über all dies sprach?

»Und dann war da diese Nacht, in der sich alles änderte. Eine milde helle Mittsommernacht, weißt du, mit Musik, mit all unseren Freunden, mit einer Mittsommerstange, um die wir tanzten, und natürlich gab es auch was zu trinken, und ja, auch zu rauchen. Spät am Abend hatten Freddie und Astrid Streit, ich weiß nicht, worum es ging, sie schrien sich an, und irgendwann war meine Freundin fort. Ich hab nach ihr gesucht, konnte sie aber nirgendwo finden. Wie ein Häufchen Elend hockte Freddie am Ufer zwischen den Sträuchern, wo ein paar Boote im Kies lagen. Ich weiß noch, dass ich umkehren wollte, als ich ihn da sitzen sah. Dass ich ihm nicht nahe kommen wollte. Weil ich es nicht durfte. Weil ich nur die Freundin der Freundin war. Aber dann rief er meinen Namen, und als ich näher kam, rückte er zur Seite, um mir Platz zu machen. Wir saßen dicht beieinander. Viel zu dicht. So nah war ich noch nie einem Jungen gekommen. Er hat erzählt und geraucht, und ich hab ihm zugehört. Irgendwann hat er seinen Arm um mich gelegt. Ich glaube, mein Herz hat so laut geklopft, dass es wie ein Echo über den ganzen See gehallt ist. Gut, dass du bei mir bist, hat er gesagt. Gut, dass du bei mir bist. In diesem Moment habe ich nichts anderes gedacht oder gehört oder gesehen. Nur ihn. Ich wusste, dass ich wichtig war für ihn in diesem Moment. Und ich fühlte mich so gut neben ihm. Ich war am richtigen Ort, zur richtigen Zeit, mit dem richtigen Menschen. Weißt du, was ich meine?«

Langsam löste Viveca ihren Blick von der Wand und wandte sich wieder Siri zu. Am richtigen Ort, zur richtigen Zeit, mit dem richtigen Menschen. Kannte sie dieses Gefühl, das jeden Zweifel erstickte? Empfand sie so in Mattis' Nähe? Hatte sie es früher getan? Hatte sie jemals bei einem Mann so gefühlt? Ehe sie weiter darüber nachdenken konnte, hörte sie wieder Vivecas Stimme.

»Es hat mich erschreckt, dass ich so fühlen konnte, so tief, so stark. Wir sind ein Stück am See entlanggegangen, es war schon nach Mitternacht, aber die Zeit war uns egal. Wir haben uns beide darüber gewundert, wie viel wir uns zu erzählen hatten, meine Hand lag in seiner, die ganze Zeit, es war wie ein Zauber, so unwirklich. Immerzu tauchte Astrid in meinen Gedanken auf, aber ich hab sie verdrängt, ich hab sie nicht da haben, nicht zwischen Freddie und mir haben wollen. Ich wollte diese Zeit mit ihm am See für mich allein haben. Es hat mich zutiefst entsetzt, so zu denken. Und zu fühlen. Irgendwann blieb er stehen. Wir waren uns ganz nah, ich konnte sein Gesicht im Mondlicht sehen, konnte seine Hand in meinem Nacken spüren und seinen Atem an meinem Hals. Er hat nur meine Haut berührt, aber es war, als könnte ich seine Berührungen tief in meiner Seele spüren. Und dann haben wir getan, was wir nicht hätten tun dürfen.«

Viveca verstummte. Für einen Moment schloss sie die Augen, als müsste sie die Gegenwart ausblenden, um sich ganz der Erinnerung an diese Nacht hinzugeben. Dann sah sie Siri an, während sie an einem winzigen Faden ihres Pulloverärmels zupfte.

»Wie ging es weiter mit euch?«

»Astrid und Freddie versöhnten sich zwar, aber es war danach anders zwischen ihnen. Am Ende des Sommers trennten sie sich. Freddie kam zu mir, bevor er zurückging nach Malmö. Er hat mir seine Adresse gegeben. Ich hab nächtelang um ihn geweint.«

»Dann habt ihr euch aus den Augen verloren?«

Viveca nickte. Sie zog ihre Tasse näher zu sich und hob sie zum Trinken an die Lippen.

»Und dann hast du Arne kennengelernt und fünf wundervolle Kinder mit ihm bekommen«, sagte Siri, weil sie das Bedürfnis verspürte, Viveca aus den Erinnerungen herauszuholen, die ihr offenkundig zusetzten.

»Ja, Arne aus Eskelhem«, sagte sie. Etwas Milchschaum hatte

sich auf ihrer Oberlippe abgesetzt, sie wischte ihn mit zwei Fingern fort. »Er brachte mich nach Gotland. Damit rückte Malmö in eine Entfernung, die ich nicht mehr überblicken konnte. Nach Freddie zu suchen, war ganz und gar ausgeschlossen. Wie hätte ich das als sechzehnjähriges Bauernmädchen auch bewerkstelligen sollen? Arne war ein guter Mann, hat für mich gesorgt. Er hat mich geliebt, auf seine Weise. Aber ich hab bei ihm nie dieses tiefe Gefühl von Zugehörigkeit gespürt, dieses Gefühl, mit dem richtigen Mann zur richtigen Zeit am richtigen Ort zu sein. Ich bin an seiner Seite durchs Leben gegangen, aber es war nicht mein Weg, auch nicht unserer. Es war seiner.«

»Bereust du es?«

Sie hob den Kopf. »Ach ... Man bereut ja meistens die Dinge, die man nicht getan hat, nicht wahr? Aber ich will nicht undankbar sein. Mein Leben war gut. Auch jetzt ist es noch gut, obwohl ich allein bin. Es hat mir Kinder und Enkelkinder geschenkt, die ich über alles liebe. Dennoch ... Seit dieser Nacht am See lebe ich mit dem Gefühl, nie die Liebe gefunden zu haben, die zu mir gehört.«

Wie elektrisiert starrte Siri sie an. Jede Zelle ihres Körpers reagierte auf Vivecas Worte mit einem Prickeln, das sie vom Kopf bis zu den Füßen spürte.

Seit dieser Nacht am See lebe ich mit dem Gefühl, nie die Liebe gefunden zu haben, die zu mir gehört.

Wie ein Mantel umhüllten Vivecas Worte ihre frierende Winterseele. Es war, als hätten sie ein Licht darin angezündet, das seinen kreisrunden Schein wärmend auf die Sehnsucht warf, die Siri in sich trug, ohne sie deuten zu können. Viveca hatte ausgesprochen, was sie so lange schon spürte.

»Ich lebe auch mit so einem Gefühl«, hörte sie sich sagen, dachte an Mattis und gleich darauf an ihre leiblichen Eltern, ihre Mutter vor allem, unter deren Herzen sie neun Monate lang herangewachsen war, die nie ein Gesicht und einen Namen gehabt und die das Band zwischen ihnen nach der Geburt zertrennt hatte. Und auch, wenn ihr Verstand ihr sagte, dass kein Mensch die losen Enden dieses Bandes jemals miteinander würde verknoten können, so hatte sie doch unbeirrbar daran geglaubt, dass die Liebe zu Mattis stärker sein würde als die tiefe Sehnsucht nach dem Verlorenen.

Da schob Viveca plötzlich ihre Hand über den Tisch und legte sie auf Siris rechte. Siri sah auf, geradewegs in die klaren grauen Augen, in denen nun eine Eindringlichkeit lag, die sie bis ins Innerste ergriff.

»Halt nicht an einem Weg fest, auf dem du deine Schritte nicht siehst.« Sie verstärkte ihren Griff. »Du bist jung, sei mutig, hör auf dein Herz, es weiß, wohin du gehörst, und was zu dir gehört, findet seinen Weg zu dir.«

Wieder dachte sie an Mattis. An seine grünblauen Augen, in die sie würde hineinschauen müssen, während sie ihm sagen würde, dass sie bei ihm nicht fand, wonach sie suchte.

»Das würde bedeuten, anderen wehzutun.«

Er hatte unsäglich gelitten, als seine Frau ihn sechs Jahre zuvor verlassen hatte. Es war nur Elins Existenz zu verdanken, dass er sich nicht aufgegeben hatte. Und der neuen Liebe, die er mit ihr, Siri, gefunden hatte. Du hast mich gerettet, hatte er oft zu ihr gesagt. Etwas drückte hart auf die Stelle, an der ihr Herz schlug. Sie hatte ihn gerettet, und jetzt würde sie ihn wegstoßen.

Für einen langen Moment sahen sie sich fest in die Augen. Mit einem aufmunternden Lächeln zog Viveca ihre Hand zurück und begann, sich dem noch unangetasteten Kuchen auf ihrem Teller zu widmen.

»Soweit ich weiß«, sagte sie, und dabei sah sie Siri aus den Augenwinkeln heraus an, »hat Prinzessin Eugénie sich auch von ihrem Herzen leiten lassen.«

MELLA

Gotland – Mai 2023

»Ich bin gar nicht so.« Mella wechselte ihr Handy ans andere Ohr. Sie blinzelte in die tief stehende Abendsonne, die den Himmel über der Ostsee mit einem orangefarbenen Schimmer überzogen hatte. Die abendlichen Spaziergänge von Anna Petterssons Pension hinunter ans Meer waren ihr zu einer lieben Gewohnheit geworden. So war sie auch an diesem Abend gekommen, weil der Sturm in ihrem Gewissen sich noch immer nicht gelegt hatte und sie sicher war, dass er das in der Enge ihres Pensionszimmers auch nicht tun würde. Die Vorbereitungen für das Strandfest waren in vollem Gange, ein Trupp Arbeiter baute soeben eine überdachte Bühne auf, und nur wenige Schritte weiter nahm eine überdimensionale Hüpfburg in Form eines Märchenschlosses Gestalt an. »Noch nie hab ich so was gemacht«, fügte sie hinzu, als könnte dieser Zusatz das, was sie getan hatte, abschwächen.

Sie blieb stehen, den Blick aufs Meer gerichtet. Mit wenigen Sätzen hatte sie Fränzi über die Ungeheuerlichkeit in Kenntnis gesetzt, dass sie in den Sachen des Fremden herumgeschnüffelt hatte. *Des Fremden*, hatte sie gesagt. Obwohl sie seinen Namen inzwischen kannte, hatte sie ihn nicht genannt. Solange er der Fremde war, blieb er auf einer gewissen Distanz.

»Vor mir musst du dich nicht rechtfertigen«, meinte Fränzi. »Bereust du es wenigstens?«

»Nein«, antwortete Mella kleinlaut. Sie dachte an den Moment, in dem sie Mattis Lindholms Identitätskarte in der Hand gehalten hatte. »Ein bisschen vielleicht.« Natürlich war sie sich im Klaren darüber, dass sie nicht in seinen Sachen hätte kramen dürfen, und dass sie sich dazu hatte hinreißen lassen, nagte noch immer an ihr. Andererseits hatte die kleine Grenzüberschreitung ihr seinen Namen verraten. »Ich komme mir schrecklich pubertär vor«, gestand sie.

Fränzi kicherte leise. »Viel interessanter als die Tatsache, dass du im Leben eines Fremden herumgeschnüffelt hast, ist doch die Frage, warum du es getan hast.«

Eine Brise wehte vom Meer zu ihr hin und strich ihr übers Gesicht. In einiger Entfernung tollten Kinder mit einem Hund an der Wasserlinie entlang. Der Wind trieb Wortfetzen und Lachen bis zu ihr herüber.

»Na ja …«, murmelte sie, »… ich weiß es nicht.«

Sie setzte sich wieder in Bewegung. Natürlich wusste sie es. Sie hatte etwas über ihn wissen wollen. Ganz einfach. Dass ihr ausgerechnet seine Identitätskarte mit Namen und Geburtsdatum vor die Füße gefallen war, war nichts weiter als eine Gelegenheit gewesen, die sie ergriffen hatte.

»Ich glaub dir kein Wort.« Fränzi schickte ihr glucksendes Lachen hinterher.

»Ach, jetzt lach nicht, ich weiß wirklich nicht, was da in mich gefahren ist. Und ja, irgendwie … interessiert er mich einfach. Aber nur so. Nicht, was du jetzt denkst.«

Sie dachte an den Ring, an die Gravur, an die Frage, zu welchem Finger er gehörte und warum er an jenem Tag nicht an diesem Finger gesteckt hatte.

»Nur so, ich verstehe. Und wie heißt er, dein schräger Vogel?«

Dass Fränzi ihn noch immer so nannte, gefiel Mella nicht. Sie verspürte den dringenden Wunsch, ihn zu verteidigen.

»Mattis Lindholm.« Sein Name glitt ihr mit einer Selbstverständlichkeit über die Lippen, als hätte sie ihn schon hundertmal zuvor ausgesprochen. »Und so schräg ist er gar nicht.«

Sie hörte, wie Fränzi leise seinen Namen wiederholte und dann wieder lauter wurde. »Mella, höre ich da irgendetwas heraus, das du mir vielleicht näher erläutern möchtest?«

»Da gibt's nichts zu erläutern.«

»Okay, dann erläutere ich mal selbst: Irgendwas an ihm interessiert dich. Du wolltest wissen, wie er heißt. Wann er Geburtstag hat, wie alt er ist. Du nimmst ihn in Schutz, wenn ich ihn einen schrägen Vogel nenne. Und die Frage, warum nur seine Sachen in der Kirche lagen, von ihm selbst aber nichts zu sehen war, treibt dich um.« Mella blieb stehen. Weiß schäumende Wellen rollten heran, schwappten über die Kieselsteine. Die Gischt spritzte feine Tröpfchen in die Luft und sprenkelte Mellas aufgekrempelte Hosenbeine. »Machst du dir gerade selbst was vor?« Wieder lachte Fränzi, aber es war kein spottendes Lachen, keins, das Mella wehtat. »Fährst du noch mal hin?«

Die Kinder mit dem Hund drehten um und liefen nun in die entgegengesetzte Richtung.

»Er wird mich für verrückt halten, wenn ich schon wieder auftauche.«

»Du könntest vortäuschen, irgendwas zu vermissen, von dem du glaubst, es in der Kirche liegen gelassen zu haben.«

»Meine Sonnenbrille?«

»Perfekt. Du fragst ihn, ob er sie zufällig gefunden hat. So kommt ihr miteinander ins Gespräch, und du findest raus, wie schräg oder nicht schräg er wirklich ist.«

»Wie leicht das wieder aus deinem Mund klingt.«

Seit jeher beneidete sie Fränzi um die Leichtigkeit, die sie den Dingen mit ein paar Worten verleihen konnte. Um die Art, ihnen damit die Schwere und das Komplizierte zu nehmen, das Mella oft in ihnen sah.

»Ist es doch.«

Ein junges Pärchen kam ihr entgegen, Arm in Arm schlenderte es an ihr vorbei. »Vielleicht erzähl ich's ihm«, murmelte sie.

»Was?«

»Dass ich an seinen Sachen war. Ich könnte mich dafür entschuldigen.«

»Das wäre eine ehrliche Aktion.«

Mella blieb stehen, lächelte. War eine Entschuldigung nicht ein viel überzeugenderer Grund für ein herbeigeführtes Wiedersehen als der vorgetäuschte Verlust der Sonnenbrille?

Auf dem Weg zurück zur Pension bewegte Mattis Lindholm sich durch ihre Gedanken, als gehörte er nirgendwo anders hin. Seine Augen, sein flüchtiges Lächeln, seine angenehm warme Stimme, die schlaksige Art, mit der er ihr voran durch den Kirchenraum gegangen war und sein Wissen mit ihr geteilt hatte. Und zwischendurch, wie ein Störenfried, die Erinnerung an ihre erste Begegnung, an seinen merkwürdig erschrockenen Gesichtsausdruck, diesen starren Blick auf ihren vernarbten Unterarm, der nichts als Scham in ihr ausgelöst hatte. Jedes Mal, wenn ihr Gedächtnis ihr diese ungeliebten Bilder einspielte, schob sie sie gekonnt beiseite, so wie sie es sich nach dem Unglück angeeignet hatte. Nur für einen flüchtigen Augenblick schmerzte die Erinnerung, und sie wünschte sich, es hätte diesen Moment bei ihrem ersten Aufeinandertreffen nie gegeben.

Sie sollte aufhören, sich so viele Gedanken zu machen. Sicher hatte er sie längst vergessen. Er war vermutlich ohnehin vergeben, vielleicht sogar verheiratet, glücklich mit einer Familie, Kindern, dem ganzen Rundumpaket. Und gewiss gebot es seine Berufsehre, dass er Besuchern der Kirchen, die er restaurierte, etwas über die Geschichte erzählte. In seinen Augen gab es sicher nichts an ihr, was ihm auf gute Weise in Erinnerung geblieben war.

5. April 1982

Rikard, mein Liebster,
heute willst du ihr von uns erzählen. Willst ihr sagen, dass du dich für mich entschieden hast (du und ich – wie unbegreiflich das noch immer ist), dass es keine Hochzeit für euch geben wird, dass eure Pläne und ihre Träume von einem Leben mit dir keine Gültigkeit mehr haben. Weil zwischen uns beiden eine Liebe gewachsen ist, die nichts anderes zulässt, keine Heimlichkeiten, keine Lügen, keine Kompromisse. Die nichts anderes zulässt als ein gemeinsames Leben. Ich kenne Liv nicht, weiß nur ein paar Dinge über sie, die kein Bild ergeben, und trotzdem tut sie mir leid. Du wirst mit einem einzigen Satz ihren Traum in tausend Scherben zerbrechen.

Weißt du noch, was ich dir in einem meiner ersten Briefe geschrieben habe? Wie kann es sein, habe ich dich gefragt, dass etwas so Unzerstörbares wie die Liebe zwischen zwei Menschen von einem zum anderen Tag entzweibrechen kann, weil plötzlich jemand kommt und alles bis dahin Gültige zunichtemacht?

In den letzten Tagen denke ich oft an meine Eltern. Und an die Frau, die für meinen Vater von einem Tag zum anderen wichtiger wurde als meine Mutter. So wie meine Mutter damals muss Liv sich heute fühlen, nachdem du ihr die Wahrheit offenbart hast. Mein Gewissen bringt mich um, wenn ich darüber nachdenke, dass ich die Frau bin, die ihr den Mann nimmt. Es sollte mir gleichgültig sein, aber das ist es nicht. Nie habe ich mich gefragt, welcher Zwiespalt damals in meinem

Vater herrschte, als er sich in eine andere Frau verliebte. Oder was in dieser Frau vor sich gegangen ist. Es hat mich nicht interessiert, ich sah nur meine Mutter, die in einem Tränenmeer ums Überleben kämpfte und beinahe darin ertrunken ist. Und jetzt bin ich wie diese Frau. Bin wie die Frau, die meiner Mutter den Mann genommen hat.

    Griddy, in Liebe

SIRI

Gotland – Dezember 2022

Sie hörte Mattis' Schlüssel in der Haustür und blickte aus einem Impuls heraus zur Uhr. Kurz nach halb sieben, wahrscheinlich war er wieder durchgefroren am Ende seines Arbeitstages. Die Heizung in der Kirche von Gothem im Osten der Insel, in der er mit der Restaurierung der Kalkmalereien begonnen hatte, lief in diesem Winter offenbar auf Sparflamme. Die vertrauten Geräusche des Schlüssels und der sich öffnenden und schließenden Tür brachten ihr Herz zum Rasen, als setzte ihr Unterbewusstsein es in eine Art Alarmbereitschaft. Sie wusste nicht, was sie erwartete, wenn sie Mattis gleich offenbaren würde, wozu sie sich entschlossen hatte. Nach dem Besuch bei Viveca Sundström hatte sie die Fahrt von Eskelhem zur Villa Märta dazu genutzt, sich Worte zurechtzulegen. Worte, die Mattis deutlich machen würden, dass es nicht an ihm lag. Dass sie ihn noch immer mochte. Aber nicht mehr liebte. Nicht so, wie sie ihn am Anfang ihrer Beziehung geliebt hatte. Nicht so, wie sie ihn gern lieben würde. Dass er nicht der Mensch war für die richtige Zeit am richtigen Ort. Es war nicht das erste Mal, dass sie sich von einem Mann trennte, aber am Ende jeder ihrer Beziehungen war der Grund für diesen Schritt derselbe gewesen. In ihren dunkelsten Stunden war sie davon überzeugt, dass das Leben ihr nie jene Liebe schenken würde, die dauerhaft in der Lage war, ihre ausgekühlte Winterseele zu wärmen.

Sie stieß sich vom Sofa ab, auf dem sie kaum länger als fünf Minuten gesessen hatte. Auf dem Tisch lagen Elins Buntstifte und ihr Zeichenblock. Das Deckblatt war zur Hälfte zerrissen. Es gab den Blick auf einen Teil des Einhorns frei, das Elin tags zuvor mit Akribie und vielen Farben gezeichnet hatte. Wenn es fertig war, würde es seinen Platz an der Küchentür finden. Neben den anderen. Siri hatte die Tür nie ohne Elins Bilder gesehen.

Sie stand auf, um Mattis entgegenzugehen. Der Duft des Linseneintopfs, den sie gekocht hatte, zog bis in den Flur.

Es war gut, dass er endlich da war. Rastlos war sie seit ihrer Rückkehr aus Eskelhem durch die Wohnung gelaufen, von einem Zimmer ins andere. Vor der breiten Fensterfront im Wohnzimmer, die Elin und sie mit zahllosen Schneeflocken aus weißer Fingerfarbe weihnachtlich dekoriert hatten, war sie jedes Mal stehen geblieben und hatte hinausgeblickt in die Dämmerung, in den Garten mit seinem winterkahlen Apfelbaum. An seinen in den Himmel ragenden Ästen vorbei hatte sie bis zum Zaun am Ende des Grundstücks gesehen, hinter dem die feine blaue Linie der Ostsee schon bald von der Dunkelheit verschluckt worden war. Beim Gedanken daran, alles aufzugeben, was sie lieb gewonnen hatte, war ihr beinahe übel geworden. Auch jetzt setzte sich dieser elende Druck wieder in ihren Magen.

Siri hörte, dass Mattis an der Garderobe mit dem Kleiderbügel hantierte, die Schuhe auszog und sie auf die Matte neben der Kommode stellte. Sie wartete im Türrahmen.

»*Hej.*« Flüchtig küsste er sie auf die Wange – sie spürte kaum seine Lippen, ein pflichtschuldiger Kuss, der ihr wehtat – und ging an ihr vorbei in die Küche. Nach ihrem letzten Streit und dem darauffolgenden Schweigen hatten sie zögerlich wieder angefangen, miteinander zu sprechen. Mattis bemühte sich um Normalität, aber Siri fand, es hatte wenig mit Normalität zu tun, jedes Wort zu bedenken, ehe man es ausspracht.

»Hab den ganzen Tag gefroren. Sie heizen die Kirche nur stundenweise.« Sie hörte wie er den Deckel vom Topf nahm und ihn mit einem leisen Klappern auf die Anrichte legte. »Hmmm, Linsen!«

Ich hab den Eintopf gemacht, weil du ihn so gern magst ...

Sie atmete tief ein und aus. »Ich wusste nicht, wann du kommst, ist sicher nicht mehr warm.«

Ihre Hände fühlten sich inzwischen so klamm an, als wäre alles Blut aus ihnen gewichen. Sie ging zum Herd, schaltete die Platte an und nahm einen Rührlöffel vom Haken.

Mattis, ich muss dir was sagen ...

»Wo ist Elin?«

»Sie schläft doch heute bei ihrer Freundin. Geburtstagsfeier mit Übernachtung.«

»Stimmt, hatte ich vergessen.«

»Schneidest du das Brot?«

Sie deutete auf den Laib, den sie schon auf dem Holzbrett bereitgelegt hatte. Er nickte, zog die Besteckschublade auf und griff nach dem Brotmesser.

»Warst du in Eskelhem?«, fragte er, während er die erste Scheibe abschnitt.

»Ja.« Sie tauchte den Holzlöffel in den Eintopf und begann zu rühren.

»Alles okay da?«

»Die Kartons müssten mal weg.«

»Wo sollen die hin?«

»Ann-Marie hat mir die Adresse von einer Kirchengemeinde gegeben, sie kennt da jemanden. Sie geben die Sachen in eine Kleiderkammer für Geflüchtete.«

Sie rührte und betrachtete Mattis' Hände. Das geflochtene Lederband an seinem rechten Handgelenk hatte sie ihm geschenkt, er trug es Tag und Nacht.

»Mattis, ich muss dir was …«

»Sekunde.«

Er griff nach dem Handy in der Gesäßtasche seiner Jeans, das vibrierte, was Siri erst bemerkte, als er es in der Hand hielt und das Gespräch annahm. Ein Kollege, wie sie direkt begriff, und allem Anschein nach ein längst überfälliger Rückruf. Er legte das Messer neben das Brett. Mit dem Handy am Ohr verließ er sprechend die Küche. Siri wandte sich den Linsen zu. Feiner Dampf stieg auf, sie rührte kräftig, um zu verhindern, dass der Eintopf ansetzte. Das aufgeschnittene Brot gab sie in den Korb, den sie in die Mitte des Tisches stellte. Der Gedanke an das, was sie vorhatte, löste eine neue Welle der Übelkeit in ihr aus, der sie nur mit großer Anstrengung standhalten konnte. Der aufsteigende Dampf, geschwängert vom Aroma der Zwiebeln und Gewürznelken, erschien ihr mit einem Mal unerträglich. Sie regulierte die Hitze herunter und legte den Deckel auf den Topf. Was für eine verrückte Idee, Mattis eine seiner Leibspeisen vorzusetzen, an diesem Abend, an dem sie ihm eröffnen wollte, ihn verlassen zu müssen. Er würde nie wieder Linsen essen können, ohne an diesen Tag erinnert zu werden.

Ihre innere Anspannung stieg mit jeder Sekunde, die durch das Telefonat verstrich und ihr Vorhaben unnötig in die Länge zog.

Endlich erschien er wieder in der Küche, nannte den Namen seines Kollegen und dass man ihn zu seiner Unterstützung nach Gothem schicken würde. Wie durch einen Nebel nahm Siri seine Stimme wahr. Sie nahm den Deckel vom Topf und schöpfte eine große Portion der dampfenden Linsen auf Mattis' Teller. In ihren eigenen füllte sie nur einen Bruchteil davon. Sie würde nichts herunterbringen. Mattis hatte offenbar großen Hunger und er fror, sie würde ihm nur den Appetit verderben, wenn sie ihm direkt zu Beginn der Mahlzeit ihre Entscheidung unterbreitete.

Er aß mit Appetit, sie dagegen schob die Linsen mit der Löffelspitze von einer Seite des Tellers auf die andere. Sie tauschten ein paar Belanglosigkeiten aus wie jeden Abend. Der Autounfall in der Nähe von Hejdeby, bei dem ein umgekippter Lastwagen die Straße blockiert hatte. Der Kindergeburtstag, zu dem Ann-Marie Elin gebracht hatte, damit Siri sich in Eskelhem nicht hatte abhetzen müssen. Die Kälte, der angekündigte Schneefall, der Weihnachtsbaum, den sie noch besorgen mussten, die unverhoffte Einladung zum Butterkuchen bei Viveca Sundström. Zwischendurch zwang sie sich zu ein paar Löffeln Eintopf, der ihr beinahe im Hals stecken blieb.

»Köstlich, wie immer.« Mattis legte seinen Löffel neben den geleerten Teller und stand auf, um sich einen Nachschlag aus dem Topf zu nehmen. Eine Menge Brotkrümel lagen verstreut auf seinem Platz. Er schaffte es nie, Brot zu essen, ohne zu krümeln.

»Du isst gar nichts«, stellte er fest, nachdem er sich wieder gesetzt hatte. »Alles okay?«

Sie sah ihn an, legte den Löffel auf den Tisch und entschied sich für die Wahrheit. »Nein.« In einer Geste der Anspannung fuhr sie sich mit beiden Händen durch die Haare. Mit zusammengezogenen Augenbrauen blickte Mattis sie an. »Es ist nicht alles okay«, sagte sie.

Er schob sich ein Stück Brot zwischen die Zähne. »Blöde Frage«, sagte er, während er kaute. »Natürlich ist nicht alles okay. Zwischen uns klemmt es seit ein paar Wochen, das ist ja nichts Neues.«

»Stimmt, es ist nichts Neues, aber das ist kein Grund, es weiter klemmen zu lassen.«

Er streckte den Arm aus und tastete nach ihrer Hand, doch sie entzog sie ihm, bevor er sie berühren konnte. »Nicht, Mattis. Das macht es nicht leichter.«

Er setzte sich kerzengerade auf und blickte sie durchdringend an. »Was meinst du damit? Mir war nicht klar, dass Berührungen, die so rar zwischen uns geworden sind, es schwerer machen könnten, wieder mehr zueinanderzufinden.«

Sie lehnte sich im Stuhl zurück, als wollte sie den Abstand zwischen ihm und sich um jeden möglichen Zentimeter vergrößern. »Ich habe viel nachgedacht, seit Mama gestorben ist.«

»Das weiß ich.«

»Weißt du auch noch, dass ich dir am Anfang unserer Beziehung ganz offen gesagt habe, dass ich ein Problem damit habe, mich zu binden?«

»Jetzt fängst du damit wieder an.«

Er hob beide Arme und ließ sie gleich darauf sinken. Sie hingen reglos rechts und links an seinem Körper herab, als gehörten sie nicht zu ihm.

»Es nervt dich, dass ich wieder damit anfange, ja?« Sie hatte bewusst seine Worte wiederholt, und jetzt, da sie sie ausgesprochen hatte, merkte sie, wie sich in ihrem Inneren eine Wand aufbaute, ohne dass sie irgendetwas dagegen tun konnte.

»Siri, bitte, wir haben tausendmal darüber gesprochen. Ich weiß, dass du darunter leidest, nicht zu wissen, wer deine Eltern sind. Aber versuch doch, dieses Gefühl nicht durchs ganze Leben zu tragen. Und mach nicht alles, was nicht gut läuft zwischen uns, dafür verantwortlich. Das sind zwei Paar Schuhe.«

Da war es wieder, sein Unverständnis. Seine Unfähigkeit, sie zu verstehen. Ihr fehlte die Energie, mit ihm zu streiten. Zu diskutieren. Ihm begreiflich zu machen, was sie fühlte. Und selbst wenn sie sie aufbrächte – es würde zu nichts führen. Sie konnte ihm den Zusammenhang nicht vernünftig darlegen, weil sie ihn sich selbst nicht erklären konnte. Weil ihr Kopf nicht verstand, was ihr Herz fühlte. Über den Tisch hinweg wechselten sie einen stummen Blick.

»Ich muss gehen, Mattis.«

Für einen Moment hielt sie die Luft an, wollte aufhören zu atmen, im verrückten Wunsch, damit die Zeit anhalten zu können, um seine Reaktion nicht ansehen zu müssen. Aber war sie ihm nicht wenigstens einen Blick in die Augen schuldig?

»Was?«

Es war nur ein Wort, doch die Art, wie er es betont und wie sich seine Augen dabei geweitet hatten, legte all die unausgesprochenen Fragen offen, die darin mitschwangen.

»Ich kann nicht anders, alles andere wäre nicht ehrlich.«

»Siri, das meinst du nicht wirklich!« Fassungslos starrte er sie an.

»Doch.« Unentwegt folgte sie mit der Fingerspitze dem Tellerrand.

»In zehn Tagen ist Weihnachten. Wir wollten zusammen ... Elin singt zum ersten Mal mit dem Chor in der Kirche ... Sie freut sich auf unser ...« Er unterbrach sein Gestammel, sprang auf, rieb sich mit beiden Händen das Gesicht. Vor dem Fenster blieb er stehen, mit vor der Brust verschränkten Armen ans Fensterbrett gelehnt, auf dem sich Weihnachtswichtel aus Kiefernzapfen in Bergen aus Watteschnee tummelten. »Du trägst es schon eine Weile mit dir herum, oder?«

»Das spielt doch jetzt keine Rolle.«

»Ein anderer Mann?«

»Nein.«

Er fixierte ihr Gesicht. »Was dann?«

Sie stand auf, näherte sich ihm in kleinen Schritten. »So oft habe ich schon versucht, es dir zu erklären«, sagte sie so sanft sie konnte. »Seit Mama nicht mehr lebt ... ist dieses Gefühl wieder so stark, als ob diese kalte, dunkle Stelle wieder freiläge. Noch mehr als früher komme ich mir vor wie eine Pflanze, die ohne Wurzeln ist. Ich merke immer stärker, dass ich meinen eigenen Weg finden muss und einen Umgang mit diesem Gefühl, abgetrennt zu sein. Du bist in einem behüteten Elternhaus aufgewachsen, hattest Großeltern, du hast eine Schwester, ein Kind. In euch allen fließt das gleiche Blut.«

Er stieß ein kurzes Lachen aus. Seine Augen glänzten. An den angespannten Kiefern erkannte sie, dass er sich dazu zwang, seinen Gefühlen nicht nachzugeben. Sie kannte ihn lange genug, um zu wissen, dass er nicht zu den Männern gehörte, die es sich gestatteten, Schwäche zu zeigen.

»Und das kannst du nicht finden, wenn du mit mir zusammen bist?«

Sie senkte den Blick, sah auf ihre Füße, die in selbst gestrickten Socken steckten. »Jahrelang hab ich gedacht, dass ich diese Probleme aus der Welt schaffen kann, indem ich mich binde, um zu jemandem zu gehören. Das war es, was ich immer wollte: zu jemandem gehören. Deshalb hab ich mich von einer Beziehung in die andere gestürzt. Aber du weißt, dass jede meiner Beziehungen daran gescheitert ist, dass sie nicht die Lösung für mein Problem war.«

»Und was ist die Lösung?«

Sie stieß einen tiefen Seufzer aus. Wenn sie das nur wüsste …

»Weißt du, was du mir, was du uns antust, wenn du gehst?«

Wie ein kleiner Junge wirkte er, verlassen, einsam, unverstanden, der Liebe beraubt, die er für unzerstörbar gehalten hatte.

Ja, ich weiß, was ich dir antue …

Sie zwang sich zur Ruhe, senkte ihre Stimme. »Möchtest du mit einer Frau zusammenleben, die dich …«

»Die mich was? Nicht mehr liebt? Ist es das? Wolltest du das sagen?«

»Ich mag dich, Mattis, wirklich. Aber ich kann dich nicht … so lieben, wie du es verdient hast.«

»Seit wann muss man sich Liebe verdienen?«

Er wandte das Gesicht ab, drehte sich um, sah aus dem Fenster.

Bei der Bewegung hatte er versehentlich einen der Kiefernwichtel vom Fensterbrett gewischt. Siri sah die rot-grün geringelte Filzmütze auf den Bodenfliesen zwischen Stuhl- und Tischbein.

»Du hast recht, das war nicht richtig formuliert. Ich wollte dir damit sagen, dass ich nicht deinetwegen gehe.« Sie rang nach Luft. »Ich bin es. Das Problem liegt in mir. Ich bin inzwischen sicher, dass ich keine dauerhafte Beziehung eingehen kann, solange ich tief in mir das Gefühl verspüre, nirgendwohin zu gehören.«

»Aber du gehörst zu mir, Siri!« Wie elektrisiert drehte er sich wieder zu ihr um. »Zu uns! Du gehörst in dieses Haus, zu meinem Leben. Ich liebe dich!« Mit der Verzweiflung eines Menschen, der sich mit letzter Kraft dagegen wehrt, etwas Liebgewonnenes zu Ende gehen zu lassen, funkelte er sie an. »Wie kannst du dich an einen Ort sehnen, von dem du nicht mal weißt, wo er ist? Hier, hier in diesem Haus wirst du geliebt. Warum kann ich nicht derjenige sein, dem du dich zugehörig fühlst?« Ein zähes Schweigen breitete sich zwischen ihnen aus. Siri wusste nicht, was sie noch sagen, was sie ihm antworten sollte. Sie verstand sich ja selbst nicht. Sie bückte sich und angelte den Kiefernwichtel unter dem Stuhl hervor. »Du machst alles kaputt, was wir uns hier zusammen aufgebaut haben.« Seine Stimme klang jetzt ruhiger, beinahe ausdruckslos.

»Ich weiß, und es tut mir unendlich leid. Bitte glaub mir, dass ich dir nicht wehtun will.«

»Du hast keine Ahnung, wie sehr Elin darunter leiden wird. Sie liebt dich, für sie bist du ein so wichtiger Mensch geworden. Du hast sie nicht erlebt damals, nachdem ihre Mutter uns verlassen hat. Mir fehlte jeder Zugang zu ihr, ohne die Therapie beim Kinderpsychologen wäre sie zerbrochen. Wie soll sie das ein zweites Mal verkraften?« In seinem Blick lag eine Verzweiflung, die Siri das Herz brach.

»Möchtest du, dass ich wegen Elin bleibe?«

Er wich ihrem Blick aus. »Geh. Geh einfach. Du hast deine Entscheidung getroffen. Dich interessiert doch nicht, was aus mir und aus uns hier wird.«

»Das stimmt nicht, Mattis, wirklich nicht. Und ich verstehe, dass du verletzt bist, aber ich kann nicht anders. Ich werde krank, wenn ich weiter diesen Weg gehe, auf dem ich mich selbst verliere. Bitte mach es uns nicht schwerer, als es schon ist.«

Mit einem Schnauben stieß er sich vom Fensterbrett ab und verließ ohne ein Wort die Küche. Kurz darauf hörte Siri die Haustür ins Schloss fallen. Sie presste die Hände vors Gesicht und spürte den Schmerz wie eine brennende Woge heranrollen.

MELLA

Gotland – Mai 2023

Innerhalb eines einzigen Tages verwandelten sich die Strandpromenade und der Bereich unterhalb des Botanischen Gartens in ein weitläufiges Festareal. Mit den Holzbuden und den von Pagodenzelten überdachten Ständen der Händler, die seit dem Morgen geschäftig hin und her liefen und ihre Waren auf den Verkaufstischen auslegten, breitete sich eine ausgelassene Atmosphäre aus, ganz Visby schien in Feierlaune zu sein. Wimpel flatterten im vom Meer heranwehenden Wind, der Duft von Holzkohleglut schwängerte die Luft, mischte sich mit jenem von Karamell, Zimtwaffeln und gegrilltem Fisch. Sonnenschirme wurden aufgespannt, Tische und Bänke herbeigetragen, auf der Bühne prüfte jemand die Lautsprecher. Musik drang gedämpft bis zu Anna Petterssons Stand mit den Kunstobjekten aus Strandgut.

Mella hatte ihr am Morgen beim Aufbauen geholfen und wollte, da die ersten großen und kleinen Besucher und Besucherinnen kamen, dem Trubel möglichst bald entfliehen. Menschen in Partylaune waren ihr ein Graus. Sich unter sie zu mischen kostete sie seit dem Tag, an dem das Feuer ihr den Arm verbrannt hatte, eine Überwindung, der sie kaum etwas entgegensetzen konnte. Wie eine Außenseiterin fühlte sie sich inmitten der Ausgelassenheit feiernder Menschen, als wäre sie ein Wesen von einem anderen Planeten, das nicht dazugehörte. Es strengte sie wahnsinnig an, stets auf der Hut zu sein, ihren linken Arm bis zum Handgelenk bedeckt zu halten, immer in Sorge, eine unbedachte Bewegung könnte entblößen, was sie vor aller Augen verbergen wollte. Obwohl die Sonne vom wolkenlosen Himmel auf die Ostsee herabschien und die Luft mild war, trug Mella ein Shirt mit langen Ärmeln. Das war das Wichtigste.

Der Besucherstrom nahm zu. Stimmengewirr, Lachen und Kindergeschrei verbanden sich mit Musik aus der nahe gelegenen Bar zu einem permanenten Geräuschpegel. Annas Strandgutobjekte weckten das Interesse der Leute. Neugierig kamen sie an den Stand, der aus zwei aneinandergeschobenen Tischen bestand, die mit einem kobaltblauen Samttuch bedeckt waren, sodass die Collagen aus Federn, Kieseln und Muscheln und die kleinen aus Treibholz gefertigten Rahmen mit den farbigen Scherbenbildern darin besonders gut zur Geltung kamen.

»Ich fahre dann«, sagte Mella.

Sie griff nach ihrer Tasche, die unter einem der beiden Klappstühle lag. Nachdem Mattis Lindholm weiterhin regelmäßig in ihren Gedanken auftauchte, war sie entschlossen, den Tag dazu zu nutzen, sich noch einmal nach Lärbro aufzumachen.

»Du willst wirklich nicht bleiben?«

Mella schüttelte den Kopf. »Die Arbeit«, erwiderte sie.

Ihre Antwort entsprach nicht der Wahrheit, schien ihr aber als Erklärung in diesem Augenblick am einfachsten. Sie hatte Anna nichts von dem Restaurator erzählt und auch nicht vor, es zu tun. Die Arbeit als Grund vorzuschieben klang unverfänglich.

Auf der Bühne, die sich ganz in der Nähe befand, begann das Programm. Mella sah, dass sich dort ein Chor formierte, bestehend aus Sängerinnen in knöchellangen Flatterkleidern, die von ihrem Dirigenten die letzten Anweisungen erhielten.

»Aber heute ist doch Samstag«, warf Anna ein. »Gönn dir einen freien Tag.«

»Vielleicht morgen«, erwiderte Mella. Sie lächelte Anna zu. »Ich wünsche dir einen erfolgreichen Verkauf.«

Sie deutete auf das ältere Paar, das sich genähert hatte und die Collagen aus Vogelfedern interessiert in Augenschein nahm. Anna winkte ihr zu, und Mella setzte sich in Bewegung. Anna hatte recht, es war Samstag, ein freier Tag, wahrscheinlich auch für Mattis Lindholm. Oder ob er auch an den Wochenenden arbeitete? Dass sie daran nicht gedacht hatte.

Sie passierte die Bühne, von der jetzt vielstimmig das erste Lied des Chors ertönte, und hielt inne. Es waren nicht nur die Stimmen der Sängerinnen zu hören, sondern mehrere Gitarren, die den Chorgesang begleiteten. Ein mitreißendes Stück mit englischem Text, eine Art Folksong. Neugierig blieb sie stehen. Die Klappstühle vor der Bühne waren zur Hälfte besetzt, vereinzelt standen Leute an der Seite oder blieben beim Vorübergehen stehen wie sie selbst. Ein bärtiger Mann hatte ein Stativ mit einer Filmkamera positioniert, durch die er konzentriert schaute.

Mellas Blick wanderte über die Gesichter der Sängerinnen. Viele von ihnen schienen in ihrem Alter zu sein, einige älter, zwei noch sehr jung. Ihre Outfits erinnerten ein wenig an die Mode der Siebziger, die Mella nur von Fotos kannte. Drei Gitarristinnen saßen mit ihren Instrumenten auf Stühlen neben dem Chor, auch sie trugen lange farbenfrohe Kleider. Ein Gefühl der Wehmut wallte in ihr auf, sie dachte an ihre Gitarre, an ihre Mutter, an die Stücke, die sie gemeinsam gespielt hatten, zweistimmig, in perfektem Einklang, vor langer Zeit. Mit der Fußspitze klopfte sie den Takt mit und bewegte ihren Oberkörper leicht im Rhythmus der Melodie.

Angezogen vom harmonischen Zusammenklang der Stimmen füllte sich der Platz vor der Bühne. Das erste Stück endete, und Beifall brandete auf. Jetzt trat eine der Sängerinnen einen Schritt nach vorn, sie nickte dem Dirigenten mit einem hinreißenden Lächeln zu. Die Gitarristinnen zupften das Intro für das nächste Stück. Eine Ballade, auch sie im Stil eines Folksongs. Mit glockenklarer Stimme begann die Solistin zu singen, leicht und zugleich kraftvoll und auf eine unwiderstehliche Art berührend. Mella konnte den Blick nicht von ihr abwenden. Ihr kupferrotes Haar fiel ihr lang und glatt bis über die Schultern, unter einem grünen Haarband lugten ein paar Ponyfransen hervor. Sie sang voller Inbrunst und ließ so viel Gefühl mitschwingen, dass Mellas Augen sich mit Tränen der Rührung füllten.

Wann war ihr das zum letzten Mal passiert? Wie lange war es her, dass ein Musikstück sie zum Weinen gebracht hatte? Wieder tauchte das Gesicht ihrer Mutter hinter ihrer Stirn auf. Ihr verdankte sie ihr musikalisches Gehör, ihr Talent für das Gitarrenspiel, ihre Fähigkeit, sich von einem Musikstück berühren zu lassen. Erst ein einziges Mal hatten sie seit ihrer Ankunft auf Gotland miteinander telefoniert. Sie vermisste die Gespräche mit ihrer Mutter, und der fehlende Kontakt fühlte sich alles andere als richtig an. Aber sie hatte sich vorgenommen, ihren Wunsch zu respektieren und sich mit Anrufen zurückzuhalten.

Erst als der Chor einstimmte, die Solistin zurücktrat und wieder ein Teil von ihm wurde, verebbte der sentimentale Moment. Mella hörte sich auch das dritte Lied des Chores an, und am Ende fiel sie in den lang anhaltenden Applaus ein, der die Gesichter der Sängerinnen zum Strahlen brachte. Die Leute kamen in Bewegung, verließen ihre Plätze. Mella hielt sich wegen des plötzlich einsetzenden Gedränges noch eine Weile an der Seite, um die anderen vorbeizulassen. Auch die Sängerinnen zogen an ihr vorüber. Die Solistin war eine der letzten.

»Das war wunderschön, vielen Dank«, hörte Mella sich in einwandfreiem Schwedisch sagen.

Die Frau blieb stehen und drehte sich lächelnd zu ihr um. Sie hatte makellose Zähne und strahlend blaue Augen. Sommersprossen sprenkelten die helle Haut ihrer Wangen. Sobald sie Mella ins Gesicht sah, wurden ihre Augen schmal und zwischen ihren hellen Brauen grub sich eine Falte in die Haut. Es war, als musterte sie Mella eingehend, dann schüttelte sie leicht den Kopf und setzte wieder ihr Lächeln auf.

»Schön, wenn es dir gefallen hat.«

Mella erwiderte es. »Das Solo ... deine Stimme ...«

Vergeblich suchte sie nach Worten, um zu beschreiben, was sich beim Zuhören in ihr bewegt hatte. Die Sängerin formte mit beiden Händen ein Herz und wandte sich ab. Dann setzte sich auch Mella in Bewegung. Doch ehe sie das Strandfest verlassen konnte, um sich endlich auf den Weg nach Lärbro zu machen, sah sie Anna Pettersson mit erhitzten Wangen an den Ständen vorbei auf sich zueilen.

»Du bist noch hier, was für ein Glück«, keuchte sie aufgeregt. »Ich muss schnell noch mal nach Hause, hab nicht genug Wechselgeld mitgenommen, hätte nicht gedacht, dass ... Mein Stand ist ohne Betreuung, könntest du vielleicht ein paar Minuten ... Vom Nachbarstand ist jemand so nett und hat ein Auge drauf, aber ich ...«

»Kein Problem«, rief Mella Anna zu. »Lass dir Zeit, ich bleibe am Stand, bis du zurück bist.«

Kurz darauf streifte sie ihre Tasche von den Schultern und schob sie unter den Verkaufstisch. Sie stellte fest, dass Anna bereits etliche ihrer Objekte verkauft hatte. Die Treibholzrahmen mit den Scherbenbildern schienen besonders gut bei der Kundschaft anzukommen.

Eine junge Familie kam heran und kaufte einen Kerzenhalter, den Anna aus einer Austernschale hergestellt hatte. Gleich darauf näherten sich drei der Chorsängerinnen. Mella erkannte sie von Weitem an ihren farbigen Kleidern. Wortreich bewunderten sie die Scherbenbilder, eine von ihnen kaufte gleich zwei davon. Nachdem sie gegangen waren, prüfte Mella das verbliebene Wechselgeld in Annas Kasse, das ganz eindeutig zur Neige ging. Den nächsten Kunden würde sie vertrösten müssen, bis Anna mit Nachschub zurück war. Schnell klappte sie den Deckel der Kasse wieder zu.

»*Hej*, so sieht man sich wieder.« Mella blickte auf und geradewegs in das Gesicht der rothaarigen Sängerin, die jetzt einen anerkennenden Blick über die ausgestellten Objekte gleiten ließ. »Sehr hübsch. Du machst sie selbst?«

»Nein, nein, ich helfe nur. Die Künstlerin heißt Anna Pettersson. Sie wird gleich zurück sein.«

Die Frau nickte. »Du stammst nicht aus Schweden, oder?«

Mit einem übertriebenen Seufzer verdrehte Mella die Augen. »Deutschland.«

»Du sprichst wunderbar Schwedisch, aber man hört, dass es nicht deine Muttersprache ist.«

Mella zuckte mit den Schultern. Genau genommen war Schwedisch ja ihre Muttersprache. Die Sprache ihrer Mutter, die ihres Vaters. Auch wenn sie seit jeher von ihr ferngehalten worden war.

»Ich bin beruflich für drei Wochen hier«, setzte sie erklärend hinzu.

Von der Bühne ertönte das ausgelassene Lachen von Kindern, und gleich darauf ein quietschendes Geräusch wie von einer verstimmten Trompete. Wieder johlten die Kinder. Die Sängerin grinste und verzog das Gesicht.

»Die Clowns«, sagte sie mit einem Blick zur Bühne. »Das hier ist hübsch, ich nehme es.« Sie griff nach einem Objekt aus Treibholz und verschiedenfarbigen Muschelschalen, die Anna in Herzform arrangiert hatte. Mella warf einen Blick auf den Aufkleber, auf dem der Preis notiert war.

»Das sind zweihundert Kronen. Es wäre super, wenn du es

passend hast. Anna ist gerade unterwegs, um Wechselgeld zu holen.«

Die Rothaarige zog die Nase kraus. »Oh, da muss ich passen. Dann komme ich später noch einmal und hole es. Legst du das Muschelherz für mich zurück?«

»Kein Problem. Sagst du mir deinen Namen, damit ich ihn dazuschreiben kann, falls ich nachher nicht mehr hier sein sollte?«

»Gute Idee. Mein Name ist ...«

»Ach, hier bist du ja, ich such dich seit dem Auftritt überall«, hörte Mella eine männliche Stimme. »Ihr wart fantastisch!«

Sie blickte auf. Ihr Herz setzte einen Schlag aus. So fühlte es sich jedenfalls an. Mattis Lindholm. In verwaschener Jeans, blauem Polo-Shirt und Sonnenbrille, die er jetzt abnahm. Die Sängerin berührte seinen Arm, zog ihn näher und zeigte ihm mit vielen Worten der Bewunderung Anna Petterssons Kunstobjekte. Wie erstarrt stand Mella da. Dass er auf dem Strandfest auftauchen könnte, hatte sie überhaupt nicht in Erwägung gezogen. Sie musterte die beiden. Ein hübsches Paar. Zweifellos. Sie ertappte sich dabei, dass sie ihren Blick blitzschnell über die Hände der Sängerin gleiten ließ. Am Zeigefinger der linken Hand trug sie einen Ring mit einem auffälligen grünen Stein, die andere Hand konnte Mella nicht sehen.

Da hob Mattis Lindholm den Kopf und sah ihr ins Gesicht. Ob er sie wiedererkannte? Ob er sie zuordnen konnte? Ob er sich an ihren vernarbten Arm erinnerte?

»Hej«, sagte er. Ein kleines Lächeln huschte über seine Lippen und verschwand gleich wieder.

Ich hab in deinen Sachen geschnüffelt ...

»Wir waren bei meinem Namen stehen geblieben«, sagte die Solistin jetzt zu Mella. »Ann-Marie Lindholm. Ich komme in einer halben Stunde noch mal her, dann gibt es sicher wieder Wechselgeld.« Wie sympathisch sie aussah, wenn sie lachte.

Mella nickte ihr zu. »Bis später.«

Ohne Mattis noch einmal anzusehen, ging sie in die Hocke und suchte mit fahrigen Handgriffen in Annas Transportbox unter dem Tisch nach Notizblock und Kugelschreiber.

»Gehen wir solange was essen?«, hörte sie Ann-Maries Stimme und gleich darauf Mattis' Antwort.

»Ein bisschen Zeit hab ich noch, ehe ich ins Krankenhaus fahre.«

Als sie mit Block und Stift in der Hand wieder auftauchte, hatten sich die beiden bereits einige Schritte vom Stand entfernt. Sie schaute ihnen nach, sah, dass sie miteinander sprachen, dass Ann-Marie gestikulierte und dass die Sonne, die inzwischen hoch über ihnen stand, ihr kupferrotes Haar zum Leuchten brachte.

8. April 1982

Liebster Rikard,
in vier Wochen findet unser Projektkonzert statt. Worauf ich mich anfangs so sehr gefreut habe, ist in einen Hintergrund gerückt, den ich kaum noch sehen kann. Nein, das stimmt ja nicht. Ich will gut sein, will meine Stücke vernünftig spielen, will zeigen, wie viel Freude es mir macht. Here comes the sun *hab ich so oft geübt, dass ich kaum noch in die Noten sehen muss. Jedes Mal, wenn ich es spiele, ergreift mich irgendetwas, es ist, als ob ich eins würde mit meiner, nein, mit deiner Gitarre. Ich schlage die Saiten an, doch es kommt mir vor, als ob mich in Wirklichkeit meine Seele lenken würde, ich kann es nicht erklären, weiß jedoch, dass du verstehst, was ich meine.*

Aber das ist nichts gegen unser gemeinsames Spielen, unser Duo. Hey Jude *im Duett mit dir, es kribbelt in meinem Bauch, wenn ich nur dran denke. Ihr seid die Harmonie in Perfektion, hat Britta heute gesagt. Sie und die anderen haben uns sehr genau beobachtet, das tun sie schon eine Weile – ihre Blicke fallen mir auf, aber bisher hat niemand etwas gesagt. Britta sah mich bei ihrer Bemerkung heute nach der Probe auf eine merkwürdige Art an, als ob sie ahnen, als ob sie spüren würde, dass wir miteinander verschmelzen, sobald wir eins werden mit unseren Instrumenten. Vielleicht ahnt und spürt sie ja noch mehr ...*

Verschmelzen mit dir, liebster Rik, ich wusste nicht, dass ich so fühlen kann, dass ich so lieben kann.

Dass wir uns morgen außerhalb der Schule treffen werden,

zum ersten Mal, in aller Heimlichkeit, und ungestört mehr Zeit miteinander verbringen werden, als es uns bisher vergönnt war, fühlt sich für mich an wie ein riesiges Geschenk, von dem ich jetzt schon weiß, dass ich beim Auspacken das schlechteste Gewissen haben werde. Denn noch immer weiß Liv nicht von uns. Längst wolltest du mit ihr sprechen, du suchst nach dem richtigen Moment, und wir wissen doch beide, dass es so etwas wie den geeigneten Zeitpunkt für eine solche Wahrheit nicht geben kann. Du hast mir erzählt, dass ihr seit sieben Jahren zusammen seid. Wie kann man ein Ende finden nach sieben gemeinsamen Jahren? Mein Magen krampft sich zusammen, wenn ich daran denke, dass ich diejenige bin, die diesen Bruch zwischen euch herbeigeführt hat. Ja, Rik, ich gebe mir die Schuld, auch wenn du mir immer wieder schreibst, dass es ganz allein in deiner Verantwortung liegt.

Morgen werden wir Zeit füreinander haben, du holst mich ab, ich werde neben dir im Auto sitzen, und wir werden uns davonstehlen. Kann nicht beschreiben, wie glücklich mich das trotz allem macht.

Deine Griddy in Liebe

SIRI

Gotland – Dezember 2022

Zwei Koffer, zwei Reisetaschen, einen Umzugskarton, einen Korb mit ein paar Lebensmitteln, dazu die Tasche mit der Marionette und ihren vollgestopften Rucksack. Mehr trug Siri am Vormittag des 20. Dezember nicht aus der Villa Märta und aus ihrem Leben mit Mattis hinaus. Sie hatte beschlossen, im zurzeit unbewohnten Haus ihrer Eltern unterzukommen, wenigstens vorübergehend, bis sie irgendwo im Umkreis eine kleine Wohnung gefunden hatte.

Nach zermürbenden, von Mattis eingeforderten Gesprächen hatte sie schließlich den Ring vom Finger gestreift. Den Ring, in dessen Innenseite sein Name eingraviert war. *Mattis, für immer.* Mit einem Kloß im Hals hatte sie ihn abgenommen, leicht hatte er sich lösen lassen, viel leichter als gedacht, man hätte meinen können, er hätte nur darauf gewartet, ihre Hand endlich verlassen und auf dem Tisch liegen zu dürfen. Wortlos waren sie auseinandergegangen. Siri mit einem Stein auf dem Herzen, der ihr beinahe die Luft zum Atmen genommen hatte, Mattis mit abgrundtiefer Enttäuschung im Blick, den Siri glaubte, nie wieder vergessen zu können.

Elin war in Tränen ausgebrochen, als Siri sie beiseitegenommen und ihr offenbart hatte, dass sie ausziehen würde. Doch trotz ihrer Beteuerungen, sich eines Tages wiederzusehen, war Mattis' Tochter untröstlich geblieben und in eine tiefe, mit Schweigsamkeit verbundene Traurigkeit gefallen, hinter der sie sich noch immer verbarrikadierte und in der sie außer Sid niemanden einließ. Ann-Marie war die Einzige, die ein gewisses Verständnis für Siris konsequente Entscheidung aufbrachte, doch auch in ihren Augen hatte ein glänzender Schimmer gelegen, als sie sich zum Abschied vor dem Haus umarmt hatten.

Mit bleischwerem Herzen erreichte Siri am späten Vormittag ihr Elternhaus in Eskelhem. Der Winter hielt Gotland seit ein paar Tagen mit Minustemperaturen und Frost fest im Griff. Eine feine Reifschicht überzog Gras, Zaunpfosten und das Dach des Vogelhauses unter dem Nussbaum.

Nachdem sie ihr Hab und Gut ins Haus getragen hatte, öffnete sie die Fenster zum Lüften, wie sie es seit Monaten regelmäßig tat, doch dieses Mal fühlten sich die Handgriffe auf schmerzliche Weise anders an. Sie würde das Haus nicht nach einer halben Stunde wieder verlassen. Sie würde bleiben. Beim Gedanken, sich für das Alleinsein entschieden zu haben, verdunkelte sich der Schatten auf ihrer Winterseele. Er wirkte wie ein kalter Sog, der sie tief auf den Grund zu ziehen drohte. Sie rief sich zur Ordnung, schließlich hatte sie es so gewollt, ihr war doch klar gewesen, dass eine Trennung von Mattis und der Auszug aus der Villa Märta bedeutete, allein zu leben.

Sie brachte das Gepäck in ihr einstiges Mädchenzimmer und sah sich um. Auf den Holzdielen lag noch immer derselbe braun gemusterte Flickenteppich wie zwanzig Jahre zuvor, und als sie den Stecker der Nachttischlampe mit dem vergilbten Baumwollschirm in die Steckdose drückte und der Lichtschein einen kleinen Kegel um den Nachttisch herum erhellte, überkam sie eine Schwermut, die alle Schleusen öffnete. Ein ungeordnetes Chaos aus Gefühlen brach in ihr auf, Traurigkeit, Schuld, Angst, Unsicherheit, Heimweh. Nicht einmal eine Ahnung von Erleichterung oder Befreiung, die sie sich durch diesen Schritt erhofft hatte, schimmerte durch. Sie sank auf die Bettkante. In Strömen rannen ihr die Tränen übers Gesicht und zwischen den Fingern hindurch. War es am Ende die falsche Entscheidung gewesen, wenn sie so großen Schmerz auf beiden Seiten auslöste? Sie konnte kaum klar denken.

Irgendwann versiegten die Tränen. Sie putzte sich die Nase und ging ins Badezimmer, wo sie sich mit beiden Händen kaltes Wasser ins Gesicht schaufelte. Beim Blick in den Spiegel über dem Waschbecken hielt sie inne. Ihr Gesicht sah blass aus, ihre Augen wirkten müde und waren von Rändern umschattet. Sie wusste nicht, wann sie zum letzten Mal gelächelt oder von Herzen gelacht hatte. Eine ernst blickende Frau, die kurz vor ihrem vierzigsten Geburtstag ihr Leben über den Haufen geworfen hatte, weil sie unfähig war, sich jemandem zugehörig zu fühlen.

Der Klingelton ihres Handys riss sie aus dem zermürbenden Gedankenkarussell. Sie lief zurück in ihr Zimmer, griff nach dem Smartphone. Auf dem Display blinkte Jeriks Name.

»*Hej*, großer Bruder«, begrüßte sie ihn auf die vertraute Weise, aber nicht mit der gewohnten Heiterkeit.

»*Hej*, kleine Schwester, lange nichts von dir gehört. Wie geht's dir?«

Seine Stimme an ihrem Ohr war wie eine Quelle der Wärme, deren Nähe man suchte, wenn man bis auf die Knochen fror. Sie hatte Jerik nichts von der Trennung und ihrem Auszug erzählt, weil er zur Genüge mit eigenen Problemen kämpfte. Zahlungssäumige Kunden, die ihm Ärger und obendrein unnötige Arbeit in der Tischlerei bereiteten, und dazu seine eigenwillige Freundin Elsa, die seit Jahren mit Ungeduld auf einen Heiratsantrag wartete, zu dem er sich nicht durchringen konnte – was, wie Siri wusste, in letzter Zeit vermehrt zu Streitigkeiten zwischen den beiden geführt hatte. Siri hatte vermeiden wollen, ihn mit ihrem Kummer zusätzlich zu belasten.

»Nicht so gut«, antwortete sie vorsichtig.

Sie verließ ihr Zimmer und durchquerte den schmalen Flur in Richtung Küche. Auch dort umgab sie die unangenehme Kälte des nur leicht geheizten Hauses. Sie warf einen Blick zum Kachelofen in der Ecke. Sie würde Brennholz aus der Scheune holen und den Ofen gleich nach dem Telefonat anheizen müssen. Während sie mit Jerik sprach, wanderte sie von Heizkörper zu Heizkörper, um die Thermostate höher zu drehen.

»Was ist los?«, fragte er.

»Mattis und ich haben uns getrennt.«

Sie ließ den Satz ohne eine weitere Erläuterung im Raum stehen, nicht wissend, ob Jerik auf einen Zusatz wartete, der die sachlich hervorgebrachte Information erklären würde, oder ob es ihm die Sprache verschlagen hatte.

»Siri?«

»Ja.«

Sie trat ans Küchenfenster. Draußen im Vogelhaus tummelte sich eine Schar Meisen. Im Raureif auf der Wiese rings um die Futterstation war ein Muster aus den Schalen der Kerne entstanden.

»Wo bist du?«

»In Eskelhem.«

»Ist Papa zurück?«

»Nein.« Sie drehte sich um und ließ den Blick über die Küchenschränke wandern. »*Ich* bin zurück.«

»Ein, zwei erklärende Sätze wären ganz gut, Siri.«

»Ich bin aus der Villa ausgezogen«, antwortete sie so leise, dass sie es selbst kaum hörte. »Mattis und ich ... Es ging nicht mehr, ich konnte nicht mehr so tun, als ...«

»Warum hast du mir nichts erzählt?« Mühelos stellte sie sich seinen Gesichtsausdruck vor, die hochgezogenen Augenbrauen, die blonde Locke, die ihm manchmal in die Stirn fiel und die er durch ein Kopfschütteln wieder an ihren Platz beförderte. Sie hörte ihn aufseufzen, dann raschelte es in der Leitung.

»Hör zu, ich versuche, die nächste Fähre nach Visby zu bekommen, okay? Dann wäre ich spätestens am Nachmittag bei dir.«

So war er. Immer schon gewesen. Der große Bruder, der zur Stelle war, sobald seine Hilfe notwendig wurde oder Schwierigkeiten oder gar Tragödien in Siris Leben einbrachen. Noch nie hatte er hinsichtlich der Ausprägung der Probleme unterschieden. Ein Sturz mit dem Fahrrad, eine versemmelte Klassenarbeit, ein platt gefahrener Autoreifen, Liebeskummer, der Umzug in die erste eigene Wohnung, sogar den Wunsch nach einer Marionette hatte er ernst genommen. Siri kannte keinen verlässlicheren Menschen als ihn.

»Das musst du nicht«, erwiderte sie, ganz entgegen dem, was sie dachte. »Wirklich nicht, ich komm zurecht«, fügte sie so fest sie konnte hinzu, doch sie hörte selbst, dass ihre Stimme alles andere als entschieden klang.

»Ich komme trotzdem, okay?«

Sie sehnte sich danach, durch die unsichtbare Verbindung ihrer Mobiltelefone zu ihm hinkriechen zu können, so wie sie sich als Kind abends zu ihm ins Bett geschlichen hatte, wenn sie nicht hatte einschlafen können, weil verzerrte Schatten die Wände ihres Zimmers bevölkert hatten. Ohne ein Wort war er jedes Mal zur Seite gerückt. Sie hatte sich an ihn gekuschelt und gewusst, dass sie in Sicherheit war.

»Ja, gut«, sagte sie leise. Als sie das Gespräch beendet hatte, fühlte sich der Stein auf ihrer Brust nur noch halb so schwer an.

Als er eintraf, war es später Nachmittag, die Helligkeit des Tages war der Dämmerung gewichen. Eiskalte Luft kroch Siri unter die Kleider, als sie ohne Jacke nach draußen lief, nachdem sie gesehen hatte, dass die Lichtkegel der Frontscheinwerfer den Hof und einen Teil des Gartens erhellt hatten. Jerik stieg aus, schloss sie in die Arme, drückte sie an sich. Er hatte seine Sporttasche dabei, die er aus dem Kofferraum nahm, ehe sie zusammen hineingingen.

»So langsam wird's warm hier drin«, sagte sie. »Zum Glück hat Papa genügend Holz in der Scheune, ich heize schon seit heute Mittag.« Auf dem Herd brutzelten Bratkartoffeln in der gusseisernen Pfanne. Zwiebeln und Speck verströmten ihr Aroma bis in jeden Winkel der Küche. »Ist nichts Fürstliches«, entschuldigte sie sich, zog die Pfanne zur Seite und schaltete die Platte aus. »Ich mach uns Rührei dazu.« Sie öffnete den Kühlschrank.

»Großartig!«, rief Jerik aus dem Flur, wo er seine Jacke an den Haken hängte. Er kam zu ihr in die Küche. »Gibt's Kaffee?« Zielsicher öffnete er eine Schranktür.

»Ich hab nur das Nötigste mitgebracht.« Sie schlug ein paar Eier in eine Schüssel. »Fahre morgen einkaufen. Aber Kaffee ist natürlich da.«

Er hatte die Dose mit dem Kaffeepulver bereits entdeckt und machte sich daran, die Maschine mit Wasser zu füllen.

»Ich würde dir am liebsten die Ohren langziehen«, sagte er, während er das Pulver in die Filtertüte gab.

»Ich weiß, ich hätte es dir sagen sollen, aber du hast doch genug eigenen Kram.«

»Das ist kein Grund, mir vorzuenthalten, dass du dein Leben auf den Kopf stellst und wieder im Haus unserer Eltern wohnst.«

»Nachdem ich es Mattis gesagt hatte, konnte ich nicht länger bleiben. Die letzten Tage waren für uns alle extrem belastend. Elin spricht nur noch mit ihrem imaginären Bruder. Mattis geistert jede Nacht durchs Haus, weil er kein Auge zubekommt. Und ich selbst kann wegen all dem weder essen noch schlafen und schon gar nicht klar denken.«

Sie verrührte die Eier und würzte sie, ehe sie sie in eine zweite

Pfanne gab und darin briet. Kurz darauf saßen sie am Küchentisch.

»Sorry, wenn ich frage, aber ...« Er hörte auf zu essen und sah sie an. »Derselbe Grund wie immer?«

»Wie du das sagst!«

»Entschuldige.«

Er hob für einen Moment die Hände, als bereute er seine Frage oder als wollte er sie im Nachhinein abschwächen.

»Ja«, gab sie kleinlaut zu. »Derselbe Grund wie immer.«

»Ich werde das nie ganz verstehen können«, sagte er und schob sich eine gefüllte Gabel in den Mund. »Dass du dich niemandem zugehörig fühlst. Und dass daran bisher all deine Beziehungen gescheitert sind.«

»Ich bin bindungsunfähig.«

»Quatsch! Dir ist einfach der Richtige noch nicht begegnet.«

»Der Richtige ...«, murmelte sie und spießte eine Kartoffelscheibe auf. Viveca fiel ihr ein und die Geschichte von dem Jungen am See. »Ich würde gern in einer Beziehung spüren, mit dem richtigen Mann zur richtigen Zeit am richtigen Ort zu sein.« Gedankenverloren schob sie eine weitere Kartoffelscheibe auf ihre Gabel. »Kennst du das von dir und Elsa?«

Kauend zuckte er mit den Schultern. »Ein abendfüllendes Thema. Zwischen Elsa und mir läuft es überhaupt nicht. Sie nörgelt ständig an mir herum, alles Mögliche gefällt ihr nicht, aber sie redet von nichts anderem als von Hochzeit.«

»Und du?«

Sie wechselten einen langen Blick. »Ich denke an Trennung.«

»Nicht dein Ernst!«

»Doch, damit ist es mir sogar sehr ernst. Wenn ich an deinen Satz von eben denke ... Mit der richtigen Frau zur richtigen Zeit am richtigen Ort zu sein, das trifft auf Elsa und mich immer weniger zu. Ich wünsche mich oft woanders hin.«

»Weiß sie das?«

»Wir reden nicht drüber. Sie zeigt oft kein Verständnis für das, was mir wichtig ist. Heute Mittag zum Beispiel. Sie hat einen Riesenaufstand gemacht, weil ich hergefahren bin.«

Ruckartig hob Siri den Kopf. Sie verzog das Gesicht und ließ sich gegen die Stuhllehne sinken. »Sag nicht, dass ihr jetzt wegen mir Streit habt!«

Er schüttelte den Kopf. »Ich hab Prioritäten gesetzt, die sich nicht mit ihren gedeckt haben, das hat ihr nicht gefallen.«

»Ich schätze es sehr, dass du heute bei mir bist«, sagte Siri leise, »aber wenn du deshalb jetzt mit Elsa …«

»Ich hab dir am Telefon angehört, wie schlecht es dir geht. Wie hätte ich dich alleinlassen können?«

Sie hörten beide auf zu essen, sahen sich über ihre fast geleerten Teller an. Sie kannte jede Pore in seinem Gesicht. Die winzige Delle, die nach der Windpockeninfektion auf seinem rechten Nasenflügel zurückgeblieben war, weil er eins der juckenden Bläschen aufgekratzt hatte. Die feine Narbe an seinem Haaransatz, die an die Platzwunde nach einem Sturz erinnerte, als er zehn gewesen war. Eine weitere Narbe in seiner linken Augenbraue, nicht einmal einen Zentimeter lang, die es mit sich gebracht hatte, dass an dieser Stelle die kleinen Härchen nicht mehr wuchsen, sodass es wirkte, als wäre die Braue optisch in zwei in Hälften geteilt. Sein Dreitagebart, die blonden Wimpern, seine klaren blauen Augen, die kantigen Wangenknochen. Jeriks Gesicht war ihr vertraut wie ihr eigenes. Ob er in diesem Augenblick, da sie einander so offen ansahen, genauso empfand?

»Was denkst du?«, fragte sie.

»Ich seh dich an.« Er legte den Kopf schräg, musterte ihr Gesicht, als sähe er es zum ersten Mal. Er lächelte, und sie erwiderte seinen Blick, den sie in dieser Intensität noch nie gespürt hatte.

»Und was siehst du?«

»Meine hübsche kleine Schwester.«

Er beugte sich ein wenig nach vorn, als wollte er den Abstand zu ihr so gering halten wie möglich. Komplimente dieser Art, noch dazu, wenn sie von einem Blick begleitet wurden, in dem eine Zärtlichkeit lag, die Siri nicht einordnen konnte, gehörten für gewöhnlich nicht zu ihrem Umgang miteinander.

»Musst mir nichts Nettes sagen, nur um mich aufzuheitern.« Sie konzentrierte sich darauf, die restlichen Bratkartoffeln auf ihre Gabel zu schieben.

»Weiß ich. War ja nur die Antwort auf deine Frage.«

Siri sah ihn aus den Augenwinkeln grinsen und dass er sich seinem Essen wieder zuwandte. »Was täte ich nur ohne dich?«, bemerkte sie aus einem nicht zu unterdrückenden Impuls heraus.

»Das brauchst du dich nicht zu fragen. Du weißt, dass ich immer für dich da bin.«

»Das bedeutet mir sehr viel, das weißt du. Du bist eine echte Konstante in meinem Leben, Jerik. Und ich wünsche mir so sehr, dass ich das auch für dich sein kann.«

»Bist du.«

Wieder sahen sie einander an. Siri legte ihr Besteck auf den Teller. »Und jetzt hören wir auf mit diesen Sentimentalitäten, sonst fange ich an zu heulen.« Sie stand auf. »Kaffee?«

»Unbedingt.«

Nachdem sie das Geschirr gespült und sich auf dem Kulturkanal ein Konzert von Roxette aus den Neunzigern angesehen hatten, zogen sie sich in ihre Zimmer zurück. Als Siri in ihrem Koffer nach einem Schlafanzug kramte, stieß sie auf das Kuvert mit der Polaroidaufnahme. Sie setzte sich mit dem Foto auf die Bettkante und hielt es nah ins Licht der Nachttischlampe.

Mit Ingrid Haglund und Mella, Januar 1983

Sie dachte an ihre Großtante Lynna und an das, was sie gesagt hatte, als sie ihr das Foto gezeigt hatte.

Und wenn du nun anfängst, es zu ergründen und darin herumzuwühlen, könnte es dazu kommen, dass jemand, der beschützt werden sollte, plötzlich angreifbar wird. Es könnte passieren, dass du diesen Schutz zerstörst und etwas freilegst, das wehtut. Vielleicht würdest du sogar ihr selbst wehtun, wenn auch nicht mehr körperlich.

Wie stets übte das Foto eine rätselhafte Anziehung auf Siri aus. Mit der Fingerkuppe strich sie über die Hälfte, auf der sie selbst mit ihrer Adoptivmutter zu sehen war.

»Warum hast du das Foto nicht vernichtet, Mama? Sollte ich es eines Tages finden?«

Da fiel ihr noch einmal das Gespräch mit Viveca Sundström ein und was die Nachbarin über das Bereuen gesagt hatte. Man bereute nur die Dinge, die man nicht getan hatte ...

Mit hektischen Handgriffen zerrte sie ihren Laptop aus der Reisetasche und schaltete ihn ein. Sie rief die Suchmaschine auf. Als das Eingabefeld erschien, tippte sie den Namen Ingrid Haglund ein.

MELLA

Gotland – Mai 2023

»Du bist ein Goldstück, ich revanchiere mich, versprochen.« Feine Fältchen gruben sich in die Haut um Anna Petterssons Augen, so strahlte sie Mella an. Die Sonne zwang sie zum Blinzeln, sodass ihre Augen noch kleiner wirkten als sonst. Sie kramte in ihrem Einkaufskorb nach dem Autoschlüssel und wandte sich zum Gehen. »Bin in spätestens einer Stunde zurück«, hörte Mella sie rufen und gleich darauf verschwand sie aus ihrem Blickfeld.

»Natürlich bin ich ein Goldstück«, murmelte Mella.

Sie legte den Kopf in den Nacken und blickte hinauf in die belaubte Krone der Eiche, die ihr den nötigen Schatten spendete, während sie die ersten Kurztexte für den Bildband über die Landkirchen verfasste. Anna hatte ihr ihren Garten als Arbeitsplatz zur Verfügung gestellt, diese kleine wilde Oase, in der Mella sich fühlte wie Alice im Wunderland.

Sie griff nach dem Becher Milchkaffee, den ihre Wirtin ihr freundlicherweise gebracht hatte, und trank einen Schluck. Dabei glitt ihr Blick zu den beiden in Papier eingeschlagenen Collagen aus Treibholz, die Anna bereitgelegt hatte, weil sich im Laufe der nächsten halben Stunde eine Kundin einfinden würde, die die Kunstobjekte am Morgen telefonisch bestellt hatte. Sollte Anna nicht rechtzeitig vom Einkauf zurück sein, würde Mella die Kundin bedienen, so hatten sie es abgesprochen. Von ihrem Platz unter der Eiche hatte sie den Eingangsbereich der Pension im

Blick. Ein Portemonnaie mit Wechselgeld hatte Anna ihr ebenfalls dagelassen.

Es war ein warmer Tag. T-Shirt-Wetter. Mella trug ein Top und darüber eine aus feinem Garn gestrickte Jacke mit langen Ärmeln. Solche Oberteile gehörten zu ihren bevorzugten Kleidungsstücken, auch im Sommer. Sie besaß sie in allen möglichen Farben und Schnitten. Doch jetzt, da sie allein war und keine ungebetenen Blicke befürchten musste, schälte sie sich aus der Jacke, um die milde Frühsommerluft über ihre Haut streichen zu lassen. Sie vertiefte sich in ihre Texte, wählte passende Fotos aus, speicherte alle Dateien an den entsprechenden Stellen ab. Immer, wenn sie dabei den Ordner »Lärbro« registrierte, erwachte kurz und heftig die Erinnerung an Mattis Lindholm. Sein Name war untrennbar mit dieser Kirche und dem außergewöhnlichen achteckigen Turm verbunden.

Aber sie wusste, dass sie ihn sich so schnell wie möglich aus dem Kopf schlagen musste. Was alles andere als einfach war, weil sie etwas an ihm ausgesprochen anziehend fand. Und weil er für ein paar Tage in einem verborgenen Winkel ihres Herzens eine Hoffnung geweckt hatte. Doch die war in winzige Splitter zerbrochen, nachdem sie erfahren hatte, dass er mit der bezaubernden Sängerin liiert war. Noch am Abend desselben Tages hatte sie sich vorgenommen, keinen Gedanken mehr an ihn zu verschwenden, weshalb sie jetzt den Kopf schüttelte und sich auf das Verfassen einer weiteren Bildunterschrift konzentrierte.

Sie blickte erst wieder auf, als sie Schritte auf der Treppe vor der Haustür hörte. Das musste die Kundin sein, die ihre Bestellung abholen wollte. Mella stand auf, griff nach dem Päckchen und dem Geldbeutel mit dem Wechselgeld und eilte zur Haustür.

»*Hej!*«, rief sie, um auf sich aufmerksam zu machen.

Noch ehe die Frau auf der Treppe sich umgewandt hatte, erkannte Mella das kupferrote Haar, das ihr über den Rücken fiel.

»*Hej!*«, erwiderte Ann-Marie Lindholm. »Das ist ja ein Zufall!«

Sie hob den Arm, lächelte und winkte ihr zu. Innerlich stieß Mella einen Seufzer aus. Sie dachte an Fränzi, die felsenfest behauptete, dass es keine Zufälle gab. Sollte sie recht haben, warum tauchte Ann-Marie Lindholm dann hier auf? Und warum zu einer Zeit, in der Anna den Verkauf nicht selbst abwickeln konnte? Warum hatte Mella ihre Hilfe angeboten? So viele Zufälle konnte es nicht geben.

Ann-Marie kam die Treppe herunter. Wie am Samstag hielt ein Band ihr Haar zurück. Sie kam auf Mella zu.

»Ich möchte meine kleinen Kunstwerke abholen, hatte sie telefonisch bestellt.« Sie lächelte.

Wie schön sie ist, durchfuhr es Mella, wie makellos.

»Ja, ich weiß Bescheid, hier sind sie.«

Sie hielt Ann-Marie das Päckchen hin und ärgerte sich, dass sie ihre Jacke ausgezogen hatte, wünschte sich ein Loch, in das sie kriechen könnte. Doch Ann-Marie beachtete ihren Arm gar nicht.

»Wunderbar, vielen Dank. Dreihundertzwanzig Kronen, richtig?« Behutsam wickelte sie die Kunstobjekte aus dem Papier, nahm sie in Augenschein und nickte zustimmend. Mella war verzweifelt darum bemüht, sich nicht in das aufwallende Schamgefühl hineinzusteigern. »Dieses Mal hab ich es passend.« Ann-Marie lachte ihr unbeschwert klingendes Lachen und bezahlte. »Was für ein hübscher Garten!«, stellte sie im nächsten Augenblick fest. Mit ihrem roten Haar wirkte sie wie eine Elfe zwischen den Kobolden aus Holz.

»Ja, er ist etwas ganz Besonderes«, erwiderte Mella. »Ein wunderbarer Arbeitsplatz.« Sie deutete auf den Gartentisch unter der Eiche, auf dem sie ihre Utensilien ausgebreitet hatte und verbarg ihren Arm instinktiv hinter dem Rücken.

»Man glaubt kaum, welche kleinen Paradiese sich hinter den alten Häusern in Visby befinden.« Ann-Marie sagte es nicht nur so, sie schien ernsthaft beeindruckt. Jetzt wandte sie sich Mella zu. »Darf ich fragen, was du arbeitest?«

»Ich recherchiere. Und fotografiere. Für einen Bildband. Ich arbeite bei einem Verlag.«

»Ein Bildband über Gotland?«

»Über die Landkirchen.«

»Du warst auch in Lärbro, stimmt's?«

Etwas Ernstes grub sich in Ann-Maries Züge, und Mella verengte die Augen, bis sie ganz schmal waren. Er hatte es ihr erzählt. Woher wusste sie sonst davon? So wie sie mit Fränzi über den schrägen Vogel gesprochen hatte, hatte er seiner Frau vermutlich von der Fremden mit dem vernarbten Arm berichtet. Die Scham trieb ihr eine Röte ins Gesicht, die sie nicht vor Ann-Marie verbergen konnte.

»Ja, genau«, gab sie betont heiter zurück. »Ich hab deinen Mann dort getroffen, er hat mir interessante Dinge über die Kirchenhistorie erzählt.«

Es war die Wahrheit. Bis hierher. Mehr brauchte seine Frau nicht zu wissen. Wie beim letzten Mal ließ Mella ihren Blick auf der Suche nach dem Ring flüchtig über die Hände der Rothaarigen wandern, ohne ihn zu entdecken.

»Mein Mann?« Schon kehrte das Lächeln zurück auf Ann-Maries Lippen. »Ich bin nicht verheiratet«, sagte sie mit einem Kopfschütteln. »Du meinst meinen Bruder Mattis. Er ist Restaurator und arbeitet aktuell an den Wandmalereien in der Kirche in Lärbro.«

Ihre Worte, ihre Erklärungen, die sich mit einem Mal öffnenden Zusammenhänge, die Richtigstellung, all das sickerte in Windeseile in Mellas Gedanken, in ihr Herz, und suchte dort nach der zu Bruch gegangenen Hoffnung.

»Oh, ihr seid gar kein Paar!«

Wieder schüttelte Ann-Marie die rote Mähne, und erneut wich ihr Lächeln diesem ernsten Gesichtsausdruck, den Mella nicht einordnen konnte.

»Ich will ehrlich sein«, hörte sie Ann-Marie nun sagen, und es klang wie die Einleitung zu etwas Großem oder etwas Unerhörtem. »Mattis hat mir von dir erzählt.«

»Ach ...«

»Hast du ein paar Minuten?«

»Ja, natürlich.«

Mella ging ihr voran zu dem Gartentisch mit den Korbstühlen unter der Eiche. Sie setzten sich einander gegenüber, Mella angelte rasch nach ihrer Jacke und schlüpfte hinein. Im Nu fühlte sie sich wohler. Sicherer. Geschützt.

»Vor ein paar Tagen kam mein Bruder zu mir und erzählte, dass eine Frau in der Kirche war, die er zuerst für eine Touristin hielt.« Während sie sprach, drehte sie eine Haarsträhne um ihren Zeigefinger. »Ab und zu passiert das. Dann kommen Touristen in die Kirche, in der er gerade arbeitet und schauen ihm zu. Er mag das nicht besonders, aber er kann sie ja nicht rauswerfen. Und wenn sie ihm Fragen stellen, beantwortet er sie.« In einer Astgabel über ihnen begann ein Vogel zu zwitschern. Die Sonne streute tanzende Lichtpunkte durch das Laub hinunter auf den Tisch. »Er erzählte also von dieser blonden Frau mit dem Pferdeschwanz, die jemandem, den wir kennen, sehr ähnlich sieht. So sehr, dass er zuerst dachte, sie wäre es. Übrigens ging es mir am Samstag, als du mich nach dem Auftritt mit dem Chor angesprochen hast, genauso. Aber dein Haar, die Farbe, die Länge, dein Akzent vor allem und dein Arm ...«, sie stockte, hielt ihren Blick jedoch weiter auf Mellas Gesicht gerichtet, »... das alles hat ihm gezeigt, dass es sich bei dieser Frau in der Kirche nicht um diejenige handelte, die er ...«

Es war, als ob Ann-Marie eine Handvoll Puzzleteile auf dem Tisch ausgekippt und mit ihren Worten dazu gebracht hatte, sich zusammenzufügen. Ganz allmählich begann Mella zu verstehen. Sie hatte ihn nur an jemanden erinnert. Weiter nichts. Ihre Vernarbung war ihm lediglich ein Zeichen dafür gewesen, dass sie nicht diejenige war, die er geglaubt hatte, vor sich zu haben.

»Er wirkte so erschrocken, als er mich sah«, bestätigte sie Ann-Maries Aussage. »Ich wusste gar nicht, wie ich mich verhalten sollte. Dachte, es ist wegen ...« Schwach hob sie den linken Arm, schob den Ärmel ein wenig hoch. »Das ist nicht leicht für mich, weißt du, die Leute gucken hin, und ich kann damit einfach nicht gut umgehen. Ich dachte, es würde ihn ekeln oder so.«

In einer Geste der Bestürzung schüttelte Ann-Marie den Kopf. »Ach je, nein, ganz sicher nicht, denk das bitte nicht. Er brauchte nur einen Moment, um zu realisieren, dass du nicht diejenige bist, für die er dich hielt.«

Stumm sahen sie sich an. Der Vogel in der Astgabel trillerte noch immer. Auf der Straße knatterte ein Moped vorbei, das Motorengeräusch verebbte nur langsam.

»Als ich euch gestern an Annas Stand gesehen habe, dachte ich, dass er sich bestimmt nicht mehr an mich erinnert.«

Sie biss sich auf die Lippen. Warum hatte sie das nicht für sich behalten? Nun musste Ann-Marie glauben, dass sie sich das Gegenteil gewünscht hatte. Dass sie sich gewünscht hatte, von ihm angesprochen zu werden.

»Er erinnert sich sehr gut an dich, glaub mir. Dass er nichts gesagt hat, lag wahrscheinlich daran, dass er ...« Sie lehnte sich etwas zurück und schlug ein Bein über das andere. Sie trug helle Ledersandalen mit Korkabsätzen und hatte ihre Zehennägel dunkelblau lackiert. »Er hat es momentan nicht leicht. Seine Tochter liegt im Krankenhaus. Sie ist beim Volleyballspielen im Sportunterricht gestürzt, war für einen Moment bewusstlos. Ein

Lehrer hat Mattis angerufen, während er bei der Arbeit in Lärbro war. Er hat alles stehen und liegen lassen und ist sofort nach Visby ins Krankenhaus gefahren. Elin ist sein Augenstern.«

»Er hat alles stehen und liegen lassen ...«, wiederholte Mella, weil ihr plötzlich etwas klar wurde.

Natürlich. Deshalb hatte sie ihn an jenem Tag nicht in der Kirche angetroffen, und deshalb hatte er seine Tasche dort gelassen. Nach dem Anruf der Schule musste er Hals über Kopf, ohne einen Gedanken an irgendetwas anderes, aus der Kirche gestürmt sein. Hin zu seinem Augenstern.

»Als ich dich vorhin hier im Garten sah, hab ich spontan beschlossen, dich auf die Frau anzusprechen, der du so gleichst. Ich hoffe, du hast es nicht als penetrant empfunden. Deine Ähnlichkeit mit ihr ist unglaublich. Vielleicht seid ihr Doppelgängerinnen.« Sie lachte. »Aber jetzt will ich dich nicht länger stören, du hast zu tun.« Mit dem Kopf deutete sie auf Mellas Arbeitsmaterialien, dann stand sie auf.

»Kein Problem«, erwiderte Mella. »Schön, dass du da warst.«

»Wenn du magst, komm doch in den nächsten Tagen auf eine Tasse Kaffee vorbei.« Sie griff nach ihren Kunstwerken und setzte sich in Bewegung.

»Einfach so?«

»Ja, einfach so«, antwortete sie. »Wir wohnen zwischen Visby und Fridhem. Es gibt keine Straßenbezeichnung. Nimm die 140 und bieg auf den Högklintsvägen ab, er führt dich direkt zur Villa Märta.«

9. April 1982

Rik, mein Liebster,

vor meinem Fenster zieht der Abend herauf, es hat wieder angefangen zu regnen. Ich höre die Tropfen wie dumpfe Trommelschläge auf den Dachschindeln. Auf Zehenspitzen hab ich mich reingeschlichen, aber meine Mutter lebt seit ein paar Tagen wieder in ihrem Schneckenhaus und registriert kaum etwas um sich herum. Sie interessiert sich dann nicht sonderlich dafür, woher ich komme oder wohin ich gehe. Oder mit wem ich mich nach der Schule in einem Waldstück außerhalb der Stadt treffe, verborgen vor der Welt.

Nie werde ich vergessen, was wir heute miteinander geteilt haben, Rik, nie unsere Küsse, das Geflüster dazwischen, Küssen und Flüstern gleichzeitig, wie sehr mich das erregt hat, und deine Hände, in die ich mich mit Haut und Haaren hineingeschmiegt habe, die mich gestreichelt, gewärmt, liebkost haben, die sich unter meinen Pulli und über meine Haut getastet, die mich berührt haben, wo mich noch nie ein Mensch berührt hat, die meinen Körper haben erzittern lassen und in denen er so weich und anschmiegsam geworden ist, dass ich mich dir ganz hingeben wollte. Hingabe, Rik, bisher nur ein Wort für mich, aber jetzt, nach diesen Stunden mit dir, angefüllt mit einer völlig neuen Bedeutung.

Was heute zwischen uns war, will ich nie vergessen, will ich mein Leben lang erinnern, will ich konservieren für die Ewigkeit. Wir beide, Rik, das muss für die Ewigkeit sein, es geht gar nicht anders, wir gehören zusammen, das Band zwischen uns wird mit jedem Tag, mit jeder Begegnung, jeder Berührung, mit jedem Kuss und jedem Atemzug inniger, es wird stark sein, es wird halten, es wird uns zusammenhalten.

Mit dir bis ans Ende der Welt.

Deine Griddy

SIRI

Gotland – Dezember 2022

Bis weit nach Mitternacht saß Siri mit ihrem Laptop auf den Knien im Bett und suchte im Schein der kleinen Lampe nach möglichen Einträgen über Ingrid Haglund. Die digitale Personensuche war in Schweden so leicht wie in kaum einem anderen Land. Es war aufgrund des Öffentlichkeitsprinzips jedem erlaubt, die Einträge im Landesadressregister des Skatteverket, der Steuerbehörde, einzusehen. Als Fünfzehnjährige, in einer Zeit, in der Siri damit begonnen hatte, sich zu fragen, wer wohl die Menschen waren, die sie zwar gezeugt, aber nicht gewollt hatten, hatte sie einmal ihren eigenen Namen ins Suchfeld eingegeben. Viele Stunden hatte sie damit zugebracht, die angezeigten Einträge zu lesen, die so zahlreich gewesen waren, dass sie irgendwann den Überblick verloren hatte. Festzustellen, dass es eine ganze Menge in Schweden registrierte Frauen gab, die dieselbe Namenskombination trugen wie sie selbst, hatte sie ernüchtert aufgeben lassen. Ohnehin war es ein aussichtsloses Vorhaben gewesen, denn schließlich lag es in der Natur der Sache, dass einem Findelkind die Namen seiner leiblichen Eltern im Register nicht zugeordnet werden konnten.

Jetzt aber ging es um eine Frau namens Ingrid Haglund, von der Siri nichts weiter wusste. Sie konnte überall in Schweden leben. Diese Namenskombination war offenkundig nicht ganz so geläufig wie ihre eigene, dennoch warf das System derart viele

Einträge aus, dass Siri ihre Suche schließlich enttäuscht beendete.

»Ohne Geburtsdatum ist es unmöglich, jemanden im Bevölkerungsregister zu finden«, sagte sie am folgenden Morgen zu Jerik, nachdem sie ihm vom Misserfolg ihrer nächtlichen Suchaktion berichtet hatte.

»Zeig mal das Foto«, sagte er. Sie saßen zusammen bei einem Müslifrühstück. Siri schob ihm die Aufnahme, die er bisher noch nicht im Original gesehen hatte, über den Tisch zu. Er nahm das Bild in die Hand, während er weiter sein Müsli löffelte. »Diese Ingrid Haglund sieht viel jünger aus als Mama, findest du nicht?«

»Die Qualität des Polaroids ist nicht die beste«, entgegnete Siri. »Nach der langen Zeit sind die Farben leider verblichen. Aber ja, sie könnte wirklich sehr viel jünger gewesen sein.«

»Ich schätze, mindestens fünfzehn Jahre.« Er schien nachzudenken. »Wenn das Foto im Januar 1983 aufgenommen wurde, wie es auf dem Zettel steht, war Mama ... Mitte dreißig.«

»Das kommt hin. So alt war sie, als sie mich in Pflege nahm.«

»Dann dürfte diese Ingrid Haglund zu diesem Zeitpunkt um die zwanzig gewesen sein, oder sogar noch jünger.« Er legte das Foto auf den Tisch zurück.

»Vielleicht war sie einfach eine junge Mutter und Mama ihre Hebamme«, meinte Siri. »Nichts Aufregendes, oder? Trotzdem bleibt die Frage offen, warum sie das Foto versteckt hat.«

Eine Weile aßen sie schweigend weiter. Ihre Löffel klapperten leise gegen das Porzellan der Müslischalen.

»Hast du diesen anderen Namen mal ins Suchregister eingegeben?«, fragte Jerik plötzlich unvermittelt. »Den Namen der Tochter? Wie heißt die noch?«

»Mella. Nein, hab ich noch nicht.«

»Warum nicht?«

»Haglunds gibt es wie Sand am Meer. Die letzte Nacht hat mich echt zermürbt.«

»Aber Mella ist ein eher seltener Name in Schweden. Vielleicht ist die Anzahl der Mellas mit diesem Nachnamen überschaubar.«

»Ich weiß ja nicht mal, ob sie auch Haglund heißt.«

Siri stocherte in ihrer Müslischale herum. »Warum rufst du nicht einfach mal an?«, fragte Jerik nun beinahe drängend.

»Bei der Behörde?«

Er nickte. »Die Melde- und Steuerbehörde hat in allen Regionen Zweigstellen, auch in Visby. Du könntest nach den Feiertagen sogar hinfahren und persönlich nachfragen.«

»Ich kann mich doch nicht einfach grundlos nach Ingrid Haglund erkundigen, in der Annahme, dass sie mir sagen, wo sie lebt.«

»Doch, das kannst du.«

Unentschlossen richtete Siri ihren Blick zum Fenster hinaus. In einem Regal in der Vorratskammer war ihr eine Lichtergirlande in die Hände gefallen, die sie am Fenster angebracht hatte, damit sie nicht vergaß, dass Weihnachten bevorstand. Einige der Birnchen waren defekt, was Siri nicht störte, ein paar lichtlose Birnchen passten doch hervorragend zu ihrem Leben.

»Und dann?«, wollte sie wissen. »Was mache ich mit dieser Information? Fahre ich zu ihr? Zeige ich ihr das Bild und frage sie, warum in den Fotoalben unserer Eltern Hunderte von Fotos eingeklebt wurden, aber dieses eine, auf dem sie drauf ist, in den Tiefen des Kleiderschranks versteckt wurde?«

Jerik legte den Löffel in die geleerte Schale. »Wenn du es wirklich herausfinden willst, musst du dich bewegen, kleine Schwester.«

Zwei Tage vor Heiligabend trat Jerik die Heimreise an. Er tat es widerstrebend, hielt nicht damit hinterm Berg, wie unerträglich es für ihn war, Siri über Weihnachten allein in Eskelhem zu wissen. Mehrmals hatte er sie darum gebeten mitzukommen, um das Julfest bei ihm in Nynäshamn zu feiern. Doch Siri hatte jedes Mal energisch den Kopf geschüttelt und gesagt: »Du solltest mit Elsa feiern. Ihr habt eine Einladung bei ihren Eltern, ich komme schon zurecht hier.«

Bevor er aufbrach, verabschiedeten sie sich draußen im Hof. Der klare Dezemberhimmel spannte sich wie eine Verheißung über das kleine gotländische Dorf. Jerik hatte die Scheiben seines Land Rovers schon freigekratzt, er stand nun, den Blick auf Siri gerichtet, neben seinem Wagen und breitete die Arme aus. Sie schmiegte sich hinein, drückte ihr Gesicht an seine Brust. Seine Arme hielten sie fest umschlossen.

»Ruf an, wenn du's dir anders überlegst.« Sie spürte seine Bartstoppeln an ihrer Stirn. »Und meld dich, wenn du was rausgefunden hast.«

»Mach ich«, antwortete sie. Sie sah zu ihm auf, ohne sich aus seiner Umarmung zu lösen. »Danke, dass du bei mir warst.«

Er küsste sie auf die Stirn und gab sie frei.

Siri trat ein paar Schritte zurück und umschlang ihren Oberkörper mit beiden Armen, als könnte sie damit der Wärme der Umarmung noch eine Weile nachspüren. Sie sah ihm nach, bis sein Wagen auf die Straße abbog und sich ihren Blicken entzog.

Kurz darauf verkroch sie sich mit Laptop und Handy in die Polster des Sofas im Wohnzimmer. Nach einigen Klicks fand sie heraus, dass die Büros des Skatteverket in Visby täglich bis sechzehn Uhr besetzt waren. Auch eine Telefonnummer wurde ihr angezeigt.

Los jetzt.

Im Stillen hatte sie sich bereits zurechtgelegt, was sie sagen würde. Es war ein Versuch, was sollte schon passieren?

Nach dem dritten Ton meldete sich ein Mitarbeiter der Behörde. Seinen Namen hatte Siri vor Aufregung nicht verstanden. Es war eine tiefe Stimme, nicht unfreundlich.

»Siri Svensson, guten Tag. Ich suche nach einer Freundin meiner Mutter. Meine Mutter ist gestorben, und ich würde ihrer Freundin gern eine Nachricht zukommen lassen. Es ist lange her, dass sie sich gesehen haben, aber ich hoffe …«

»Wie ist der Name?«

»Ingrid Haglund.«

»Geburtsdatum?«

»Kenne ich leider nicht.«

»Sonst eine Angabe? Geburtsort? Verheiratet?«

»Tut mir leid, das weiß ich alles nicht.«

»Hm, schwirig …«

»Sie hat eine Tochter. Also, wahrscheinlich ist es ihre Tochter. Mella.«

»Nachname?«

»Haglund … wahrscheinlich. Ich bin nicht sicher, vielleicht heißt sie auch anders.«

»Geburtsdatum? Geburtsort? Name des Vaters?«

»Weiß ich leider auch nicht.« So viele Lücken. Am liebsten hätte sie sich bei dem Mitarbeiter entschuldigt, dass sie nichts Brauchbares beitragen konnte. »Ich vermute, sie ist hier geboren, auf Gotland, aber sicher bin ich mir nicht.«

»Unter Ingrid Haglund habe ich hier dreihundertvierundvierzig Einträge. Wenn nichts weiter über die Person bekannt ist, kann ich leider mit einer Adresse nicht weiterhelfen.«

»Und sollte Mella ebenfalls Haglund heißen? Gibt es von ihr eine Adresse?«

»Einen Moment bitte.« Der Mitarbeiter schien seine Tastatur

zu bedienen. »Kein Eintrag«, meldete er kurz darauf zurück, »ist wohl nicht in Schweden gemeldet.«

»Das heißt, sie lebt gar nicht in Schweden?«

»Wenn sie hier leben würde, sollte sie auch hier gemeldet sein.«

»Hm, ja, dann ... Vielen Dank.« Siri beendete das Gespräch und warf ihr Handy in einer Geste der Ungeduld neben sich aufs Sofa. »Mist.«

Sie seufzte, während sie sich ins Polster zurücksinken ließ. Die Möglichkeit, dass Ingrid Haglund und ihre Tochter Mella im Ausland lebten, hatte sie nicht in Betracht gezogen. Damit sank die Chance, sie ausfindig zu machen, auf ein unterirdisches Niveau.

MELLA

Gotland – Mai 2023

Mella zog den Schlüssel aus dem Zündschloss. Sie hatte am Straßenrand im Baumschatten vor dem Haus geparkt. Durch das zur Hälfte geöffnete Seitenfenster entdeckte sie den verschnörkelten Schriftzug *Villa Märta* auf einem weiß gestrichenen Holzschild. Ein paar Vögel sangen in den Birken, unter denen sie das Auto abgestellt hatte. Sie hatte sich auf Ann-Maries einfache Wegbeschreibung verlassen. Es war nicht schwierig gewesen, die Villa zu finden, das einzige Haus weit und breit. Die schmale Straße endete im Nirgendwo. Ab hier gab es nur noch ungemähte Wiesen mit Trollblumen und Moosglöckchen und weiter hinten den Wald, die Wipfel der Bäume hoben sich dunkel gegen den Nachmittagshimmel ab. Als Ann-Marie bei ihrer Begegnung in Anna Petterssons Garten den Namen des Hauses genannt hatte, war in Mellas Vorstellung das Bild eines mondän anmutenden Bungalows auf einem gepflegten Anwesen entstanden. Doch was sie jetzt sah, war so weit von Eleganz und Stil entfernt, dass sie schmunzeln musste.

Sie lehnte sich nach vorn, mit über dem Lenkrad gekreuzten Armen, während ihr Blick über die mit Kies ausgestreute Hofeinfahrt der Villa wanderte. Sie bildete ein Oval mit einer Fahnenstange in der Mitte, an der man jedoch keine Flagge gehisst hatte. Es war eine spontane Idee gewesen, an diesem Tag zu Ann-Marie zu fahren. Sie hatten ja nichts vereinbart. Vielleicht kam sie nun ungelegen. Vielleicht war Mattis' Schwester gar nicht zu Hause. Vielleicht war es besser, wieder zu fahren.

Mella ärgerte sich über ihre Unentschlossenheit. Ann-Marie war sympathisch, und sie war ihre einzige Bekanntschaft auf der Insel, sah man einmal von Anna Pettersson ab. Gelegentliche Treffen mit der sympathischen Frau, die allenfalls ein paar Jahre älter war als sie selbst, könnten eine willkommene Abwechslung zu ihren täglichen Recherchetouren sein. Außerdem war sie – das musste Mella sich eingestehen – eine Art Verbindung zu Mattis Lindholm. Seit sie erfahren hatte, dass die beiden kein Paar waren, hatten die zu Bruch gegangenen Hoffnungsscherben in ihrem Herzen begonnen, sich Stück für Stück zusammenzufügen. Doch sie taten es vorsichtig, denn da war ja noch der Ring und die Annahme, dass er einer Frau gehörte, der Mattis die Ewigkeit versprochen hatte.

Sie musterte die Villa mit dem hellgrauen Anstrich und den weißen Fensterrahmen. Früher hatte sie sicher einmal vornehm ausgesehen, und sie täte dies auch heute noch, würde ihr nicht dieser morbide Charme anhaften, der Mella selbst auf die Entfernung nicht verborgen blieb. Am Sockel blätterte an vielen Stellen der Putz ab, das marode Balkongeländer im zweiten Stock sah aus, als hätte sich eine Holzwurmfamilie darin eingenistet, dazu die blassgelben Fensterläden, von denen zwei fehlten. Die anderen lechzten offenkundig nach einem frischen Anstrich. An der linken Seite wucherte bis zur Dachrinne Efeu an der Hauswand empor.

Mella schätzte, dass der Wohnbereich der Villa sich über zwei Etagen und ein Dachgeschoss erstreckte, und sie nahm an, dass Ann-Marie nicht allein hier wohnte. Bei ihrer Einladung hatte sie zwar in der Mehrzahl gesprochen, jedoch nichts von einer Familie erzählt oder jemandem, mit dem sie zusammenlebte. Möglicherweise hieß die Eigentümerin des Hauses Märta, und

Ann-Marie lebte zur Miete bei ihr. Das Beeindruckendste war zweifellos die Lage des Grundstücks auf einer sanft ansteigenden Anhöhe mit Blick auf die Ostsee und auf die Klippen.

Entschieden griff Mella nach ihrer Tasche und stieg aus. Während sie auf die Haustür zuhielt, vernahm sie das Motorengeräusch eines Autos hinter sich. Sie wich ein paar Schritte zur Seite aus, und schon fuhr ein dunkler Wagen an ihr vorbei, der kurz darauf unter einem aus Holz gezimmerten Unterstand hielt. Die Tür öffnete sich, der Fahrer stieg aus. Als sie ihn erkannte, glaubte sie, ihr Herz setzte vor Aufregung und Freude einen Schlag aus. Mattis winkte ihr zu, und sie winkte zurück und lächelte und unterdrückte den Wunsch, zu ihm zu laufen und ihm zu sagen, wie sehr sie sich freute, ihn wiederzusehen.

»Ich will auch zu Ann-Marie«, rief sie ihm zu.

Was für ein Zufall, hätte sie beinahe hinzugefügt. Was für ein Zufall, dass du sie ebenfalls heute besuchst.

»Wieso *auch?*«, rief er zurück, öffnete den Kofferraum und wuchtete eine Transportbox mit Einkäufen heraus.

Mella runzelte die Stirn. Was hatte seine Frage zu bedeuten? Er klappte den Kofferraumdeckel zu.

»Na, ich dachte, dass du ...« Seine Mundwinkel zuckten. Sie kannte das ja schon, dieses Lächeln, das sich auf seine Lippen verirrte und verschwand, kaum dass man es registriert hatte, wie ein Systemfehler, der umgehend behoben wird. Seine Reaktion verunsicherte sie. Hatte sie Ann-Marie falsch verstanden? »Deine Schwester wohnt doch hier, oder nicht?«

Inzwischen hatten sie beide die Haustür erreicht. Er stellte die Kiste ab und schloss die Tür auf.

»Sie wohnt hier, genau.«

Ohne ein weiteres Wort trat er ein. Sie sah ihm nach, wie er, die Einkaufsbox vor sich hertragend, eine schmale Diele entlanglief und in einem Raum verschwand. Unschlüssig verharrte sie im Türrahmen. Über dem Klingelknopf hing eine von Anna Petterssons Treibholzarbeiten. Daneben verriet eine rechteckige Schiefertafel, die mit einem Nagel an der Wand befestigt worden war, die Namen der Bewohner dieses Hauses. Ann-Marie Lindholm, stand dort mit weißer Kreide in Druckbuchstaben. Und darunter in derselben Schrift Mattis und Elin Lindholm. Offenbar hatte einst ein vierter Name dort seinen Platz gehabt, aber jemand hatte ihn weggewischt, die Spuren waren noch sichtbar.

»Ach, ihr wohnt beide hier«, murmelte sie und trat zögerlich ein.

»Stehst du noch draußen?«, hörte sie Mattis von irgendwoher rufen. »Komm rein. Einfach die Treppe rauf. Meine Schwester wohnt oben.«

Langsam ging sie durch den Flur auf eine Holztreppe mit altmodisch gedrechselten Geländerstäben zu, vorbei an einer Ansammlung von Schuhen, die unterhalb der Garderobe aufgereiht standen. Ein Paar Männersportschuhe, ein Paar halbhohe Schnürschuhe mit derben Sohlen in der gleichen Größe, daneben kleine Sneaker in rosa und geblümte Kindergummistiefel, von denen einer umgefallen war. An einem Haken hing eine braune Cordjacke, die wahrscheinlich Mattis gehörte und etwas tiefer ein pinkfarbener Anorak und ein Kinderrucksack aus Jeansstoff mit aufgestickten Herzen. Mella fühlte sich fehl am Platz. Wie ein Fremdling, der uneingeladen das Leben anderer Menschen betrat. Die Erinnerung an den Moment, in dem sie Mattis' Identitätskarte aus seinem Portemonnaie gezogen hatte, blitzte hinter ihrer Stirn auf. Scham wallte in ihr auf und gleichzeitig ein Gefühl der Reue. Sie hörte Mattis mit den Einkäufen hantieren, Schranktüren öffnen und schließen. Anscheinend legte er keinen Wert auf Konversation, besonders gastfreundlich schien er nicht zu sein. Vielleicht war er doch ein schräger Vogel.

Als sie die Mitte der Treppe erreicht hatte, öffnete sich oben eine Tür, und Ann-Marie erschien. Ein Strahlen erhellte ihr Gesicht, sie begrüßte sie herzlich und bat sie in die Wohnung.

»Du hast gar nicht erwähnt, dass du mit deinem Bruder hier wohnst«, sagte Mella.

Sie sah sich in dem eigenwillig eingerichteten Wohnzimmer um, in das Ann-Marie sie geführt hatte. Helle Möbel, an den Wänden Kunstdrucke in grellen Farben, ein grau melierter Zottelteppich auf dem Parkett. Ann-Marie brachte Kaffee und Kekse.

»Mattis und ich haben das Haus vor fünf Jahren von unseren Großeltern geerbt. Unser Großvater hat es gebaut und ihm den Namen unserer Großmutter gegeben. Mattis renoviert fast alles selbst, es ist noch viel zu tun. Dass wir jahrelang auf einer Baustelle leben würden, war uns beim Einzug nicht klar, aber wir haben uns dran gewöhnt, dass es überall ein wenig unperfekt ist.« Sie lachte und schüttelte ihr Haar, setzte sich im Schneidersitz auf das Sofa zwischen eine Menge Kissen und hielt ihren Kaffeebecher in beiden Händen. »Mattis kommt gar nicht dazu, dranzubleiben. Seit er alleinerziehend ist, hat er noch weniger Zeit als vorher.«

Mella nippte an ihrem Kaffee. Es gab also keine Frau in seinem Leben. Zumindest keine, die ihm so nahe stand, dass sie sich zusammen mit ihm um seine Tochter kümmerte. Keine, die seinen Ring trug.

»Liegt die Kleine noch im Krankenhaus?«

Ann-Marie nickte. »Noch ein paar Tage zur Beobachtung. Mattis fährt jeden Tag hin. Es ist nicht einfach mit ihr ...« Sie unterbrach sich, ihr Blick wanderte zum Fenster, das ohne Vorhänge war und die Sicht hinaus auf die belaubten Baumkronen im Garten lenkte. »Sie hat viele Verluste hinnehmen müssen in den letzten Jahren.«

»Dann hat sie außer ihrer Mutter noch andere Menschen verloren?«

»Ja, das hat sie.« Sie rang sich ein Lächeln ab und griff nach einem Keks. »Nachdem mein Bruder die Trennung verwunden hatte, konnte er wieder eine neue Beziehung eingehen, und für Elin wurde diese Frau irgendwann zu einer Ersatzmutter. Sie hat sie sehr gemocht. Aber auch diese Frau hat ihn verlassen, und Elin natürlich mit.«

Sie biss in den Keks und kaute nachdenklich. Dass sie sich Sorgen um ihren Bruder und die kleine Elin machte, war unüberhörbar, doch Mella begann sich unbehaglich zu fühlen angesichts der Details, die Ann-Marie mit ihr teilte. Sie kannten sich kaum. Mit ihr über Mattis zu sprechen schien ihr nicht richtig. »Dass du ihm über den Weg gelaufen bist … und diese Ähnlichkeit zwischen dir und ihr, das macht ihn im Moment irgendwie dünnhäutig. Nimm es ihm nicht übel, wenn er dir gegenüber etwas einsilbig ist. Ich glaube, da bricht gerade einiges in ihm auf, das er bisher verdrängt hat.«

Mella zuckte innerlich zusammen.

Diese Ähnlichkeit zwischen dir und ihr …

Demzufolge war es also nicht irgendeine Bekannte, der sie anscheinend äußerlich glich, sondern eine Frau, mit der Mattis Lindholm mehr verband. Eine Frau, die er geliebt hatte. Oder die er noch immer liebte. Mella wusste nicht, was sie sagen sollte, sie kannte die Hintergründe nicht, senkte den Blick, betrachtete ihre Hände, dachte an den Moment in der Kirche in Lärbro, als sie sich unrechtmäßigerweise den Ring an den Finger gesteckt hatte.

Mattis, für immer …

»Tut mir leid, wenn mein Anblick etwas in ihm auslöst, das ihm wehtut. Aber ich kann ja nicht …«

»Natürlich nicht. Du kannst nichts dafür. Mach dir keine Vorwürfe.«

»In zehn Tagen reise ich ab, dann ist das Risiko, dass wir uns noch einmal begegnen, ausgeschaltet.«

Ihre Worte hatten sich zuversichtlich anhören sollen, leicht und befreiend, aber so klangen sie nicht. Nicht in ihren Ohren. Nicht in ihrem Herzen. Dort haftete ihnen ein Beigeschmack an, der sich kaum greifen ließ. Es war, als ob die Aussicht, Mattis nie wiederzusehen, eine winzige, unterschwellig brennende Wunde gerissen hätte. Warum fühlte sie sich so zu ihm hingezogen, obwohl er alles andere als zugänglich war und ihr mit seinem abweisenden Verhalten deutlich zu verstehen gab, dass er nicht an ihr interessiert war? Dass sie einer Frau, die einmal wichtig für ihn gewesen war, allem Anschein nach auffallend glich und sie mit jeder Begegnung einen Schmerz in ihm auslöste, konnte ja nichts anderes in ihm bewirken als den Wunsch nach Rückzug. Wollte sie ihm nicht weiter wehtun, würde sie sich von ihm fernhalten müssen. Eine Erkenntnis, die sich wie ein Splitter in ihr Herz bohrte.

»Komm, jetzt zeig ich dir unseren Garten«, unterbrach Ann-Marie ihre trüben Gedanken. Dankbar nickte Mella ihr zu. »Er ist nicht so märchenhaft wie der deiner Pension, aber er kann sich sehen lassen.«

Wenig später umrundeten sie das Haus und gelangten so zur rückwärtigen Seite des Gebäudes. Ein Apfelbaum beachtlicher Größe, dessen Zweige eine große Menge weiß-rosa Blüten trugen, thronte in der Mitte des Gartens, als wäre er der alleinige Wächter dieses Territoriums. An der Seite zogen sich Staudenbeete an einem Gartenzaun entlang und weiter hinten wucherte eine Beerenhecke. Darüber hinweg öffnete sich der Blick auf die Ostsee, genau so, wie Mella es vermutet hatte.

»Dieser Garten steht dem von Anna Pettersson in nichts nach«, stellte sie fest.

Sie gingen über die Wiese bis zu einem schmalen Gemüsebeet, das etwas verwahrlost wirkte und in dem außer ein paar Köpfen Salat und einer Unmenge Unkraut nichts weiter wuchs. Dafür waren die angrenzenden Sträucher üppig behangen mit noch unreifen Blaubeeren.

»Ja, eigentlich fühlen wir uns wohl hier.«

Ann-Marie deutete auf das etwas schief in den Angeln hängende Tor im Gartenzaun, das nur angelehnt war. Beim Näherkommen bemerkte Mella, dass das Schloss eingerostet war und eins der Scharniere sich gelockert hatte.

»Eigentlich?«

Sie warf Mattis' Schwester einen kurzen Blick zu und folgte ihr durch das Tor auf einen ausgetretenen Pfad, der sich zwischen kniehohen Gräsern entlangschlängelte. Er war so schmal, dass sie hintereinander gehen mussten, und endete an einer aus Holz gezimmerten Bank ohne Rückenlehne. Von hier aus bot sich ein atemberaubender Blick auf die Ostsee mit ihren sich auftürmenden Wellenkämmen und weiter südlich auf das steil ins Meer abfallende Kliff. Nur einzelne Wolkenfetzen trieben am Himmel, die Sonne hatte genug Kraft, um ihre Gesichter zu wärmen. Sie setzten sich.

»Na ja, dass Mattis sich so verändert hat, seit er wieder allein ist mit Elin, das drückt etwas auf die Stimmung, auch auf meine. Mattis und ich sind sehr eng miteinander verbunden, ich war sechs, als er geboren wurde, und sofort vernarrt in ihn. Ich glaube, ich habe damals fast mütterliche Gefühle für ihn entwickelt.« Sie lachte auf, bevor sie weitersprach. »Und vielleicht ist diese enge Bindung von damals dafür verantwortlich, dass es so geblieben ist zwischen uns. Hast du Geschwister?«

»Leider nein. Ich hab nicht mal einen Vater.« Das Gesicht ihrer Mutter tauchte in ihren Gedanken auf. »Aber meine Wurzeln liegen hier«, fügte sie hinzu. »Meine Eltern stammen aus Gotland. Das heißt …« Sie zögerte, überlegte, ob sie diesen Teil ihrer Geschichte vor Ann-Marie ausbreiten wollte. »Von meinem Vater weiß ich nichts«, sagte sie nach einer kurzen Pause. »Meine Mutter ist dahingehend sehr schweigsam. Ich weiß nur, dass sie eine Gotländerin ist und an der Ostküste aufgewachsen, und dass mein Vater bei einem Bootsunfall ums Leben kam, bevor ich geboren wurde. Hochschwanger ist sie nach Deutschland gegangen, zu ihrer Schwester, meiner Tante Eva, die ein paar Jahre zuvor ebenfalls Schweden den Rücken gekehrt hatte. Ich kam in Köln zur Welt, lebe dort und bin jetzt zum ersten Mal im Land meiner Eltern.«

»Hast du denn Familienangehörige hier?«

Mit einem schwachen Kopfschütteln dachte Mella an die vielen durch das Schweigen ihrer Mutter entstandenen Leerstellen, die blinden Flecken, die Fragen, Unklarheiten, die Ungewissheit.

»Auch darüber weiß ich nichts«, gab sie leise zu. »Meine Mutter muss damals so sehr gelitten oder sich verletzt gefühlt haben, dass sie Schweden und alles, was mit ihrer Vergangenheit zusammenhängt, für nicht existent erklärt hat. Ich habe schon lange aufgehört, mit ihr darüber zu sprechen, weil ich merke, dass jedes Mal eine Wunde aufreißt.«

»Nach all der Zeit«, sagte Ann-Marie nachdenklich. »Was für ein Schmerz muss ihr widerfahren sein.«

»Mein Vater muss die Liebe ihres Lebens gewesen sein, und sie war erst achtzehn, als sie schwanger wurde. Ich habe oft versucht, mir vorzustellen, wie es wohl für sie war. Schwanger zu sein, gerade fertig mit der Schule und dann diesen einen Menschen zu verlieren, für den man durchs Feuer gehen würde und mit dem man sich die Zukunft ausgemalt hat. Wie kann man das aushalten?«

»Und ihre Eltern, also deine Großeltern? Haben sie ihre Tochter nicht unterstützt?«

»Ist ein ganz schwieriges Thema, über das meine Mutter

ebenfalls so gut wie nie ein Wort verliert. Mein Großvater hat meine Großmutter Frida, so hieß sie, wegen einer anderen Frau verlassen, als meine Mutter noch klein war, das ist alles, was ich über ihn weiß. Und Frida starb mit Anfang fünfzig, sie hatte ein krankes Herz. Ich war erst fünf. Sie muss irgendwo auf dieser Insel begraben sein, auch darüber weiß ich nichts. Du merkst, in der Geschichte meiner Familie gibt es entsetzlich viele Lücken.«

Ann-Marie lächelte sie auf eine so ehrliche und mitfühlende Weise an, dass es sich für einen Moment anfühlte, als wäre sie eine gute Freundin, die immer ein offenes Ohr für sie hatte.

»Es ist unfair, so wenig über seine Vorfahren zu wissen.« Sie reckte ihr Gesicht in die Sonne, die Lichtreflexe auf ihr kupferrotes Haar warf.

Die Geschwister ähneln sich überhaupt nicht, dachte Mella. Weder äußerlich noch im Wesen. Dass sie schon nach so kurzer Zeit ihres Kennenlernens in dieser Offenheit mit Ann-Marie über all die persönlichen Dinge gesprochen hatte, während selbst Smalltalk mit Mattis etwas Gezwungenes hatte, zeigte dies sehr deutlich.

»Was willst du tun, wenn deine Mutter dir nichts aus ihrem Leben erzählt?«

Mellas Blick glitt weit über das Meer bis zu der feinen Linie, die es vom Himmel trennte. »Ich würde sie am liebsten manchmal schütteln, um etwas aus ihr herauszubekommen. Ich glaube, sie hat das, was damals geschehen ist, nie verarbeitet. Das ist sicher auch der Grund dafür, dass sie nie wieder eine Beziehung hatte.«

»Ach, Männer ...« Ann-Marie seufzte.

»Ein kompliziertes Thema«, bestätigte Mella.

»Für dich auch?«

»Schon immer.«

»Willkommen im Club.«

Sie wandten einander die Köpfe zu und mussten lachen. Ob es dieses verbindende Lachen war oder die Tatsache, dass sie sich hinsichtlich der Männerproblematik ohne viele Worte verstanden, war unerheblich. Unbestritten aber spürte Mella ein unsichtbares Band zwischen sich und Mattis' Schwester, und sie ahnte, dass auch Ann-Marie es wahrnahm, ohne dass sie es sagte.

»Hier seid ihr!« Wie elektrisiert drehte Mella sich um. Sie sahen Mattis über den Pfad näher kommen.

»Da ist jemand aus deinem Chor an der Tür«, rief er seiner Schwester zu. »Wegen irgendwelcher Liedtexte.«

»Ach, die hab ich völlig vergessen.« Ann-Marie sprang auf. »Bin gleich wieder bei dir«, sagte sie an Mella gewandt. Schon eilte sie an Mattis vorbei in Richtung Haus.

Mattis wirkte unschlüssig, wie er dort auf der Stelle verharrte, nur ein paar Schritte von der Bank entfernt. Er schob die Hände in die Hosentaschen.

»Toller Platz hier«, sagte Mella, um die Stille zwischen ihnen zu füllen.

Setz dich doch zu mir ...

»Hab sie selbst gebaut.« Er kam näher.

»Die Bank?«

»Sie bräuchte mal einen Anstrich.« Es hatte geklungen, als fühlte er sich genötigt, sich für das ausgetrocknete Holz zu entschuldigen. »Wie so vieles hier«, fügte er etwas gequält hinzu. Er kam näher, sah hinaus aufs Meer, rüber zum Högklint und wandte sich dann ihr zu. »Ich bin übrigens Mattis.«

Ich weiß ...

Sie lächelte ihn an. »Mella.«

Er nahm die Hände aus den Taschen und setzte sich nach einem kurzen Moment des Abwartens zu ihr, seinen Blick wieder in die Ferne gerichtet, die Arme vor der Brust verschränkt. Irgendwo hatte sie einmal gelesen, dass diese Körperhaltung den unausgesprochenen Wunsch nach Abgrenzung oder Rückzug signalisierte. Vielleicht war das aber auch nur eine allzu pauschale Aussage, die nicht immer zutraf. Hoffentlich. Bestimmt. Warum hätte sich dieser unzugängliche, einsilbige Mattis Lindholm sonst zu ihr gesetzt?

Sie betrachtete ihn so unbemerkt sie konnte aus den Augenwinkeln. Das markante Gesicht mit den Bartstoppeln, seine Haare, die der Wind zerzauste, das geflochtene Lederband an seinem Handgelenk.

»Kommst du voran mit deiner Recherche?«

Er hatte gefragt, ohne sich ihr zuzuwenden, weshalb auch sie nun hinaus auf die Ostsee schaute, die im Licht des späten Nachmittags silbern aussah.

»Ich bemühe mich. Zum Glück sind die Wege kurz, sodass ich mir drei, vier Kirchen am Tag ansehen kann. Aber einige stehen noch aus.«

»Dann hast du gar keine Zeit für Gotland abseits deiner Arbeit?«

»Na ja, es ist immer eine Frage der Prioritäten, oder?«

Weit hinten am Horizont wälzte sich eine Fähre durch die See. Vermutlich kam sie vom Festland und steuerte den Hafen von Visby an.

»Und wie setzt du deine Prioritäten?«, fragte er.

Er wandte sich ihr zu, und auch sie blickte ihm nun offen ins Gesicht.

»Die Recherchearbeit steht natürlich an erster Stelle.«

In ihrem Gedächtnis tauchten die zahlreichen Landkirchen auf, die sie bereits angesehen hatte. Die kleinen Dörfer an den Küsten und im Inselinneren, durch die sie gefahren war. Sie waren durch ein gut ausgebautes Straßennetz miteinander verbunden. Und die Friedhöfe, immer wieder Friedhöfe. Manchmal nahm sie sich auf ihren Touren etwas Zeit, schritt zwei, drei Grabreihen ab und hielt Ausschau nach einem Stein mit dem Namen Frida Haglund. Doch jedes Mal verließ sie den Friedhof ernüchtert. Es war doch aussichtslos. Frida Haglund war in Schweden ein Allerweltsname, den man gewiss auf jedem Friedhof mehrmals fand. Und selbst wenn sie das Grab ausfindig machen würde – was dann? Was versprach sie sich denn davon? Sie hatte keine Beziehung zu ihrer schwedischen Großmutter gehabt, hatte sie nie kennenlernen dürfen, und zum ersten Mal fragte sie sich, ob sie möglicherweise etwas ganz anderes suchte als ihr Grab.

»Du machst es spannend«, unterbrach er ihre Gedanken.

Mella schüttelte den Kopf, ließ ihr Haar vors Gesicht fallen, um die Röte zu verbergen, die ihr in die Wangen schoss. Nun war ihre Unterhaltung wegen ihr ins Stocken geraten – wie peinlich! Sie war doch keine sechzehn mehr. Für wie unreif musste er sie halten? Unbewusst zog sie den linken Ärmel weiter übers Handgelenk und bedeckte es mit der anderen Hand.

»Entschuldige«, sagte sie leise. »Ich dachte an Friedhöfe.«

»Du hast Friedhöfe auf deiner Prioritätenliste?« Für einen Moment hoben sich seine Augenbrauen. Seine Frage brachte sie zum Lachen, und schon löste sich der zuvor empfundene Moment der Peinlichkeit auf. »Was hat es denn mit den Friedhöfen auf sich?«

»Lange Geschichte.«

Mattis nickte, als verstünde er ohne weitere Erklärungen, dass dieser Moment auf der Bank nicht der richtige Ort für lange Geschichten war. Sie schwiegen, sahen dem Seeschwalbenpärchen zu, das sich vom Aufwind emportragen ließ.

»Warst du schon da drüben?« Er wies in Richtung der Klippe. »Vom Kamm aus hast du einen sensationellen Blick über das Meer und bis rüber nach Visby. Es führt eine Treppe nach unten zu einem Felsvorsprung, den man Ziegenhunger nennt.«

»Ein merkwürdiger Name für einen Felsvorsprung«, sagte sie.

»Wenn du die Geschichte dahinter kennst, findest du ihn bestimmt nicht mehr merkwürdig. Früher hat man Ziegen zum Weiden auf den Högklint gebracht. Wenn sie auf der Suche nach Gras auf den Felsvorsprung gerieten, kamen sie nicht mehr nach oben und sind verhungert.«

Du hast eine so angenehme Stimme ...

Mit einem leichten Prickeln auf der Haut stellte sie fest, wie wohl sie sich in Mattis' Nähe fühlte, wie gern sie ihm zuhörte, wie sehr sie es mochte, neben ihm zu sitzen.

»Den würde ich mir gern aus der Nähe ansehen«, sagte sie.

Mattis stützte die Arme auf den Oberschenkeln ab, wandte ihr sein Gesicht zu. Das hatte er so direkt noch nicht allzu oft getan. Vielmehr schien er mit einer gewissen Konsequenz zu vermeiden, sie anzusehen. Ob es daran lag, dass sie seiner Ex so ähnelte? Vielleicht irritierte ihr Äußeres ihn noch immer. Andererseits hätte er sich nicht zu ihr setzen müssen, wenn er ein Problem mit ihr hatte. Vor der funkelnden Weite der Ostsee nahmen seine Augen denselben Farbton an wie das Meer oder der Himmel oder eine Mischung aus beidem.

»Darf ich dich begleiten?«

Ein Lächeln war über seine Lippen gehuscht, und im Gegensatz zu sonst blieb eine Spur davon sichtbar, auch jetzt noch, nachdem er offenkundig auf ihre Antwort wartete. Er hatte ja keine Ahnung, welchen Wirbelsturm seine Frage in ihr auslöste und mit welcher Heftigkeit er gerade durch ihr Herz fegte.

»Sehr gern. Ist gut, wenn ein Einheimischer bei mir ist. Nicht dass es mir geht wie den Ziegen und ich den Weg zurück nicht finde.«

15. April 1982

Rik, mein Liebster,

was ist da Furchtbares passiert? Zweimal fiel die Probe aus, alle sind in Sorge und keiner weiß etwas Genaues. Die Schulleitung teilte uns mit, dass wegen eines Unglücks in deiner Familie das Musikprojekt leider vor dem Konzert abgeschlossen werden muss. Es wurden Grüße von dir ausgerichtet und dein Bedauern über das vorzeitige Ende. Du seist momentan nicht abkömmlich, hieß es, aber du würdest dich noch persönlich bei uns melden.

Sechs Tage kein Wort von dir. Ich schlafe keine Nacht, weine mir die Augen rot und schreibe diesen Brief, ohne zu wissen, ob du ihn jemals erhalten wirst. Ich könnte ihn dir mit der Post schicken, aber das darf ich nicht. Ich darf nicht existieren in deinem Leben, ich bin eine Heimlichkeit, ein Geheimnis, dein Geheimnis, ich gehöre nicht zu deiner Familie, bin inoffiziell, ein Schatten im Hintergrund. Aber ich dachte, ich hätte einen festen Platz in deinem Herzen, das hast du mir hundertmal beteuert. Warum höre ich dann nichts von dir? Ich wusste nicht, dass man so viel weinen kann, dass man morgens nach dem Aufwachen schon damit anfangen kann und abends vorm Einschlafen immer noch so viele Tränen da sind. Jeden Morgen gehe ich zur Schule und hoffe inständig, dass man uns endlich mehr erzählt oder dass du auftauchst und ich dich wiedersehen kann. Mich davon überzeugen kann, dass es dir gut geht, was auch immer da in deiner Familie passiert ist. Oder ist es wegen uns, liebster Rik? Wenn du dich doch melden würdest!

Ich werde dir den Brief schicken, kann nicht anders ...
Verzweifelt grüßt dich
deine Griddy

SIRI

Gotland – Weihnachten 2022

Es war weitaus schlimmer als sie angenommen hatte. Dabei machte ihr nicht das Alleinsein an sich zu schaffen, sondern vielmehr die unglückselige Kombination. Alleinsein an Weihnachten. Zum ersten Mal in ihrem Leben. Ausgerechnet im Haus ihrer Eltern, das ihr Trost hätte spenden können, ihr in diesen Tagen jedoch so verwaist, hohl und unbeseelt erschien wie nie zuvor. Daran änderte die Lichtergirlande am Fenster ebenso wenig wie der Krug mit dem Tannengrün, den sie in der Mitte des Küchentisches platziert hatte, in der Hoffnung, ihrem Herzen mit ein wenig Weihnachtsstimmung die Schwere nehmen zu können.

Das Gegenteil trat ein. Sie fühlte sich dem Alleinsein auf qualvolle Weise ausgeliefert, und jeder Gedanke an Mattis, dem sie so wehgetan hatte, wie sie es sich nie hatte vorstellen können, ließ den Berg aus Schuldgefühlen weiter anwachsen. Jeriks Angebot, mit ihm nach Nynäshamn zu fahren, hatte sie ausgeschlagen, im Glauben, es könnte ihrer gebeutelten Seele dienlich sein, sich dem üblichen Feiertagstrubel zu entziehen. Hätte sie doch gewusst, wie weh das Alleinsein ihr tun würde!

Am Weihnachtsmorgen meldete sich ihr Vater endlich wieder telefonisch. Der Klang seiner Stimme brachte etwas Vertrautes mit sich, er hörte sich gefestigt an, sprach mehr als bei den Telefonaten zuvor. Auf ihre Frage, wie lange er in Island zu bleiben gedenke, wann er zurückkommen wolle in sein Haus, blieb er vage und druckste herum, als wäre es zu früh, sich festzulegen.

»Vielleicht im Frühjahr.«

Mit wenigen Worten berichtete Siri ihm, dass sie das Haus bezogen hatte. Dass sie und Mattis kein Paar mehr waren. Dass sie Ausschau nach einer kleinen Wohnung hielt. Dass Viveca Sundström sich nach ihm erkundigt hatte. Sie verschwieg ihm die trüben Gedanken, die ihr durch die Tage folgten und den Dauerfrost in ihrer Winterseele. Nach dem Telefonat fühlte sie sich elender als zuvor.

Nachmittags ging sie zum Friedhof. »Frohe Weihnachten, Mama.«

Sie setzte einen kleinen Tonengel auf die Grabstelle, den sie am Morgen bei einem Rundgang durch den winterkahlen Garten entdeckt hatte. Achtlos hatte er in der gefrorenen Erde gelegen, im Staudenbeet, hinter den vertrockneten Ziergräsern, mit dem Gesicht im Dreck, die Flügel überzogen von Reif. Sie hatte ihn mit ins Haus genommen und ihn mit einer kleinen Bürste gereinigt. Nun bewachte er die Grabstelle ihrer Mutter.

Als sie später zurückkehrte, hörte sie bereits beim Betreten des Hauses das Telefon. Ein ungewohntes Geräusch, den Festnetzapparat hatte sie ewig nicht klingeln hören.

»Siri Svensson«, meldete sie sich.

»Siri? Ah, das ist gut, dass du bei ihm bist, dann ist er wohl wieder zurück. Kann ich bitte kurz mit ihm sprechen? Will ihm nur Frohe Weihnachten wünschen. Und dir natürlich auch.«

Siri hatte die bekannte Stimme gleich zugeordnet.

»Ähm ... *Hej*, Großtante Lynna, frohe Weihnachten.« Sie schälte sich einhändig aus einem Jackenärmel, während sie das Telefon ans Ohr hielt. »Papa ist noch am Eyjafjord.«

»Oh, aber was machst du denn dann in ...?« Ihre Großtante ließ den Satz unbeendet im Raum stehen.

Fieberhaft überlegte Siri, ob sie sie mit der Wahrheit konfrontieren wollte, doch da nahm die alte Dame sie ihr vorweg.

»Sind Mattis und Elin auch da?«

»Nein«, erwiderte sie. Sie wechselte den Hörer ans andere Ohr und schlüpfte aus dem zweiten Ärmel. Die Jacke fiel zu Boden.

»Siri, Kind, ist alles in Ordnung mit dir?«

»Mattis und ich haben uns getrennt, ich wohne für eine Weile wieder in Eskelhem.«

»Ach, das tut mir leid.«

»Ja.« Sie schaltete das Flurlicht an und angelte nach der Jacke, während Großtante Lynna ihr etwas von einem Neuanfang erzählte und dass es sicher leichter würde, irgendwann. Siri hörte mit halbem Ohr zu, ließ ihre Großtante reden und unterbrach sie nicht. Sie ging in die Küche, machte Licht und wärmte sich am Kachelofen. Ihr Blick fiel auf die Polaroidaufnahme, die noch an den Krug mit den Zweigen gelehnt auf dem Tisch stand und an ihre erfolglose Internetsuche erinnerte. Die Stimme ihrer Großtante brachte ihr den Nachmittag in Färösund ins Gedächtnis, an dem sie ihr so entschieden deutlich gemacht hatte, was sie auslösen könnte, wenn sie im Leben ihrer Mutter herumschnüffelte.

Warum hatte sie das getan? Und warum hatte sie das Foto zuerst mit Interesse betrachtet, es aber dann wie eine beliebige Aufnahme weggeschoben?

»Darf ich dich was fragen, Großtante Lynna?« Sie hatte eine Sprechpause ihrer Großtante genutzt, ohne lange nachzudenken.

»Aber natürlich.«

»Erinnerst du dich an das Foto, das ich dir gezeigt hatte, als ich neulich bei dir war?«

»Das Foto ...«

»Mama und die Frau, Ingrid Haglund, du erinnerst dich doch?«

»Bist du immer noch damit zugange?«

»Ich will herausfinden, warum Mama das Bild versteckt hat und ob es was mit dieser Frau zu tun hat. Vielleicht bin ich verrückt, und ich rede mir irgendwas ein. Vielleicht aber auch nicht. Vielleicht ist diese Frau so was wie ... ein Schlüssel.« Sie erschrak. Was hatte sie da gesagt? Zum ersten Mal hatte sie ein Wort für das gefunden, was sie schon die ganze Zeit fühlte. Ein Schlüssel. Der Schlüssel zu einer Tür, von der sie nicht wusste, wohin sie führte. Ins Leben ihrer Mutter? Oder sogar in ihr eigenes? »Ich hatte den Eindruck, dass dir irgendetwas an diesem Foto bekannt vorgekommen ist. Vielleicht das Gesicht dieser Frau?«

Ihre Großtante hüstelte. »Du wirst sie nicht finden.«

Siri stockte der Atem. Ihr Gespür hatte sie also nicht getrogen! Großtante Lynna wusste mehr, als sie bisher zugegeben hatte.

»Warum nicht?«

»Weil sie fort ist.«

»Fort? Was meinst du damit?«

»Sie hat Schweden verlassen.«

»Und wohin ist sie gegangen?«

»Das weiß ich nicht. Du wirst sie nicht finden, Siri, glaub mir. Es sind fast vierzig Jahre vergangen, vielleicht lebt sie nicht mal mehr. Schlag sie dir aus dem Kopf.«

»Dann kennst du sie?«

»Ich hab sie ein einziges Mal gesehen.« Siri hörte sie hektisch atmen und dann wieder in dieses nervöse Hüsteln verfallen.

»Bitte, Großtante Lynna, es ist so wichtig für mich!«

Hatte sie jemals derart verzweifelt um eine Auskunft, eine Antwort, eine Information gefleht? Am anderen Ende der Leitung wurde es still, dann vernahm Siri ein unverständliches Murmeln.

»Ich kann dir nicht helfen, Siri, es tut mir leid. Sag Arvid frohe Weihnachten, wenn du mit ihm telefonierst. Er rückt ja die Nummer von seinem Handy nicht raus, sonst würde ich ihn selbst anrufen.« Damit beendete sie das Gespräch. Ein leises Klicken, dem nur Stille folgte.

Siri ließ die Hand mit dem Telefonhörer sinken. Ob ihre Großtante die Wahrheit gesagt hatte? Oder war die Aussage vom Wegzug aus Schweden nur eine Ablenkung, eine bewusst gelegte falsche Fährte, damit es ihr leichter fiel, sich Ingrid Haglund aus dem Kopf zu schlagen, wie Großtante Lynna es formuliert hatte? Wenn Ingrid Haglund nicht in Schweden lebte, konnte sie überall und nirgends sein, auch am anderen Ende der Welt. Aber da war ja noch ihre Tochter Mella, vorausgesetzt sie war ihre Tochter, worauf die Tatsache, dass sie die Kleine auf dem Foto im Arm hielt, jedoch stark hindeutete. Und Mella, das hatte sie ja bereits herausgefunden, war in Schweden, zumindest unter dem Familiennamen Haglund, nicht gemeldet.

Siri löste sich aus ihrer Starre. Sie trat ans Fenster, die Dämmerung kroch über die Wiese und um den Stamm des Nussbaums. Jedes Land verfügte über digitale Telefonbücher, es gab eine Auslandsauskunft und Recherchedienste, Suchmaschinen und soziale Netzwerke. In der heutigen Zeit war vieles möglich. Menschen, die das Schicksal voneinander getrennt hatte, fanden einander nach Jahrzehnten wieder, wenn sie die Suche über die richtigen Kanäle auf den Weg brachten. Sie drehte sich um, nahm das Foto in die Hand und knipste das Deckenlicht an.

Ich will wissen, warum meine Mutter dich versteckt hat, Ingrid Haglund, und ich werde es herausfinden.

Eine lange nicht verspürte Energie pulsierte durch ihre Adern. Mit Tablet, Block und Stift setzte sie sich an den von der Deckenlampe beleuchteten Küchentisch. Sie beschloss, sich zunächst auf Europa zu beschränken, auf die Länder in unmittelbarer Nähe. Norwegen, Dänemark, die baltischen Länder, Deutschland, England. Sie zählte nicht mit, wie oft sie den Namen Ingrid Haglund in Kombination mit einem Ländernamen eingab. Sie bemerkte nicht, dass draußen die Nacht heraufzog, im Kachelofen das letzte Holzscheit abbrannte, sie verspürte keinen Hunger und keinen Durst. Erst als es kalt wurde in der Küche, hob sie den Kopf und bemerkte, dass es bereits kurz vor Mitternacht war. Sie stand auf, öffnete die Ofenklappe und legte ein paar Holzspäne und darauf ein Buchenscheit in die noch vorhandene Glut. Dann füllte sie Teewasser in den Kessel und stellte ihn auf die Herdplatte. Kurz darauf saß sie mit einem Glas Pfefferminztee wieder am Tisch. Allmählich schwirrte ihr der Kopf. Unzähligen Hinweisen war sie nachgegangen, so vielen Ingrid Haglunds gefolgt, ihr Name existierte hundertfach. Woher sollte sie wissen, welche von ihnen die war, nach der sie suchte? Und der Name allein genügte ja nicht. Sie brauchte Telefonnummern oder Adressen, um Kontakt aufzunehmen, zu recherchieren, anzurufen, zu schreiben, Zusammenhänge zu erklären. Jedes Mal würde sie sich entschuldigen müssen für ihr Eindringen in ein Privatleben, in den persönlichen Bereich ihr unbekannter Menschen, und in Kauf nehmen, dass man sie für vorwitzig und taktlos hielt.

Ob es klüger wäre, nach Mella zu suchen? Nach einer Mella Haglund, obwohl sie möglicherweise einen anderen Nachnamen hatte? Sie dürfte in ihrem Alter sein, vielleicht trieb sie sich in den sozialen Netzwerken herum. Siri besaß bei keinem dieser Portale einen entsprechenden Account. Um nach Personen zu suchen, müsste sie sich vermutlich registrieren. Sie versuchte es über die große Suchmaschine und gab Mellas Namen ein. Eine einzige Seite wurde ihr unter diesem Stichwort angezeigt. Mella Haglund, Mitarbeiterin im Esperanto Verlag in Deutschland.

Mit flatternden Fingern öffnete Siri die Homepage des Verlags. Ihre rudimentären Deutschkenntnisse genügten längst nicht, um die Texte zu verstehen. Doch zum Glück ließ sich die Seite ins Englische übersetzen. Sie fand heraus, dass es sich beim Esperanto Verlag um einen Sachbuchverlag handelte, der sich thematisch auf Publikationen rund um Kunst und Kultur spezialisiert hatte. Sie scrollte durch das Menü, fand die Unterseite, auf der sich das Team vorstellte. Geschäftsführung. Lektorat. Marketing. Vertrieb. Namen mit Telefonnummern und Mailadressen, keine Fotos. Ihr Blick flog über die Zeilen und stoppte. Mella Haglund, Lektorat. Eine Mailadresse und eine Telefonnummer.

Sie stützte den Kopf in die Hände, starrte wie gebannt auf den Namen. Wie hoch war die Chance auf einen Volltreffer? Sie würde anrufen. Direkt nach Weihnachten. Die Aussicht machte sie euphorisch, es war, als pulsierte die Hoffnung in Form von winzigen Perlen durch ihre Adern.

Mit schlagendem Herzen gab Siri am Tag nach Weihnachten die angegebene Nummer in ihr Handy ein. Gedanklich hatte sie sich zurechtgelegt, was sie sagen würde. Sie würde Englisch sprechen müssen und hatte zur Vorsicht einige Sätze und Worte auf ihrem Block notiert, damit sie in der Aufregung nicht nach ihnen suchen musste. Das Freizeichen ertönte.

»Der Esperanto Verlag, Petzold, guten Morgen.«

Eine Frauenstimme. Siri unterdrückte ihre Nervosität, nannte ihren Namen und bat darum, Mella Haglund zu sprechen.

»Frau Haglund ist noch im Urlaub. Sie wird vertreten von …«

Der Rest des Satzes ging in der Welle der Enttäuschung unter, die bei den Worten der Mitarbeiterin über Siri hinwegschwappte.

»Wann ist sie denn wieder erreichbar?«

»Versuchen Sie es ab Mitte Januar wieder. Worum geht es denn? Kann ich Ihnen vielleicht helfen?«

»Nein … nein, ich …«

Sie konnte doch nicht nach Mella Haglunds privater Telefonnummer fragen. Es war aus datenschutztechnischen Gründen nicht gestattet, fremden Anrufern private Kontaktdaten von Kollegen oder Kolleginnen weiterzugeben. Mit ein wenig Glück würde sie einen Eintrag im digitalen Telefonbuch finden. Ganz sicher gab es in Deutschland so etwas. Sie bedankte sich und beendete das Telefonat. Mit ein paar Klicks hatte sie mehrere Seiten verschiedener Telefonauskünfte gefunden, doch ihre Suche endete ohne Erfolg. Weder Mella noch Ingrid Haglund waren dort gelistet.

Ernüchtert verschränkte sie die Arme auf dem Tisch und vergrub den Kopf hinein. Lief sie einem Phantom hinterher? Hatte Mattis recht, verrannte sie sich in eine fixe Idee? Plötzlich kroch eine lähmende Angst in ihr hoch. Führte das alles nur dazu, dass sie langsam, aber unaufhaltsam in eine Depression schlitterte? Sie richtete sich auf, streifte mit einem Seitenblick das Fenster, vor dem sich seit dem Vortag graue Wolkenberge türmten, die dafür sorgten, dass es den ganzen Tag nicht richtig hell wurde. Mit einem tiefen Seufzer ließ sie ihre Schultern sinken. Sie sollte aufhören mit dieser Selbstzerfleischung und ihre Energie lieber in ihren Neuanfang stecken. Verlangten die Trauer um ihre Mutter, die Trennung von Mattis und die Suche nach einer Wohnung nicht gerade all ihre Kräfte?

Siri nahm das Foto in die Hände, besah sich noch einmal die Gesichter der Frauen und legte es dann entschlossen mit dem Motiv nach unten auf den Tisch. Auf Dauer war ihr Vorhaben ein aussichtloses und kräfteraubendes Unterfangen, das wurde ihr in diesem Augenblick klar. Sie angelte nach ihrem Handy und tippte Jeriks Nummer an.

»*Hej*, kleine Schwester, schön, dass du dich meldest.«

»*Hej,* großer Bruder, wie geht's dir?«

»Die Weihnachtstage mit Elsa waren der pure Stress. Wir haben fast nur gestritten. Ich hab ihr gesagt, dass ich das so nicht mehr will.«

»Gut, dass ihr nicht zusammen wohnt. Da könnt ihr euch wenigstens ein paar Tage aus dem Weg gehen.«

»Und bei dir? Hast du was rausgefunden?«

»Ich hab vor allem herausgefunden, dass ich mich im Kreis drehe, ich fühle mich einsam, das schlechte Gewissen Mattis gegenüber bringt mich um, und ich habe Angst, krank zu werden.« In wenigen Worten fasste sie das Ergebnis ihrer Internetrecherche zusammen.

»Wie kann ich dir helfen?«

»Ich glaube, das ist etwas, wobei du mir ausnahmsweise nicht helfen kannst.«

»Warum klinkst du dich nicht zwei Wochen von der Arbeit aus und kommst her zu mir? Ein Tapetenwechsel wird dir guttun, und du bist mal eine Weile weg von der Insel.«

»Das klingt verlockend, hab ja eh noch ein paar Tage frei. Ich bin nur nicht sicher, ob ich so spontan länger wegbleiben kann.«

»Um diese Zeit schläft doch der Tourismus auf Gotland.«

»Das stimmt, aber du weißt, dass ich auch im Museum eingesetzt werde.«

»Versuch's und sag mir einfach Bescheid. Hier ist jederzeit Platz für dich. Und ein Ohr. Und jeden Tag eine warme Mahlzeit. Das weißt du.«

Seine Worte zauberten ein Lächeln auf ihre Lippen.

»Außerdem hast du in ein paar Tagen Geburtstag. Du willst ihn doch nicht ganz allein verbringen?«

MELLA

Gotland – Mai 2023

Sie hatten sich für den nächsten Nachmittag verabredet, schon seit fast zwei Wochen war Mella auf der Insel. »Ich hol dich ab«, hatte Mattis zum Abschied gesagt, »gegen halb vier«, und sich die Adresse der Pension notiert.

Mella wartete in Anna Petterssons Garten auf ihn, von wo aus die Treppe zur Haustür und ein Teil der Straße in ihrem Blickfeld lagen. Sie hatte ihr Haar wieder zu einem Pferdeschwanz zusammengebunden und ihre schlichten Ohrstecker gegen die Silberkreolen getauscht. Feste Schuhe hatte Anna ihr empfohlen, als Mella ihr von ihrem geplanten Ausflug auf die Klippe berichtet hatte.

Mattis war überpünktlich, er parkte seinen Wagen auf der Straße vor der Pension und schaute durch das geöffnete Seitenfenster zur Haustür. Als er Mella aus dem Garten kommen sah, hob er die Hand und winkte ihr zu. Zahllose Male hatte sie in den letzten Minuten gewohnheitsmäßig am linken Ärmel ihrer Jacke gezupft, und sie tat es auch jetzt wieder, als sie Mattis' Wagen umrundete und auf der Beifahrerseite einstieg.

»*Hej.*«
»*Hej.*«

Sie zog die Tür ins Schloss, schnallte sich an. In seinem Auto roch es schwach nach einer Mischung aus Leder und etwas, das an frisch gebackenes Brot erinnerte. Sie erwiderte seinen Blick, sein Lächeln, das ihr gefiel, weil es klar war, weil es blieb, weil es sich nicht nur, wie bisher, auf dieses Zucken in den Mundwinkeln begrenzte, das nicht wusste, ob es gehen oder bleiben sollte. Er setzte die Sonnenbrille ab, ohne sich von ihr abzuwenden. Für den Bruchteil eines Augenblicks tauchte die Frage auf, ob er seine Verflossene in ihr sah und sich einzig aus diesem Grund mit ihr verabredet hatte. Ob er ihr Gesicht musterte, um Vertrautes darin zu finden, eine Ähnlichkeit, die ihm vorgaukelte, seine große Liebe sei zu ihm zurückgekehrt. So ein Unsinn! Sie schüttelte den widersinnigen Gedanken ab, ehe er die Freude über das Wiedersehen trüben konnte.

»Ich hoffe, du hast Hunger«, sagte er, nachdem er den Wagen routiniert in den fließenden Verkehr eingefädelt hatte, und schob sich die Sonnenbrille wieder auf die Nase.

»Ist das eine Anspielung auf die Ziegen?«, fragte Mella.

»Was?« Er schaute kurz zu ihr rüber und lachte, als er begriff, was sie meinte. Mit einer Kopfbewegung deutete er in Richtung des Rücksitzes. »Schau mal.« Mella drehte sich um, entdeckte einen Korb, der den Hals einer Weinflasche und ein zur Hälfte in ein Küchenhandtuch eingewickeltes Brot preisgab. Der Rest war unter einer zusammengefalteten Picknickdecke nur zu erahnen. »Selbst gebacken«, sagte er.

»Du kannst Brot backen?« Mit großen Augen sah sie ihn an.

»Und zwar richtig gut.«

»Fantastisch! Ich liebe Picknicks.«

Bei ihren Worten lächelte er wieder. Was für ein Glück, dachte sie, was für ein Glück, dass er eine andere Seite hat, dass er nicht der seltsame Vogel mit dem erschrockenen Blick geblieben ist.

Sie verließen Visby in südlicher Richtung, bogen nach ein paar Kilometern rechts ab und folgten einem schmalen Sträßchen, das sich in etlichen Kehren hangaufwärts schlängelte. Es endete auf einer geschotterten, von Laubbäumen gesäumten Parkfläche. Mattis trug den Korb, Mella die zusammengefaltete Decke, die er ihr in die Arme gelegt hatte. Sie durchquerten ein lichtes Waldstück und standen gleich darauf auf dem felsigen Kamm der Klippe. Nur vereinzelt waren Besucher unterwegs. Zwei junge Männer mit Wanderstiefeln und Rucksäcken, die sich bis zum äußersten Rand der Klippe wagten, ein Pärchen, das unübersehbar verliebt ein Selfie nach dem anderen schoss, eine Familie mit vier Kindern und schwarzem Labrador, die soeben unter lautem Geplapper das Plateau in Richtung Parkplatz verließen.

»Da drüben unter den Bäumen?«, hörte sie seine Stimme.

Ohne ihre Antwort abzuwarten, strebte er mit langen Schritten einer Stelle zu, wo im Schutz windgebeugter Kiefern und schattenspendender Laubbäume ein Plätzchen zum Picknick geradezu einlud. Mattis Lindholm war keiner, der viel erklärte oder unnötig viele Worte benutzte, das hatte Mella inzwischen begriffen.

Sie folgte ihm, breitete die Decke aus und beschwerte sie an den Ecken mit Steinen. Dann ließen sie sich nieder. Zum Glück hatte Mella sich für Shorts entschieden und das Sommerkleid im Schrank hängen lassen, das sie zuerst in der Hand gehalten hatte. Mattis nahm zwei Weingläser aus dem Korb, die er ihr nun reichte, damit er die Hände frei hatte, um die Flasche zu öffnen.

»Wusstest du, dass das nördlichste Weingut Europas auf Gotland liegt?«

»Schwedischer Wein?«, fragte Mella überrascht. Sie hielt ihm die Gläser hin und ließ ihn einschenken.

»Den verdanken wir unserem ausgeglichenen Inselklima. Und einem wagemutigen Kopf, der Ende der Neunziger einfach etwas versucht hat, wofür alle anderen ihn ausgelacht haben.«

Sie hoben die Gläser und stießen sie leicht aneinander. Der Wein schmeckte frisch und kühl, nicht zu süß, genau so, wie sie ihn mochte.

»Köstlich!«, sagte sie nach dem ersten Schluck. »Wie gut, dass er seine Idee aller Widerstände zum Trotz durchgezogen hat. Das ging wohl nur, weil er an seine Vision geglaubt hat.«

»Hast du auch eine?«, fragte Mattis.

Er nahm ein Messer aus dem Korb und begann, das Brot in Scheiben zu schneiden.

»Eine Vision? Ist ein großes Wort, oder?«

Worauf wollte er hinaus? Noch nie hatte jemand ihr diese Frage gestellt, und sie hatte nie darüber nachgedacht, ob sie eine Vision verwirklichen wollte. Was war das eigentlich für ein Begriff? Im Zusammenhang mit ihrem eigenen Leben existierte er nicht, wie sie jetzt feststellte. Ob er selbst so etwas wie eine Vision hatte, einen Traum? Seine Frage und die Gedanken, die er damit in ihr ausgelöst hatte, weckten ihre Neugier.

Was bist du für ein Mensch, Mattis Lindholm, was ist dir wichtig in deinem Leben?

»Nein, ich glaube nicht«, sagte sie ausweichend, doch gleichzeitig fragte sie sich, ob die Suche nach ihren Wurzeln eine solche Vision sein könnte. Ein bedeutungsvolles Wort, das viel Spielraum ließ. »Nichts, was ich so nennen würde«, fügte sie hinzu und trank einen Schluck. »Und wie ist das mit dir?«

»Ich hatte mal eine, aber ich hab sie verloren.«

Mattis saß da mit angewinkelten Beinen, die Arme locker auf den Knien und sah über die Kliffspitze hinweg aufs Meer hinaus.

»Das klingt ernüchternd.«

»War es auch.«

»Willst du davon erzählen?«

»Willst du es hören?«

»Sonst hätte ich nicht gefragt.«

Mattis ließ sich zurücksinken, stützte sich auf beide Unterarme und streckte die Beine aus. Er trug schwarze Nikes, die den

Anschein erweckten, dass sie ihn schon seit vielen Jahren begleiteten.

»Es ist das Haus.«

»Die Villa Märta?«

Als er zu erzählen begann, dachte Mella zurück an ihre erste Begegnung in der Kirche in Lärbro, aus der sie beinahe panisch geflohen war. Dass sie kaum zwei Wochen später neben ihm auf einer Decke im Baumschatten saß und gotländischen Wein trank, während er über seine verlorene Vision sprach, hätte sie damals nicht für möglich gehalten.

»Mein Großvater hat der Kommune Ende der Fünfziger das Grundstück abgekauft. Er war damals schon mit meiner Großmutter Märta verheiratet, einem Mädchen aus wohlhabendem Haus. Ihr Vater war geschäftsführender Inhaber einer florierenden Containerreederei in Göteborg und nebenbei Anteilseigner einer Werft. Er hatte mehr Geld, als er ausgeben konnte, aber zum Glück war er ein großzügiger Mensch, der nicht auf seinem Vermögen hockte. Zur Hochzeit hat er meinen Großeltern eine stattliche Summe Geld geschenkt, sie mussten ihm aber versprechen, ein Haus davon zu kaufen. Dass sie nicht auf dem Festland leben wollten, war von Anfang an klar. Mein Großvater stammte aus Gotland, hier hatte er seine Märta kennengelernt, hier hatte er einen Steinmetzbetrieb gegründet, hier wollten sie wohnen. Immer wieder kam er zu der Stelle, an der heute die Bank steht, auf der wir vorgestern saßen, damals war dort natürlich noch Brachland, nichts war erschlossen, nur Wildwuchs und Gestrüpp gab es. Er hat mir später erzählt, dass er zu dieser Zeit oft dorthin fuhr, über die Ostsee bis zum Horizont in der Ferne schaute und sich vorstellte, wie es sein würde, an diesem Ort ein Haus zu bauen. Für sich und seine Märta und die vielen Kinder, die sie sich gewünscht haben und für alle, die nach ihnen kommen würden. Es war seine Vision. Und er hat sie verwirklicht.

Das Grundstück ging in sein Eigentum über, das Haus wurde gebaut und nach meiner Großmutter benannt, und sie zogen ein. Aber die vielen Zimmer blieben leer, weil ihnen die Kinder, die sie sich gewünscht hatten, nicht vergönnt waren. Meine Großmutter erlitt etliche Fehlgeburten, bei einer wäre sie beinahe verblutet, und das erste Kind, das sie zur Welt brachte, hatte eine seltene genetische Erkrankung, an der es mit vier Monaten starb. Als sie schon nicht mehr an ihren Traum von einer Familie glaubten, wurde meine Großmutter noch einmal schwanger, und endlich bekam sie ein gesundes Kind. Meine Mutter.«

Er machte eine Pause, trank einen Schluck Wein, und Mella hoffte, er würde weitererzählen. Mit dieser Stimme, dieser ruhevollen Mattis-Stimme, die sie von Anfang an gemocht hatte und die ein Wohlbehagen in ihr auslöste, wie sie es lange nicht verspürt hatte. Seine ungewohnte Offenheit überraschte sie, und gleichzeitig stellte sie fest, dass sein Leben sie interessierte.

»Damit ist sie die direkte Erbin«, sagte sie. »Warum hat dein Großvater das Haus nicht seiner Tochter vererbt, sondern dir und Ann-Marie, seinen Enkelkindern?«

Mattis setzte sich auf. Vorsichtig stellte er sein Weinglas neben der Decke ab. »Er hat gespürt, dass meiner Mutter nie etwas an der Villa gelegen hat. Sie ist mit meinem Vater nach Stockholm gezogen, sobald Ann-Marie und ich halbwegs auf eigenen Beinen standen – das war immer ihr Traum, eine Wohnung in der Stadt, ein kleiner Laden. Sie verkauft Handtaschen, es ist für sie der Inbegriff von Glück. Ich verstehe es nicht, aber ihr Herz schlägt für dieses Leben.«

Wie sehr muss die Stadt Mattis' Mutter gelockt haben, dachte Mella. Sie selbst war ein Stadtkind und hatte nie die Möglichkeit in Betracht gezogen, auf dem Land zu leben. Sie sollte also die Entscheidung von Mattis' Mutter, die das beschauliche Inselleben gegen die Großstadtmetropole auf dem Festland eingetauscht hatte, nachvollziehen können. Doch irgendetwas in ihr sperrte sich dagegen – es war ja nicht das Leben in irgendeinem Provinznest gewesen, das sie getauscht hatte, sondern jenes in einem Haus, das eine Geschichte hatte und in dem die Vision des Großvaters lebte.

»Sie hätte das Haus erben können und hat es ausgeschlagen?« Sie hatte ihren Gedanken wie eine Frage formuliert, dabei war es eine Feststellung, die sich wie eine Ungeheuerlichkeit anhörte.

»Es gab damals viele Streitereien«, erwiderte Mattis mit einem Schulterzucken. »Meine Mutter hat ihrem Vater deutlich zu verstehen gegeben, dass sie nichts mit einem Haus anfangen kann, das kernsaniert und generalüberholt werden muss, bevor man einziehen kann. So ähnlich hat sie es ausgedrückt, sie hat reichlich überzogen damit, sogar den Begriff Ruine benutzt, was meinem Großvater sehr wehgetan hat. Er hat das Haus geliebt. Und er hat es ja auch für sie gebaut, für sein einziges Kind, seine Tochter. Mit ihrer Verweigerung und ihrer verletzenden Offenheit hat sie seine Vision zunichte gemacht. Er wäre zusammengebrochen, hätten Ann-Marie und ich das Erbe ebenfalls ausgeschlagen.«

»Dann habt ihr es nur angenommen, um ihn nicht noch mehr zu verletzen?«

»Nein, nein, überhaupt nicht. Wir lieben das Haus. Es ist randvoll mit schönen Erinnerungen. Es war für Ann-Marie genauso klar wie für mich, dass wir es renovieren und einziehen werden. So habe ich es unserem Großvater versprochen, nur ein paar Tage, bevor er gestorben ist. Das Sprechen fiel ihm da schon schwer, aber er hat noch mal alle Kräfte aufgebracht, um mir etwas mitzugeben.« Erwartungsvoll sah Mella ihn an. »In diesem Haus, hat er gesagt, hat oft der Kummer gewohnt. Aber dann kam das Glück, Mattis. Deine Großmutter und ich, wir waren glücklich miteinander, trotz allem, was das Leben uns genommen hat. Lass es nicht gehen, das Glück, nur weil wir nicht mehr in diesen Wänden leben. Halt es gut fest.«

Er unterbrach sich, wirkte nachdenklich, schwieg.

»Und hast du es festgehalten?«

Sie hatte nicht nachgedacht, hatte ausgesprochen, was seine Worte in ihr ausgelöst hatten, und jetzt, da sie zwischen ihnen in der Luft hingen, bereute sie ihre vorschnelle Frage. Sie war zu persönlich, vielleicht berührte sie etwas in ihm, das ihn kränkte oder verletzte. Der Seufzer und das darauf folgende kurze Schweigen bestätigten ihre Befürchtung. Sie öffnete den Mund, wollte zu einer Entschuldigung ansetzen, doch da hörte sie ihn weitersprechen.

»Ich hab es versucht«, sagte er. »Aber es ist nicht geblieben. Ich konnte es nicht festhalten.«

Erleichtert atmete sie auf, weil seine Reaktion nicht darauf hindeutete, dass sie ihm mit ihrer Frage möglicherweise zu nahe gekommen war.

»Kann man das überhaupt?«, erwiderte sie. »Das Glück festhalten? Ist es nicht wie mit Wasser, das einem durch die Finger rinnt, wenn man es hineinschöpft? Glück ist doch kein Dauerzustand, sondern eine Momentaufnahme.« Ein schwaches Nicken zeigte ihr, dass er ihr zumindest teilweise zustimmte. »Vorhin, als du über deine Mutter und ihren Taschenladen gesprochen hast, sagtest du, er ist ihr Inbegriff von Glück. Was ist deiner?«, fragte sie.

Seine Antwort kam ohne langes Überlegen. »Wenn ich Elin lachen höre. Wenn ich sicher sein kann, dass es ihr gut geht. Wenn ich zu ihr ins Hospital gehe und sie in diesem Krankenhausbett sitzt und mich anstrahlt.« Er nickte ein paarmal wie zur Bekräftigung, dass er das Gesagte auch wirklich so gemeint hatte.

Mella lächelte. »Wie geht es ihr? Ann-Marie hat mir erzählt, was passiert ist.«

»Morgen darf ich sie nach Hause holen. Ich hab ihr versprochen, dass wir zur Feier des Tages ihre Lieblingsburger machen.«

»Dann ist die Vision vom Glück also doch nicht ganz verschwunden.«

»Elin ist mein Glück, ja. Mein einziges beständiges Glück.«

Bei seinen Worten dachte Mella an ihre Mutter, an die Vergangenheit, an ihre Kindheit, an die Zeit, in der sie realisiert hatte, dass ihr Familienleben ausschließlich aus der Mutter-Tochter-Zweisamkeit bestand, nicht wie in den Familien ihrer Freundinnen, in denen es Vater und Mutter, manchmal auch noch Großeltern gab. Ihre Mutter und sie – das war seit jeher ein eingeschworenes Zweierteam, in dem sich eine auf die andere verlassen konnte, so wie es bei Mattis und Elin war, mit der unzerstörbaren Liebe zwischen Vater und Tochter.

»Darf ich fragen, was mit Elins Mutter ist?«

»Sie ist gegangen, als Elin vier war, kompletter Kontaktabbruch. Wollte sich verwirklichen, dabei standen wir beide ihr im Weg. Seit wir geschieden sind, habe ich keine Ahnung, wo sie heute lebt, was sie macht, es ist mir egal.« Seine Stimme hatte sich verändert, klang hart und rau, und in seine Züge grub sich eine Bitterkeit, die Mella erschreckte. Sie bedauerte es, dass ihr Gespräch eine so unerwartete Wendung genommen hatte, überlegte, ob sie ihm das sagen oder lieber schweigen sollte. Sie ließ ihm Zeit, aber er fügte nichts mehr hinzu, und so breitete sich eine Stille zwischen ihnen aus, die nur unterbrochen wurde von den Stimmen einiger Klippenbesucher, die mit Rucksäcken an ihnen vorbeizogen. »Und wie ist das mit dir?«, hörte sie ihn dann doch irgendwann fragen. »Wir haben nur über mich gesprochen. Was ist für dich der Inbegriff von Glück?«

Einen unversehrten Arm zu haben ...

Verlegen zupfte sie am Ärmel ihrer Jacke. Sie kannte Mattis nicht gut genug, um den Mut aufzubringen, diese Wahrheit mit ihm zu teilen, ihren offenkundigen Makel zu benennen wie auch die Lücke in ihrem Leben. Um ihm von ihrer Mutter zu erzählen, die einst die in ihre Vergangenheit reichenden Fäden abgeschnitten hatte und Mellas Fäden gleich mit. Wie gut musste man jemanden kennen, um die eigene Definition von Glück mit ihm zu teilen?

»Darüber muss ich nachdenken«, erwiderte sie zögernd, mit einem Lächeln, das beinahe einer Entschuldigung gleichkam.

Dankbar registrierte sie, dass Mattis taktvoll genug war, nicht nachzufragen.

»Komm«, sagte er. »Ich zeig dir was.« Er stand auf und ging ein paar Schritte, ohne sich zu vergewissern, dass sie ihm folgte.

»Und die Sachen?«, rief sie ihm nach.

»Wir bleiben in der Nähe.« Sie sah ihm nach, wie er mit langen Schritten über das felsige, hier und da von kargen Sträuchern bewachsene Plateau ging und eilte ihm nach. An der Stelle, an der zerklüftete Felsbrocken und herumliegendes Gestein den Rand der Klippe markierten, blieben sie stehen. Das Meer leuchtete im Licht der Nachmittagssonne, hier und da trieben ein paar Wolken am Himmel. »Schau, da ist Visby«, hörte sie seine Stimme. Mit einer Hand beschattete sie ihre Augen. Ihr Blick folgte seinem ausgestreckten Arm, sie entdeckte in der Ferne die Hafenstadt, deren Gebäude wie eine Ansammlung zusammengewürfelter Spielzeughäuser wirkte, meinte gar die Türme des Doms sehen zu können. »Probier es hiermit.« Er reichte ihr ein kleines Fernglas, und sie nahm es und hielt es sich vor die Augen. Jetzt erkannte sie auch die anderen Kirchtürme, die imposante Ruine von Sankta Katarina, deren Giebelreste sich über die roten Dächer der umliegenden Häuser erhoben, Teile der Stadtmauer mit den Wehrtürmen und den blau-gelben, im Wind flatternden Fahnen. »Sieh ganz langsam weiter nach rechts.«

Ihr Blick glitt über den Hafen am südlichen Ende der Stadt hinweg, streifte ein großflächiges bewaldetes Gebiet, dann ein herrschaftliches Gebäude, das eine Art Landhaus sein konnte mit einem breiten Giebel, der sich zwischen dem Grün herausschälte. Dann ahnte sie, was er ihr zeigen wollte. Winzig, wie das Zubehör eines Puppenhauses, aber deutlich erkennbar.

»Die Bank!«, rief sie aus. »Ich kann sie sehen.«

Sie hörte ihn leise lachen. »Die Villa Märta kann man von hier aus nicht sehen, auch im Winter nicht, wenn die Bäume das Laub abgeworfen haben. Aber immerhin die Bank.«

»Würde ich auf Gotland wohnen, wäre hier wahrscheinlich mein Lieblingsplatz«, sagte sie leise.

Gebannt schaute sie durch die Okulare des Fernglases über das Meer, entdeckte die Fähre, die in diesem Moment den Hafen von Visby verließ, ein Boot mit schneeweißem Segel in der Ferne, das Funkeln der Sonnenstrahlen auf den Gischtkronen.

»Dann haben wir etwas gemeinsam«, erwiderte er. Sie drehte sich zu ihm um und reichte ihm das Fernglas zurück. »Ich komme oft hierher«, fügte er hinzu. »Ist ein guter Ort, wenn man Abstand braucht. Wenn ich hier oben bin, stelle ich mir vor, über den Dingen zu stehen. Über allem, was mir Sorgen macht, über düsteren Gedanken, schweren Entscheidungen und Ballast, der mir auf der Seele liegt. Alles liegt winzig klein irgendwo da unten, wo es mich nicht belastet. Manchmal kann ich es nicht einmal mehr sehen.«

Er unterbrach sich, sein Gesicht wirkte verschlossen, er presste die Lippen zusammen, als wollte er sich selbst daran hindern weiterzusprechen. Ohne eine Regung starrte er hinaus aufs offene Meer. Was seine Worte in ihm heraufbeschworen, konnte Mella nur erahnen. Ob ihm wieder ihre Ähnlichkeit mit dieser Frau zu schaffen machte, die einmal eine Rolle in seinem Leben gespielt hatte? Sie würde es nur herausfinden, wenn sie ihn darauf ansprach. War dies der richtige Augenblick? Oder der völlig falsche?

»Ich würde dich gern was fragen. Darf ich?«

»Sicher.«

Ein paar Schritte neben ihnen tauchte eine Gruppe junger Leute auf, sie alberten und lachten miteinander, eins der Mädchen kraxelte in Riemchensandalen auf den Felsbrocken herum.

»Ann-Marie hat mir gesagt, dass ich Ähnlichkeit mit einer Frau habe, mit der du zusammen warst.«

Mattis schwieg. Mit unbewegtem Blick starrte er in die Ferne. Der falsche Moment. Wie verrückt war sie denn zu glauben, der schweigsame Mattis Lindholm öffnete sich ihr? Ohne ein Wort drehte er sich um und ging zurück zu ihrem Picknickplatz. Sie hatte es vermasselt. Das Bedauern darüber schmeckte wie etwas Verdorbenes, das sie unmöglich herunterschlucken wollte.

Die Jugendlichen zogen in die entgegensetzte Richtung, ihre Stimmen wurden leiser. Mella beneidete sie um ihre Unbeschwertheit. In der Zwischenzeit hatte Mattis ihren Picknickplatz erreicht. Sicher war ihr kleiner Ausflug nun beendet, weil sie mit ihrer Direktheit den Finger in eine Wunde gelegt hatte, die nicht verheilt war und die sie mit ihren Worten aufgerissen hatte. Er beugte sich hinunter zu seiner Tasche, suchte etwas darin und kam damit zurück zu ihr. Stumm öffnete er die Faust. Ein Ring lag auf seiner flachen Hand. Nein, nicht irgendein Ring. Es war jener, den sie sich in der Kirche von Lärbro unerlaubterweise an den Finger gesteckt hatte. Sie schloss die Augen, unterdrückte die Erinnerung an diesen Moment, und gleichzeitig wurde ihr klar, dass der schmale Reif mit der Inschrift an die Hand der Frau gehört hatte, der sie äußerlich glich.

»Als ich sie kennengelernt habe, hatte sie blonde lange Haare so wie du.« Ausdruckslos war sein Blick, den er auf den Ring in seiner Hand richtete. »Du gleichst ihr in der Statur, auch deine

Augen ... und die Art, wie du dich bewegst. Als du in der Kirche aufgetaucht bist, war ich ... Ich war irritiert, weil ich im ersten Moment dachte, dass sie es ist, dass sie ... nur in der Ausgabe von früher so wie ich sie kennengelernt habe. Das hat mich irgendwie umgehauen.« Er sah sie an. »Ich muss seltsam gewirkt haben, weil mein Verstand mir zwar gesagt hat, dass du nicht sie sein kannst, ich aber ... Ich war einfach vom Gegenteil überzeugt. Zumindest bis ...« Sie unterbrach ihn nicht, weil sie merkte, wie dringend die Worte aus ihm herausmussten. So dringend, dass er viele Sätze nicht beendete. Aber sie verstand ihn trotzdem, verstand alles, was er ihr auf der Klippe des Högklint anvertraute, auch das Ungesagte, auch den Schmerz, die Angst, die Sehnsucht zwischen den Worten, am Ende der abgebrochenen Sätze. »Bis ich dich sprechen gehört habe«, fuhr er fort. »Deine Stimme klingt anders und dein Schwedisch auch, und dann hab ich deine Hand gesehen und dass du da so eine Narbe hast. Das hat mir beides geholfen, ganz langsam zu begreifen, dass du nicht sie bist.«

Innerlich zuckte sie zusammen.

... dass du da so eine Narbe hast.

Beiläufig hatte es geklungen. Als wäre es ein winziger verblasster Strich, der an einen chirurgischen Eingriff erinnerte. Nicht der Rede wert.

»Und dann warst du enttäuscht?«, fragte sie.

Erst als sie die Frage ausgesprochen hatte, bemerkte sie die Doppeldeutigkeit darin.

Entschieden schüttelte er den Kopf. »Erleichtert. Noch Tage später habe ich mich gewundert, dass da Erleichterung war und keine Enttäuschung.« Sie glaubte ihm. Sie kannte ihn kaum, aber sie glaubte ihm. »Deshalb habe ich dich angesprochen, als du zum zweiten Mal in der Kirche warst. Ich hatte das Bedürfnis, dir zu zeigen, wie ich wirklich bin, damit du mich nicht für einen komischen Trottel hältst, der Frauen anstarrt und kein Wort über die Lippen bringt.«

In gespielter Übertriebenheit verdrehte er die Augen, und dann grinste er sie auf eine so liebenswerte Weise an, dass sie nicht anders konnte, als zu lachen.

»Wäre es schlimm für dich gewesen, wenn dieser Eindruck bei mir entstanden wäre?«

»Ja«, erwiderte er mit großem Ernst. »Ja, das wäre es. Ich mag es nicht, wenn etwas in eine Schieflage gerät und nicht geradegerückt wird. Schon gar nicht, wenn eine Frau wie du beteiligt ist.«

»Eine Frau wie ich ...«, wiederholte Mella mit besonderer Betonung auf dem letzten Wort. »Ist das eine Schublade?«

»Nein!« Bei einer Geste, die wohl eine Bitte um Entschuldigung andeuten sollte, streifte er versehentlich ihren linken Arm, sodass sie zusammenzuckte und einen kleinen Schritt zurückwich. Erschrocken sah er sie an. »Was ist passiert?«

Sie atmete tief ein.

Mach kein Drama draus, Mella!

Vielleicht war es sogar ihre Chance, über ihren verdammten Schatten zu springen. Mattis war so ehrlich und offen ihr gegenüber gewesen, also konnte sie es auch sein. So wollte sie auch sein. Jetzt. Hier, an diesem Ort, an dem sie über den Dingen stand. Sie zögerte, spürte, dass ihr wild schlagendes Herz ihren ganzen Brustraum ausfüllte. Ohne ein Wort und quälend langsam, als bräuchte sie Zeit, um sich selbst zu gestatten, jederzeit einen Rückzieher zu machen, schälte sie sich aus ihrer Jacke, unter der sie ein kurzärmliges T-Shirt trug. Mild strich der Wind ihr über die bloßen Arme, und kaum dass sie das Kleidungsstück in der Hand hielt, kroch das unsägliche Gefühl der Scham in ihr herauf. Sie kämpfte mit aller Kraft dagegen an und streckte in einem Akt größter Überwindung den linken Arm aus – wie die Einladung zu einer Besichtigung.

Hatte sie das außer bei Fränzi und ihrer Mutter und bei den ärztlichen Untersuchungen jemals so getan? Nie. Nie bei einem Mann, erst recht nicht bei der ersten Verabredung. Sie musste nicht ganz bei Trost sein, zwang sich, Mattis anzusehen, sie wollte seinen Gesichtsausdruck deuten, wollte wissen, ob sich etwas darin veränderte, jetzt, da er den vom Handgelenk bis zum Ellenbogen vernarbten Arm aus nächster Nähe betrachtete, die hellen und rötlichen Bereiche, die wie Inseln auf einer Landkarte ineinanderflossen und keine Sonnenbräune mehr annahmen, den hellen, unregelmäßig geformten Wulst, der sich bis fast zum Daumengelenk zog und Schuld daran war, dass diese Stelle nicht mehr so beweglich war wie vorher, und schließlich das blassrote Rechteck auf der Innenseite des Unterarms, wohin man ein zehn mal sieben Zentimeter großes Stück Eigenhaut transplantiert hatte.

Ihre Knie begannen zu zittern. Sie fühlte sich nackt, entblößt bis auf die innerste Seelenhaut, und wusste nicht, wie sie dieses Gefühl, das sie selbst herbeigeführt hatte, auch nur eine Sekunde länger aushalten sollte. Da spürte sie plötzlich die Wärme seiner Hand auf ihrer Schulter, eine sanfte Berührung, mit der sie nicht gerechnet hatte.

»Alles gut?«, hörte sie seine Stimme.

Der felsige Grund unter ihren Füßen schien nachzugeben, ihre Knie zitterten, aber sie wusste, dass es nicht nur an dem unerträglichen Gefühl des Entblößtseins lag, sondern auch an der unerwarteten Nähe, an seiner Berührung.

»Das Andenken an eine Sommerparty«, sagte sie und sah ihm ins Gesicht. Seine Hand ruhte mit einer solchen Selbstverständlichkeit auf ihrer Schulter, dass es schien, dies wäre der einzig richtige Platz für sie. Am liebsten hätte Mella sich hineingeschmiegt wie in ein weiches Nest. Und dann stiegen die in ihrer Erinnerung unauslöschlich eingebrannten Bilder jenes Sonntags in den Sommerferien auf. Sie begann zu erzählen, wunderte sich darüber, dass sie nicht stockte oder ihr die Stimme wegblieb. Vielleicht weil sich die Nähe zwischen ihnen richtiger anfühlte als irgendetwas zuvor. Konnte das überhaupt möglich sein nach der kurzen Zeit? »Bis heute kann ich meinen linken Arm nicht als ein zu mir gehöriges Körperteil akzeptieren.« Vor Verlegenheit wusste sie nicht, wohin sie schauen sollte. Sie begriff nicht, wieso sie das Bedürfnis verspürte, in seiner Gegenwart so offen über ihre größte Schwäche zu sprechen. Es gefiel ihr, und gleichzeitig machte es ihr Angst. Seine Berührung, die ihr wie eine Liebkosung erschien, jagte ihr ein zartes Prickeln über den Körper. »Ich sollte es tun, aber ich kann es nicht. Es ist nicht nur der Anblick, sondern auch die Empfindungsstörung der Haut. Viele Bereiche fühlen sich taub an, und ich vertrage es nicht, dort berührt oder ein bisschen fester angefasst zu werden. Außerdem kann ich es nicht ausstehen, wenn die Leute hinstarren.«

Tränen stiegen ihr in die Augen, ausgelöst von ihren eigenen Worten und dem Gefühl der Scham, das jetzt wieder, ungefragt und eiskalt wie ehedem über sie hinwegschwappte. Sie wünschte sich, in eine Felsspalte kriechen zu können. Eindringlich sah er sie an, sein Gesicht verschwamm hinter ihren Tränen.

»Es tut mir leid«, sagte er mit einer Sanftheit, die sie bis ins Innerste berührte. »Es tut mir leid, dass ich deinen Arm vorhin aus Versehen berührt habe. Und es ist gut, dass du es mir erzählt hast. Ich werde aufpassen, versprochen.«

Langsam ließ er seine Hand sinken. Mella brachte ein flüchtiges Lächeln zustande, während sie ihre Tränen trocknete. Sie wies auf die Jacke. »Das ist das Einzige, was mir hilft. Lange Ärmel. Nur damit fühle ich mich sicher.«

»Kann ich gut verstehen.«

Ganz einfach, er verstand es. Er versuchte nicht, ihr weise Ratschläge zu geben, wie sie sie hundertmal ungebeten erhalten hatte. Sie nickte ihm zu, dankbar, dass Worte, Erklärungen, Kommentare überflüssig waren, und sie schwiegen, ohne dass es unangenehm wurde. Irgendwann begann Mattis in seiner Hosentasche zu kramen. Der Ring. Er drehte ihn zwischen den Fingern. Dann holte er aus. Mit einer kraftvollen Bewegung schleuderte er den Ring weit von sich über den Rand der Klippe ins Meer.

»Warum hast du das gemacht?«, rief sie erschrocken.

»Es war der richtige Moment.« Sein Gesicht wirkte entspannt, er lächelte.

Der Wind frischte auf, zerzauste sein Haar, blies es ihm in die Stirn, vor die Augen, aber es schien ihn nicht zu kümmern.

»Sie hat ihn dagelassen, als sie gegangen ist«, sagte er. »Hat ihn auf den Küchentisch gelegt wie eine gelesene Zeitung, die man zusammenfaltet und auf die Seite legt. Ich konnte ihn nicht einfach entsorgen, wie man Altpapier entsorgt. Wie man sich von etwas trennt, das ausgedient hat.«

Es war keine Frage, aber er sah Mella an, als erwartete er eine Antwort von ihr, eine Zustimmung oder einen Widerspruch. Sie dachte an die Gravur.

Mattis, für immer.

»Aber jetzt hast du dich von ihm getrennt.«

Er nickte. »Ich habe begriffen, dass er keine Bedeutung mehr für mich hat.«

»Und jetzt liegt er da unten irgendwo auf dem Grund der Ostsee«, entgegnete Mella.

Er vergrub die Hände in den Hosentaschen und scharrte mit der Schuhspitze im Staub. »Ist der richtige Platz für ihn.«

Sie blinzelte wegen der schon recht tief stehenden Sonne, die Augen mit der flachen Hand beschirmt. »Vielleicht brauchtest du diesen Ort dafür«, sagte sie. »Um über den Dingen zu stehen.«

Sie lächelten einander zu.

»Wir kennen uns kaum«, sagte er leise mit einem leichten

Kopfschütteln, »aber es fühlt sich anders an.« Er sprach aus, was sie dachte. Der karge Boden des Högklint drohte endgültig nachzugeben, so weich wurden ihre Knie mit einem Mal. Und dann zog er sie an sich, und sie ließ ihre Jacke fallen und umschlang seinen Oberkörper mit beiden Armen. »Danke«, hörte sie seine Stimme ganz nah an ihrem Ohr.

Eine Brise trieb kühl von der Ostsee heran, doch in Mattis' Umarmung fröstelte sie nicht.

25. April 1982

*Liebster Rik,
die Tage sind grau, es wird nicht richtig hell, die Wolken hängen tief über unserem Haus, sodass ich Angst habe, unter ihnen zu ersticken, wenn der Wind sie nicht bald davontreibt. Aber es sind nicht die Wolkenberge, die mich ersticken, es ist mein Herz. Dabei war ich so erleichtert, als ich heute deinen Brief erhielt. Endlich wieder ein Lebenszeichen von dir! Was für eine wunderbare Idee, ihn an die Adresse der Schule zu schicken, mit der Bitte, ihn mir weiterzuleiten. Dass du mich weiter fördern möchtest, hieß es, und deshalb Kontakt zu mir suchst. Sie haben es dir geglaubt.*

Bis zur Pause musste ich warten, dabei hätte ich den Brief am liebsten sofort aufgerissen und gelesen. Und jetzt sitze ich hier und finde keine Worte. So wenig, wie du welche gefunden hast. Nur ein paar Sätze hast du mir geschrieben, aber ich lese nicht nur das, was die Tinte auf dem Papier hinterlassen hat, sondern auch, was zwischen den Worten liegt, was du hineingestreut, hineingefühlt, hineingeweint hast. Worte reichen ja nicht aus, um das, was mit Liv passiert ist, erklärbar, verstehbar zu machen. Auf eine sachliche Weise tun sie es, tust du es. Ist Sachlichkeit das einzige Mittel, mit einem Unglück, einer Katastrophe dieser Art umzugehen? Ein Reitunfall, das Ausmaß der Verletzungen ist so groß, dass die Folgen noch nicht absehbar sind. Nichts ist absehbar, von einer Sekunde zur anderen ist nichts mehr berechenbar, verschieben sich Prioritäten und Vorhaben, und Träume verlieren ihre Daseinsberechtigung.

Das Schicksal hat die Weichen gestellt, unerbittlich, so kommt es mir vor, und du ergibst dich ihm.

Entschuldige dich nicht dafür, dein Versprechen nicht halten zu können, Liebster, das verstehe ich, auch wenn es mir unendlich wehtut, getrennt von dir zu sein, aber du kannst in dieser Situation nicht gehen, kannst sie jetzt nicht verlassen. Ich weiß ja, dass du nicht aus Liebe zu ihr stehst, sondern einzig aus Verantwortungsbewusstsein. Es spricht für dich, dass du sie nicht allein lässt, sondern an ihrer Seite bleibst und ihre Hand hältst. Was für ein Unmensch wärst du, würdest du sie im Stich lassen, es wäre ja nichts anderes, als wenn du dich abwenden würdest, wenn du dich umdrehen und gehen würdest. Wenn du sagen würdest, da ist eine andere, die ich erst seit Februar kenne, für die ich aber mein Leben auf den Kopf stelle, für die ich alles stehen und liegen lasse, für die ich sieben Jahre und eine geplante Hochzeit über den Haufen werfe mit einer Frau, deren Gehirn so verletzt ist, dass man sie ins Koma gelegt hat.

Wir werden uns schreiben und durch unsere Briefe miteinander verbunden bleiben, wir werden von unseren Worten leben, so wie wir es bisher getan haben. Ich will daran glauben, dass das Schicksal einen anderen Plan für uns hat, einen besseren, dass es etwas für uns vorgesehen hat, wovon wir jetzt noch nichts ahnen. Vielleicht ist unsere Zeit noch nicht gekommen. Ich bete dafür, dass das Leben uns nicht vergisst.

Mit dir bis ans Ende der Welt, liebster Rik, ich höre nicht auf, daran zu glauben, darauf zu hoffen, davon zu träumen.

Ich liebe dich.

Griddy

SIRI

Gotland – Januar 2023

Zarte Schneeflocken tanzten auf das Grablicht herab, das Siri angezündet und in die lehmige Erde gedrückt hatte, vor das Kreuz mit dem Namen ihrer Mutter. »Im Frühjahr bring ich dir Blumen aus deinem Garten.« Sie trat einen Schritt zurück. »Dann ist Papa bestimmt wieder da.« Ein eisiger Windstoß trieb ihr einen Flockenwirbel ins Gesicht. Schützend wandte sie sich etwas zur Seite und stellte den Mantelkragen auf, vergrub gleich darauf die Hände tief in den Taschen. Der marineblaue Wintermantel ihrer Mutter war ihr stetiger Begleiter geworden. Wenn sie ihn trug, fühlte sie sich ihr nahe. Näher. Verbundener. In die Ärmel zu schlüpfen und die Hornknöpfe zu schließen war, als streifte sie etwas aus dem Leben ihrer Mutter über, das ihr dabei half, sich weniger getrennt von ihr zu fühlen. Sie sah den Flocken dabei zu, wie sie sich als winzige Kristalle auf den blauen Wollstoff setzten, auf die Fransen des dreimal um den Hals geschlungenen Schals, auf die Spitzen ihrer Stiefel, mit denen sie Spuren im frisch gefallenen Schnee rund um die Grabstelle hinterlassen hatte. »Ich gehe jetzt, Mama.«

Nicht im Traum hatte sie damit gerechnet, dass es ihr derart schwerfallen würde, sich für die nächsten Monate von ihrer Mutter zu verabschieden. Seit sie vor Weihnachten die Villa Märta verlassen und in ihr Elternhaus nach Eskelhem gezogen war, hatte sie jeden Tag den Friedhof besucht. Der Gang zum

Grab und die Gedanken, die sie dort mit ihrer Mutter teilte, gehörten zu ihrem Tagesablauf wie das tägliche Zähneputzen und die Tasse Kaffee am Nachmittag. Sie machte sich nichts vor. Die Friedhofsbesuche würden ihr fehlen, und in einem verborgenen Winkel ihres Herzens kam es ihr vor, als ließe sie ihre Mutter im Stich oder als bräche sie den Kontakt zu ihr aus purem Egoismus ab. Als ausgemachten Unsinn hatte Jerik diese Sorge bei ihrem letzten Telefonat ein paar Tage zuvor bezeichnet. Sie solle sich nicht solch absurden Gedanken hingeben und bloß ihr Vorhaben nicht anzweifeln. Es war gut, dass er ihr den Kopf gewaschen hatte, sonst hätte sie es sich vielleicht anders überlegt und einen Rückzieher gemacht.

Nach einem letzten Blick auf die im Luftzug flackernde Flamme verließ sie den Friedhof. Ihr Gepäck hatte sie schon ins Auto geladen, den Haustürschlüssel Viveca gebracht, die ihr versichert hatte, bis zu Arvids Rückkehr regelmäßig nach dem Haus zu sehen. Siri stieg in den Wagen und lenkte ihn durch das Schneegeriesel, das mehr und mehr in einen kalten Regen überging. Die Wischerblätter hinterließen einen schmierigen Belag auf der Frontscheibe. Sie hatte sie ewig nicht gereinigt oder gar ersetzt. Ohne hinzusehen, schaltete sie das Autoradio ein, wo auf allen Sendern gerade die 15-Uhr-Nachrichten verlesen wurden. Sie hörte nicht hin, überschlug stattdessen gedanklich die Zeit, die ihr bis zum Ablegen der Fähre am Hafen von Visby blieb. Jerik hatte ihr geschrieben, dass die letzte Überfahrt nach Nynäshamn um halb vier vorgesehen war. Sie hatte seine Information nicht überprüft, es war nicht nötig, sie vertraute ihrem großen Bruder – wie immer.

Gotland verlassen. Eine Entscheidung, die sie zwischen Weihnachten und Neujahr getroffen hatte, kurz vor ihrem Geburtstag. Die sechsmonatige unbezahlte Auszeit hatte man ihr dankenswerterweise trotz der Kurzfristigkeit ihrer Anfrage anstandslos gewährt. Die Trauer um ihre Mutter, die Trennung von ihrem Lebensgefährten, der Vater, der sich nach Island abgesetzt hatte. All das. Sie hatte nicht viel erklären müssen. Man hatte verstanden, dass sie etwas Zeit brauchte, um Dinge und Gedanken zu ordnen. Sie setzte den Blinker, bog nach rechts ab und folgte der von weiß gepuderten Wiesen und verwaisten Viehweiden gesäumten Straße. Jeriks Angebot, vorerst bei ihm in Nynäshamn zu wohnen, hatte sie angenommen, ohne lange abzuwägen. Er hatte recht, ein Tapetenwechsel war eine vernünftige Grundlage, um Herz und Seele zu beruhigen.

Und dann war da ja noch die rätselhafte Polaroidaufnahme. Nach dem ergebnislosen Anruf in diesem Kölner Verlag hatte Siri das Foto ernüchtert in der Küchenschublade mit den Rezeptbüchern ihrer Mutter verschwinden lassen. Sie hatte zugeben müssen, dass Mattis gar nicht so falsch gelegen hatte, in stillen Stunden hatte sie selbst angefangen zu glauben, sich in eine verrückte Idee verrannt zu haben. Doch schon bald hatte sie feststellen müssen, dass die Namen Ingrid Haglund und Mella nicht aufhörten, sich fortwährend in ihre Gedanken zu schleichen. Wie verdrängte man, woran man jeden Tag denken musste?

Zuweilen kam es Siri vor, als wäre ihr Kopf wegen Überfüllung, Durcheinander und Ungeklärtem nicht in der Lage, ordnungsgemäß zu funktionieren. Dann wünschte sie sich nichts sehnlicher als Klarheit und Ruhe und Abstand von allem. Mehr als einmal hatte sie sich gefragt, ob das Schicksal ihr das Foto mit Absicht in die Hände gespielt hatte, damit sie sich endlich in Bewegung setzte und herausfand, was es damit auf sich hatte.

Die Insel zu verlassen war also eine wohlüberlegte Entscheidung gewesen, sie zweifelte nicht an ihrer Richtigkeit, und doch stieg jetzt, da sie sich auf dem Weg zu Jerik befand, ein merkwürdiges Gefühl der Leere in ihr auf. Schon wieder ein Abschied. Ein Abbruch. Eine Trennung. Nun ließ sie auch noch ihr Elternhaus und die Insel hinter sich, auf der sie geboren und aufgewachsen war.

Bewusst hatte sie niemanden außer Viveca darüber informiert, wo sie die nächste Zeit wohnen würde. Nicht Mattis, der nach ihrem Auszug in seiner Verzweiflung mehrmals angerufen hatte, und auch nicht Ann-Marie. Den Kontakt zu den beiden empfand Siri wie das Festhalten von etwas Vergangenem. Sie wollte keine Hoffnung in Mattis wecken und die getroffene Entscheidung nicht anzweifeln. Sie wollte keinen Streit, keine Diskussionen, und vor allem wollte sie den stillen Vorwurf in seinem Blick nicht sehen. So hatte sie versucht, in einer Mail an Mattis und einer an Ann-Marie, behutsame Worte zu finden, mit denen sie darum bat, sie vorerst nicht weiter zu kontaktieren, da sie nach vorn blicken wolle und nicht ständig zurück. Dieses Verhalten kam ihr gleichzeitig so kläglich, so charakterlos vor, sie konnte kaum damit umgehen. Über Elin und den tränenreichen Abschied von ihr verbot sie sich nachzudenken. Sie hatte vorgehabt, auch ihr zu schreiben, es jedoch aufgegeben, weil kein Wort der Welt imstande war, den Schmerz, den sie dem Mädchen mit ihrem Auszug bereitet hatte, abzumildern.

Der Nachrichtensprecher hatte seine Meldungen beendet, NRJ Sweden spielte Gute-Laune-Popmusik, die bei Siri jedoch keine Heiterkeit auslöste. Ohne hinzusehen, wechselte sie in den CD-Modus. Jerik hatte ihr zum Geburtstag das aktuelle Album von Jack Johnson geschenkt. *Meet the moonlight*. Entspannte Gitarrenklänge. Musik für einen unbeschwerten Sommerabend am Strand. Oder der Soundtrack für den Abbruch ihres bisherigen Lebens. Beim Gedanken daran stieß sie ein spöttisches Lachen aus.

Ein Graupelschauer ging über Visby nieder, als später der weiße Rumpf der Fähre mit Kurs auf Nynäshamn den Hafen hinter sich ließ. Ungeachtet dessen sicherte Siri sich einen überdachten Platz an Deck, auf dem sich nur wenige Fahrgäste aufhielten. Die meisten bevorzugten bei diesem Wetter den Schutz im trockenen und geheizten Fahrgastraum. Siri grub ihr Kinn in den Schal und zog sich die Mütze tiefer ins Gesicht, während sie die sich im Winterdunst auflösenden Konturen Gotlands fest im Blick behielt. Immer undeutlicher wurden sie, bis am Ende nur noch der ferne milchige Schein der Hafenbeleuchtung hier und da das Grau durchbrach. Kein Bild hätte besser zu ihrer Stimmung passen können. Etwas schnürte ihr die Kehle zu, das Brennen hinter ihren Augenlidern zwang sie zu blinzeln. Es ist ja nicht für immer, beruhigte sie sich. Erst einmal war es nur ein Gehen auf Zeit, so lange, bis Klarheit im Kopf herrschte und Kummer, Trauer und Chaos geordnet waren.

Eine Frau in knallrotem Daunenmantel zwängte sich an ihr vorbei. Sie murmelte etwas im Vorübergehen, ohne stehen zu bleiben. Sicher eine Entschuldigung, die von dem dumpfen Motorenbrummen verschluckt worden war. Als Siri durch den Graupelschauer wieder zu der Stelle hinüberblinzelte, an der eben noch die Hafenlichter zu sehen gewesen waren, war die Insel vollständig im fahlgrauen Winterdunst verschwunden. Siri mühte sich nach Leibeskräften, die Tränen zurückzudrängen. Was für eine Heulsuse war sie nur geworden!

Längst hatte die Dunkelheit Meer und Land vereint, als die Fähre später planmäßig im hell beleuchteten Hafen von Nynäshamn anlegte. Siri stieg in ihren Skoda. Bis zu Jeriks Wohnung am Stadtrand war es nicht weit. Die Strecke war ihr vertraut, auch im Dunkeln. Glücklicherweise fand sie einen freien Parkplatz unweit des Zweifamilienhauses, in dem sich die Wohnung ihres Bruders befand. Heimatlos wie eine Gestrandete fühlte sie sich, als sie kurz darauf mit ihrem Gepäck vor seiner Wohnungstür stand. Die Umarmung, mit der er sie empfing und in der sie sich seit jeher zu Hause fühlte, wirkten wie ein Gegenmittel.

»*Hej*, kleine Schwester.«

»*Hej, hej*, großer Bruder.«

Nichts hätte einen erfreulicheren Kontrast zu ihrer Gefühlslage und der feuchtkalten Luft draußen bilden können als seine angenehm geheizte Wohnung und das heimelige Licht der Flurlampe. Aus dem Wohnzimmer war leise Musik zu hören, in der Luft lag das Aroma von gebratenem Lachs.

»Als käme ich nach Hause«, flüsterte sie.

Und während sie sich von Jerik halten ließ, wünschte sie sich, endlich den Druck in der Kehle loszuwerden. Sie wollte ihn hinunterschlucken, doch sie merkte, dass dies in der Geborgenheit von Jeriks Umarmung nicht möglich war, weil sich im Nu alle inneren Schleusen öffneten und sie ihren Tränen nicht länger Einhalt gebieten konnte. Sie schluchzte hemmungslos wie ein Kind, klammerte sich an Jerik, als wäre dies die einzige Möglichkeit, den Ausbruch schadlos zu überstehen. So wie sie es als Zwölfjährige getan hatte, als sie ihm hatte beweisen wollen, dass sie in der Lage war, bis in die zweite Astgabel der Kiefer auf dem Grundstück der Sundströms hinaufzuklettern. Sie hatte einen Ast verfehlt, war mit einem Fuß abgerutscht und hinuntergestürzt. Jerik war sofort bei ihr gewesen und hatte sie nach Hause getragen, weil sie vor Schmerzen nicht hatte gehen können. Die Erinnerung daran stieg unvermittelt in ihr auf. So wie damals strich er ihr jetzt tröstend übers Haar und ließ sie erst los, als sie sich beruhigt hatte. Sie standen im Flur, zwischen Kommode und geöffneter Wohnungstür, die er jetzt schloss.

»Hab nicht geahnt, dass es so schlimm ist«, sagte er.

Sie löste sich von ihm und angelte ein Taschentuch aus ihrem Rucksack, putzte sich die Nase.

»Ach, ich versteh es selbst nicht«, erwiderte sie. »Es war vorhin beim Ablegen im Hafen so ... so aufwühlend. Ich hatte das nicht erwartet.«

»Du hast jetzt alle Zeit der Welt, dich nur um dich zu kümmern.« Er ging ihr voran in die Küche und machte sich am Backofen zu schaffen. »Überbackener Brokkoli«, verkündete er in feierlichem Tonfall und prüfte mit einer Gabel den Gargrad. »Mit Lachs.«

Siri lächelte. »Ich liebe Brokkoli und Lachs.«

»Ich weiß.« Er griff nach zwei Topflappen und holte die Form aus dem Backofen.

»Tisch schon gedeckt?«, fragte Siri.

»Klar.« Mit einer angedeuteten Kopfbewegung wies er in Richtung der Essecke am Fenster. »Setz dich, bin direkt bei dir.«

Wenig später saßen sie mit ihren dampfenden Tellern und zwei Dosen Bier einander gegenüber. Früher hatten sie manchmal zusammen in der Scheune gesessen und sich eine Dose geteilt, während sie über dies oder jenes philosophiert hatten. Siri hatte noch nie besonderen Gefallen an Bier gefunden, aber sie hatte es gemocht, abwechselnd mit Jerik einen Schluck aus einer dieser grünen Dosen zu trinken. Geteiltes Bier aus grünen Dosen gehörte zu ihren unvergesslichen Jugenderinnerungen.

Ein Weihnachtsgesteck aus vertrocknetem Tannengrün stand zwischen ihnen, mit einer zur Hälfte abgebrannten honiggelben Kerze darin, die Jerik nun anzündete. Er hielt nicht viel von Wohnungs- oder Tischdekoration. Aber er wusste, dass sie Kerzenlicht mochte, und der Gedanke wärmte sie.

Siri war ihm dankbar, dass er sie nicht mit Fragen überhäufte, sondern davon erzählte, dass er den längst überfälligen Schritt vollzogen und sich von Elsa getrennt hatte.

»Mir geht's also ähnlich wie dir. Der richtige Zeitpunkt, unsere eigene Selbsthilfegruppe zu gründen«, sagte er mit einem schiefen Grinsen.

Siri verzog das Gesicht, spießte ein Stück Gemüse auf und schob es sich zwischen die Zähne. »Etwas Abstand würde mir schon reichen.«

»Wird dir guttun, nicht mehr jeden Tag zu Mamas Grab zu gehen.«

»Vielleicht.« Sie trank einen Schluck. »Aber ich will mit ihr verbunden bleiben.«

»Das wirst du auch ohne die Besuche auf dem Friedhof.«

Er lächelte ihr zu. Abstand. Ein furchtbares Wort im Zusammenhang mit ihrer Mutter. Ganz anders fühlte es sich an, wenn sie dabei an Mattis dachte.

»Ich werde mir eine Wohnung in Visby suchen, damit ich dir hier nicht so lange auf die Nerven gehe.«

Er legte die Gabel auf den Rand des Tellers und sah sie eindringlich an. »Du gehst mir nie auf die Nerven. Wie kommst du darauf?« Mit einem Kopfschütteln teilte sie ein Stück von ihrem Lachs ab. »Für dich beginnt doch auch ein neuer Lebensabschnitt. Du bist jetzt wieder Single, Bruderherz. Ich will deine Wohnung nicht blockieren, wenn du demnächst eine Frau mitbringst.«

»Hör mal, ich hätte dir nicht angeboten, bei mir zu wohnen, wenn ich es nicht so meinen würde. Ich hab dich …«

Sie hob den Kopf. »Was?«

Über die Kerzenflamme hinweg verschmolzen ihre Blicke miteinander. Siri dachte an den Abend in ihrem Elternhaus in Eskelhem, als Jerik zu Besuch gekommen und sie zusammen Bratkartoffeln gegessen hatten. Auch da hatte es einen solchen Moment gegeben. Einen, der sich von all den anderen unterschied, weil Jerik sie angesehen hatte, wie er sie sonst nie ansah. Als hätte er etwas Neues an ihr wahrgenommen, etwas Unentdecktes, das ihm zuvor nie aufgefallen war, ihn jetzt aber zwang, genau hinzusehen.

»Ich hab dich gern um mich«, sagte er leise. Die Flamme flackerte leicht. »Das weißt du doch.«

Siri hielt Messer und Gabel fest umklammert. »Ja, das weiß ich«, wiederholte sie, ohne den Blickkontakt zu unterbrechen.

Er senkte den Kopf, nahm sein Besteck, aß ungerührt weiter. Hatte sie sich alles nur eingebildet? Etwas in seinem Blick gedeutet, das überhaupt nicht da war?

»Ich schlafe im Arbeitszimmer auf dem Sofa, du kannst das Bett in meinem Schlafzimmer haben.«

»Quatsch«, erwiderte sie. Auch sie widmete sich wieder dem Essen auf ihrem Teller, trennte geschäftig das zartrosa Lachsfleisch von der Haut, schob ein paar Brokkoliröschen von einer Seite auf die andere, trank einen Schluck Bier. »Ich kann auf dem Sofa schlafen, wäre doch nicht das erste Mal.«

»Keine Widerrede.« Er grinste. So wie immer. Wie er schon sein Leben lang grinste, wenn er sich in seinem Status als der Ältere von ihnen beiden sonnte. »Wo kämen wir denn da hin, wenn ich nichts mehr zu bestimmen hätte?«

Sie zog einen Schmollmund und grinste zurück. Eine Weile aßen sie schweigend, dann unterhielten sie sich über den für die Nacht angekündigten Schneefall, das Musikfestival im August in Göteborg und über die Mittelalterwoche, die fast zur gleichen Zeit in Visby stattfinden würde.

August. Bis dahin hatte sie ihre Auszeit beendet und die Arbeit im Tourismusbüro wieder aufgenommen. Sie dachte an die nächsten Tage, Wochen und Monate. Und wie aus heiterem Himmel blitzten die beiden Namen in ihrem Gedächtnis auf. Ingrid Haglund und Mella Haglund. Nach dem erfolglosen Anruf bei dem deutschen Verlag hatte sie kein zweites Mal probiert, Mella Haglund dort zu erreichen. Die Mitarbeiterin hatte sie gebeten, Mitte Januar wieder anzurufen. Dieser Zeitpunkt war überschritten.

»Ich ruf die Nummer noch mal an«, sagte sie ohne einleitende Worte. Jerik zog fragend die Augenbrauen hoch. »Den Verlag«, erwiderte Siri, »ich hab seinen Namen vergessen.«

»Um diese Frauen ausfindig zu machen?«

»Mutter und Tochter, genau. Eine von beiden zu finden wäre ja schon ein Erfolg.«

»Du denkst, dass sie Mutter und Tochter sind, ja?«

»Auf dem Zettel steht das so:

Mit Ingrid Haglund und Mella.«

»Das ist keine Garantie dafür, dass Mella Ingrids Tochter ist.« Siri kniff die Augen zusammen und spürte, wie sich eine Falte zwischen ihren Augenbrauen in die Haut grub. »Könnte ja ein anderes Kind sein, diese Mella, und nicht ihr eigenes«, gab Jerik zu bedenken.

Seine Aussage verunsicherte Siri. Keine Sekunde hatte sie bislang in Erwägung gezogen, die zweite Frau auf dem Foto könnte ein fremdes Kind im Arm halten, aber sie musste zugeben, dass Jeriks Gedanke nicht so abwegig war, wie sie zunächst geglaubt hatte.

»Ich habe eine einzige Mella Haglund ausfindig gemacht«, murmelte sie. »Es gibt nur die eine Spur.«

Sie nickte abwesend, starrte durch die Scheibe, die das Spiegelbild des Raumes in einem milchigen Licht zurückwarf, hinaus in die Nacht. Esperanto. Jetzt fiel ihr der Verlagsname ein. Sie würde anrufen. Bald.

Jerik räumte einen Teil in seinem Kleiderschrank für sie frei, und sie stapelte ein paar ihrer Sachen hinein. Während er in der Tischlerei war, erledigte sie den Haushalt und die Einkäufe. Abend für Abend saßen sie zusammen und aßen, was sie gekocht hatte. Jerik lobte ihre Kartoffelpfannkuchen, die sie eines Abends nach einem Rezept ihrer Mutter zubereitete, doch als sie sie auf die Teller legte, brach sie in Tränen aus, weil ihre Mutter plötzlich zum Greifen nah war, allein wegen des Duftes des gebratenen Specks und des Preiselbeergeschmacks, und weil Jerik sagte, dass er ihn an früher erinnere.

Sie gewöhnten sich an, die Tage zusammen in den Kissen auf Jeriks gemütlichem Sofa ausklingen zu lassen. Manchmal unterhielten sie sich, manchmal sahen sie sich einen Film oder ein Konzert an, manchmal erforschten sie auf der Suche nach einer bezahlbaren Wohnung für Siri den Immobilienteil der Zeitung. An den Wochenenden gingen sie ins Kino, zum Chinesen oder fuhren nach Stockholm, wo sie das Museum für Moderne Kunst auf Skeppsholmen besuchten, in dem sie jedes Mal etwas Neues entdeckten. Siri fand Gefallen an ihrem neuen Leben. Und mit jedem Tag, den sie zusammen mit Jerik verbrachte, mit jeder Mahlzeit, die sie gemeinsam einnahmen, mit jedem Lachen, das sie teilten, gewann sie größeren Abstand zu ihrem bisherigen Leben mit Mattis.

Es war ein Morgen Ende Januar, als sie die Telefonnummer des Esperanto Verlags heraussuchte, die sie in ihr Handy eingespeichert hatte. Ein letzter Versuch, Mella Haglund ausfindig zu machen. Wie beim ersten Mal legte sie sich den ersten Satz auf Deutsch zurecht. Sie tippte die Nummer an und wartete auf den Aufbau der Verbindung.

»Der Esperanto Verlag, Petzold, guten Morgen.«

»Siri Svensson, *hej*. Ich möchte gern Mella Haglund sprechen.«

»Das tut mir leid. Frau Haglund fällt längere Zeit aus. Kann ich Ihnen weiterhelfen?«

Nur mit großer Anstrengung gelang es Siri, ihre Enttäuschung nicht in einem vernehmbaren Seufzer zum Ausdruck zu bringen.

»Ist das ein Zeichen?«, fragte sie Jerik beim Abendessen. »Zwei Anrufe bei diesem Verlag, zweimal ohne Erfolg.« Lustlos nahm sie sich etwas Heringssalat aus der Schüssel. Er war ihr nicht besonders gut gelungen, sie hätte weniger Essig, dafür mehr Senf hineingeben sollen. »Nicht gerade motivierend.« Sie griff nach dem Wasserglas.

»Du hättest die Mitarbeiterin fragen können, ob diese Mella Haglund eine Mutter mit Namen Ingrid hat.«

»Denkst du im Ernst, die Kollegen und Kolleginnen wüssten, wie die Mütter der anderen mit Vornamen heißen?«

Jerik zuckte mit den Schultern. Er hatte seine Portion mit Appetit verspeist. »Wäre einen Versuch wert gewesen.«

Mit einem leisen Aufseufzen stützte Siri ihren Kopf in die rechte Hand. »Ich höre auf.«

»Mit der Suche?«

Sie nickte. »Ist sinnlos.«

»Dann solltest du das Foto ganz weit weg legen, damit du nicht dauernd dran erinnert wirst, dass es noch da ist. Und dich auf anderes konzentrieren.«

»Auf eine neue Wohnung«, sagte sie, hob ihr Glas und reckte die Schultern.

Doch der Gedanke an eine neue Wohnung fühlte sich in ihrem Inneren nicht halb so entschieden an, wie sie es mit ihrer Haltung zum Ausdruck bringen wollte. Eine neue Wohnung würde bedeuten, ihre Sachen zu packen. Jeriks Wohnung zu verlassen. Sich von ihren lieb gewordenen gemeinsamen Gewohnheiten zu verabschieden. Ihr Leben mit ihm aufzugeben.

Die Erkenntnis traf sie an einem wolkenverhangenen Nachmittag, als sie allein in der Wohnung war und ein Telefonat mit einem von Jeriks Kunden führte, der einen neuen Mieter für seine Zweizimmerwohnung in der Altstadt von Visby suchte. Die Wohnung war renoviert, hatte einen Balkon, von dem aus sich der Blick auf die Linden im Pavilljongsplan öffnete, und sie machte auf den Fotos, die er Jerik geschickt hatte, einen vielversprechenden Eindruck. Im Telefonat erfuhr Siri, dass die Wohnung bezugsfertig und ab Februar zur Vermietung vorgesehen war. Sie hatten ein Besichtigungstreffen für den kommenden Sonntag verabredet.

Als sie das Gespräch beendet hatte, ließ Siri die Hand mit dem Telefonhörer sinken und wartete auf die Freude. Sie trat ans Fenster, sah hinaus in die tief hängenden Winterwolken, die die Stadt zu erdrücken drohten, und begriff nicht, warum ihr Herz sich anfühlte, als wäre es schwer wie ein Betonklotz. Sie drehte sich um, ihr Blick glitt über die massive zweitürige Kommode aus Erlenholz, Jeriks Meisterstück. Eine Lampe stand darauf mit einem futuristischen Schirm und daneben ein Foto in einem schlichten Rahmen. Es zeigte sie beide als Jugendliche, die Köpfe dicht beieinander, sie lachten mit offenen Mündern in die Kamera. Siris Haar war damals noch weizenblond gewesen, sie hatte es zu Zöpfen geflochten und ein dünnes Lederband um die Stirn gebunden. Ein Freund von Jerik hatte das Foto gemacht, auf einer Segeltour in den Schären, es war eine halbe Ewigkeit her.

Ohne die Fotografie aus den Augen zu lassen, bewegte sie sich auf die Kommode zu. Sie nahm das Bild in die Hände, betrachtete Jeriks sommersprossiges Gesicht, seine klaren blauen Augen, in denen dieses Strahlen lag, das sie so mochte. Bei seinem Anblick wurde sie von einer Welle der Zärtlichkeit überrollt, und plötzlich begriff sie, warum sie wegen der in Aussicht stehenden Wohnung keine Freude verspüren konnte. Ihr Herz begann zu rasen. Wie elektrisiert stand sie vor der Kommode, das Foto in der Hand. Da hörte sie Jeriks Schlüssel im Schloss der Wohnungstür.

»Siri?«

Rasch stellte sie das Bild auf die Kommode und trat zwei Schritte zur Seite. »Bin hier!«

Außer Atem betrat er den Raum. Im Türrahmen blieb er stehen, rang nach Luft, riss sich die Mütze vom Kopf und fing an, sich mit hektischen Handgriffen aus seinem Schal zu wickeln.

»Hast du zugesagt?« Seine Atemlosigkeit und die geröteten Wangen erweckten den Anschein, als wäre er durch die Kälte gerannt. Verzweifelt versuchte Siri seine Frage mit dem panischen Gesichtsausdruck zu verbinden. Am Tag zuvor hatten sie über die Wohnung in Visby gesprochen, und sie hatte ihm gesagt, dass sie mit dem Vermieter zum Telefonieren verabredet war. Am Morgen, bevor Jerik das Haus verlassen hatte, hatte er ihr Glück gewünscht, ein wenig einsilbig, doch das hatte Siri darauf zurückgeführt, dass er spät dran gewesen war und deshalb keine Zeit für viele Worte gehabt hatte. »Geh nicht!« Mütze und Schal glitten ihm aus den Händen. Er kam auf sie zu. In seinem Blick lag etwas, das sie in all den Jahren erst einmal an ihm bemerkt hatte, damals, als sie auf der Astgabel den Halt verloren hatte, fast zwei Meter tief von Sundströms Kiefer gestürzt war und er sie nach Hause getragen hatte. Nur ein Schritt lag noch zwischen ihnen. Er zog sie in seine Arme. »Bleib bei mir.« Die Zeit stand still. In Jeriks Umarmung wagte Siri kaum zu atmen. Immerfort strichen seine Hände über ihren Rücken, das Zittern in seiner Stimme verriet ihr das Ausmaß seiner inneren Aufregung. »Seit Jahren frage ich mich, ob ich derjenige bin, der dir geben kann, wonach du suchst. Ob ich derjenige bin, der deine Winterseele wärmen kann. Wenn du wüsstest, wie sehr ich es mir wünsche, Siri. Wie sehr ich mir wünsche, es auf eine andere Art tun zu können …« Er unterbrach sich, schien nach Worten zu suchen, und Siri, fieberhaft darum bemüht zu verstehen, was mit ihnen geschah, wusste nicht, was sie hätte sagen können. Sie schwieg ebenfalls. Schon hörte sie wieder Jeriks Stimme, in der jetzt ein verzweifelt klingender Unterton lag. »Du kannst dir nicht vorstellen, welche Kämpfe ich mit mir ausgetragen habe, jedes Mal, wenn du mit einem Mann zusammen warst. Einerseits hab ich mir gewünscht, endlich zu akzeptieren, dass ich dich eines Tages an irgendjemanden verlieren werde. Und gleichzeitig hab ich den

Gedanken weit von mir weggeschoben, weil ich ihn kaum aushalten konnte. Wieder stockte er. »Ich liebe dich«, flüsterte er in ihr Haar.

Siri stand ganz still, beide Hände an seiner Brust, ihr Gesicht an seinen Pullover geschmiegt. Er roch nach Holz, nach Hobelspänen, frischem Sägemehl. Der vertraute Geruch, den sie seit Jahren mit ihrem Bruder verband. Seine Worte verursachten ein zartes Prickeln auf ihrer Haut, durchdrangen sie und sickerten in ihr Herz.

»Warum hast du nie was gesagt?«

»Du hattest dein Leben. Immer mal wieder einen Mann, mit dem du glücklich warst. Und ich hab versucht, auch glücklich zu sein.«

»Ist uns beiden wohl nicht so gut gelungen.«

Er atmete tief ein und wieder aus. »Nein, beim besten Willen nicht. Als ich Elsa kennenlernte, war ich fest davon überzeugt, dass sie und ich ... Na ja, es war ein Trugschluss. Heute weiß ich, dass unsere Beziehung von Anfang an keine Chance hatte, weil die Liebe zu dir immer da war. Etwas so Starkes kann man nicht dauerhaft unterdrücken. Es ist erstaunlich, wie lange ich geglaubt habe, dass ich dich wie ein Bruder lieben könnte. Wenn ich dich so halte wie jetzt, würde ich dich am liebsten nie wieder loslassen. Und immer, wenn ich dich so unschuldig auf die Stirn küsse, sehne ich mich danach, dich endlich, endlich richtig küssen zu dürfen. Und dass ich dir das jetzt alles gestehe ... So wie jetzt haben wir ja noch nie zusammengelebt. Es ist ja fast wie ... Ich mag es, nach Hause zu kommen und zu wissen, du bist da. Ich fühle mich anders, seit du bei mir wohnst. Du bist bei mir, jeden Tag, jede Nacht, immer bist du in meiner Nähe, das macht mich ... glücklich. Du machst mich glücklich, einfach nur, weil du da bist.«

Sie hob den Kopf, sah zu ihm auf. Mit beiden Armen umschlang sie seinen Oberkörper. Träumte sie oder hatte er all das wirklich gesagt? Urplötzlich fühlte sich ihr Mund staubtrocken an. Sie wollte etwas erwidern, wollte ebenfalls solche Worte finden wie er. Worte, die angefüllt waren mit Liebe und die funkelten wie die Ostsee, wenn sich die Sonnenstrahlen auf der Wasseroberfläche brachen. Worte, die er nie vergessen würde, so wie sie die seinen für immer bewahren wollte. Verzweifelt suchte sie nach ihnen, aber sie erkannte, dass kein Wort dieser Welt genügen würde, dass keines auch nur annähernd zum Ausdruck bringen könnte, wovon ihr Herz hier in Jeriks Armen überlief. Durfte sie überhaupt so fühlen? Er war doch ihr Bruder! Seit vierzig Jahren. Hatte ihre Mutter sie beide nicht an jenem Tag, an dem sie das winzige Siri-Bündel mit nach Hause gebracht hatte, zu Geschwistern gemacht? Hatte sie nicht zu Jerik gesagt: »Ab sofort hast du eine kleine Schwester«? Durften sie das Großer-Bruder-kleine-Schwester-Band, das sie durch die Adoption zu Geschwistern gemacht hatte, zertrennen? Wie ein ungebetener Gast setzte sich der Zwiespalt in Siris Herz, direkt neben die Stelle, an der sich Jeriks Worte zuvor so sanft hineingegraben hatten. Das Zittern in seiner Stimme verstärkte sich, als er weitersprach.

»Vielleicht mache ich mit meinem Geständnis alles kaputt zwischen uns. Vielleicht schockiert dich, was ich dir gesagt habe. Und was ich dir alles nicht gesagt habe, würde dich bestimmt noch viel mehr schockieren, aber ich kann es nicht länger in mir einschließen, ich will mein Leben nicht länger so leben, als gäbe es diese Liebe nicht.«

Unsicher sah er sie aus seinen blauen Augen an, in denen jetzt ein seltsamer Glanz lag. Sie wusste, dass er auf etwas wartete, auf eine Erwiderung, eine Antwort, ein Zeichen von ihr. Sachte löste sie ihre Arme von ihm und umschloss sein Gesicht mit ihren Händen.

»Wie ehrlich du bist und wie mutig.«

Ihre Knie wurden weich, und endlich gab sie ihrem Verlangen nach, stellte sich auf die Zehenspitzen, schloss die Augen und küsste ihn. Einmal, zweimal, ein drittes Mal, wie eine Besiegelung, eine dreifache Besiegelung, die jedes so dringend gesuchte Wort überflüssig machte. Er seufzte leise auf, und als sie ihn wieder ansah, wusste sie, dass sich etwas zwischen ihnen für immer verändert hatte.

»Sag was.« Seine Ungeduld entlockte ihr ein Lächeln.

»Will nichts sagen.« Wieder küsste sie ihn, in der Gewissheit, es war die richtige Zeit, der richtige Ort, der richtige Mann. »Du bist es«, flüsterte sie.

Sie reckte ihm ihr Gesicht entgegen, schloss erneut die Augen, bereit für den Kuss, den sie kaum erwarten konnte. Das Prickeln auf ihrer Haut erfasste ihren ganzen Körper, als sie die Liebkosung seiner Lippen spürte, die sich den ihren in einer Behutsamkeit näherten, als hätte er Angst, etwas zu zerstören. Siri drängte sich an ihn, und ihr Herz pochte so heftig, dass sie glaubte, es sprenge ihren Brustkorb. Immer inniger verschmolzen sie miteinander, zärtlich schoben sich seine Hände unter ihren Pulli, wanderten über ihren Bauch nach oben, wo sie sich an ihrem BH-Träger entlangtasteten. Siri hörte auf zu denken.

Sie liebten sich auf dem Teppich zwischen dem Sofa und der Kommode, im Schein der Wandleuchte, die den Raum in ein heimelig gelbes Licht tauchte. Irgendwann tauschten sie den Teppich gegen das Sofa, nass geliebt kuschelten sie sich unter Jeriks Schafwolldecke aneinander, als herrschten um sie herum Minustemperaturen, denen sich nur durch die Körperwärme des anderen trotzen ließ.

»Ich hab nie darüber nachgedacht«, sagte sie leise.

»Was meinst du?«

»Was es mit Menschen macht, die durch Adoption zu Geschwistern werden und die im Laufe der Zeit ihre Liebe zueinander entdecken.«

»Und was macht es mit dir?«

»Das muss ich noch rausfinden. Im Moment fühlt es sich fremd an und gleichzeitig sehr vertraut. Als wäre von Anfang an klar gewesen, dass es eines Tages so kommen würde. Und trotzdem ...«

»In uns fließt nicht dasselbe Blut, Siri, es spricht überhaupt nichts dagegen.«

»Das meine ich nicht.«

»Sondern?«

»Na ja, jetzt hab ich keinen Bruder mehr, und ich kann für dich keine Schwester mehr sein.«

»Ist das so?« Er spielte in ihren Haaren, grub seine Hand hinein, wickelte sich eine Strähne um seinen Finger.

»Denkst du denn, wir können weiterhin alles füreinander sein? Kann ich deine Schwester und deine ... große Liebe sein?«

»Du bist mein Lebensinhalt, Siri Svensson, das ist alles, was zählt.«

Er strich ihr Haar aus dem Nacken und küsste sie sanft auf den schmalen Streifen Haut unter dem Haaransatz. Sie stöhnte leise auf. Seine Antwort gefiel ihr, vielleicht hatte er recht, sie verkomplizierte die Dinge nur. Sie wandte sich ihm zu.

»Dein Lebensinhalt hat einen ziemlichen Hunger, es war in der letzten Stunde keine Zeit zum Kochen.«

»Was hältst du davon, wenn ich uns Pizza hole?«

»Du warst schon immer bekannt für deine innovativen Ideen.«

»Thunfisch?«

»Was sonst?«

Er küsste sie zwischen die Schulterblätter und stand auf. Siri beobachtete, wie er sich Shorts und Jeans überstreifte, betrachtete seinen sehnigen Oberkörper, den Flaum unterhalb seines Bauchnabels, seine Hände, die jeden Millimeter ihres Körpers erkundet hatten.

Kurz darauf hörte sie die Wohnungstür ins Schloss fallen. Sie drehte sich auf den Rücken und zog sich die Decke bis unters Kinn. Jetzt, da seine Wärme nicht mehr spürbar war, drängte sich die verrückte Frage auf, ob all das, was in der vergangenen Stunde geschehen war, ob seine Hände auf ihrer Haut und seine Stimme so nah an ihrem Ohr nichts weiter als glitzernde Fragmente einer Illusion gewesen waren. Ein Traum, der der kalten Wirklichkeit nicht standhalten würde. Da riss der Klingelton ihres Handys sie unsanft aus ihren Gedanken. Sie sprang auf, und ein Blick aufs Display genügte, um sie unerbittlich in die Gegenwart zurückzuzerren.

Mattis. Es war der dritte Anruf, seit sie ihn ein paar Wochen zuvor gebeten hatte, es zu lassen. Sie nicht mehr anzurufen, ihr keine Nachrichten, keine Mails mehr zu schicken. Seine Hoffnung war ungebrochen. Was nur nährte diesen unbegründeten Glauben daran, sie könnte es sich anders überlegen und reumütig zu ihm zurückkehren? Sie hielt es aus, seinen Namen zu lesen, die melodische Abfolge der Töne zu hören und danebenzustehen, als gehörte das Handy jemand anderem. Der Klingelton verstummte, sein Name erlosch, das Display färbte sich schwarz. Sie rief sich Mattis' Gesicht in Erinnerung, die Enttäuschung in seinem Blick, die Niedergeschlagenheit, mit der er jetzt sein Handy beiseitelegte, weil sie seinen Anruf wieder nicht angenommen hatte.

»Ach, Mattis ...«

Sie begann zu frieren, sammelte ihre Kleidungsstücke vom Boden auf und ging ins Bad.

MELLA

Gotland – Mai 2023

Sie stellte das Wasser ab und fischte mit tropfnassem Arm nach dem bereitgelegten Handtuch, um sich das Haar trocken zu rubbeln. Zwei Tage waren vergangen, seit sie und Mattis auf der Klippe gewesen waren. Seit sie dicht beieinander zwischen den schroffen Gesteinsbrocken gestanden hatten, als wäre diese Nähe so kurz nach ihrem Kennenlernen die größte Selbstverständlichkeit und als hätten sie sie zahllose Male zuvor geteilt. Darüber nachzudenken, wie sie sich dabei gefühlt hatte, aufgehoben, behütet und sicher, trotz ihres unbedeckten Arms, und welche Vertrautheit sie verspürt hatte, überwältigte sie unvermindert. Es war, als hätte es kein Vorher und kein Nachher gegeben, nur den Moment dieser kostbaren Begegnung.

Sie wickelte sich das Handtuch um den Körper, trat vor den großen Wandspiegel zwischen Bett und Kommode und sah sich dabei zu, wie sie mit dem grobzinkigen Kamm ihr langes Haar entwirrte. Sie hatten nicht darüber gesprochen, sie und Mattis. Ohne ein Wort hatten sie die zwischen ihnen entstandene Nähe aufgelöst, indem sie sich angesehen und wie in Zeitlupe langsam losgelassen hatten, so als hätten sie es beide gar nicht gewollt, als hätten sie sich lieber weiter aneinander festgehalten. Schweigend waren sie zurück zu ihrem Picknickplatz gegangen. Mella hatte nach belanglosen Themen gesucht und bemerkt, dass auch er unverfänglich geblieben war. *Wusste nicht, dass so etwas möglich ist,* hatte sie später Fränzi geschrieben, ohne eine weitere Erklärung.

Sie legte den Kamm beiseite und trat an den Kleiderschrank. Mattis in wenigen Stunden wiederzusehen, verursachte ein nervöses Kribbeln in ihrem Bauch. Sie hatten ihre Handynummern getauscht an jenem Abend, als sie vom Högklint gekommen waren, aber es war nicht Mattis gewesen, der sie tags drauf angerufen hatte, sondern Ann-Marie. Sie habe Geburtstag. Ein Brunch im kleinen Rahmen, nur ein paar Freunde. Dass sie sich freue, wenn Mella kommen würde, hatte sie hinzugefügt, und Grüße von Mattis ausgerichtet.

Ihr Blick glitt über das Sommerkleid mit dem herzförmigen Ausschnitt. Sie würde darin frieren. Aber sie wusste, wie gut es ihr stand, und sie wollte Mattis gefallen. Mit der Jeansjacke drüber würde es gehen.

Sie kaufte Anna Pettersson eine ausgefallene Skulptur mit hübschen ultramarinblauen Glasmurmeln ab, die sie in der Vitrine entdeckt hatte. Ann-Marie würde sie mögen.

Die Haustür der Villa Märta war angelehnt. Unsicher drückte sie sie ein Stück auf und trat ins Innere des Hauses. Stimmen, Wortfetzen, Gelächter, Musik. Allem Anschein nach fand die Feier in Mattis' Wohnung statt. Eine junge Frau in zitronengelbem Minikleid ging am Ende des Flures von einem Raum in einen anderen, in den Händen eine gusseiserne Pfanne, aus der Dampf aufstieg. Sie rief etwas, von irgendwoher erhielt sie eine Antwort und jemand lachte. Wahrscheinlich kannten sich alle. Freunde und Freundinnen von Ann-Marie. Menschen, die auf Gotland lebten, die Schwedisch sprachen, die sich ungezwungen miteinander über dies und das unterhielten. Sie zupfte am Ärmel ihrer Jeansjacke.

»Wie heißt du?«, hörte sie da eine Kinderstimme hinter sich.

Sie drehte sich um und entdeckte ein etwa zehnjähriges Mädchen mit blondem, kurz geschnittenem Haar, auffallend großen blauen Augen und dichten Wimpern. Ein Frosch zierte die Vorderseite ihres T-Shirts. Mattis' Tochter?

»Mella«, erwiderte sie mit einem Lächeln.

Das Mädchen musterte sie ungeniert und kaute dabei unentwegt auf der Unterlippe herum. »Papa hatte recht«, stellte es sachlich fest.

»Womit?«

»Dass du so ähnlich aussiehst.«

»Ich wollte sie vorbereiten«, hörte sie plötzlich Mattis' Stimme.

Sie hatte nicht bemerkt, dass er hinter ihr aufgetaucht war, erst als sie sich jetzt zu ihm umwandte, stellte sie fest, wie nah er neben ihr stand. Sie lächelte ihm zu, in der festen Überzeugung, er könnte ihr Herz hämmern hören.

»Dann bist du Elin?«, fragte sie, wieder an das Mädchen gewandt.

»Woher weißt du, wie ich heiße?« Argwöhnisch blickte die Kleine sie an.

»Dein Papa hat's mir erzählt«, antwortete Mella.

Elin senkte den Kopf, murmelte etwas, das Mella nicht verstand. Es wirkte, als stünde jemand neben der Kleinen, mit dem sie sich in einer Geheimsprache unterhielt.

»Papa sagt, du kommst aus einem anderen Land«, sagte sie schließlich.

Ihre Züge wirkten auffallend ernst, sie hatte noch kein einziges Mal während ihrer Unterhaltung den Mund zu einem Lächeln verzogen.

»Musst du alles ausplappern?«, schaltete sich Mattis ein.

Er stieß einen übertriebenen Seufzer aus und kniff Elin in den Oberarm, was ihr ein kurzes Kichern entlockte.

»Stimmt«, erwiderte Mella. »Ich wohne in Köln, das ist eine Stadt in Deutschland. Ich bin wegen meiner Arbeit hier. Am kommenden Sonntag fliege ich zurück.«

Nur noch sieben Tage ...

»Und was hast du da?« Sie deutete auf die Skulptur in Mellas Händen.

»Das ist mein Geschenk für deine Tante Ann-Marie. Wer Geburtstag hat, bekommt Geschenke, nicht?«

Sie hatte es betont heiter klingen lassen und Elin mit schräg gelegtem Kopf und einem Lächeln angesehen, doch Mattis' Tochter ließ sich nicht dazu hinreißen, es zu erwidern.

»Soll ich dich zu ihr bringen?«, fragte sie.

»Lass nur, das mache ich schon«, schaltete sich Mattis wieder ein. Er wuschelte seiner Tochter durchs Haar. »Lauf schon vor.«

»Na gut. Komm, Sid, gehen wir.«

Ohne sich noch einmal umzudrehen, trollte sie sich.

»Wer ist Sid?«, fragte Mella und folgte Mattis zum Zimmer am Ende des Flures.

»Ihr imaginärer Bruder«, erklärte er. »Er ist aufgetaucht, nachdem ihre Mutter uns verlassen hat. Ich dachte zuerst, dass sie Selbstgespräche führt, wie Kinder das manchmal tun. Als er eines Tages mit uns am Tisch sitzen musste und einen Platz zum Schlafen brauchte, habe ich Einhalt geboten. Und schnell gemerkt, dass es sinnlos ist. Mit Elin zu diskutieren bringt nichts, man zieht immer den Kürzeren.«

Sie betraten ein geräumiges Wohnzimmer, in dem Leute mit Gläsern in den Händen entspannt um einen niedrigen Glastisch saßen, drei Frauen und zwei Männer. Sie schienen vertraut in der Art, wie sie miteinander erzählten und lachten. Freundlich erwiderten sie Mellas Gruß, wandten sich jedoch gleich wieder ihrer Unterhaltung zu.

Die offenstehende Verandatür öffnete den Blick in den Garten, wo sich weitere Gäste aufhielten. Mella spürte die Wärme von Mattis' Hand in ihrem Rücken. Sanft schob er sie auf die Holzveranda hinaus. Unter dem Apfelbaum war ein Tisch für mindestens fünfzehn Personen gedeckt, mit einer weißen Decke und Wiesenblumen in bauchigen Keramikkrügen, Platten und Schüsseln und einem großen Korb voller Brötchen. Die Frau im gelben Kleid balancierte die Pfanne in Richtung des Tisches. Über allem lag der Duft von frisch aufgebrühtem Kaffee und gebratenem Speck.

Inmitten der Menschen hob sich Ann-Marie mit ihrer roten Mähne wie ein Farbklecks heraus. Sie hatte Mella entdeckt, winkte ihr über die Köpfe der anderen hinweg zu, und Mella winkte zurück, während sich ein schwergewichtiger Mann umständlich an ihr vorbeidrängte und von irgendwoher eine Stimme einen Toast auf das Geburtstagskind ausrief. Eine junge, in Weiß gekleidete Frau reichte ein Tablett mit Gläsern herum, in denen Sekt perlte. Hände griffen danach, von überall her drangen schwedische Wortfetzen zu Mella hin, die sie kaum auseinanderhalten konnte.

»Wie schön, dich wieder hier zu sehen.«

Mella fuhr herum. War sie gemeint? Eine Frau mittleren Alters mit pinkfarben nachgezogenen Lippen und herzerfrischendem Lachen hatte sie angesprochen. Mella furchte die Stirn. Hatte sie die Frau schon einmal gesehen? Sie hatte leicht gebräunte Haut und trug ein ärmelloses Kleid, ein feines goldenes Armband schmückte ihr Handgelenk.

»Kennen wir uns?«, fragte Mella vorsichtig.

»Klar«, antwortete die Frau. »Hast du mich denn ...«

»Das ist Mella Haglund«, fiel Mattis ihr ins Wort. »Du verwechselst sie bestimmt.«

Die pinkfarbenen Lippen formten ein Oh. »Entschuldige, dann ist das wohl ein Versehen.«

Mattis nickte ihr zu. Er beeilte sich, Mella an den Rand der Veranda zu dirigieren, in die Nähe des Geländers, wo sich niemand aufhielt.

»Es tut mir leid«, sagte er. »Ich hatte es befürchtet.«

»Du kannst ja nichts dafür.«

Sie verschwieg, dass sie es nicht mehr hören wollte. Nicht ständig daran erinnert werden wollte, wie sehr sie der Frau glich, die einmal einen Platz in seinem Herzen gehabt und seinen Ring getragen hatte. Sie wollte nicht länger hören, dass ihr Anblick Erinnerungen, Verwirrung oder Erschrecken auslöste. Ich bin eine andere, drängte es sie zu rufen, so laut sie konnte, damit alle im Garten und im Haus es hörten, damit jeder auf Gotland es hörte, aber sie schwieg und nickte nur.

»Ich freu mich, dass du hier bist«, sagte Mattis, ehe Mella vollständig in den Gedankenstrudel hinabgleiten konnte.

»Ich mich auch.«

»Du siehst hübsch aus.«

Ein verlegenes Lächeln huschte über ihre Lippen. »Danke.«

Über seine Schulter hinweg fiel ihr Blick in den Garten. Sonnenstrahlen blitzten durch die Äste des Apfelbaums und malten lange helle Streifen auf den üppig beladenen Tisch, an dem die Gäste nun ihre Plätze suchten.

Kaffee wurde ausgeschenkt. Mella schnappte schwedische Gesprächsfetzen auf, vernahm die tiefe Stimme eines Mannes, der über eine witzige Begebenheit sprach, hörte, wie zwei Frauen über einen Scherz lachten, sah Ann-Marie am Kopfende sitzen und Elin auf dem Platz neben ihr auf der äußeren Kante ihres Stuhls.

»Hunger?« Mattis lächelte sie an.

Ehe sie antworten konnte, hörte sie den Klingelton ihres Handys gedämpft in ihrer Tasche. »Wahrscheinlich meine Freundin«, sagte sie. »Entschuldige, ich gehe kurz ran und sag ihr, dass ich zurückrufe. Sie hat Familie und ist selbstständig. Für sie sind die Sonntagvormittage die beste Zeit für ein ungestörtes Telefonat.«

Beim Blick auf das Display weiteten sich ihre Augen vor Überraschung.

»Nicht die beste Freundin?«

»Meine Mutter«, erwiderte sie und ging zum gegenüberliegenden Ende der Veranda. Es war das erste Mal seit ihrer Ankunft auf Gotland, dass ihre Mutter sich meldete. Vielleicht hatte sie ihre Meinung inzwischen überdacht, vielleicht eingesehen, dass die schrecklichen Ereignisse von damals zwar ihr eigenes Leben geprägt hatten, sie aber die Entscheidungen, die Mellas Lebensweg betrafen, damit nicht beeinflussen sollte. »*Hej*, Mama, wie schön, dass du dich meldest!«

»Hallo, Mella. Ich wollte nur hören, wie es dir geht.«

In ihrer Stimme lag etwas Unentspanntes, Mella hörte es sofort. Ihre anfängliche Hoffnung auf ein Einlenken ihrer Mutter zerschlug sich im selben Augenblick. Also doch ein Pflichtanruf? Weil sie sich wenigstens einmal innerhalb der drei Wochen nach dem Befinden ihrer Tochter erkundigen wollte?

»Ganz gut.«

Sie zwang sich zur Zurückhaltung, beschloss abzuwarten, wie sich das Gespräch entwickeln würde. Dabei wollte sie nichts lieber, als ihrer Mutter von dieser zauberhaften Insel und den Menschen vorschwärmen, die sie kennengelernt hatte, allen voran Mattis Lindholm.

»Kommst du mit deinen Kirchen gut voran?«

»Hab mir schon eine ganze Reihe angesehen und so viele Fotos gemacht, dass ich fürchte, den Überblick zu verlieren. Ein paar stehen noch aus, aber ich finde auch Zeit, mir die Insel anzusehen.«

»Und hast du Bekanntschaften gemacht?«

Überrascht von der unerwarteten Frage legte Mella die Stirn in Falten. Sollte sie von Mattis erzählen? Irgendetwas hielt sie davon ab, möglicherweise der Begriff, den ihre Mutter verwendet hatte.

Bekanntschaften ...

Ob sie es bewusst nicht spezifiziert hatte, weil sie nicht in aller Direktheit fragen wollte, ob sie einen Mann kennengelernt hatte?

»Na ja, ich komme immer mal wieder ins Gespräch mit Leuten hier«, erwiderte sie ausweichend.

Die Stimme ihrer Mutter gefiel ihr nicht, etwas lag darin, das sie nicht einsortieren konnte, weshalb sie weiter zurückhaltend mit ihren Antworten blieb.

»Reichen deine Englischkenntnisse aus?«

Ich kann Schwedisch, Mama, hab's vor Jahren heimlich gelernt, und meine Inselzeit ist eine tolle Gelegenheit, es zu perfektionieren.

»Ich komme zurecht«, sagte sie knapp, es entsprach ja der Wahrheit.

»Und du hast niemanden *näher* kennengelernt?«

Was war das für eine seltsame Frage? War dies die größte Angst ihrer Mutter? Dass ihre Tochter sich auf Gotland verlieben und jemanden *näher*, so nah kennenlernen könnte, dass es unaufhaltsam war, ein Band nach Schweden zu knüpfen? Auf diese Insel, die sie aus ihrem Leben verbannt hatte?

»Du meinst einen Mann?«, fragte sie nach.

Sie hörte einen Seufzer am anderen Ende der Leitung. »Nicht direkt.«

Mella blickte über das grau angestrichene Geländer hinweg. Gedämpft waren die Stimmen der Geburtstagsgäste zu vernehmen.

»Nicht direkt? Sag mal, warum drückst du dich so unklar aus? Und überhaupt ... Da ist doch was, du redest um irgendeinen heißen Brei herum.« In der Leitung wurde es still. Eine getigerte Katze streifte in einiger Entfernung an den Staudenbeeten entlang. »Ich hab Ann-Marie Lindholm kennengelernt«, sagte sie, als ihre Mutter weiter stumm blieb. »Sie ist sehr nett, wir verstehen uns, heute ist ihr Geburtstag, und ich bin eingeladen, um mit ihr und ihren Freunden und Freundinnen zu feiern. Sie wohnt südlich von Visby in einem Haus, das ihr Großvater gebaut hat, und alle sitzen draußen in ihrem Garten unterm Apfelbaum beim Brunch. Es ist wundervoll hier. Gotland ist eine zauberhafte Insel, ich mag Visby und die Menschen, und um es kurz zu machen: Ich fühle mich sehr wohl hier, Mama. Falls es das ist, was dich interessiert.«

Erst als sie geendet hatte, merkte sie, wie schroff sie geklungen und dass sie zu schnell gesprochen hatte. Ihre eigenen Worte wühlten sie auf, weil ihre Mutter ihr zum ersten Mal seit zwei Wochen die Gelegenheit gab, sie mit ihr zu teilen. Sie hatten sich angestaut, hatten längst ausgesprochen werden wollen. Sie gab ihrem Bedürfnis nach einem tiefen Atemzug nach.

»Schon gut, Mella, ich wollte dich nicht aufregen.«

»Du hast mich nicht aufgeregt, ich verstehe nur nicht, warum du nicht deutlich sagst, worum es dir geht. Sorgst du dich, dass ich mein Herz hier verlieren könnte?«

»Entschuldige«, sagte ihre Mutter leise. »Tut mir leid.«

Schluchzte sie? Mella presste das Handy dichter ans Ohr. Sogleich bereute sie ihren Ausbruch.

»Sorry, Mama, ich wollte nicht so laut werden. Bei dir alles in Ordnung?«, fragte sie so sanft sie konnte, aber innerlich alarmiert. Irgendetwas stimmte nicht. So kannte sie ihre Mutter nicht.

»Ja, alles gut.«

»Dann gehe ich jetzt zurück zu ... den anderen.«

»Mach das. Und hab noch eine gute Zeit. Ich freu mich, wenn du wieder zu Hause bist.«

Sie verabschiedeten sich.

»Du siehst nachdenklich aus«, sagte Mattis, als sie zu ihm zurückkehrte. Er hatte auf sie gewartet. »Alles in Ordnung?«

»Sie sagt es. Aber ich glaube ihr nicht.«

10. Mai 1982

Geliebter Rik,
die Nacht nimmt kein Ende. Obwohl es vor meinem Fenster zu dämmern beginnt, wie immer um diese Jahreszeit schon früh, ist es in mir so dunkel wie in einem Loch tief unter der Erde. Ich finde keinen Schlaf, keine Sekunde Ruhe.

Dein Brief hat mir den letzten Rest Hoffnung genommen, dass sich für uns doch noch alles zum Guten wendet. Das kann es nur, wenn es sich für Liv zum Guten wendet. Aber das tut es nicht. Querschnittslähmung, nun steht es also fest, ihr Körper vom Hals abwärts ... Ich mag mir nicht ausmalen, wie es für sie sein muss, für immer auf Hilfe angewiesen zu sein. Sie tut mir so unendlich leid, Rik, das wollte ich doch nicht, wenn ich mir auch gewünscht habe, dass sie uns nicht länger im Weg stehen soll. Deine Zerrissenheit wird in jedem Wort spürbar, du willst mit mir zusammen sein und gleichzeitig für Liv da sein, weil du kein solches Scheusal bist, sie in ihrer Hilfsbedürftigkeit zu verlassen.

Ich schreibe dir wieder, liebster Rik, unsere Briefe sind doch alles, was uns bleibt.
Mir dir bis ans Ende der Welt.
Deine Griddy

SIRI

Gotland – Mai 2023

»Wollen wir erst zu Mama?«

Jerik hatte das Seitenfenster heruntergelassen. Mild strömte der Fahrtwind ins Innere des Wagens. In den Wiesen zu beiden Seiten leuchteten die Blüten der Wildtulpen und dazwischen reckten die ersten Kuckucksblumen ihre purpurfarbenen Köpfe aus dem Gras.

Seit Januar war Siri nicht mehr auf Gotland gewesen. Ihr neues Leben mit Jerik in Nynäshamn hatte keinen Raum gelassen für Inselheimweh. Wie verliebte Teenager führten sie sich seit Wochen auf, als steckten ihre Köpfe in den Wolken und als hätten ihre Füße jegliche Bodenhaftung verloren. Die Trauer um ihre Mutter glitt für Siri mit jedem Tag weiter von ihr fort, was nicht bedeutete, dass es die dunklen Momente nicht mehr gab. Doch die fraßen nicht mehr so hartnäckig an ihr wie zuvor, bei Jerik fand sie eine tiefe Ruhe. Das letzte Telefonat mit Mattis lag etliche Wochen zurück, sie hatten miteinander reden können. Siri hatte ihm noch einmal zu verstehen gegeben, dass sie schwer daran trug, ihn so sehr verletzt zu haben, und er hatte im Nachhinein erkannt, dass sie den Schritt gehen musste, weil alles andere ihm gegenüber unaufrichtig gewesen wäre.

Dass Gotland ihr mehr gefehlt hatte als geglaubt, stellte sie erst jetzt fest, an diesem Sonntagvormittag im Mai, da sie neben Jerik im Auto saß, unterwegs vom Fährhafen in Visby nach Eskelhem, auf den vertrauten Wegen entlang der vom Frühling geküssten Landschaft.

»Ja.« Siri nickte abwesend. »Und danach besuche ich Viveca, wie versprochen.«

Die Nachbarin ihrer Eltern war beim Fensterputzen von der Leiter gestürzt und hatte sich die Schulter gebrochen, was sie Siri bei einem Anruf ein paar Tage zuvor berichtet hatte. Viveca war untröstlich gewesen, weil sie nun recht eingeschränkt war und ihr Versprechen, regelmäßig nach Arvids Haus zu sehen, nicht mehr einhalten konnte.

Siris Blick glitt durch das Seitenfenster nach draußen, wo die bunt getupften Wiesen an ihnen vorüberzogen, eine Koppel mit Pferden, einsame Gehöfte, Hinweisschilder mit vertrauten Ortsnamen. In einem Blumenladen in Nynäshamn hatte sie eine Schale mit Vergissmeinnicht bepflanzen lassen, die zwischen ihren Füßen stand, außerdem befanden sich ein Grablicht und eine kleine Harke in ihrer Tasche. Für Viveca hatte sie eine Schachtel Mandelkonfekt gekauft, das die Nachbarin ihrer Eltern so gern mochte.

»Ich kann gar nicht glauben, dass Papa zurückkommt«, wechselte Jerik übergangslos das Thema. »Vielleicht hat er es nur gesagt, um uns zu beruhigen. Er ist jetzt beinahe ein Dreivierteljahr am Fjord.«

»Wahrscheinlich hat er diese Zeit gebraucht«, hielt sie dagegen.

»Trauerzeit?« Er warf ihr einen kurzen Blick zu.

Mit einem Schulterzucken sah Siri ihn an. »Es steht nirgends geschrieben, wie kurz oder lange man zu trauern hat.«

»Ob er wohl wieder mit uns spricht?«

»Dräng ihn nicht dazu.«

»Hab ich nicht vor.«

Sie passierten das Ortsschild von Eskelhem und wenig später

parkte Jerik vor der Bruchsteinmauer, die den Friedhof und die weiß getünchte Kirche mit dem dunklen Holzdach umgab. Eine friedliche Stimmung lag über den im Licht der Vormittagssonne liegenden Grabstätten. Die sonntägliche Messe war vorbei, zwei Friedhofsbesucher hielten sich an einem der von Linden beschatteten Gräber auf.

Siri trug die Pflanzschale im Arm. Der Kies knirschte unter ihren Schritten, während sie sich der Grabstelle ihrer Mutter näherten. Es war kein Tag vergangen, an dem das schlechte Gewissen sich nicht gerührt hatte. Angesichts des Glücks, das sie mit Jerik gefunden hatte, hatte sie mehr als einmal stumm, aber umso verzweifelter mit sich gerungen. War es in Anbetracht des Todes ihrer Mutter nicht verwerflich, ein solches Glück? Ein paarmal hatten sie darüber gesprochen, sie und Jerik, wieder und wieder hatte er ihr zugehört, aber sein Verständnis, seine tröstenden Worte und Beschwichtigungen hatten ihr den Zwiespalt nicht vollends nehmen können. Und als sie die Schale mit den Vergissmeinnicht vor das schlichte Holzkreuz stellte, schwoll der Druck plötzlich an.

Erstaunt stellte sie fest, dass jemand die verdorrten Pflanzen vom Winter entfernt, die Erde aufgeharkt und eine Grabvase mit Fliederzweigen hineingesteckt hatte. Die cremeweißen Blüten erinnerten Siri an den Strauch hinter dem Fichtenholzzaun ihres Elternhauses. Oft hatte ihre Mutter in dieser Jahreszeit einen Zweig abgeschnitten und ihn sich ins Haus geholt oder Viveca Sundström von nebenan einen Gruß aus ihrem Garten gebracht.

Das Streichholz in Jeriks Händen flammte auf, er hielt die Flamme an den Docht und platzierte das mitgebrachte Grablicht zwischen Vergissmeinnicht und Fliederzweig. Dann trat er an Siris Seite und griff nach ihrer Hand.

»Wir sollten es ihr sagen«, meinte er.

Sie warf ihm einen fragenden Blick zu. »Was meinst du?«

Er räusperte sich auf übertriebene Weise und straffte die Schultern. »Mama, wir müssen dir was sagen«, begann er betont feierlich und brachte Siri damit zum Lächeln. Sie drückte seine Hand. »Als du Siri damals zu uns gebracht hast, hast du mir eine kleine Schwester geschenkt. Ich gebe zu, dass mir ein Bruder lieber gewesen wäre, aber sie hat mich sofort verzaubert. Und so ist es geblieben, Mama. Sie verzaubert mich, seit du sie mitgebracht hast. Aber jetzt ist alles ganz anders gekommen. Schau uns an, wir sind immer noch Bruder und Schwester und gehören deshalb zusammen. Aber wir sind erwachsen geworden und spüren, dass wir noch auf eine andere Art zusammengehören.« Siri lehnte ihren Kopf an seinen Oberarm. Was er sagte, wärmte sie mehr als die Frühlingssonne, die ihre Strahlen durch das Grün der Bäume schickte und das Kreuz mit ihrem Licht übergoss. Jerik küsste sie auf den Scheitel, während er sie mit einem Arm umschlang. »Jetzt weißt du alles«, schloss er mit einem Blick zum Kreuz. »Fast alles«, fügte er hinzu. »Alles müssen Mütter nicht wissen.«

Siri hob den Kopf, sah ihn schmunzeln und lächelte wieder. »Ich möchte ihr auch was sagen.«

Sie löste sich aus seiner Umarmung und trat an das Kreuz, um ihrem Bedürfnis nachzugeben, ihrer Mutter näher zu sein. Behutsam glitten ihre Finger über den ins Holz geschnitzten Namen.

»Dass Jerik und ich, dass wir so glücklich miteinander sind … hat nichts damit zu tun, dass ich nicht um dich trauere, das musst du mir glauben, Mama. Du fehlst mir jeden Tag, und es bekümmert mich, dass du nicht mehr bei uns bist. Dass ich jetzt zum Beispiel … nicht bei dir zu Hause sitzen und dir bei einer Tasse Kaffee erzählen kann … von Jerik und mir … Dass wir uns …« Sie hob den Kopf, sah Jerik lächeln und zustimmend nicken, und sie streckte den Arm nach ihm aus, um ihm zu zeigen, dass ihr die Entfernung von den zwischen ihnen liegenden zwei Schritten zu weit war. Schon war er bei ihr und ergriff ihre Hand. »Ich wünschte, du hättest es noch erleben dürfen«, fuhr sie fort. »Obwohl ich mir am Anfang eingeredet habe, dass du das nie gewollt hast, dass du Geschwister gewollt hast und kein Paar ... Aber jetzt würde ich dir so gern in die Augen sehen und dir dafür danken, dass du mich und Jerik ... Nur so konnten wir füreinander werden, was wir geworden sind. Deshalb hast du einen riesengroßen Anteil daran. Danke, Mama, ich hab dich lieb. Immer.«

Hinter ihren Lidern begann es zu brennen, und sie blinzelte, weil sie die Tränen unterdrücken wollte, doch sie merkte gleich, dass es nicht gelang. Da spürte sie Jeriks Arme, die sie sanft zu sich herumdrehten. Dankbar schmiegte sie sich an ihn, während er sie hielt und wiegte wie das kleine Mädchen an dem Tag, an dem es vom Baum gefallen war.

Sie fanden das Haus vor, wie Siri es verlassen hatte. Viveca hatte bis zu ihrem Unfall sicher regelmäßig gelüftet, trotzdem öffneten sie alle Fenster und ließen die Sonne hereinfluten. Jerik prüfte die Wasserhähne und die Heizung, dann ging er in den Schuppen, um Holz zu holen. Siri füllte die Regale der Vorratskammer mit ein paar haltbaren Lebensmitteln, die sie mitgebracht hatten, und bezog das Bett im Schlafzimmer ihrer Eltern mit frischer Bettwäsche. Mit bangem Gefühl fragte sie sich, was im Herzen ihres Vaters wohl aufbrechen würde, wenn er sich nach all den Monaten in diesem Bett, in dem ihre Mutter gestorben war, wieder zur Ruhe legte.

Als sie von draußen das Geräusch des Rasenmähers hörte, lief sie hinaus in den Garten. »Bist du verrückt?« Sie stellte sich Jerik in den Weg und versuchte, gegen das Brummen des Motors anzusprechen, indem sie die Stimme erhob. »Es ist Sonntag und noch dazu Mittagszeit!«

»Ich weiß«, rief er zurück, lenkte das Gerät um sie herum und mähte ungerührt weiter.

Mit einem Augenrollen seufzte Siri auf. Bis zum Grundstück der Sundströms auf der gegenüberliegenden Straßenseite waren es etwa dreißig Meter, die Lautstärke des alten Rasenmähers würde die Nachbarin ganz sicher nicht überhören können.

»Wenn ich gleich Viveca besuche, entschuldige ich mich gleichzeitig für den Lärm«, rief sie über den Krach hinweg.

Sie ging zurück ins Haus und erschien kurz darauf mit dem Mandelkonfekt wieder vor der Tür.

Je näher sie dem Nachbargrundstück kam, desto deutlicher vernahm sie Wortfetzen und Gelächter, die Stimme eines Kleinkindes und gleich darauf die eines Mannes. Viveca hatte Besuch, womöglich ihre Familie. Siri überlegte, wann sie die inzwischen erwachsenen Kinder das letzte Mal gesehen hatte. Alle fünf lebten mit ihren Familien auf dem Festland, nur selten zog es sie in das verschlafene Dorf auf der Insel, wie sie wusste. Mit Bengt hatte Siri sich früher, als sie Teenager gewesen waren, gut verstanden, obwohl er ein paar Jahre jünger war als sie. Leider hatten sie sich aus den Augen verloren, nachdem er seine Annika geheiratet und Gotland verlassen hatte. Der älteste Bruder lebte in Südschweden, wo er eine Unternehmensberatung leitete, und einen hatte der Job nach Helsingborg verschlagen. Wohin es die anderen beiden getrieben hatte, hatte Siri vergessen oder nie gewusst.

Wieder hörte sie die Männerstimme, und im nächsten Moment lachte ein Kind. Als sie durch das Gartentörchen trat und dem schmalen Weg zum Hauseingang folgte, entdeckte sie auf der Wiese vor dem Haus eine Sandkiste aus Holz. Ein blonder Junge saß darin. Mit der Schaufel häufte er Sandtürmchen um sich herum auf. Er schien ganz versunken in sein Tun, sodass er nicht einmal aufblickte, als Siri sich ihm näherte. Neben ihm im Gras lagen ein leuchtend roter Ball und eine Kappe, die er sich anscheinend vom Kopf gestreift hatte, und im Anhänger eines

Holzlastwagens saß wie ein stummer Zuschauer ein Teddybär. Fast wie früher, dachte Siri, als sie und Jerik nachmittags hergekommen waren, um mit den Sundström-Kindern zu spielen.

»Kann ich helfen?«, hörte sie von der Haustür her.

»Bengt!«

Obwohl er im Gegensatz zu früher einen Vollbart trug, hatte sie ihn mühelos erkannt. Lächelnd eilte sie auf ihn zu. Dem breiten Lachen, das jetzt über sein Gesicht zog, entnahm sie, dass auch er sie zuordnen konnte.

»Siri? Meine Güte, wir haben uns Jahre nicht gesehen!« Sie begrüßten sich mit einer Umarmung.

»Ist Annika auch da?«, fragte sie.

»Die ganze Bande.« Er deutete aufs Haus, ohne sich zu unterbrechen. »Mama ist von der Leiter gefallen, hat sich die Schulter gebrochen. Wir sind schon ein paar Tage hier, um ihr ein bisschen zu helfen.« Er senkte die Stimme. »Sie ist recht unbeholfen mit nur einem Arm.«

»Ja, ich weiß davon, die Ärmste hat mich angerufen«, sagte Siri ehrlich betroffen. »Das tut mir leid. Ich springe kurz zu ihr rein, wollte ich sowieso. Jerik mäht gerade die Wiese, bitte entschuldige, wenn euch der Lärm stört.«

»Jerik ist auch drüben?« Sein Gesichtsausdruck spiegelte ehrliche Freude. »Was haltet ihr davon, nachher auf eine Tasse Kaffee vorbeizukommen? Annika hat vorhin Zimtschnecken gebacken. Und Mama wird sich freuen, euch beide mal wieder zu sehen.«

Annikas Zimtschnecken waren noch warm und schmeckten köstlich, Jerik verspeiste bereits die zweite und sparte nicht mit Lob. Die Kinder hatten nach ein paar Bissen ihre Plätze am Tisch verlassen und waren zum Spielen in den Garten gerannt.

Ungewohnt schweigsam saß Viveca am Kopfende des Küchentisches, dort, wo Siri mit ihr an jenem Nachmittag vor Weihnachten gesessen und Viveca sich ihr anvertraut hatte. Ihr rechter Arm steckte in einem fest anliegenden Verband, der die Schulter einschloss. Sie wirkte auf sonderbare Weise in sich gekehrt.

Siri und Jerik hatten sich wortreich bei ihr bedankt, weil sie all die Monate nach dem Haus gesehen hatte, und Siri hatte ihr zum Dank einen Ausflug nach Visby versprochen. Bei der Nachricht von Arvids angekündigter Rückkehr hatten für einen Moment ihre Augen geleuchtet, und sie war ausgesprochen redselig gewesen, doch davon zeugte jetzt nichts mehr. Umso mehr hielten Bengt mit seiner geselligen Art und Jerik, der das unverhoffte Treffen offenbar ebenso genoss wie Siri, die Unterhaltung am Tisch aufrecht. Sie tauschten Erinnerungen aus und lachten über lange zurückliegende Begebenheiten aus ihrer Kindheit, die ihnen lebhaft im Gedächtnis geblieben waren. Annika füllte Kaffee nach.

»Erinnert ihr euch an Oscar, diesen komischen Typen, der hier mal eine Zeit lang mit seinen Eltern gewohnt hat?« Bengt schob sich ein Stück Zimtschnecke in den Mund.

»Wie könnte man den vergessen?«, erwiderte Jerik mit einem breiten Grinsen.

»Hat er dich, Siri, nicht mit dieser Bemerkung wegen deiner Haare zum Heulen gebracht?«, wollte Bengt wissen.

Er versuchte erst gar nicht, sich das Lachen zu verkneifen. In gespielter Empörung legte Siri die Stirn in Falten.

»Erzählt doch mal davon«, bat Annika und sah fragend in die Runde.

»Siri war damals dreizehn oder so«, setzte Jerik zu einer Erklärung an, »und hatte sich die schönen langen Haare abschneiden lassen.«

»Sie waren dann wirklich sehr, sehr kurz«, rief Siri dazwischen. Die Erinnerung brachte auch sie jetzt zum Schmunzeln. »So extrem hatte ich sie eigentlich gar nicht haben wollen.«

»Und Oscar meinte rotzfrech, dass sie damit aussehe wie ein geschorenes Gotlandschaf«, ergänzte Jerik.

Er sammelte mit der Fingerkuppe ein paar Krümel von seinem Teller und schob sie sich zwischen die Lippen.

»Woraufhin die arme Siri in Tränen ausgebrochen ist«, rief Bengt. Sein Lachen war so ansteckend wie eh und je.

»Tja, wenn man dann noch so ein beliebiges Gesicht hat wie ich ...«, murmelte Siri, stimmte dann aber in das allgemeine Gelächter ein.

»So ein Quatsch«, widersprach Jerik. »Du hast das schönste Gesicht der Welt.«

Es lag so viel Zärtlichkeit in seinen Worten, dass Siri ihn am liebsten an sich gezogen hätte. In einer Geste der Verlegenheit senkte sie den Kopf, denn sie bemerkte die Irritation in den Gesichtern der anderen. Vivecas Mundwinkel zuckten. Erneut erinnerte Siri sich an ihr Gespräch von damals, an Vivecas Offenheit, ihren Rat, sich nicht selbst zu verlieren, und sie warf ihr einen vielsagenden Blick zu.

»Geht es dir gut?«, fragte Viveca später. Sie hatte ohne große Umstände eingewilligt, als Siri sie zu einem kurzen Spaziergang ermuntert hatte.

»Ich vermisse Papa«, erwiderte Siri. »Aber sonst geht es mir gut, ja. Seit Jerik und ich ...« Sie hielt inne, warf Viveca im Gehen einen zögerlichen Blick zu.

»Es ist nicht zu übersehen, Siri.« Ein sanftes Lächeln hatte Vivecas Worte begleitet, und es blieb auf ihren Lippen, als sie weitersprach. »Wie ihr euch anseht. Da ist so viel Liebe in euren Blicken. Ich freue mich für dich, für euch beide.« Sie blieben stehen. Auf einem der Grundstücke bellte ein Hund. »Und was Arvid betrifft ...«, setzte sie kaum hörbar hinzu, »... gut, dass er bald wieder da ist. Ich vermisse ihn auch.«

MELLA

Gotland – Mai 2023

Die letzten Tage auf Gotland folgten einem neuen Rhythmus. Mella erlaubte ihn sich, weil sie alle Landkirchen auf ihrer Liste hatte abhaken können. Zweiundsechzig Häkchen, über achthundert Fotos, ungezählte Kurztexte. Mit Entschiedenheit packte sie ihr Tablet in die Tasche und schob es in den Kleiderschrank.

Mattis hatte sich ein paar Tage freigenommen, um ihr die schönsten Orte Gotlands zu zeigen, und Mella wusste nicht, wohin mit ihrem Glück. Morgens hielt er mit seinem Auto vor Anna Petterssons Pension, und sie stieg ein und ließ sich überraschen.

Er zeigte ihr die raue Schönheit der Ostküste, wo sie mit Rucksäcken über die Kalksteinklippen wanderten, deren zerklüftete Kanten ins Meer hinunterstürzten. In einer windgeschützten Felsmulde packten sie Brot, Käse, Oliven und Räucherfisch aus, eine einfache Mahlzeit, die Mella mit Appetit genoss.

Mattis brachte sie an die Nordspitze der Insel. Mit der Fähre setzten sie über den Sund nach Fårö über. Nebeneinander standen sie an der Reling, der Fahrtwind wehte ihnen um die Nasen und zerzauste ihr Haar. In die Sonne blinzelnd blickten sie der Insel entgegen, bis die Fähre dort anlegte. Mella bekam nicht genug davon, die von der Natur bizarr geformten Kalksteingebilde an den Kieselstränden von Langhammars zu bestaunen, zu berühren und zu fotografieren. Ehe sie Fårö wieder verließen, aßen sie in einem Restaurant an der Straße Galette mit Auberginen und Schafskäse und tranken schwedischen Weißwein.

Mattis entpuppte sich als großartiger Erzähler, er kannte die alten Geschichten aus der Gutasaga, die seine Großmutter Märta ihm erzählt hatte, als er ein kleiner Junge gewesen war. Mella hing an seinen Lippen, als er von den ersten Besiedelungen Gotlands sprach, von Tjelvar, der das Feuer auf die Insel gebracht und Gotland davor bewahrt hatte, im Meer zu versinken. Sie sprachen über ernste Dinge wie Mellas vaterloses Leben, die Entscheidung ihrer Mutter, Schweden für immer den Rücken zu kehren, und die Verluste in Mattis' Vergangenheit. Doch sie lachten auch miteinander, ja, genau genommen war Mella sogar sicher, dass sie noch nie so oft und so ausgelassen gelacht hatte wie in diesen Tagen mit Mattis, denen etwas wunderbar Leichtes anhaftete.

Die Frau, die sie abends im Spiegel betrachtete, gefiel ihr ausnehmend gut. Die leicht gebräunte Haut, die zarten Sommersprossen auf den Wangen, das Strahlen in ihren Augen. Gotland hatte sie verändert. Nicht nur sichtbar, wenngleich die Äußerlichkeiten unstrittige Beweise dessen waren, dass die Inselzeit ihr gut bekam. Bahnbrechender fühlte sich das vor den Augen Verborgene an. Das, was in ihrem tiefsten Inneren sanft und zugleich gewaltig aufgebrochen war. Es schien, als hätte es seit jeher eine Stelle in ihrem Herzen gegeben, die auf diese Inseltage, den gotländischen Frühsommer und auf Mattis Lindholm gewartet hätte. Sie wünschte sich, die Zeiger der Uhr zurückdrehen zu können, um den Tag noch einmal zu erleben. Um noch einmal mit Mattis über die Insel und an den Küsten entlangzustreifen. Um noch einmal beim Abschied von ihm in die Arme geschlossen zu werden. Und um den unweigerlich heranrückenden Zeitpunkt ihrer Abreise hinauszuzögern.

An ihrem letzten Tag führte Mattis sie durch die schmalen, kopfsteingepflasterten Gassen Visbys auf den Stora Torget mit der Ruine von Sankta Katarina, deren Gewölbegerippe den Blick hinauf in den Himmel lenkte. Sie schlenderten vom Botanischen Garten zum Museum, wo Mella die kunstvollen Ornamente auf den Bildsteinen und den Wikingerschatz bewunderte und Mattis ihr so lebhaft von der Eroberung Gotlands durch die Dänen berichtete, als wäre er dabei gewesen. Und als sie am Nachmittag die Treppe neben der Domkirche hinaufstiegen, weil er ihr einen fantastischen Ausblick versprochen hatte, fanden sich mit einem Mal ihre Hände, als wäre der Aufstieg nicht anders zu bewältigen als Hand in Hand. So erreichten sie die Anhöhe, den ehemaligen Richtplatz, wo sie nah beieinander stehen blieben, beinahe auf Augenhöhe mit den beiden Osttürmen. Über die roten Dächer der Stadt hinweg sahen sie die Ostsee in der Nachmittagssonne leuchten. Mattis zog sie an sich, sie schmiegte sich an ihn, spürte die Stelle, an der sein Herz schlug. Sie sah das Meer mit dem Himmel verschmelzen und wusste, dass sie nie wieder etwas anderes wollte als Augenblicke wie diese.

Ehe Mella an diesem Abend aus seinem Auto stieg, beugte sie sich zu Mattis hinüber. Sie dachte nicht weiter nach, folgte einem Impuls, den sie nicht länger unterdrücken konnte.

»Danke für diesen wunderschönen Tag«, sagte sie leise, legte eine Hand auf seine Wange und küsste ihn zum Abschied auf die Lippen. »Es war mir ein Bedürfnis«, fügte sie hinzu, lächelte und verließ sein Auto ohne ein weiteres Wort.

Ihr Herz pochte zum Zerspringen, der Boden unter ihren Füßen drohte nachzugeben, als sie den kurzen Weg zur Haustür von Anna Peterssons Pension nahm und die Treppe hinaufstieg. Noch ehe sie den Schlüssel im Haustürschloss gedreht hatte, hörte sie eine Autotür zuschlagen. Sie wandte sich um, sah Mattis mit langen Schritten auf sich zueilen, zwei Stufen auf einmal nehmend. Sie stürzten sich in die Arme.

»Seit Tagen träume ich davon, dich zu küssen«, flüsterte er

ihr ins Ohr. Seine Lippen berührten beim Sprechen warm ihre Schläfe.

»Warum hast du es dann nicht getan?«, erwiderte sie ebenso leise und begann zu zittern.

Waren es ihre Beine, ihre Lippen, war es ihr ganzer Körper? Oder doch etwas in ihrem Inneren, ihr in Aufruhr geratenes Herz vielleicht?

»Ich war nicht sicher, ob du es auch willst.« In seiner Stimme lag jetzt etwas Behutsames, als hätte er Angst, mit einem einzigen Wort etwas zu zerstören. »Und ich wollte dir nicht das Gefühl geben, dass es mir nur darum geht.« Mella schloss die Augen, in der sicheren Gewissheit, das Verlangen nach seinem Kuss keine Sekunde länger aushalten zu können. Endlich fanden sich ihre Lippen. Mattis' Behutsamkeit wühlte sie auf, sie schmiegte sich an ihn, weil sie ihm näher, noch näher sein wollte, umschloss seinen Nacken mit beiden Händen, hörte sich leise stöhnen und wollte nichts anderes als diesen Kuss ausdehnen bis in die Ewigkeit. »Hätte ich das gewusst ...«, flüsterte er, küsste ihre Stirn, ihre Augenlider und wieder ihre Lippen.

»Dann?«

»... hätte ich nicht so lange damit gewartet.«

Widerstrebend lösten sie sich voneinander. Er ergriff ihre Hände. »Du weißt, dass ich Elin versprochen habe, früh genug nach Hause zu kommen, um noch ein wenig Zeit mit ihr zu verbringen.«

»Ich weiß, ist okay. Ich hatte dich schließlich den ganzen Tag.« Sie küsste ihn noch einmal.

»Versprich mir, dass wir das fortsetzen«, sagte er.

»Das Küssen?«

»Alles, Mella. Alles.«

Die Nacht brachte heftigen Wind, der die vom Mond beschienenen Wolken vor sich her trieb. Am nächsten Morgen wirkte die Ostsee so grau wie der Himmel über ihr.

»Es ist das richtige Wetter, um abzureisen.« Anna Pettersson brachte den Kaffee zu dem kleinen Tisch im Erker, an dem Mella wie jeden Morgen Platz genommen hatte. Wahrscheinlich hatte es aufmunternd klingen sollen. »Kein Mensch will Gotland verlassen, wenn die Sonne auf die Insel runterscheint«, setzte sie hinzu, sank auf den zweiten Stuhl und blies in ihren Kaffee.

»Es wird mir fehlen, morgens mit dir zusammen den Tag zu beginnen«, erwiderte Mella mit einem Seufzer. »Ich fühle mich so wohl hier«, fügte sie hinzu. Gedankenverloren rührte sie die Milch unter ihren Kaffee.

»Hier bei mir, oder meinst du Gotland grundsätzlich?«

»Beides. Ich hätte nie für möglich gehalten, dass es mir so schwerfallen wird, wieder zu gehen.«

Sollte sie Anna einweihen? Bisher hatte sie nur Andeutungen gemacht, was diesen Restaurator der Kirche in Lärbro betraf.

»Aber du musst doch nun alles, was du hier über die Landkirchen gesammelt hast, deinem Verlag übergeben, damit ein schönes Buch entstehen kann.«

»Ja, du hast recht. Es könnte ein Herzensprojekt werden.«

»Die beste Voraussetzung, damit etwas gelingen kann, ist, es mit ganzem Herzen zu tun.«

»Aber ich kann nicht mit ganzem Herzen zurück nach Deutschland gehen, Anna.«

Ihre Pensionswirtin neigte den Kopf, die Falten auf ihrer Stirn vertieften sich. »Wie meinst du das?«

»Ich habe dir von Mattis Lindholm erzählt, den wir beim Strandfest gesehen haben, erinnerst du dich?«

Annas Augen weiteten sich, und sie lächelte. »Du hast dich verliebt!«

»Ich hab keine Ahnung, wie es ohne ihn gehen soll.«
»Das Verliebtsein beruht auf Gegenseitigkeit, nehme ich an?«
»Die letzten Tage waren die schönsten meines Lebens, Anna.«
»Wenn ihr beide es wollt, werdet ihr eine Lösung finden.«
»Das sagt sich so leicht. Zwischen Köln und Visby liegen zwölfhundert Kilometer. Und ein ganzes Leben.«

Sie dachte an ihr Zuhause, ihre Wohnung, an Fränzi, die es kaum erwarten konnte, sie wiederzusehen, wie sie mehrmals während ihrer Telefonate versichert hatte. Ihre Kolleginnen und Kollegen kamen ihr in den Sinn, Dietmar, dem sie zweimal einen Zwischenrapport gegeben und der sich mehr als zufrieden mit ihrer Arbeit gezeigt hatte. Mit Gudrun Petzold hatte sie tags zuvor telefoniert, um den Zeitplan für das Landkirchenprojekt abzustimmen, ehe sie am Montag an ihren Arbeitsplatz zurückkehren würde. Glücklicherweise war in den vergangenen drei Wochen nichts Außerplanmäßiges auf ihrem Schreibtisch gelandet, wie Mella erfreut zur Kenntnis genommen hatte. Eine Anruferin mit einem Akzent, den Gudrun nicht hatte zuordnen können, hatte offenbar ihre Kontaktdaten hinterlassen und um einen Rückruf gebeten.

Und dann war da ja noch ihre Mutter. Mella zweifelte nicht daran, dass sie sich freute, wenn sie erfuhr, dass Mella sich verliebt hatte. Wie aber – und diese Frage bereitete Mella regelrecht Bauchschmerzen – würde sie auf die Offenbarung reagieren, dass der Mann, an den ihre Tochter ihr Herz verloren hatte, auf Gotland lebte?

14. Mai 1982

Liebster Rik,
dies ist mein letzter Brief an dich. Ich weine Sturzbäche, während ich dir schreibe, aber meine Schuldgefühle lassen mir keine Wahl. Bitte verzeih mir, ich kann nicht anders. Liv braucht dich mehr denn je, ich will euch nicht im Weg stehen.
   Deine Griddy gibt es nicht mehr. Schreib mir bitte nicht, ich werde keinen Brief mehr öffnen.
   Ingrid

SIRI

Schweden – Mai 2023

Seit Arvid seine Heimkehr für Mitte der Woche angekündigt hatte, dachte Siri wieder häufiger an die Polaroidaufnahme. Es hatte ja noch keine Gelegenheit gegeben, ihren Vater darauf anzusprechen. Ihn zu fragen, ob er die Frau und das Kind darauf kannte. Und ob ihm zu den Namen Ingrid Haglund und Mella etwas einfiel. Jeden Abend nahm Siri das Bild in die Hände, starrte das Gesicht der fremden Frau an und schwor sich, bei der nächsten Gelegenheit ihrem Vater das Foto zu zeigen.

Und dann erhielt sie endlich seinen Anruf. »Bin zu Hause«, hörte sie die raue Stimme.

»Papa, wie schön, wir freuen uns!«

»Ja.«

»Wie geht es dir?«

»Hm ...«

Unfähig, sein Brummeln zu deuten, seufzte Siri auf. Es hatte sich nichts geändert. »Ich hab dich nicht verstanden«, versuchte sie ihn aus seiner Einsilbigkeit zu locken.

»Geht«, erwiderte er. »Alles so fremd hier.«

»Du warst ja auch lange weg. Neun Monate fast.«

»Ja.« Wieder knurrte er.

Du bist ein alter Brummbär geworden ...

»Wir haben deine Vorratskammer aufgefüllt, damit du was zu essen hast.«

»Schon gesehen.«

»Kommst du zurecht, Papa?«

»Ja.« Würde sie jemals wieder ein normales Gespräch mit ihrem Vater führen wie früher?

»Viveca hat sich die Schulter gebrochen. Kannst du ab und zu nach ihr schauen?«

»Ja.«

Mit größter Anstrengung bezwang sie die aufsteigende Ungeduld. Sie wollte ihn unter keinen Umständen spüren lassen, wie mühselig sie das Telefonat empfand.

»Ich komme am Wochenende rüber zu dir.«

»Hmm.«

»Jerik kommt auch.«

»Ja, dann.«

»Bis dahin, Papa. Leb dich schnell wieder ein.«

In der Leitung knackte es. Ihr Vater hatte das Gespräch, das diese Bezeichnung kaum verdiente, beendet.

Am darauffolgenden Samstag begaben Jerik und sie sich erneut auf die über dreistündige Fährüberfahrt nach Visby. Tief und regenschwer ballten sich Wolken über der Ostsee, deren weiß schäumende Wellen ungezähmt gegen den Rumpf der Fähre klatschten. Als sie den Hafen von Visby erreichten, ging ein prasselnder Schauer nieder, Jerik mühte sich, an den hektisch arbeitenden Scheibenwischern vorbei genug zu sehen. Sie hatten eine Tasche mit dem Nötigsten für eine Übernachtung gepackt, weil sie beschlossen hatten, bis zum nächsten Tag zu bleiben. Außerdem hatte Siri Möhren, Weißkohl, eine Stange Lauch und Kartoffeln dabei, um einen Eintopf für ihren Vater zu kochen, genug für einen Vorrat von ein paar Tagen.

Als Jerik den Wagen in den Hof lenkte, sahen sie Arvids Auto dort stehen, ein ungewohnter Anblick nach der langen

Zeit. Die Fahrertür zierten zwei tiefe Kratzer – Schäden, die in Island entstanden sein mussten und die er offenbar geflissentlich ignorierte.

Sie betraten das Haus, riefen nach ihm und stellten schnell fest, dass er sie nicht hören konnte, denn aus dem Schlafzimmer war das Geräusch der Handkreissäge zu vernehmen. Gleich darauf fanden sie ihn zwischen Teilen des auseinandergesägten Ehebettes. Den Teppichboden bedeckte eine Schicht aus feinem Staub und Sägemehl, in der Luft lag der Geruch von Holz, und an der Wand unter dem geöffneten Fenster stapelte sich, was von dem einstmals massiven Eichenbett übrig geblieben war.

»Papa, was machst du?«

Siri traute ihren Augen nicht. Eine überflüssige Frage, die sie sich hätte sparen können, denn es war unverkennbar, was ihr Vater hier tat. Sie hatte vorgehabt, ihn nach der langen Zeit liebevoller zu begrüßen und ärgerte sich, dass die ersten Worte, die sie nach seiner Rückkehr an ihn richtete, wie ein Vorwurf geklungen hatten. Er hielt inne, drehte sich zu ihr und Jerik herum, schaltete die Säge aus. Trotz der Bartstoppeln bemerkte Siri seine eingefallenen Wangen, das karierte Flanellhemd konnte die schmalen Schultern nicht verbergen.

»Da seid ihr«, stellte er sachlich fest, ohne auf ihre Frage einzugehen.

Er legte die Säge beiseite und klopfte den Staub von seiner Cordhose, die um seine Beine schlackerte, als gehörte sie ihm nicht.

»Du bist mager geworden«, sagte Siri und ging auf ihn zu, um ihn zur Begrüßung in die Arme zu nehmen.

Als sie ihn an sich drückte, erschrak sie, weil sie seine Rippen und die knöchernen Schulterblätter spürte.

»Gab es am Fjord nicht genug zu essen?«, fragte Jerik.

Er klopfte seinem Vater auf die Schulter und lachte dabei,

aber Siri hörte, dass er sich dazu zwingen musste. Sie ahnte, dass er angesichts des körperlichen Zustands ihres Vaters ähnlich dachte wie sie.

»Fisch«, erwiderte Arvid einsilbig. »Und Lamm.«

»Und jetzt baust du das Bett auseinander«, stellte Siri mit einem Blick auf das Durcheinander fest. »Wo willst du denn schlafen?«

Mit einem Schulterzucken ließ er seinen Blick über die restlichen Teile des Bettes und den sägemehlbestäubten Teppichboden wandern.

»Warum hast du nicht gewartet?«, fragte Jerik. »Wir hätten das zusammen machen können.«

Arvid sah zuerst ihn, dann Siri an, als wüsste er nicht, wem er als Erstes antworten sollte. »Tut mir leid, dass ich so lange weg war. Hätte hier nicht bleiben können. Der Fjord ...« Er kniff die Augen zusammen, ganz schmal wurden sie, und die Fältchen ringsherum vertieften sich. »Er war wichtig. Er war das Richtige für mich. Man muss doch machen, was richtig für einen ist.«

Siri und Jerik wechselten einen stummen Blick. So viele Worte. Vollständige Sätze. Es bestand also Hoffnung.

»Und das hier ist jetzt das Richtige für dich?« Mit einer Kopfbewegung wies Siri auf die Säge und das Seitenteil des Bettes, das er gerade bearbeitete. »Jetzt hast du kein Bett mehr, Papa.«

»In diesem Bett hat der Tod mir meine Jördis genommen. Will's nicht mehr sehen.«

Seine Worte verursachten einen Druck in Siris Brustkorb, der ihr beinahe den Atem nahm. Sie verstand ihren Vater, aber musste er gleich mit der Handkreissäge zu Werke gehen?

»Und wo willst du schlafen?«

»Egal. Auf dem Sofa, auf der Matratze, in Jeriks Zimmer ...« Seine Stimme wurde brüchig, er räusperte sich.

»Wir können zusammen ein neues Bett kaufen«, bot Siri an.

»Oder ich baue dir eins«, fügte Jerik hinzu.

Mit den Gedanken weit fort nickte Arvid, aber er sagte nichts, griff nach der Säge, schaltete sie ein, und unter dem kreischenden Geräusch des Motors begann er, die letzten Bretter zu zerkleinern, ohne sich weiter um sie und Jerik zu kümmern.

Später, nachdem Jerik ihm geholfen hatte, die Überreste nach draußen in den Hof zu tragen und Siri den Teppichboden gesaugt und Kommode und Kleiderschrank mit einem feuchten Lappen vom Staub befreit hatte, saßen sie miteinander am Küchentisch. Siri stellte eine Schale mit Haferkeksen in die Mitte, die sie tags zuvor gebacken hatte, und drei Becher mit dampfendem Kaffee. Draußen regnete es noch immer in Strömen, im Hof bildeten sich die ersten Pfützen.

Arvid blieb verschlossen, antwortete zurückhaltend auf Fragen, trank stumm seinen Kaffee und ließ seinen Blick hin und wieder zum Fenster hinaus wandern, wo nichts darauf hindeutete, dass sich die Wolken heute noch verziehen würden. So erfuhren sie kaum etwas über seine Zeit am Fjord. Siri zwang sich dazu, ruhig zu bleiben, nicht dauernd Fragen zu stellen, doch sie spürte, wie gereizt die Verstocktheit ihres Vaters sie machte. Dann und wann wechselte sie einen Blick mit Jerik, dem es ähnlich zu gehen schien.

»Danke, dass ihr euch gekümmert habt«, sagte Arvid irgendwann.

Er stippte einen Keks in seinen Kaffee und lutschte den weich gewordenen Rand ab. Ein Kaffeerinnsal lief ihm über das schlecht rasierte Kinn, das er beiläufig abwischte.

»Viveca hat sich auch gekümmert, sogar um Mamas Grab«, erwiderte Siri. »Ich wohne ja seit Anfang des Jahres bei Jerik.«

Die Falten in Arvids Stirn vertieften sich. »Und Mattis?«

Sie überlegte, wie umfangreich sie ihm auf seine Frage antworten sollte, und entschied sich dann für die Kurzfassung. Ihr Vater hielt sich ja selbst die ganze Zeit an Kurzfassungen, er würde sie schon verstehen.

»Wir haben uns getrennt«, sagte sie deshalb ohne weitere Erklärungen.

Wie leicht es ihr inzwischen über die Lippen kam. Wie normal es geworden war.

Wir haben uns getrennt ...

Er nickte, fragte nicht nach, vielleicht, weil er dafür zu viele Worte gebraucht hätte und sein Reservoir an Worten bereits ausgeschöpft hatte, vielleicht aber auch, weil der Trennungsgrund ihn nicht interessierte, oder weil er gelernt hatte hinzunehmen, was nicht zu ändern war.

»Bleibst du drüben?«, fragte er nur.

Drüben. Ebenso gut hätte er fragen können: Wirst du jetzt eine vom Festland?

»Meine Auszeit dauert noch bis Ende Juni. Bis dahin bleibe ich bei Jerik, aber spätestens im Juli muss ich eine Wohnung hier gefunden haben. Kann ja nicht an jedem Arbeitstag drei Stunden mit der Fähre hin und drei zurück fahren.«

Sie vermied es, Jerik anzusehen, weil sie wusste, dass er nichts von einer Fernbeziehung hielt. Mehrmals hatten sie darüber gesprochen.

»Kannst bei mir wohnen.«

Sanft berührte sie seinen Arm. »Das ist lieb, Papa. Wenn ich keine Wohnung finde, mache ich das vielleicht.«

Sie meinte es nicht so, aber mit der Wahrheit würde sie ihm nur wehtun. Was hätte sie auch sagen sollen? Nein, Papa, lass mal, das Leben hier mit dir würde mich depressiv machen?

Am Nachmittag ließ der Regen nach, die Wolkendecke riss auf, winzige blaue Himmelsfetzen blitzen hindurch. Jerik ging nach draußen, um die Teile des zersägten Bettes vom Hof in den Schuppen zu bringen.

»Ich würde dir gern was zeigen«, sagte Siri zu ihrem Vater.

Sie hatte seine Matratze ins Schlafzimmer auf den Boden gelegt und mit einem Laken bezogen. In der kommenden Nacht würden sie und Jerik dort schlafen, denn ihr Vater hatte sich nach einigen Diskussionen davon überzeugen lassen, in Jeriks ehemaligem Zimmer bequemer und komfortabler zu übernachten. Jerik hatte versprochen, so bald wie möglich mit dem Holzzuschnitt für ein neues Bettgestell zu beginnen. Doch jetzt saßen sie hier auf der Matratze im Schlafzimmer, das ohne das Bettgestell merkwürdig trostlos und ungastlich wirkte. Sie reichte ihm das Polaroidfoto.

»Kennst du dieses Bild? Ich hab es letztes Jahr beim Ausräumen von Mamas Sachen gefunden.«

Eindringlich blickte sie ihn an, um nicht die kleinste Regung in seinem Gesicht zu übersehen. Er nahm das Foto, betrachtete es stumm.

»Es ist von 1983«, erklärte Siri. »Großtante Lynna sagte, dass du früher eine Polaroidkamera besessen hast. Hast du das Foto gemacht?« Er nickte kaum merklich, schüttelte den Kopf, nickte abermals, dabei war das eine kaum vom anderen zu unterscheiden. Siri hielt den Atem an. »Ja oder nein?«

»Weiß nicht, vielleicht.«

»Wer ist die Frau neben Mama?« Er hielt seinen Blick weiter auf das Bild gerichtet, kein Wort kam über seine Lippen. »Bitte, Papa, denk nach. Mama hat das Foto in ihrem Schrank versteckt. Warum?«

»Weiß nicht.«

»Aber du hast Mama und die Frau fotografiert?«

»Kann sein, dass sie zu Besuch war.«

»Der Name der Frau ist Ingrid Haglund. Erinnerst du dich jetzt an sie?«

»Himmel, Siri, du fragst ein Zeug!« Er hatte seine Stimme erhoben, erschrocken fuhr Siri zusammen. Eine halbe Ewigkeit hatte sie ihn nicht in dieser Lautstärke sprechen hören. Er legte die Aufnahme neben sich auf die Matratze. »Ist vierzig Jahre her, wie soll ich mich da erinnern?«

»Aber der Name ...«

»Sagt mir gar nichts, hab ihn noch nie gehört.«

Sie lehnte sich an die Wand. Vierzig Jahre. Er hatte ja recht. Eine lange Zeit. Da konnten Erinnerungen verloren gehen, vor allem, wenn sie unbedeutend waren.

Am Sonntag fuhren sie zurück nach Nynäshamn, und gleich zu Beginn der Woche stellte Siri noch einmal eine telefonische Verbindung zum Esperanto Verlag her. Der letzte Versuch.

»Esperanto Verlag, Petzold, guten Tag.«

»*Hej*, mein Name ist Siri Svensson, ich möchte gern Mella Haglund sprechen.«

»Frau Haglund befindet sich auf einer Recherchereise im Ausland. Kann ich eine Nachricht hinterlassen?«

Das konnte doch nicht wahr sein! Das Leben hatte sich gegen sie verschworen, anders waren ihre von Erfolglosigkeit gekrönten Versuche der Kontaktaufnahme nicht zu erklären. Doch dieses Mal würde sie nicht so schnell aufgeben.

»Ich müsste sie persönlich sprechen. Sie ist ... wir sind ...« Nervös fuhr sie mit der Fingerspitze an der Tischkante entlang. Ohne weiter nachzudenken, entschloss sie sich zu einer Notlüge. »... befreundet. Wir sind befreundet. Aber ich habe keine aktuelle Handynummer von ihr und muss sie dringend erreichen.«

»Hm«, machte die Mitarbeiterin, sie schien nachzudenken, denn sie sprach erst nach einer kurzen Pause weiter. »Die darf ich Ihnen leider nicht geben. Aber versuchen Sie es doch über die Mutter von Frau Haglund. Kennen Sie sie?«

»Nein, ihre Mutter kenne ich nicht. Wie heißt sie denn?« Ihr Herz schlug einen Salto, fest umklammerte sie das Mobiltelefon.

»Ich weiß leider nicht, wie sie mit dem Vornamen heißt, aber sie hat einen Pflegedienst hier in Köln. Wenn Sie den Nachnamen in die Suchleiste eingeben, in Kombination mit dem Begriff ›Pflegedienst‹, werden Sie sicher fündig.«

»Ein guter Tipp, das versuche ich, vielen Dank. Aber ich würde auch gern meine Telefonnummer für Frau Haglund dalassen. Würden Sie ihr ausrichten, dass ich mich über einen Rückruf freue?«

»Kein Problem. Und sagen Sie mir bitte auch Ihren Namen noch einmal.«

Kurze Zeit später gab sie mit fahrigen Fingern *Pflegedienst Haglund, Köln* in die Suchmaschine ein. Sogleich wurden ihr mehrere Einträge angezeigt. Nach wenigen Klicks öffnete sich die Homepage des Pflegedienstes AN IHRER SEITE, dessen Geschäftsstelle sich in einem Kölner Stadtteil namens Braunsfeld befand und deren geschäftsführende Inhaberin Ingrid Haglund hieß. Siri stieß einen Jauchzer aus. Vor Erleichterung, Dankbarkeit, Freude. Endlich! Nach zwei weiteren Klicks fand sie heraus, dass sich auf der ansprechend gestalteten Website des Pflegedienstes zwar kein Foto von Ingrid Haglund befand, aber eine Telefonnummer und die Mailadresse.

»Volltreffer!«, sagte sie leise zu sich selbst.

Sie hielt inne, ging zum Fenster, sah hinauf in den Himmel, der sich nach dem verregneten Wochenende strahlend blau über die Stadt spannte, und legte sich ein paar Sätze auf Deutsch zurecht. Dann tippte sie die Nummer an. Mit pochendem Herzen wartete sie auf den Aufbau der Verbindung. Wahrscheinlich würde eine Verwaltungsangestellte den Anruf entgegennehmen, aber mit ein wenig Glück würde sie Ingrid Haglund sprechen können. Mit dem Handy am Ohr ging sie ein paar Schritte durch den Raum, unfähig, auf der Stelle zu verharren.

»Pflegedienst AN IHRER SEITE, Haglund.«

»Ähm … guten Tag«, sagte sie stockend, weil sie nicht damit gerechnet hatte, dass Ingrid Haglund sich persönlich melden würde. Die deutschen Worte, die sie sich gedanklich zurechtgelegt hatte, verblassten im Nebel der Aufregung. Sie rief sich zur Ordnung. »Mein Name ist Siri Svensson, spreche ich mit Ingrid Haglund?« Sie hatte langsam und deutlich gesprochen, damit man sie trotz ihres schwedischen Akzentes gut verstehen würde.

»Entschuldigung, wer ist da bitte?«

»Siri Svensson ist mein Name. Ich rufe aus Schweden an. Spreche ich mit Ingrid Haglund?«

Es war still in der Leitung, merkwürdig still, und ehe Siri nachfragen konnte, wurde mit einem leisen Klick die Verbindung getrennt. Ein technisches Problem? Sie versuchte es ein zweites Mal. Die Unruhe in ihrem Inneren hielt sich beharrlich, sie tippte die Nummer an, wartete. Doch dieses Mal nahm niemand ihren Anruf entgegen. Nicht beim dritten und nicht beim vierten Versuch. Enttäuscht legte sie ihr Handy auf den Tisch. Die Vermutung, es könnte sich um eine unstabile Verbindung gehandelt haben, zweifelte sie an, je länger sie darüber nachdachte. Vielmehr beschlich sie der Verdacht, Ingrid Haglund könnte das Gespräch bewusst beendet haben, nachdem Siri ihren Namen ein zweites Mal genannt hatte.

»Mit dir stimmt was nicht«, murmelte sie.

Das abgebrochene Telefonat befeuerte ihren Wunsch, das Rätsel um das im Schrank verborgene Bild zu lösen, er brannte lichterloh in ihr. Sie schwor sich, nicht aufzugeben, sondern es am nächsten Tag erneut zu probieren.

Am folgenden Morgen tippte sie die Telefonnummer des Pflegedienstes, die sie abends zuvor abgespeichert hatte, noch einmal an. Eine Büroangestellte meldete sich. Christine Herber. Nein, Frau Haglund sei nicht zu sprechen, sie sei unterwegs zu einem Beratungsgespräch bei einem Patienten. Siri hinterließ ihren Namen, ihre Handynummer und den Hinweis, es sei dringend und es gehe um ihre Mutter, eine alte Freundin von Frau Haglund. Zwei Tage lang wartete sie vergeblich. Dann verfasste sie eine Mail.

> Liebe Frau Haglund,
> da ich Sie telefonisch nicht erreiche, versuche ich es auf diesem Weg. Meine Mutter, Jördis Svensson, ist im September letzten Jahres auf Gotland verstorben. In ihrem Nachlass habe ich ein Foto aus dem Jahr 1983 gefunden, das sie zusammen mit einer Frau namens Ingrid Haglund zeigt, wie ich es dem Zettel entnommen habe, der dem Foto beilag. Meine Mutter hält mich als Säugling im Arm, und auch Ingrid Haglund hält ein Baby im Arm. Wenn Sie die Frau auf dem Foto sind und mit meiner Mutter befreundet waren, würde ich mich freuen, wenn wir in Kontakt treten könnten. Sie erreichen mich unter der u. a. Handynummer.
> Herzliche Grüße
> Siri Svensson

»Ich fahre nach Deutschland«, sagte sie ein paar Tage später beim Frühstück zu Jerik. »Sie meldet sich einfach nicht. Ich kann nicht erklären, was mich so sicher macht, aber ich bin davon überzeugt, dass Ingrid Haglund das Geheimnis des Fotos aufklären kann. So viele Zufälle kann es nicht geben, oder?«

»Aber Ingrid Haglund will ganz offensichtlich nicht mit dir in Kontakt treten«, merkte Jerik an und löffelte eine Portion Blaubeermarmelade auf seine Brötchenhälfte.

»Wie hat Papa gesagt? Man muss machen, was richtig für einen ist.« Sie nahm eine Scheibe Käse und rollte sie zwischen zwei Fingern zusammen. »Ich weiß, dass es richtig ist, dieser Spur endlich ernsthaft zu folgen. Hier oder auf Gotland finde ich keine Antworten. Großtante Lynna weiß vielleicht etwas, rückt aber nicht raus damit. Papa ist sich nicht mal sicher, ob er das Foto gemacht hat. So komme ich nicht weiter. Aber ich will weiterkommen. Also muss ich etwas anderes probieren.«

»Du klingst zielstrebiger als die letzten Wochen.«

»So fühle ich mich auch.«

»Ich würde dich ja begleiten, aber da liegen so viele Aufträge in der Tischlerei ...«

»Schon okay, Jerik, das muss ich allein machen.« Sie küsste ihn auf die Wange.

»Willst du mit dem Auto hin?«

»Das ist mir zu weit. Ich buche morgen einen Flug nach Köln. Da gibt es einen Flughafen, das hab ich schon rausgefunden.«

MELLA

Gotland – Juni 2023

Ungeduldig zerrte Mella am Reißverschluss ihres bis zum Bersten gefüllten Koffers. Sie presste und drückte ihn zusammen, so gut sie konnte, in der Hoffnung, ihm dadurch seine Widerspenstigkeit auszutreiben. Ich hätte in den entzückenden kleinen Läden Visbys nicht so viel kaufen sollen, dachte sie. Die beiden Kleider, die Shirts, die Steppjacke, außerdem einen azurblauen Schal aus Gotlandwolle für Fränzi und ein Tuch in verschiedenen Grüntönen für ihre Mutter.

Der unlenksame Reißverschluss passte allerdings perfekt zu ihrer Gefühlslage. Alles an ihr weigerte sich, die Insel zu verlassen. Mit einem Ruck zog sie das letzte Stück zu und sah sich im leer geräumten Zimmer um. Das Herz war ihr so schwer, dass sie fürchtete, in Tränen auszubrechen, wenn sie den Anblick der auf ihre Abreise deutenden Zeichen noch länger ertragen müsste. Sie floh auf den Balkon.

In einem Anflug von Sentimentalität glitt ihr Blick hinunter in Anna Petterssons verwunschenen Garten, in dem sie so oft mit ihrem Tablet unter der Eiche gesessen und Fotos sortiert oder Kurztexte verfasst hatte. Ein Eichhörnchen flitzte am Stamm hinunter und über die Wiese, es verschwand gleich darauf zwischen den dornigen Ranken im Gebüsch. Der Garten würde ihr fehlen. Sie drehte sich um, sammelte ihr Gepäck ein und verließ das Zimmer.

Anna Pettersson wartete am Fuß der Treppe in einer mehlbestäubten Schürze und mit hochroten Wangen. In der Luft lag der Duft von Gebackenem.

»Sind noch warm.« Sie reichte Mella eine Tüte. »Brauchst doch was, um bei Kräften zu bleiben«, sagte sie mit einem Augenzwinkern.

»Wie lieb von dir. Ich war gerne hier, vielen Dank für alles.«

»Es war mir eine Freude, dich zu beherbergen. Wenn du wieder einmal ein Bett auf Gotland suchst, ruf an.« Sie öffnete die Haustür, und sie umarmten sich zum Abschied.

Mella trat ins Freie, wo Mattis bereits auf sie wartete. Er lud ihr Gepäck in den Kofferraum. Die Fahrt zum Flughafen dauerte nicht lange, sie sprachen kaum miteinander. Mellas linke Hand ruhte auf seinem Oberschenkel und Mattis hielt sie mit seiner Rechten sanft umschlossen, wann immer er sie nicht zum Lenken, Schalten oder Blinkersetzen brauchte.

Beim Abschied in der kleinen Abflughalle vor dem Check-in kämpften sie beide mit den Tränen. Sie blendeten die Fluggäste mit ihren Koffern ringsumher aus und standen eng umschlungen an einem der Fenster, vor denen Mella eine blau-gelbe Flagge im Wind flattern sah.

»Ich will nicht nach Hause«, flüsterte sie. Sie klang, wie sie sich fühlte.

»Und ich will dich nicht gehen lassen.«

Sie hob den Kopf, spürte seine Hand sanft in ihrem Nacken.

»Ich liebe dich so sehr«, sagte er, beugte sich zu ihr herunter und küsste sie.

»Ich dich noch viel mehr.«

»Das kann überhaupt nicht sein.«

Seine Worte zauberten ihr ein Lächeln ins Gesicht. »Doch.«

»Niemals.«

Er drückte sie an sich, sie umklammerte seinen Oberkörper

wie eine Ertrinkende. Wie nur würde sie ohne seine Umarmung, seine Nähe, seine Stimme, sein Lachen, seine Küsse überleben?

Sie dehnten den Augenblick aus, gewährten allen Mitreisenden den Vortritt am Schalter, doch als nur noch sie beide übrig waren und die uniformierten Flughafenangestellten sie auffordernd ansahen, blieb ihnen nichts, als sich unfreiwillig gehen zu lassen. Mella zog mit ihrem Gepäck davon und bezwang den Impuls, sich noch einmal nach Mattis umzudrehen. Er sollte ihre Tränen nicht sehen.

SIRI

Deutschland – Mai 2023

Siri hatte das Wochenende genutzt, um ein paar deutsche Vokabeln und Redewendungen auswendig zu lernen, ging aber davon aus, sich in der fremden Stadt auch auf Englisch verständigen zu können. Sie hatte gelesen, dass Köln gut eine Million Einwohner hatte, etwas mehr als Stockholm, und zu den vier größten deutschen Städten zählte. Sie nahm den Zug zum Hauptbahnhof, und als sie mit ihrem Koffer aus dem Bahnhofsgebäude trat, der Dom mit seinen beiden gotischen Türmen vor ihr aufragte und sie eintauchte in das Stimmengewirr vorbeihastender Menschen, fühlte sie sich mit einem Mal so verloren wie ein elternloses Kind. Hinter ihr unterhielten sich zwei junge Mädchen, ein verliebtes Paar schlenderte Arm in Arm an ihr vorbei, eine Gruppe Touristen strömte ihrer Reiseleiterin hinterher, die mit einem Schild in der erhobenen Hand vornweg in Richtung Kathedrale lief, als gälte es, einen Preis dafür zu gewinnen. Siri behielt ihren Koffer im Blick und gab die Adresse des gebuchten Hotels in ihrem Handy ein.

Sie hatte sich für eine Unterkunft in Bahnhofsnähe entschieden, die sie dank Handynavigation nach wenigen Gehminuten fand. Der kastenartige Bau mit mindestens fünf Stockwerken wirkte mit seiner schmucklosen Fassade wenig einladend, doch der junge Rezeptionist am Empfangstresen der lichtdurchfluteten Lobby begrüßte Siri ausgesprochen freundlich. Das gebuchte

Zimmer in der dritten Etage war sauber und gemütlich eingerichtet, vom Fenster aus konnte sie über das Bahnhofsgebäude hinweg auf den in den Himmel ragenden Dom blicken.

Sie hatte sich vorgenommen, keine Zeit verstreichen zu lassen und noch am selben Tag die Geschäftsstelle des Pflegedienstes in der Aachener Straße aufzusuchen. Von einem Mitarbeiter des Hotels erfuhr sie, dass es bis dorthin etliche Kilometer waren. Er zog einen Flyer des Kölner Straßenbahnnetzes aus einem Schubfach, faltete ihn auseinander und zeichnete die Strecke ein, die vom Hauptbahnhof nach Braunsfeld führte. »Hier wechseln Sie in die Linie 1«, sagte er und kreuzte die Haltestelle Neumarkt an. »Und hier«, wieder markierte er eine Stelle, »müssen Sie aussteigen.«

Es war kurz nach Mittag, als Siri die Straßenbahn verließ. Die Aachener Straße war viel befahren, wohl eine der Hauptverkehrsadern der Stadt. Sie musste nicht lange suchen, sondern fand unter der angegebenen Hausnummer bald ein ockergelb getünchtes Eckhaus. Es wirkte gepflegt, sah man von dem an etlichen Stellen abblätternden Sockelputz einmal ab. PFLEGEDIENST – AN IHRER SEITE war auf einem Schild in geschwungenen Buchstaben an der Tür zu lesen, darüber eine stilisierte Sonne, die Siri auch auf der Homepage entdeckt hatte, und etwas kleiner der Hinweis *2. Etage*. Sie klingelte, und es knackte in der Gegensprechanlage.

»Pflegedienst AN IHRER SEITE. Zweite Etage«, hörte sie eine Frauenstimme in einem melodischen Singsang.

Mit einem Surren sprang die Tür auf. Sie trat in einen dämmrigen Flur, von dem aus eine Steintreppe nach oben führte. Während sie hochlief, merkte sie, dass sie zu schnell atmete und ihre Hände eiskalt geworden waren, wie immer, wenn die Aufregung sich kaum im Zaum halten ließ.

Im selben Moment, da sie die letzte Treppenstufe erreichte,

wurde eine Tür geöffnet, die einzige hier oben. Eine junge Mitarbeiterin erschien und grüßte freundlich. Siri hatte sich vorgenommen, sicherheitshalber ihren Namen nicht gleich zu nennen, obwohl dies nicht ihrem Empfinden von Höflichkeit entsprach. Es drängte sie danach, sich dafür zu entschuldigen, dass sie ohne Einleitung zur Sache kam, doch das würde alles nur verkomplizieren.

»Ist Ingrid Haglund zu sprechen?«, fragte sie mit einem Lächeln, von dem sie hoffte, es möge nicht allzu bemüht wirken.

»Worum geht es denn?«

»Es ist etwas Persönliches. Ich würde mich freuen, wenn sie ein paar Minuten Zeit hätte.«

»Einen Augenblick bitte.« Die Mitarbeiterin wandte sich um, zog die Tür weit auf und deutete auf eine Sitzecke. »Bitte.«

Siri folgte ihr ins Innere der Räumlichkeiten, ließ ihren Blick über die beiden robusten Rattansessel wandern, den runden Glastisch dazwischen, über das Bild an der Wand, eine Aquarellmalerei, die ein barfüßiges Mädchen im Wald zeigte, das in seinem Kleid winzige, vom Himmel fallende Sterne auffing. Sie entschied sich, stehen zu bleiben, sah der Frau nach, die bis ans Ende des Flures eilte, von dem zu beiden Seiten etliche Türen abzweigten. Aus einem der Zimmer hörte sie gedämpfte Stimmen.

Kurz darauf erschien sie wieder, lächelte Siri zu und sagte nur: »Kommt direkt.«

Dann verschwand sie in einem der Zimmer. Irgendwo tickte eine Uhr, die Siri nicht sehen konnte. Ein Telefon läutete, dann war die Stimme der Mitarbeiterin zu hören, die wohl das Telefonat angenommen hatte.

»Bin gleich bei Ihnen«, rief jemand vom Ende des Flures.

Eine Frau, die sich jetzt mit forschem Schritt auf Siri zubewegte. Das war also Ingrid Haglund. Siri schätzte sie auf Ende fünfzig. Sie trug ihr Haar aus der Stirn gekämmt und kinnlang.

Als sie näher kam, sah Siri, dass sie dezent geschminkt war, in ihren Ohrläppchen steckten weiße Perlen. In Jeans und cremefarbener Leinenbluse sah sie nicht aus wie in Siris Vorstellung, nicht wie jemand, der einen Pflegedienst leitete. Sie sah auch nicht aus wie eine Frau, mit der ihre Mutter befreundet gewesen war. Genau genommen war sie, die Frau aus der Stadt, das Gegenteil ihrer Mutter, der schwedischen Inselhebamme. Waren es ihre Berufe, die sie miteinander verbunden hatten? Da gab es doch Gemeinsamkeiten, oder nicht? Ob sie eine Zeit lang zusammengearbeitet hatten? Nein, das war nicht möglich, Ingrid Haglund musste etliche Jahre jünger sein als ihre Mutter.

Vor Aufregung konnte Siri kaum stillstehen, sie trat von einem Fuß auf den anderen. Das Lächeln auf Ingrid Haglunds Lippen fror in dem Augenblick ein, da sie sich bis auf zwei Schritte genähert hatte. Ruckartig blieb sie stehen, und auf seltsame Weise veränderte sich die Atmosphäre im Raum. Siri streckte ihr dennoch zur Begrüßung die Hand entgegen. Sie bemühte sich um ein freundliches Lächeln, verbot sich aber weiterhin, ihren Namen zu nennen, denn sie fürchtete, dass ihr schwedischer Akzent Ingrid Haglund an die Anruferin aus Schweden erinnerte. Ungeduldig wartete sie auf eine Reaktion, doch Ingrid Haglund war wie versteinert, weder ergriff sie die ihr dargebotene Hand noch brachte sie ein Wort über die Lippen. Ihr Verhalten und ihr Schweigen verunsicherten Siri, weckten den Eindruck, als wäre sie ein Störenfried, ein ungebetener Gast, der sich selbst zu einer Party eingeladen hatte.

»Ich bin in einer persönlichen Angelegenheit hier«, hörte sie sich sagen.

Gleichzeitig zog sie das Foto aus ihrer Tasche und reichte es Ingrid Haglund. So wie sie ihr zuvor die Hand gereicht hatte.

Jetzt oder nie. Geh aufs Ganze, Siri.

»Mein Name ist Siri Svensson, ich hätte vor ein paar Tagen

gern mit Ihnen telefoniert, aber da war wohl etwas mit der Verbindung nicht in Ordnung.« Sie verzog den Mund zu einem schiefen Lächeln. Gespielte Freundlichkeit lag ihr nicht. Ingrid Haglund schenkte dem Foto nichts weiter als einen raschen Blick. Ihr Gesichtsausdruck veränderte sich erneut. Sie wirkte verstört. Oder verängstigt. Es war Siri nicht möglich, dies voneinander zu unterscheiden, obwohl sie sich nichts mehr wünschte, als die eigenartige Reaktion dieser Frau einzuordnen. Wenn man einen Menschen nicht kannte, war es schwierig, Regungen zu deuten. Starr wie eine Maske sah ihr Gesicht aus, sie sagte noch immer kein Wort, was Siri als untrügliches Zeichen wertete, dass irgendetwas in Ingrid Haglunds Innerem in Aufruhr geraten war. »Sind Sie nicht die Frau auf dem Foto?«, versuchte sie ein Gespräch in Gang zu bringen. »Können wir uns darüber unterhalten?«

»Auf gar keinen Fall«, presste Ingrid Haglund zwischen den dezent geschminkten Lippen hervor, die ganz schmal geworden waren, so wie ihre Augen, die nicht aufhörten, Siri zu fixieren. »Gehen Sie!«, presste sie tonlos hervor. »Und kommen Sie nicht wieder.«

»Aber ...«

»Gehen Sie!«

Die Mitarbeiterin in der gestreiften Bluse erschien mit fragendem Blick im Türrahmen. Hilfe suchend sah Siri zu ihr hinüber, als wäre sie ein rettender Engel und in der Lage, die Ablehnung, die ihr gerade von Ingrid Haglund entgegengeschleudert worden war, abzumildern. Niemand sagte etwas, doch Siri spürte deutlich, dass etwas Ungesagtes zwischen ihnen lag. Etwas Schweres, Bedeutungsvolles, etwas, das jeden Atemzug und jeden Herzschlag füllte. Selbst die Luft zwischen ihnen schien sich plötzlich anders anzufühlen als noch wenige Augenblicke zuvor. Sie überlegte, ob sie einen letzten Versuch unternehmen sollte, doch die Eindringlichkeit in Ingrid Haglunds Worten und die Härte in ihrem Blick hinderten sie daran. Ohne ein weiteres Wort wandte Ingrid Haglund sich um und eilte den Flur hinunter, verschwand in dem Raum, aus dem sie gekommen war. Dumpf schlug die Tür ins Schloss.

»Schade«, sagte Siri leise.

Ein Stein senkte sich auf ihre Brust. Jegliche Spannung wich aus ihren Schultern, während sie sich umwandte und ging.

Als sie ins Freie trat, füllte sie ihre Lungen mit einem tiefen Atemzug. Nun erst bemerkte sie das feine Zittern ihrer Beine und dass die Abfuhr, die diese fremde Frau ihr erteilt hatte, sie innerlich so aufwühlte, dass Tränen der Wut in ihre Augen stiegen. Ein älterer Mann mit einem Rollator näherte sich ihr auf dem Gehweg. Sie trat einen Schritt zur Seite, um ihn vorbeizulassen. Gleich drauf zog eine Horde Jugendlicher mit Schulrucksäcken lärmend und lachend an ihr vorbei.

Plötzlich war ihr alles zu viel – die vorbeifahrenden Autos, die Passanten und die Wortfetzen dieser hart klingenden deutschen Sprache, die Straßenbahn, die soeben an der Haltestelle unweit von ihr gebremst hatte und aus deren Türen nun eine große Anzahl Fahrgäste quoll, das vorbeiknatternde Moped, die schreienden Kinder. Sie strebte einer Seitenstraße zu, in der es ruhiger war und von der aus sie in einiger Entfernung eine Grünanlage ausmachen konnte.

Siri ließ sich treiben, blinzelte die Tränen weg. Tränen der Enttäuschung, der Empörung, der Niedergeschlagenheit. Hatte ihr jemals jemand so unmissverständlich zu verstehen gegeben, unerwünscht zu sein? Schon öffnete sich ihr der Blick in einen Park. Dankbar folgte Siri dem Weg, der sich durch baumbestandene Wiesen schlängelte und, gesäumt von Platanen, auf einen kleinen See zulief. Sie fand eine Bank, auf die sie sich fallen ließ. Eine Schar Kanadagänse und ein paar Stockenten bevölkerten den See, der Wind spielte in den Blättern der Bäume, einige Spaziergänger waren unterwegs. Fortwährend tauchte Ingrid Haglunds Gesicht in ihren Gedanken auf, ihre Stimme, ihre Worte, ihre Ablehnung. Immer wieder ihre Ablehnung.

Was habe ich dir getan, Ingrid Haglund, warum sprichst du nicht mit mir? Wenn du es mir doch wenigstens sagen würdest!

Schmerzlich sehnte sie sich nach einer Antwort. Und genauso schmerzlich sehnte sie sich zurück nach Gotland und dem Inselleben, zurück in ihre Heimat, in die Zeit, ehe sie das Polaroidfoto entdeckt hatte.

Verloren in ihren Gedanken beobachtete sie eine Ente, die ihren Schnabel im Gefieder vergraben hatte, während sie sich ohne eine Bewegung auf dem grünen Wasser treiben ließ. Früher, als sie und Jerik Kinder gewesen waren, da hatte es einen von Röhricht gesäumten Teich am Ortsrand von Eskelhem gegeben. Tafelenten hatten dort gelebt, Erpel mit ihren silbergrauen Federkleidern und den auffälligen kastanienfarbigen Köpfen, und die unscheinbaren Weibchen, die ihre Nester im Schilf zwischen den Rohrkolben gebaut hatten. Mit einer Engelsgeduld hatten sie sie beobachtet und sich gefreut, wenn die Küken geschlüpft und hinter der Entenmutter hergeschwommen waren.

Jerik ...

Sie fingerte ihr Handy aus der Tasche.

»*Hej ...*«

»*Hej, hej.* Wie geht's dir? Wie ist es in Deutschland?«

»Ernüchternd.« Mit wenigen Worten fasste sie die Geschehnisse zusammen.

»Das tut mir leid, Siri. Was willst du jetzt machen?«

»Mich damit abfinden, dass Ingrid Haglund nicht mit mir sprechen will. Aber da ist ja noch der Esperanto Verlag.«

»Hast du nicht gesagt, dass Mella Haglund auf Recherchereise im Ausland ist?«

»Ja, schon. Blöderweise hab ich nicht gefragt, wie lange. Viel-

leicht ist sie inzwischen zurück. Ich fahre auf jeden Fall hin, jetzt, wo ich schon mal in Köln bin.«
»Siri?«
»Hm?«
»Ich vermiss dich.«
»Ich dich auch, sehr. Das war hart eben. Sie hat mich regelrecht rausgeworfen.«

MELLA

Deutschland – Juni 2023

Als sie nach Gotland aufgebrochen war, hatte sie nicht erwartet, ihre Wohnungstür drei Wochen später mit einem solchen Zwiespalt aufzuschließen. »Freust du dich denn *kein bisschen* auf dein Zuhause?«, hatte Fränzi gefragt, nachdem Mella nach der Ankunft auf dem Köln Bonner Flughafen ihr Gepäck im Auto ihrer Freundin verstaut hatte und auf den Beifahrersitz gesunken war. »Doch, sicher«, hatte Mella geantwortet.

Natürlich freute sie sich. Auf all das Vertraute in ihrer Wohnung, ihre Dinge wieder um sich zu haben, darauf, im eigenen Bett zu schlafen. Auf die Kolleginnen und Kollegen im Verlag, denen sie bei der montäglichen Wochenbesprechung von ihrer Inselzeit berichten würde. Auf Fränzi selbstverständlich und auf die Freundinnenabende mit ihr. Auch dass sie wieder Deutsch sprechen konnte, gefiel ihr, obwohl sie die schwedischen Worte lieb gewonnen hatte und nur noch selten nach einem suchen musste.

Doch da war eine merkwürdig stumpfe Stelle in ihrem Herzen, als wäre ein kleiner Bereich darin bei ihrem Abschied von Mattis schmerzunempfindlich gemacht worden. Zu ihrem eigenen Schutz. Weil sie sonst die Entfernung zu ihm nicht aushalten würde. Wie konnte sie sich also vorbehaltlos auf zu Hause freuen, wenn ihre Sehnsucht nach Mattis sie nach Gotland zog?

Mella schob den Koffer in die Diele, stellte den Rucksack

ab, schlüpfte aus den Schuhen. Sie ging von einem Raum in den anderen, stellte fest, dass ihre Mutter Kühlschrank und Vorratsregal mit dem Nötigsten gefüllt hatte. Käse, Eier, zwei Becher ihres Lieblingsjogurts, Äpfel, Brot, Butter, eine Flasche Milch, zwei Stücke selbst gebackenen Aprikosenkuchen. Mit Wehmut dachte sie an ihr Telefonat am vergangenen Sonntag zurück. Ob ihre Mutter am Ende wirklich geweint hatte? Auf der Küchenablage stand ein Terrakottatopf mit einem Rosenstöckchen darin. Vier gelbe Blüten und drei Knospen kurz vor dem Aufblühen.

Schön, dass du wieder da bist, las Mella auf einer Karte. *Komm doch am Montagabend auf ein Glas Wein vorbei.*

Zuvorkommend, liebevoll, mütterlich eben. Als hätte es die Kontaktarmut der vergangenen drei Wochen nicht gegeben. Als wären all die bissigen Sätze und Worte, mit denen ihre Mutter ihr die Reise nach Gotland hatte ausreden wollen, nicht gefallen. Als hätte das Telefonat im Garten der Villa Märta nie stattgefunden, als wäre ihr gemeinsamer Mutter-Tochter-Schalter auf null zurückgesetzt, damit sie so tun könnten, als hätte Mellas Inselzeit nie stattgefunden.

Sie hielt ihre Nase an eine der Rosenblüten und dachte an Visby, an die Häuser in den verwinkelten Gässchen, deren Eingangstüren gesäumt waren von üppig wachsenden Rosenbüschen. Nicht umsonst nannte man Visby *rosornas stad*, die Stadt der Rosen. Ihre Mutter hatte mit dem blühenden Willkommensgruß diesen Zusammenhang ganz sicher nicht herstellen wollen. Rasch schrieb sie ihr eine Nachricht und bedankte sich für die Aufmerksamkeiten und die Einladung am nächsten Abend. Garniert mit ein paar Smileys und Herzchen wirkten auch diese Zeilen, als stünde der Schalter wieder auf Null.

Im Verlag begrüßte man sie ebenso überschwänglich wie am ersten Arbeitstag nach ihrem Unfall. Dietmar zeigte sich in der

Wochenbesprechung ausgesprochen erfreut über ihre Arbeit, die er bereits gesichtet hatte. Er lobte die Qualität ihrer Fotos und der verfassten Texte.

»Da liegt die Nummer, die du zurückrufen sollst«, sagte Gudrun, als Mella sich am späten Vormittag durch die eingegangenen Mails scrollte. Sie wies auf den gelben Notizzettel in Mellas Schreibtischablage.

»Ach, daran hatte ich gar nicht mehr gedacht, danke.«

»War seltsam, Mella. Zuerst hat sie nach deiner Handynummer gefragt. Sie sagte, ihr wäret befreundet, aber ich wollte ihr deine Nummer nicht so einfach geben, da könnte ja jeder kommen.«

Mella angelte den Zettel aus der Ablage. »Siri Svensson«, murmelte sie beim Anblick des in Gudruns sorgfältiger Handschrift notierten Namens. »Nie gehört.« Ein schwedischer Name, unverkennbar.

»Ich hatte dir ja schon gesagt, dass ich sie an deine Mutter verwiesen habe. Dachte mir, dass sie sie möglicherweise kennt, wenn ihr wirklich befreundet seid. Dann hätte sie ihr deine Nummer geben können. Hat deine Mutter nichts davon erzählt?«

Wild jagten die Gedanken durch Mellas Kopf. Sie überlegte, ob sie in den vergangenen drei Wochen jemanden mit dem Namen Siri Svensson kennengelernt hatte, eine flüchtige Bekanntschaft vielleicht in einem Laden in Visby oder auf Ann-Maries Geburtstagsbrunch, an Anna Petterssons Stand beim Strandfest oder bei der Autovermietung. Bei einem Mittagessen in einem der Fischerdörfer an der Ostküste hatte sie ein paar Sätze mit einer Frau gewechselt, die ebenfalls ohne Begleitung zum Essen dort gesessen hatte, aber sie hatten nur ein wenig über das Wetter und das Essen geplaudert. Auch bei ihren Streifzügen durch die Landkirchen hatte sie hier und da mit jemandem gesprochen, jedoch nie ihren Namen genannt. Woher kannte diese Siri Svensson sie also? Und woher wusste sie, dass sie im Esperanto Verlag arbeitete? Je tiefer sie in ihren Erinnerungen grub, desto weniger wollte sich eine Verbindung zu diesem Namen einstellen. Auch ihre Mutter hatte bei ihrem letzten Telefonat nichts von einer vermeintlichen Freundin gesagt.

»Wir haben schon ein paar Tage nicht mehr miteinander telefoniert«, sagte sie abwesend. »Aber ich sehe sie heute Abend.«

Gudrun nickte und entfernte sich. Ganz augenscheinlich war das Thema für sie erledigt, in Mella arbeitete es weiter. Ein deutsch klingender Name würde ihr nur halb so viel Kopfzerbrechen bereiten. Sie beschloss, die Nummer anzurufen, sobald sie ihre Mails abgearbeitet hatte. Oder war es klüger, zuerst ihre Mutter dazu zu befragen? Vielleicht hatte Siri Svensson sich auf Gudruns Rat ja inzwischen bei ihr gemeldet. Aber hätte ihre Mutter ihr das nicht erzählt?

Mella starrte auf die Tastatur, auf der ihre Finger jetzt innehielten. Konnte es sein, dass sie es ihr bewusst verschwieg? Über ihren Bildschirm hinweg sah Mella hinüber zum Fensterbrett mit Gudruns üppig blühenden Orchideen. Dachte an das Telefonat am vorletzten Sonntag, an die aus jedem Zusammenhang herausgerissene Frage ihrer Mutter, ob Mella jemanden kennengelernt hatte. Sie hatte diese seltsame Erkundigung auf einen Mann bezogen, aber möglicherweise war Siri Svensson zu diesem Zeitpunkt bereits in Kontakt mit ihrer Mutter getreten. Sie schüttelte den Kopf. Das war alles nicht schlüssig. Warum hätte ihre Mutter ihr den Namen der vermeintlichen Freundin verschweigen sollen, wenn sie ihn zu diesem Zeitpunkt gewusst hätte?

In der Mittagspause verließ Mella ihren Schreibtisch. Durch den Hinterausgang betrat sie den an das Verlagsgebäude grenzenden Hof, der mit seinen kugelig geschnittenen Ahornbäumen und den Bänken dazwischen von der Mittagssonne beschienen war.

Kurz nach ihr betrat ihre Kollegin Katja den Hof, gefolgt von dem Vertriebskollegen und Vivien. Zigaretten wurden angezündet, die ersten Züge inhaliert. Katja sprühte vor Begeisterung, als sie begann, von einem Depeche-Mode-Konzert in Düsseldorf am Abend zuvor zu berichten. Mella hörte nur mit halbem Ohr zu. Mit einem entschuldigenden Lächeln zog sie ihr Handy aus der Hosentasche und wandte sich ab. Während sie die Nummer ihrer Mutter antippte, entfernte sie sich ein paar Schritte. Katjas begeistert klingende Stimme wurde leiser.

»Ingrid Haglund, Pflegedienst AN IHRER SEITE. Derzeit kann ich Ihren Anruf leider nicht entgegennehmen. Bitte hinterlassen Sie …«

Sie brach den Anruf ab. Wahrscheinlich steckte ihre Mutter in einem Beratungsgespräch mit einem Patienten. Mella überlegte. Hielt sie es aus, bis zum Abend auf eine Antwort zu warten? Den gelben Zettel hatte sie in die Hosentasche geschoben, ehe sie das Büro verlassen hatte. Entschlossen zog sie ihn heraus und faltete ihn auseinander. Sie starrte die Nummer an, den Namen darunter, fragte sich, ob es ein Zufall sein konnte, einen Tag nach ihrer Rückkehr aus Schweden die Telefonnummer einer Schwedin auf dem Schreibtisch liegen zu haben. Es drängte sie, diese Siri Svensson anzurufen.

Mella gab die Nummer ein. Während sie darauf wartete, dass ihr Anruf entgegengenommen wurde, schlenderte sie zum Ende des Hofs bis zu der efeubewachsenen Backsteinmauer, die das Gelände begrenzte. Ein lauer Wind fuhr durch den dichten grünen Bewuchs und ließ die Blätter rascheln. Sie blinzelte in die Sonne.

»Siri hier, *hej*.«

Unmerklich zuckte Mella zusammen. Vielleicht weil Siri Svenssons Schwedisch sie augenblicklich zurück nach Gotland katapultierte, zurück zu Mattis und den hellen Tagen mit ihm.

»Mella Haglund, Esperanto Verlag«, meldete sie sich. »Du hast um einen Rückruf gebeten.«

Für einen Moment wurde es so still in der Leitung, dass Mella glaubte, diese wäre unterbrochen worden.

»Du sprichst schwedisch?«

Die Überraschung in Siri Svenssons Stimme war unüberhörbar.

»Ja.«

»Danke für den Rückruf. Ich musste ein wenig schwindeln, das tut mir leid, habe deiner Kollegin gesagt, wir wären befreundet, in der Hoffnung, deine Handynummer zu bekommen. Aber sie war unnachgiebig.« Sie lachte leise.

Mella verspürte das Bedürfnis, sich zu bewegen. Langsam ging sie an der Backsteinmauer entlang. Nicht zu wissen, worauf Siri Svensson hinauswollte, und warum sie offen von einer kleinen Schwindelei sprach, um sich ihre Telefonnummer zu ergaunern, verursachte Mella ein nervöses Bauchkribbeln.

»Worum geht es denn?«, fragte sie angespannt.

»Um ein Foto. Ich habe es im letzten Jahr in den Sachen meiner verstorbenen Mutter gefunden. Ist so eine Polaroidaufnahme, wie man sie in den Achtzigern oft gemacht hat, weißt du?«

»Ja, kenne ich. Und was hat die mit mir zu tun?«

»Ich glaube, wir sind beide drauf.«

»Auf dem Foto?«

Jäh blieb Mella stehen. Was redete diese Fremde denn da?

»Darf ich fragen, wann du geboren wurdest?«, fragte Siri Svensson.

»Wozu ist das wichtig?«

Eine Alarmlampe in Mellas Innerem begann hektisch zu blinken. Entpuppte Siri Svensson sich als eine Betrügerin, die auf obskure Weise versuchte, an persönliche Daten zu kommen?

»Um sicherzugehen.«

»Ich verstehe kein Wort.« Mella spielte mit dem Gedanken, das Gespräch zu beenden. Sie sah rüber zu den anderen, die jetzt lauthals über irgendetwas lachten, was einer von ihnen von sich gegeben hatte. »Hör mal«, sagte sie, »ich weiß nicht, was du mir da erzählen willst. Was hat mein Geburtstag mit dem Foto zu tun? Würdest du es mir bitte erklären oder mich in Ruhe lassen?«

»Entschuldige. Es sind zwei Frauen auf dem Foto, mit Babys in den Armen. Es wurde im Januar 1983 aufgenommen. Eine der Frauen ist meine Mutter, und es spricht alles dafür, dass ich das Baby bin, das sie in den Armen hält. Es könnte passen, weil ich zu diesem Zeitpunkt erst ein paar Wochen alt gewesen bin. Dem Foto lag ein Zettel bei und darauf steht: *Mit Ingrid Haglund und Mella*. Ich kann nicht mal mit Sicherheit sagen, dass es die Handschrift meiner Mutter ist. Und diese beiden Namen sagen mir auch nichts. Ich kann mich nicht erinnern, dass meine Mutter sie jemals erwähnt hat. Was mich dabei aber am meisten irritiert, ist, dass meine Mutter dieses Foto versteckt hat. Also gehe ich davon aus, dass ...« Sie stockte. Angespannt wie ein Gummiseil hatte Mella ihr zugehört. »... sie etwas verbergen wollte«, beendete Siri den Satz. »Aber ich muss erst mal wissen, ob du überhaupt die Mella Haglund bist, die ich suche.«

Mit kleinen Schritten setzte Mella sich wieder in Bewegung. Am anderen Ende des Hofes wurde wieder gelacht. Die tiefe Stimme des Vertriebskollegen drang gedämpft zu ihr herüber, Katja und Vivien lachten.

»Meine Mutter heißt Ingrid, und sie stammt aus Gotland«, hörte sie sich sagen.

Sie kam sich vor, als beobachtete sie sich aus der Perspektive einer Außenstehenden. Als hörte sie, dass sie etwas mit der fremden Schwedin teilte, was diese überhaupt nichts anging.

»Dann bist du es!«

»Noch mal von vorn.« Sie sammelte sich, zwang sich dazu,

klar zu denken und vernünftig zu überlegen. »Das Foto wurde ganz sicher im Januar 1983 aufgenommen?«

»So steht es auf dem Zettel.«

»Und wo?«

»Ich denke, auf Gotland. Ich weiß nichts davon, so kurz nach meiner Geburt woanders gewesen zu sein.«

»Ich wurde im Dezember 1982 in Deutschland geboren«, sagte Mella. »Es ist ausgeschlossen, dass ich als Baby mit meiner Mutter in Schweden war.«

»Weißt du das genau?«

»Sehr genau«, antwortete sie fest. »War denn deine Mutter mit dir zu diesem Zeitpunkt vielleicht in Deutschland? Weißt du ganz sicher, dass das Foto in Schweden aufgenommen wurde?«

»Nein«, gab Siri Svensson leise zu.

Ob sie an diese Möglichkeit noch gar nicht gedacht hatte?

»Kann es nicht sein, dass unsere Mütter befreundet waren und ihr uns in Deutschland besucht habt?«

»Warum sollte man mit einem Säugling, der gerade ein paar Wochen alt ist, eine solche Reise unternehmen?«

»Weil man einen guten Grund dafür hat?«

Mella begann, auf ihrer Unterlippe zu kauen. Sie war am Ende des Hofs angelangt, blieb neben dem letzten Ahornbaum stehen. In Streifen fiel das Sonnenlicht durch das Laub.

»Da gibt es eine Tante meiner Mutter«, hörte sie Siris Stimme. »Sie weiß etwas, aber sie verschweigt es. Von ihr habe ich erfahren, dass Ingrid Haglund damals ins Ausland gegangen ist.«

Die Tatsache, dass ein Foto von ihr und ihrer Mutter mitsamt ihren Namen jahrzehntelang irgendwo in Schweden versteckt worden war, trieb Mella einen Schauder über die Haut. Was hatte es mit diesem Foto auf sich, und wer hatte ihren und den Namen ihrer Mutter dazugeschrieben? Und wie war es möglich, dass sie beide neben der fremden Frau darauf abgebildet waren, wenn sie selbst zu diesem Zeitpunkt höchstens ein paar Wochen alt gewesen sein konnte? Es ließ sich beim besten Willen keine Ordnung in das Wirrwarr all dieser Fragen bringen. Stattdessen rauschte ein Mix aus Neugier und Zweifeln durch ihre Adern.

»Hast du meine Mutter kontaktiert?«, fragte sie in das Schweigen hinein. »Meine Kollegin sagte so etwas.«

Aus den Augenwinkeln sah Mella Gudrun mit ihrem überdimensionalen Kaffeebecher nach draußen kommen. Sie steuerte eine der Bänke an und setzte sich.

»Ich hab's versucht.«

»Was heißt das?«

Mella drehte sich um, weil sie sich ungestörter fühlte, wenn die anderen aus ihrem Blickfeld verschwanden.

»Ich war bei ihr, in ihrem Büro bei diesem Pflegeverein.«

»Das ist kein Verein.«

»Weiß nicht, wie das richtig heißt.«

»Pflegedienst. Aber erzähl weiter. Hast du ihr das Foto gezeigt?

»Sie hat es sich nicht mal richtig angesehen. Sie war ausgesprochen unfreundlich und hat mich … rausgeworfen.«

Mella stieß ein ungläubiges Lachen aus. »Sie hat dich rausgeworfen? Bist du sicher, dass es meine Mutter war? Sie tut keiner Fliege was zuleide.«

»Vielleicht kam ich ungelegen, und sie hatte Stress, das weiß ich nicht. Sie war extrem aufgebracht, hat mich gebeten, zu gehen und nicht mehr wiederzukommen.«

Hier passte eins nicht zum anderen. Nie würde ihre Mutter ein so ungehobeltes Benehmen an den Tag legen. Aber was hatte Siri Svensson da gesagt? Ruckartig hob Mella den Kopf.

»Warte«, bat sie. Wieder blinkte die Alarmleuchte. »Du sagst, du warst bei ihr. Heißt das, du warst in Köln? Lebst du hier?«

»Nein, ich lebe in Schweden, aktuell in Nynäshamn.«

Mattis hatte den Namen dieser Stadt an der Ostküste Schwedens erwähnt. Sie lag unweit von Stockholm und verband durch die Fährroute Gotland mit dem Festland.

»Aber du bist doch nicht extra aus Schweden hierhergereist, um meine Mutter und mich ausfindig zu machen?« Sie merkte, wie unsinnig das war, was sie da von sich gegeben hatte.

»Doch.«

Mella japste nach Luft. »Das ist nicht dein Ernst!«

»Ist eine lange Geschichte, es geht dabei um mehr als nur um das Foto. Aber ich bin überzeugt davon, dass du und deine Mutter ... dass ihr so was wie eine Spur seid.«

»Und nun war deine Reise umsonst, und du bist erfolglos wieder zurück in Schweden.«

»Ich bin nicht in Schweden.«

»Sondern?«

»Noch in Köln.«

»Was?«, entfuhr es Mella. Sie hörte Gudrun und Katja miteinander sprechen und warf einen Blick zu ihnen hinüber. »Können wir uns treffen?«, fragte sie, ohne lange zu überlegen.

»Ja, unglaublich gern«, hörte sie Siri Svensson prompt antworten. »Wann?«

»Heute noch?«

»Ich hab nichts anderes vor.«

»Wo finde ich dich?« Jede Zelle in Mellas Körper schien vor Aufregung zu vibrieren. Siri Svensson nannte den Namen eines Hotels. Mella kannte es. Es befand sich unweit des Hauptbahnhofs. »Ich kann um halb sechs heute Abend dort sein«, sagte sie.

Der gut genährte Kater, der sich manchmal mittags im Hof sehen ließ, strich um die Ahornbäume herum.

»Großartig, ich freu mich.«

»Bis dahin.«

Sie beendete die Verbindung und verspürte den unbändigen

Drang, Mattis anzurufen, um das Durcheinander in ihrem Kopf mit ihm zu teilen. Doch sie wusste, dass er an diesem Nachmittag einen wichtigen Termin mit Leuten von der Denkmalschutzbehörde hatte, bei dem sie ihn nicht stören wollte. Dann am Abend. Nach dem Treffen mit Siri Svensson.

Da fiel ihr siedend heiß die abendliche Verabredung mit ihrer Mutter ein. »So ein Mist!«, zischte sie. Wie hatte sie das nur vergessen können?

Mella legte den Kopf in den Nacken, blinzelte in die Sonne und stellte sich vor, anstelle der gedämpften Verkehrsgeräusche die Ostsee rauschen zu hören. Dann tippte sie eine kurze Nachricht an ihre Mutter.

Schaffe es erst gegen halb neun. Hoffe, das ist okay. Bis dahin!

SIRI

Deutschland – Juni 2023

Hatte sich jemals ein Nachmittag derart in die Länge gezogen wie dieser? Getrieben von einer Rastlosigkeit, die von Stunde zu Stunde anwuchs, fuhr Siri zurück in die Kölner Innenstadt. Vom Bahnhofsgebäude aus erreichte sie bald den Domplatz, tauchte von dort in den Strom der Menschen ein, die die Fußgängerzone bevölkerten. Über ihr strahlte ein wolkenloser Frühsommerhimmel. Die milde Luft war wie eine Einladung, hinunter zum Rheinufer zu gehen und die Wartezeit auf der Sonnenterrasse eines Cafés zu verbringen – eine Idee, die Siri verwarf, kaum dass sie ihr in den Sinn gekommen war. Bewegung schien das einzige Mittel zu sein, das ihren Geduldsfaden halbwegs vor dem Zerreißen bewahren konnte.

Gegen halb fünf kehrte sie zu ihrem Hotel zurück, eine Stunde vor dem vereinbarten Treffen mit Mella Haglund.

Ich treffe sie!!!, hatte sie Jerik in einer Textnachricht geschrieben und sich die drei Worte anschließend halblaut vorgelesen – zweimal, dreimal, als wäre es notwendig, sich auf diese Weise zu vergewissern, dass sie nicht träumte.

Vor der Eingangstür, die auf eine belebte Seitenstraße hinausführte, blieb sie stehen. Passanten zogen an ihr vorbei, ohne sie beachten. Sie aber unterzog jede Frau einer ausgiebigen Musterung. Woran würde sie Mella Haglund erkennen? Sie wusste lediglich, dass sie beide etwa im gleichen Alter waren. Ansonsten fehlte ihr jeder Hinweis auf ihr Äußeres. Sie ging ein paar Schritte, sah suchend die Straße hinunter, wich einer jungen Familie mit mehreren Kindern aus, die den Gehweg für sich beanspruchte, wandte sich um, sah auf die Uhr. Noch vierzig Minuten. Sie beschloss, in der Hotellobby zu warten.

Der mit dunkelgrauem Velours ausgelegte Fußboden schluckte jedes Geräusch, die Stille bot einen wohltuenden Kontrast zum Lärm vor der Tür. Hinter dem Empfangstresen stand eine Mitarbeiterin, die ihr freundlich zulächelte. Durch einen Urwald aus Grünpflanzen hielt Siri auf die Lounge zu. Die Bar öffnete erst um achtzehn Uhr, aber der Kaffeeautomat stand den Hotelgästen jederzeit zur Verfügung, wie Siri wusste. Sie warf ihre Tasche auf einen der Clubsessel und bereitete sich einen Milchkaffee zu. Außer ihr war die Lounge menschenleer. Kein Wunder, bei diesem Wetter bot die Stadt attraktivere Orte. Sie setzte sich so, dass sie den Eingangsbereich durch den Dschungel hindurch im Blick behielt.

Ein Paar betrat die Hotellobby, kurz darauf ein elegant gekleideter älterer Herr mit Gehstock. Quälend langsam bewegten sich die Metallzeiger der überdimensionalen Wanduhr in der Nähe des Hotelempfangs. Zwanzig nach fünf. Siri stellte die geleerte Tasse auf den Tisch, trommelte eine Weile mit den Fingern auf der Lehne des Sessels herum und kramte schließlich den Umschlag mit dem Polaroidfoto und dem Zettel aus der Tasche.

Wenig später öffnete sich die Eingangstür erneut. Dieses Mal trat eine Frau ein. Ohne Begleitung. In weit geschnittenen Jeans und einem langärmligen Shirt. Ihr Haar war weizenblond, fiel lang und glatt über ihren Rücken. Die Frisur erinnerte Siri an die Jahre, in denen sie selbst ihr Haar auf diese Weise getragen hatte. Obwohl sie ihr Gesicht noch nicht deutlich erkannte, zweifelte sie keine Sekunde daran, dass die Frau Mella Haglund war.

Sie stand auf, eilte auf die Fremde zu und hob, während sie

sich ihr näherte, einen Arm, um auf sich aufmerksam zu machen. Die Frau wandte sich zu ihr um, ihre Blicke trafen einander. Siri blieb stehen, starrte sie an. Ihr stockte der Atem. Sie wusste nicht, was sie denken sollte, war sicher, sie schon einmal gesehen zu haben, sie sogar zu kennen, und gleichzeitig kam es ihr vor, als blickte sie in einen Spiegel, als sähe sie sich selbst in die Augen. Ihr Herz begann zu hämmern, seine Schläge füllten ihren ganzen Brustraum aus. Auf unerklärbare Weise schien sich die Stille in der Lobby weiter zu vertiefen, so widersinnig dieser Eindruck auch war, denn stiller als still konnte ja nichts auf der Welt sein. Und doch schien es so.

Stumm verharrten sie beide in diesem Augenblick, den keine von ihnen durch eine Bewegung oder ein Wort auflöste. Siri zweifelte nicht daran, dass die Ähnlichkeit auch Mella Haglund verwirrte. Mühelos las sie es in ihren Augen, in ihren Gesichtszügen, an ihrer Körperhaltung.

»Siri Svensson?«, fragte sie und lächelte verhalten, als wäre sie unsicher, ob ein Lächeln angebracht wäre. Siri nickte, streckte den Arm aus, spürte gleich darauf einen festen Händedruck. »Ich bin Mella.«

»*Hej*«, erwiderte Siri, sah hinunter auf ihre ineinander liegenden Hände, erstaunt, dass nichts Fremdes war an dieser Berührung. Als hätten sie sich tausendmal zuvor auf diese Weise begrüßt, unerklärbar. »Du siehst aus wie ich«, murmelte sie.

Langsam lösten sie ihre Hände voneinander, betrachteten sich ungeniert. Wie war es möglich, sich auf eine so augenfällige Weise im Gesicht eines anderen Menschen wiederzufinden?

»Ja, total verrückt ...«

»Wir haben sogar dieselbe Augenfarbe.«

Ihre Begegnung hatte etwas Abstruses, kam ihr vor wie einer dieser seltsamen Träume, der einen in irreale Situationen wirft, doch je länger sie Mella ansah, auf deren Lippen jetzt ein winziges Lächeln erschien, desto klarer drang die Gewissheit in ihr Bewusstsein, dass sie kein unwirkliches Wesen, sondern ihr Abbild war. Eine Doppelgängerin.

Unlängst war im Fernseher eine Doku gezeigt worden, die ihr nun wieder in den Sinn kam. Australische Forscher hatten über eine Methode gesprochen, mit der sie die Wahrscheinlichkeit, dass zwei nicht blutsverwandte Menschen mit fast exakt gleichem Aussehen sich begegnen, berechnet hatten. Sie hatte nur halb hingehört, nebenbei die Tageszeitung gelesen, einen Einkaufszettel fürs Wochenende geschrieben und sich nicht weiter für das Thema interessiert. Dass es jemanden gab, der ihr verblüffend glich, hatte wahrscheinlich überhaupt nichts zu bedeuten, eine Laune der Natur, die es manchmal mit sich brachte, dass sich Menschen aufgrund bestimmter optischer Merkmale äußerlich überraschend ähnelten, ohne miteinander verwandt zu sein.

»Wollen wir uns da drüben setzen?« Mella wies in Richtung des Grünpflanzendschungels.

»Da gibt's Kaffee«, sagte Siri. »Magst du?«

»Sehr gern.« Mella folgte ihr zum Kaffeeautomaten. »Kann er Milchkaffee?«

»Richtig guten sogar. Ich trinke auch noch einen.«

Siri bediente die Maschine, die auf Knopfdruck leise zu blubbern und zu zischen begann. Mit ihren Tassen nahmen sie einander gegenüber in den Clubsesseln Platz. Wie auf ein unhörbares Signal tauchten sie beide ihre Löffel in den Milchschaum, hoben vorsichtig eine kleine Portion ab und schoben sie sich zwischen die Lippen. Sie lächelten einander zu, als sie es bemerkten.

»Jetzt erzähl«, sagte Mella. »Alles. Ich will das verstehen. Ich will verstehen, was meine Mutter und ich mit deiner Geschichte zu tun haben.«

Siri griff nach dem Kuvert, zog das Foto und den Zettel heraus, schob beides über den Tisch hinüber zu Mella, die nach der

Aufnahme griff und sie in Augenschein nahm. Dabei hatte sich der Ärmel ihres Shirts ein wenig hochgeschoben und eine wulstige Narbe, die über das Handgelenk bis zum Daumen verlief, entblößt. Ohne hinzusehen zog sie sie den Ärmel wieder herunter. Woher die Vernarbung wohl stammte? Ein untrügliches Gespür sagte Siri, dass sie es irgendwann erfahren würde.

Sie begann zu erzählen, langsam und mit Bedacht, konzentrierte sich auf das Wesentliche. Die Adoption, den plötzlichen Tod ihrer Mutter, das Räumen des Kleiderschranks, das Kuvert, das sie tief darin verborgen gefunden hatte. Sie sprach von ihrem Vater Arvid, der seit dem Tod seiner Frau Jördis unzugänglich und wortkarg geworden war und auf ihr Nachfragen nichts zu antworten gewusst hatte. Schließlich erwähnte sie ihre Großtante Lynna und deren Bemerkungen, die darauf schließen ließen, dass sie über Ingrid Haglund mehr wusste, als sie zugab.

»Lange hab ich geglaubt, dass es mir nichts ausmacht, meine leiblichen Eltern nicht zu kennen. Aber seit ich dieses Foto entdeckt habe und weiß, dass es etwas im Leben meiner Mutter gab, das sie verheimlicht hat, werde ich den Gedanken nicht los, dass ...«

»... sie dir nicht die Wahrheit gesagt hat?«

Wie elektrisiert blickten sie sich über ihre Kaffeetassen hinweg an. Mellas Augen waren schmal geworden. Ich verstehe dich, schien ihr Blick zu sagen, ich weiß, was du denkst, was du fühlst, was du sagen wolltest.

»Genau«, antwortete Siri.

»Und jetzt glaubst du, dass meine Mutter dir helfen kann?«

»Nach dem Besuch bei ihr bin ich mir sogar sicherer denn je. Warum hätte sie sonst so schroff reagieren sollen? Sie hat mir nicht mal die Gelegenheit gegeben, etwas zu sagen. Ich habe meinen Namen genannt und ihr das Foto gezeigt, und schon hat sie dichtgemacht.«

»Meine Mutter hat ein riesengroßes Problem mit Schweden«, erwiderte Mella. Sie stellte ihre Kaffeetasse auf den Tisch und sah Siri eindringlich an. »Sie stammt von dort und wurde schwanger, als sie gerade achtzehn geworden war. Sie hatte die Schule beendet und wollte eine Ausbildung zur Krankenschwester machen. Und dann verunglückte mein Vater mit seinem Boot. Seine Verletzungen waren so schwer, dass er nicht überlebte, und meine Mutter hatte keinerlei Unterstützung außer ihrer Schwester, meiner Tante, die schon ein paar Jahre vorher nach Deutschland gegangen war. Also verließ meine hochschwangere Mutter Schweden mitten im Winter. Ich wurde in Deutschland geboren und meine Mutter schwor sich, nie wieder zurückzukehren nach Gotland, wo das Schicksal ihr den Mann genommen hatte, mit dem sie eine Familie hatte gründen wollen. Diesem Umstand ist es geschuldet, dass sie Schweden und besonders Gotland irgendwann für nicht existent erklärt hat. Ich war die letzten drei Wochen beruflich dort, sie war überhaupt nicht damit einverstanden, dass ich das ...«

Siri wurde hellhörig, sie hob einen Arm. »Moment«, unterbrach sie Mella mitten im Satz. Mit zusammengezogenen Augenbrauen starrte sie sie an. »Du warst die letzten drei Wochen dort? Deine Kollegin sagte mir, dass du auf Recherchereise im Ausland unterwegs bist. Sie sagte nicht, dass du ...« Sie fasste sich an die Stirn und stieß ein ironisches Lachen aus. »Du warst so nah, während ich versucht habe, dich oder deine Mutter außerhalb von Schweden zu finden ...«

»Sorry, ich verstehe nicht.«

»Ich bin eine Gotländerin«, erklärte Siri. »In Eskelhem aufgewachsen. Ich arbeite als Stadtführerin in Visby. Vor einem halben Jahr habe ich meinen damaligen Lebensgefährten verlassen und wohne jetzt bei meinem ...«

Mella richtete sich auf. »Stopp. Lass uns ein paar Dinge abgleichen. Wann wurde deine Adoptivmutter geboren?«

»1948«, antwortete Siri. »Sie war Mitte dreißig, als sie mich adoptiert hat.« Sie rutschte auf die Kante des Sessels.

»Meine Mutter wurde 1964 geboren«, sagte Mella. »Welche Frau sucht sich eine Freundin, die so viel jünger ist als sie?«

Sie wechselten einen langen Blick.

»Entschuldige, dass ich dich immer noch so anstarre«, beeilte Siri sich zu sagen. »Das ist irgendwie unheimlich, findest du nicht auch?«

»Geht mir genauso«, pflichtete Mella ihr bei. »Glaubst du nicht auch, dass wir …«, sie stockte, ehe sie aussprach, was sie dachte, »… mehr als Doppelgängerinnen sein könnten?«

Siri wagte kaum zu atmen. »Schwestern?«

»Oder sogar Zwillinge?« Mella hatte geflüstert, als wäre es eine Ungeheuerlichkeit, ihre Vermutung laut auszusprechen.

»Aber das passt doch alles nicht«, gab Siri zu bedenken. »Du bist im Dezember 1982 geboren. Ich kam im Januar 1983 zur Welt. Wir können also weder Schwestern noch Zwillinge sein.«

»Halbschwestern?«

»Derselbe Vater, zwei verschiedene Mütter?« Mit einem tiefen Seufzer sank Siri tiefer in den Sessel. In gespielter Übertreibung schlug sie beide Hände vors Gesicht. »Geht unsere Fantasie mit uns durch?«

»Wenn ich das Mattis erzähle …«, hörte sie Mella sagen.

Ruckartig nahm Siri die Hände herunter. »Mattis?«

Mellas Gesichtsausdruck veränderte sich, wurde weich, ihre Augen leuchteten. »Ich hab ihn auf Gotland kennengelernt. So ein toller Mann, ich bin verliebt bis über beide Ohren.«

»Wie heißt dein Mattis weiter?«

Im Stillen schalt Siri sich eine Verrückte. Welche Blüten trieb ihre Fantasie? Mattis war kein ungewöhnlicher Name, viele skandinavische Männer hießen so, wahrscheinlich lebten allein auf Gotland etliche.

»Lindholm. Er ist Restaurator, wir haben uns in Lärbro kennengelernt.«

Siri richtete sich kerzengerade auf. »Du bist mit Mattis Lindholm zusammen?«

»Kennst du ihn?«

Wieder schlug Siri beide Hände vors Gesicht. »Was spielt das Leben für ein Spiel mit uns, Mella?«

»Wie meinst du das?«

Fest blickte sie Mella ins Gesicht. »Mattis Lindholm ist der Mann, von dem ich mich im letzten Dezember getrennt habe.«

Das war doch alles nicht möglich. Nicht die Realität, nicht echt. Solche Dinge geschahen nicht im wahren Leben. Sie waren das Ergebnis grenzenlosen Einfallsreichtums von Filmschaffenden und Schriftstellern, die solche Szenarien zur Unterhaltung konstruierten.

»Dann bist du die Frau, der ich so ähnlich sehe?« Mellas Augen weiteten sich, als könnte sie nicht glauben, was sie gerade erfahren hatte. Siri griff nach ihrer Tasse und trank den letzten lauwarmen Schluck. Mattis und Mella. Es wollte ihr kaum in den Kopf, aber ihr gefiel die Vorstellung, dass er nicht mehr allein war, dass er anscheinend bereit war, sich auf etwas Neues einzulassen. Auf eine Frau, die aussah wie sie selbst. Drüben am Empfang war eine mehrköpfige Reisegruppe eingetroffen, die vernehmlich über die Auswahl eines Restaurants für das Abendessen diskutierte. »Wir können hier nicht aufhören«, hörte sie Mella entschlossen sagen. »Dass es eine Wahrheit gibt, die wir nicht kennen, liegt auf der Hand. Und mir fällt nur ein Mensch ein, der sie aufdecken kann.«

»Deine Mutter.«

MELLA

Deutschland – Juni 2023

Siri hatte ihr für das Gespräch mit ihrer Mutter das rätselhafte Foto überlassen. Es steckte im Seitenfach ihrer Umhängetasche und sollte nur zum Einsatz kommen, wenn ihre Mutter wieder auf stur schaltete. Mella war fest entschlossen, einen Mittelweg zu gehen. Sie wollte nicht drängen, nicht fordern, nicht mit der Tür ins Haus fallen, und gleichzeitig ohne unnötiges Herumlavieren zum Kern vordringen. Auf eine vorsichtige Art, um zu vermeiden, den wunden Punkt im Herzen ihrer Mutter zu berühren. Sie hoffte inständig, dass das Tuch, ihr Mitbringsel aus Visby, das man ihr in hübsches, mit winzigen Herzen bedrucktes Papier eingepackt hatte, eine Art Türöffner wäre.

»Mella!« Herzlich wie ehedem schloss ihre Mutter sie in die Arme. »Bin eben erst nach Hause gekommen. Passt ganz gut, dass du etwas später kommst. Hast du schon gegessen?«

»Nichts Vernünftiges.« Mella legte ihre Tasche auf den Hocker in der Diele und folgte ihrer Mutter in die Küche.

»Hab Tomaten auf dem Markt gekauft und bin gerade dabei, eine Suppe zu machen«, hörte sie sie sagen. »Ist genug da. Magst du?«

Mella blieb an der Tür stehen, das Päckchen im Arm. Sie sah, dass ihre Mutter sich am Herd zu schaffen machte, im Topf rührte und eine Handvoll gehackter Kräuter in die Suppe gab.

»Ja, gern. Schau mal, hab dir was mitgebracht.«

Ihre Mutter warf einen Blick über die Schulter, lächelte und wandte sich gleich wieder der Suppe zu.

»Ach, wie nett, vielen Dank, das sollst du doch nicht.«

»Ich wollte aber gern.« Mella legte das Päckchen auf den Küchentisch, neben den tönernen Krug, in dem ein paar kümmerlich aussehende Tulpen steckten. »Geht's dir gut?«, fragte sie.

Sie setzte sich, dachte an das Foto in ihrer Tasche, an den Berg ungeklärter Fragen, der ihr nie so unüberschaubar erschienen war wie in diesem Moment. Eine der Tulpen hatte ein Blütenblatt abgeworfen, mit verschrumpelten Rändern lag es da, nutzlos.

»Viel zu tun, du weißt ja.«

Natürlich, sie wusste ja. Sie presste die Lippen zusammen, um keine Diskussion anzufachen.

»Willst du nicht auspacken?«

»Doch, sicher, sofort.« Ihre Mutter legte den Löffel beiseite und setzte sich Mella gegenüber. Mit großer Hast riss sie das Papier auf. »Grün!«

Ihr Mund verzog sich zu einem Lächeln. Sie faltete das Tuch auseinander und bewunderte wortreich den schönen Farbverlauf.

»Ich dachte, er passt zu dem Mantel, den du dir letztens gekauft hast.«

»Perfekt, vielen Dank!« Sie stand auf und drückte Mella an sich.

Ich hab ihn in Visby gekauft, in einem schnuckeligen kleinen Laden in der Nähe des Museums, an einem Tag, an dem ich mit Mattis unterwegs war. Er hat mir die schönsten Ecken der Stadt gezeigt. Das Tuch hab ich im Schaufenster liegen sehen und direkt an dich gedacht. Wir waren zusammen im Laden, ich habe auch einen Schal für Fränzi gekauft, echte Gotlandwolle, du kennst das ja, überall findet man gestricktes Zeug aus dieser Wolle, ich hab die Lämmer auf den Weiden gesehen, die Lämmer mit ihren dunklen Köpfen ...

Eine Erinnerung folgte der nächsten, Bilder formten sich,

füllten sich mit Leben und Worten und Farben, doch Mella schluckte sie hinunter, eins nach dem anderen schluckte sie all die Worte hinunter, zwang jedes Bild dorthin zurück, woher es aufgestiegen war. Diese Unsicherheit kannte sie nicht, so war es nie gewesen zwischen ihnen, und sie spürte, dass sie kaum damit umgehen konnte, ihre Mutter derart in Watte zu packen, sich selbst zu zügeln, vor jedem Wort abzuwägen, ob es ausgesprochen werden durfte oder besser verschwiegen wurde.

»Komm, essen wir.«

Hastig sprang ihre Mutter auf, öffnete Schranktüren, Schubladen, holte Teller heraus, brachte sie zum Tisch, legte Löffel daneben, griff nach einer Wasserflasche und zwei Gläsern. Ihre Handgriffe wirkten gehetzt, die Vase schob sie achtlos beiseite, dabei lösten sich zwei weitere Tulpenblätter von den Blütenköpfen. Sie schien es nicht einmal zu bemerken.

»Setz dich, Mama, ich mach das mit der Suppe.« Mella stand auf.

»Nein, lass.«

Schon griff ihre Mutter nach der Suppenkelle und begann, die Teller zu füllen. Mella nahm ihren entgegen, setzte sich wieder an den Tisch, wartete, bis auch ihre Mutter wieder Platz genommen hatte. Sie begannen zu essen, die Suppe war heiß und etwas zu lasch, aber Mella sagte nichts.

Auf Gotland hab ich Rote-Bete-Suppe gegessen, himmlisch, es war auf einer meiner Recherchefahrten an der Ostküste. Das Restaurant hab ich per Zufall entdeckt, auf dem Weg nach Katthammarsvik. Irgendwie hat es mich an die Küste gezogen, ich hab mich einfach von der Straße leiten lassen und bin auf ein verschlafenes Fischerdorf gestoßen. Die Luft war herrlich mild an diesem Tag, das Restaurant wirkte auf den ersten Blick etwas heruntergekommen, aber auf eine ganz charmante Art, weißt du. Es gab einen windgeschützten Holzbalkon mit Tischen und Bänken, da hab ich gesessen mit Blick auf den kleinen Hafen und zum ersten Mal im Leben Suppe aus Roter Bete gegessen. Wunderbar, ein schwedisches Gericht, das weißt du ja bestimmt ...

»Bist du gut in die Arbeitswoche gestartet?«

Unsanft riss die Frage Mella aus ihren Gedanken, ihren Erinnerungen und ihrem Wunsch, Alltäglichkeiten wie die Rote-Bete-Suppe mit ihrer Mutter zu teilen.

»Einigermaßen. Du kannst dir denken, dass sich in drei Wochen eine Menge auf meinem Schreibtisch angesammelt hat.«

Aber du kannst dir nicht vorstellen, was Gotland in den drei Wochen mit mir gemacht hat ...

Sie hörte auf zu essen, den gefüllten Löffel in der Hand, Suppe tropfte in den Teller. »Ich will dir von Gotland erzählen, Mama.« Scheinbar unbeeindruckt führte ihre Mutter den Löffel zum Mund, jedes Mal beim Eintauchen klapperte er leise auf dem Porzellan, ein Löffel nach dem anderen, als könnte sie nicht aufhören damit und als wäre das Gesagte es nicht wert, darauf zu reagieren. Fest entschlossen legte Mella ihren Löffel auf den Rand des Tellers. »Hörst du mir zu?«

»Ach, Mella, wie das klingt.« Endlich hob ihre Mutter den Kopf, endlich unterbrach sie das stete Löffeln. »Als ob mich dein Leben nicht interessieren würde.«

»Na ja, es interessiert dich bekanntermaßen nur, wenn es sich nicht in Schweden abspielt, oder?«

»Es interessiert mich immer«, entgegnete sie leise. »Aber du weißt ja, dass ich mich nicht gern an die Vergangenheit erinnere, und das würde ich unweigerlich, wenn du erzählst.«

Das Foto. Nun mach schon, zeig es ihr, leg es einfach auf den Tisch.

Sie überlegte nicht lange, griff in ihre Tasche und fand das Kuvert. Ohne ein Wort zog sie das Bild heraus, schob es über den Tisch zum Teller ihrer Mutter.

»Wer ist Siri Svensson, Mama?« Die Lippen ihrer Mutter

kräuselten sich und begannen ganz leicht zu zittern. Die Art, wie sie sie zusammenpresste, erweckte den Anschein, als wendete sie eine ungeheure Kraft auf, das Zittern unter Kontrolle halten. Mella zwang sich dazu, ruhig zu sprechen und ihre Ungeduld zu zügeln. »Ist sie auf diesem Foto? Mit ihrer Mutter Jördis?«

»Woher kennst du sie?«, fragte ihre Mutter mit einer Stimme, die klang wie dünnes Glas vor dem Entzweisplittern.

»Woher kennst *du* sie?«, entgegnete Mella. Sie beugte sich leicht nach vorn, heftete den Blick fest auf das Gesicht ihrer Mutter. Schweigen senkte sich über den Tisch, über die Teller mit den Suppenresten darin, über ihre Köpfe und all das Unausgesprochene, für das der Zeitpunkt gekommen war. »Sie war bei dir heute Morgen«, sagte Mella so sanft sie es vermochte, doch ihr Herz war in höchstem Aufruhr. »Sie wollte mit dir reden, aber du hast sie …« Sie stockte, wartete einen Moment, vielleicht darauf, dass ihre Mutter den Satz beenden würde, doch sie blieb stumm. »Hast du sie weggeschickt?«

»Ich kann darüber nicht sprechen.« Nun legte auch sie den Löffel beiseite. Ihre Schultern sanken herab, sie presste eine Hand auf die Brust. »Versteh das bitte, Mella.«

»All die Jahre habe ich Rücksicht genommen«, erwiderte Mella. Gelassen zu bleiben gelang ihr kaum noch. Ihre Stimme schraubte sich nach oben, sie wurde lauter und forscher, als sie es wollte, aber es war zu spät, der Punkt, sich zu zügeln, war überschritten. »Aber inzwischen glaube ich, dass es nicht mehr nur um *dich* geht. Warum sehen Siri und ich uns so ähnlich?«

Ihre Mutter stieß einen Laut der Verzweiflung zwischen den zusammengepressten Lippen hindurch. »Ich kann nicht, Mella, es tut mir leid. Bitte, dräng mich nicht.«

»Dann sag mir wenigstens, wer die Frauen auf dem Bild sind. Bitte, Mama, schau hin. Sind das Siri und ihre Adoptivmutter? Und sind das wir beide daneben? Das Foto kann doch nur in

Deutschland gemacht worden sein, oder nicht? Ich war doch nie in Schweden. Jetzt sag bitte was. Jördis hat dieses Foto versteckt, und Siri hat es nach ihrem Tod entdeckt.«

Noch immer ruhte die Hand ihrer Mutter dort, wo ihr Herz schlug. Als wollte sie es festhalten. Als müsste sie ihm von außen Halt geben.

»Jördis ist tot ...«, sagte sie tonlos, wie zu sich selbst.

»Im letzten Jahr ist sie gestorben, ja.«

Warum fällt es dir verdammt noch mal so schwer, mir die Wahrheit zu sagen?

»Warum hat sie dieses Foto versteckt, weißt du das, Mama?«

Unendlich langsam erhob ihre Mutter sich, ging ein paar Schritte und zog eine Schublade auf. Mella hielt den Atem an. Doch als sie sah, dass sie nur ein Päckchen Taschentücher herauszog, entfuhr ihr ein Laut der Enttäuschung. Sie sah, dass ihre Mutter sich die Tränen aus den Augen rieb und sich auf der halb geöffneten Schublade abstützte.

»Bitte gib mir Zeit«, sagte sie, ohne sich zu Mella umzudrehen.

»Wie lange?«

»Ich weiß es nicht.«

»So lange, bis sich eine weitere Schicht Staub drauf gelegt hat, so wie die letzten vierzig Jahre? Dieses Mal setzt er sich nicht mehr, Mama. Merkst du nicht, dass er gerade ziemlich heftig aufgewirbelt wird?« Mit jedem Satz war sie lauter geworden, die letzten Worte hatte sie beinahe geschrien. Sie stand auf, die Stuhlbeine scharrten hart über die Bodenfliesen. »Sicher ist Schweigen in bestimmten Situationen ein probates Mittel, um sich nicht mit etwas auseinandersetzen zu müssen. Aber manchmal kann dabei auch was kaputtgehen.«

Ihr Herz hämmerte zum Bersten, Tränen der Wut füllten ihre Augen. Sie nahm das Foto, griff nach ihrer Tasche und verließ wortlos die Wohnung.

Aufgewühlt trat sie ins Freie. Sie zweifelte keine Sekunde mehr daran, dass es im Leben ihrer Mutter ein Geheimnis von einer gewaltigen Dimension gab, das auf eine nicht unerhebliche Weise auch mit ihr, Mella, zu tun hatte. Sie zerrte ihr Handy hervor und tippte Siris Nummer an. Ohne Schwierigkeiten wechselte sie ins Schwedische.

»*Hej*, können wir noch mal reden?«

»Klar. Hast du mit deiner Mutter gesprochen?«

»Hab's versucht, mit direkten und gezielten Fragen, in der Hoffnung, dass sie aufhört, Ausflüchte zu suchen. Aber sie baut eine Mauer um sich herum, die immer höher wird. Sie hatte Tränen in den Augen und hat um Zeit gebeten.«

»Dann sind wir also keinen Schritt weiter.«

»Das Foto, Siri ... Das sind wir beide, wir sind die Babys darauf, das glaube ich fest. Und die Frauen sind Ingrid und Jördis. Als es aufgenommen wurde, waren wir wenige Wochen alt, ich ein bisschen älter als du, das heißt, zu dieser Zeit gab es schon eine Verbindung zwischen uns. Warum dürfen wir es nicht wissen, Siri? Und warum sehen wir uns so ähnlich? Ich will das herausfinden, ich will die Wahrheit wissen!«

Sie verspürte einen unbändigen Drang nach Bewegung und gab ihm nach, indem sie dem Gehweg folgte. Ein Jogger mit Kopfhörern lief in einem Bogen um sie herum.

»Wann ist dein Geburtstag?«, fragte Siri unvermittelt.

»Am 31. Dezember«, antwortete Mella.

Gleich darauf hörte sie Siri leise schnauben. »1982, ja?«

»Ja.«

»Weißt du die Uhrzeit?«

»Zwanzig Minuten vor Mitternacht.«

In der Leitung war wieder Siris merkwürdiges Schnaufen zu vernehmen, das wie eine Mischung aus ungläubigem Lachen und einem Laut der Überraschung klang.

»Ich wurde am 1. Januar 1983 geboren«, sagte sie. »Um sechs Minuten nach Mitternacht.«

Wie elektrisiert blieb Mella stehen. Langsam sickerten Siris Worte in ihr Bewusstsein. Sie wagte es nicht, den Gedanken zu Ende zu denken, der sich bei Siris Worten in ihrem Inneren ausbreitete wie eine warme Woge, die sich ganz und gar bis in die kleinste Zelle wühlte. Sie wagte es nicht, weil sich irgendetwas daran nicht stimmig anfühlte. Weil etwas daran beim besten Willen nicht zusammenpassen wollte.

»Das ist nicht möglich«, flüsterte sie, und etwas lauter fügte sie hinzu: »Wir können keine Zwillinge sein, wenn wir an zwei verschiedenen Orten geboren wurden.«

»Vielleicht sind wir das gar nicht«, wandte Siri ein. »Was, wenn nicht stimmt, was uns erzählt wurde? Was, wenn wir beide in Schweden geboren wurden?«

Mellas Stirn legte sich in Falten. »Oder in Deutschland.«

»Ich weiß überhaupt nicht mehr, was ich glauben soll.« In Siris Worten lag dieselbe Hilflosigkeit, die auch Mella empfand. »Nehmen wir an, wir sind wirklich Zwillinge«, hörte sie die von Zweifeln durchdrungene Stimme an ihrem Ohr. »Wer ist dann unsere Mutter?« Siris Frage erschreckte Mella zutiefst. Ihr Herz geriet aus dem Takt, jetzt, da dieser absurde Gedanke ausgesprochen worden war. War es denkbar, dass sie und Siri in Wahrheit die Kinder von Jördis Svensson waren? Hatte ihre Mutter sie über vierzig Jahre lang mit einer Lüge, einer Täuschung leben lassen? Eine Vorstellung, die ihr so abwegig, so ungeheuerlich und gleichzeitig befremdlich und bitter erschien, dass es ihr für einen Moment den Atem verschlug. Und dann kam ihr noch eine Idee. »Stell dir vor, nicht nur ich wäre damals als Findelkind vor der Tür des Mutter-Kind-Heims in Visby abgegeben worden, sondern wir beide …«

Mella legte den Kopf in den Nacken und blinzelte in den verblassenden Abendhimmel, an dem nur ein paar Federwolken trieben. Hoch droben zog ein Vogelpärchen seine Kreise, und sie wünschte sich hinauf zu ihnen, wünschte sich Flügel, um sich aufzuschwingen, um die Dinge aus ihrer Perspektive zu betrachten. Mattis hatte so etwas gesagt, auf dem Felsrücken des Högklint, an dem Tag, an dem er den Ring, Siris Ring, ins Meer geworfen hatte. Sie drängte die Erinnerung zurück, senkte den Kopf, setzte sich wieder in Bewegung.

»Und unsere Mütter haben dann um uns gewürfelt?«, fragte sie, weil Siri in ein langes Schweigen verfallen war. »Warum hätten sie das tun sollen?« Sie hörte Siri aufseufzen.

»Wenn meine Mutter nicht mit der Wahrheit herausrückt, gibt es niemanden, von dem wir sie erfahren können.«

»Vielleicht doch«, erwiderte Siri so leise, dass Mella sie fast nicht verstanden hätte. Sie presste das Handy fester an ihr Ohr.

»Nämlich?«

»Meine Großtante Lynna. Irgendetwas weiß sie, davon bin ich fest überzeugt.«

»Hast du nicht gesagt, dass du es schon erfolglos bei ihr versucht hast?«

»Ich kann hartnäckig sein. Es ist ein Versuch, Mella, eine Chance, ohne Garantie. Vielleicht die letzte, die wir haben.«

Zwei junge Mädchen zogen laut schwatzend an ihr vorbei. Sie waren gleich groß, ganz in Schwarz gekleidet und trugen dunkelrote Schnürboots, für die es viel zu warm war. Mella sah ihnen nach. Vielleicht waren sie Schwestern, vielleicht Zwillinge, denen das Glück vergönnt war, zusammen aufzuwachsen. »Kommst du mit?«

Wie ein Echo hallte Siris Frage in ihren Ohren nach. Schwedische Luft atmen, Mattis wiedersehen, ihn wieder spüren, wieder küssen. Einer Spur folgen, die in ihre eigene und in die Vergangenheit ihrer Mutter führte. Mit Siri, mit der sie vielleicht viel mehr verband als Äußerlichkeiten. Fieberhaft überlegte sie.

Sie müsste offen mit Dietmar sprechen. Ob er Verständnis aufbringen und ihr kurzfristig ein paar freie Tage gewähren würde? Sie brauchte eine Unterkunft auf Gotland. Mit ein wenig Glück war das Zimmer in Anna Petterssons Pension frei. Sie hatte ihre Nummer, ein Anruf würde genügen. Aber die Anreise ... Die von Gudrun über den Verlag gebuchten Flüge waren nicht günstig gewesen, und es war nicht einfach gewesen, einen Anschlussflug vom Festland nach Visby zu finden, der nicht an eine Zwischenübernachtung gekoppelt war. Damals hatte sie in einem Anfall von Übermut erwogen, die Reise nach Gotland mit dem Auto zu unternehmen, diesen Einfall aber schnell verworfen, weil die Strecke von über zwölfhundert Kilometern allein auf dem Festland mutterseelenallein in ein ihr unbekanntes Land sie bei näherem Betrachten mehr erschreckt als ermutigt hatte. Sie beschloss, sich im Internet nach möglichen Flügen zu erkundigen, sobald sie nachher zu Hause war. Ob sie ihre Mutter über diese spontanen Pläne in Kenntnis setzen würde, wusste sie noch nicht. Darüber würde sie später nachdenken.

»Mein Rückflug nach Stockholm geht übermorgen«, unterbrach Siri die Flut ihrer Gedanken. »Du könntest mit dem Auto hin. Hast du eins?«

»Ja, schon«, antwortete Mella zurückhaltend. »Die Strecke ist sehr weit. Ich bin noch nie allein so weit gefahren.«

»Verstehe ich«, entgegnete Siri. »Deshalb hab ich mich auch für den Flug entschieden. Aber würdest du dir die Fahrt zutrauen, wenn ich neben dir säße?«

»Und dein Flugticket?«

»Ist stornierbar. Wir könnten zusammen mit dem Auto los und uns beim Fahren abwechseln, für den Fall, dass du mir das Steuer überlässt.« Sie kicherte. »Ich könnte herausfinden, welche Route wir nehmen. Wenn ich nicht ganz falsch liege, müssen wir über die Öresundbrücke nach Malmö in Südschweden, und von da aus weiter nach Oskarshamn. Dort gibt es ein Fährterminal, von dem aus die Fähren nach Visby übersetzen. Ich kann das prüfen und Jerik bitten, Tickets für die Überfahrt zu buchen. Wir könnten …«

Sie schien sprechen zu können, ohne auch nur einmal Luft zu holen. Die Art, mit der sie die bestehenden Möglichkeiten benannte, beschwor Bilder in Mellas Kopf herauf, denen sie sich weder entziehen konnte noch wollte. Sie und Siri auf dem Weg nach Schweden. Der weiße Rumpf einer Autofähre der *Destination Gotland*, die sie häufig aus der Ferne beobachtet oder im Hafen von Visby hatte liegen sehen. Die Öresundbrücke, Malmö, Oskarshamn – unbekannte Landstriche, fremd klingende Namen, Orte, die sie auf der Landkarte suchen müsste, um sie geografisch zuzuordnen.

Ein Moped knatterte auf der Straße an ihr vorbei, ein eng umschlungenes Paar überholte sie mit zügigen Schritten. Ohne es zu merken, war sie wieder vor dem Haus angekommen, in dem ihre Mutter wohnte. Sie blieb stehen, blickte an der Fassade hinauf zur ersten Etage.

»Was hältst du davon?«, fragte Siri atemlos.

Mella nickte zustimmend, als stünden sie beieinander, als könnte Siri ihr Nicken als Zeichen der Bestätigung sehen und deuten.

»Eine ganze Menge«, erwiderte sie schließlich.

Nie hatte sich eine Entscheidung so zweifellos richtig angefühlt.

SIRI

Auf dem Weg nach Gotland – Juni 2023

Zwei Tage später verließen sie Köln in der lichten Morgendämmerung mit einem Kofferraum voller Gepäck. Was er nicht gefasst hatte, türmte sich auf dem Rücksitz. Siri hatte die Route ins Navigationsgerät eingegeben, und Mella folgte den Anweisungen, die sie auf der A1 nordwärts leiteten. Vor Aufregung hatten sie beide nichts frühstücken können, weshalb sie die Fahrt nach zwei Stunden unterbrachen und sich in einer Autobahnraststätte Marmeladencroissants und Kaffee gönnten. Siri staunte darüber, wie leicht es ihr fiel, mit Mella über die Traurigkeit zu sprechen, die der Tod ihrer Adoptivmutter ihr wie einen schwarzen Mantel um die Schultern gelegt hatte. Über die Reizbarkeit, die sie in Anwesenheit des schweigsam gewordenen Arvid so manches Mal befiel. Und über die innere Zerrissenheit, den Verlust zu betrauern und gleichzeitig grenzenloses Glück in der Liebe zu Jerik zu empfinden. Und je offener sie sprach, desto mehr fühlte sie sich von Mella verstanden – die frostige Stelle in ihrem Herzen taute auf eigenartige Weise auf.

Mella schien es ähnlich zu gehen, denn auch ihr bereitete es offenbar keine Mühe, das Leichte wie das Schwere in ihrem Leben freimütig mit Siri zu teilen. Das verzweifelte Bedürfnis, ihren Arm vor den Blicken anderer zu verbergen. Nichts über ihren Vater zu wissen. Die Tochter einer Mutter zu sein, die ein Geheimnis hütete. Sie sprachen über Mattis, sie lachten über dieselben Dinge, stellten fest, wie sehr sich ihr Humor, ihre Ansichten, ihre Angewohnheiten glichen. Jedes Mal, wenn sie rasteten, sich ein wenig bewegten, im Stehen einen Becher Kaffee tranken und eine Kleinigkeit zu sich nahmen, hörte Siri Mella unbeabsichtigt beim Telefonieren zu. Einmal sprach sie mit Mattis, einmal mit ihrer Freundin Fränzi. Die beiden in ihre Pläne einzuweihen, war wichtig für Mella, das hatte Siri inzwischen begriffen. Mellas Mutter dagegen hatte lediglich in einer Textnachricht davon erfahren, dass ihre Tochter sich auf den Weg nach Gotland begeben hatte, um dort nach den Antworten zu suchen, die sie selbst ihr verwehrte.

Am Nachmittag passierten sie die dänische Grenze. Sie tauschten die Plätze, weil Mella zunehmend müde wurde. Bereitwillig überließ sie Siri das Steuer. Sie folgten der zweispurigen Autobahn, durchquerten die dänischen Halbinseln Fünen und Seeland ostwärts und gelangten am frühen Abend zur Öresundbrücke, die mit ihren Stahlbetonpylonen über dem schimmernden Blau der Ostsee zu schweben schien und die sie bis hinüber zum schwedischen Festland nach Malmö trug.

Einträchtig beschlossen sie, in der Nähe zu übernachten, ehe sie die Fahrt am nächsten Tag ausgeruht fortsetzen würden. Mithilfe des Internets fanden sie ein kleines Hotel in einem Vorort Malmös, in dem sie zwei Einzelzimmer und einen Tisch im hoteleigenen Restaurant reservierten.

Am nächsten Morgen folgten sie nach einem ausgiebigen Frühstück der E22 in östlicher Richtung. Mella hielt sich hinter Karlskrona nordwärts, rechter Hand das Meer, silbrig glitzernd in der Morgensonne, die lang gestreckte Insel Öland zum Greifen nah. So erreichten sie einige Stunden später den Fährhafen von Oskarshamn, von dem aus an diesem Tag noch zwei Fähren nach Visby verkehrten, die nächste neunzig Minuten später. Nachdem sie sich in die Reihe der wartenden Fahrzeuge eingeordnet hatten, rief Siri ihren Vater an. Er sollte wenigstens darauf vorbereitet sein, dass sie jemanden zum Übernachten mitbringen würde. Doch Arvid nahm, wie so oft, das Telefonat nicht an. Großtante Lynna würde sie, dies hatten Mella und sie gemeinschaftlich beschlossen, aus taktischen Gründen nicht über den geplanten Besuch informieren.

»Willkommen auf Gotland«, sagte Siri feierlich, als die Fähre am frühen Abend in den Hafen von Visby einlief.

Durch die großen Fenster blickten sie der Stadt entgegen, die sich mit ihren roten Dächern und Treppengiebeln und den in den Himmel ragenden Domtürmen beständig näherte.

»Es ist so unwirklich«, erwiderte Mella. »Ich kann kaum glauben, dass ich Gotland erst vor ein paar Tagen mit schwerem Herzen verlassen habe.«

»Und ich kann kaum glauben, dass ich vor ein paar Tagen nach Deutschland gereist bin, um dich zu finden und jetzt mit dir zurückkomme.«

Als sie wenig später Eskelhem erreichten, fanden sie Arvid mit einem Spaten im Garten in der Nähe des Fliederstrauchs.

»*Hej*, Papa«, rief Siri von der Hofeinfahrt her, nachdem Mella den Wagen neben der Scheune geparkt hatte. »Ich hab jemanden mitgebracht, wir würden gern heute hier übernachten. Ist das in Ordnung?« Keuchend richtete Arvid sich auf, eine Hand auf den Spatenstiel gestützt. Schweiß perlte auf seiner Stirn. »Das ist Mella Haglund aus Deutschland.« Die Verunsicherung im Gesicht ihres Vaters ließ sich ablesen wie in einem offenen Buch. »Mella, das ist mein Vater Arvid.«

Lächelnd reichte Mella dem alten Mann die Hand. Er ergriff sie zögerlich und ließ sie gleich wieder los.

»Ich freue mich«, sagte Mella.

Arvid nickte, sah sie nur kurz aus seinen klaren grauen Augen mit einem undurchdringlichen Blick an. Sogleich wandte er sich wieder seinem Spaten und der Erde zu, die er rund um den Fliederstrauch ausgegraben hatte.

»Was machst du mit dem Flieder?«, fragte Siri.

»Jördis soll ihn haben.«

»Den ganzen Strauch? Aber der ist riesig, Papa!«

»Sie hat ihn geliebt. Was soll er hier ohne sie?«

»Du kannst doch keinen so großen Strauch auf dem Friedhof einpflanzen. Da gibt es eine Friedhofsordnung. Es darf nicht einfach jeder Bäume und Sträucher einpflanzen, wie er will.«

»Macht ja auch nicht jeder.«

Sie seufzte leise auf und rief sich ins Gedächtnis, dass sie sich geschworen hatte, nicht mehr mit ihm zu diskutieren. Über nichts, was er sich in seinen Dickschädel gesetzt hatte.

»Ich mach uns Kaffee«, sagte sie, »danach wollen Mella und ich rauf nach Fårösund.«

Sie wusste nicht, ob er ihr zugehört hatte.

Großtante Lynna öffnete die Haustür erst, nachdem Siri den Klingelknopf zum zweiten Mal gedrückt hatte. In einem cognacfarbenen Strickkleid, das ihr zu weit geworden war, stand sie da. Kaum größer als ein Kind, dachte Siri. Und noch hagerer kam sie ihr vor.

»*Hej*, Großtante Lynna, Überraschung!« Siri trat einen Schritt auf sie zu und umarmte die kleine knochige Gestalt. Ein blumiger Duft wallte ihr entgegen, Großtante Lynna hatte mit ihrem Veilchenparfum wohl etwas übertrieben. Unbemerkt schnappte Siri nach Luft. Sie zwang sich dazu, ihre Aufregung zu verbergen, indem sie sich betont sorglos gab. »Das ist Mella Haglund, du erinnerst dich bestimmt.« Sie trat etwas zur Seite, um ihrer Großtante einen Blick auf Mella zu gewähren, die nun freundlich lächelnd näher kam. »Sie ist zu Besuch auf Gotland, und wir dachten uns,

du freust dich bestimmt, wenn wir mal bei dir vorbeischauen.« Sie war sich darüber im Klaren, dass ihre Worte die reinste Provokation waren, aber genau das lag ja in ihrer Absicht: ihre Großtante herauszufordern. Sie wechselte einen stummen Blick mit Mella.
»Mella, das ist eine Tante meiner Mutter, Lynna Södergren.«

Selbst jemand, der Lynna Södergren nicht kannte, hätte die Veränderung bemerkt, die mit einem Mal in ihrem Blick lag.

»Ich verstehe nicht, was ...« Mit einem nervösen Flackern in den Augen sah sie hektisch von Siri zu Mella und wieder zurück.

»Dürfen wir reinkommen?«, fragte Siri.

Ohne eine Antwort abzuwarten, lief sie durch den schmalen Flur ins Zimmer ihrer Großtante. Sie drehte sich nicht um, darauf hoffend, dass sie und Mella ihr folgten.

»Setzt euch doch«, hörte sie jetzt die brüchig klingende Stimme der alten Dame hinter sich. »Wollt ihr was trinken?«

Sie wies auf die beiden Biedermeiersessel, brachte einen Krug Holunderlimonade und zwei Gläser und redete dabei unablässig vor sich hin. Unverbindliches Geplapper, als wollte sie die Stille füllen oder um alles in der Welt verhindern, dass Siri oder Mella das Wort ergriffen. Ihre Hände zitterten, als sie die Gläser füllte. Sie trägt ihr Armband nicht mehr, dachte Siri, bestimmt ist es ihr zu weit geworden. Umständlich stellte ihre Großtante den Krug auf den Tisch und setzte sich auf die Kante der Récamiere, die Füße in den pflaumenblauen Hausschuhen dicht nebeneinander. Ihre Lesebrille baumelte wie immer an der zierlichen Goldkette vor ihrer Brust. Mit zwei Fingern begann sie an der Kette zu nesteln, während ihr Blick erneut ruhelos von Siri zu Mella und zurück zu Siri glitt.

»Ich bin alt, Siri, aber mein Kopf ist klar wie eh und je.«

»Dann brauche ich ja nichts weiter zu erklären.«

Siri spürte ihr Herz bis in die Schläfen pochen. Sie hätte gern gewusst, ob es Mella ähnlich ging.

»Du warst mit dem Foto bei mir«, sagte ihre Großtante mit rauer Stimme. »Jetzt bist du mit Mella bei mir.«

Beinahe krampfhaft umklammerte Siri das Glas in ihrer Hand. »Als ich mit dem Foto bei dir war, ist dir nicht so viel dazu eingefallen. Ist das jetzt, da du Mella und mich zusammen hier siehst, anders?«

Ganz leicht flatterten die Augenlider ihrer Großtante, als sie sich Mella zuwandte. »Dass ich dich einmal wiedersehen würde«, murmelte sie. Siri hielt den Atem an, flehte im Stillen das Universum an, ihnen endlich die lang ersehnte Wahrheit zu offenbaren. »Mella ...«, kam es flüsternd über Lynnas Lippen. War es ihr wichtig, den Namen auszusprechen, um sich davon zu überzeugen, dass dies wirklich geschah, dass Mella kein Trugbild war, sondern leibhaftig mit ihr hier saß? »Ist so lange her, ich habe nie für möglich gehalten, euch einmal zusammen zu sehen. Ihr seht schön aus. So schön. Zu zweit. So hätte es immer sein sollen. Ihr gehört doch zusammen.«

Die Augen der alten Dame glänzten, sie schloss die Lider. Ihre knochigen Schultern schienen die letzte in ihnen verbliebene Spannung zu verlieren. Bei ihrem Anblick musste Siri schlucken. Ein überwältigendes Mitgefühl regte sich in ihr, doch sie bereute es nicht, ihre betagte Großtante mit dem unangekündigten Besuch in eine solche Aufregung versetzt zu haben. Sie stand auf, stellte ihr Glas auf den Tisch und ging neben der Récamiere in die Hocke. In einer liebevollen Geste berührte sie die zittrige Hand.

»Dann sind wir Zwillinge, ja?«, fragte sie so sanft sie es vermochte.

Tränen rannen unter Lynnas faltigen Lidern und zwischen ihren Wimpern hindurch, suchten sich ihren Weg über die runzeligen Wangen.

»Ich habe Jördis mein Wort gegeben, niemals mit irgendjemandem darüber zu sprechen.« Sie öffnete die Augen, die glasig wirkten und müde.

»Worüber?«

Siris Mund fühlte sich staubtrocken an. Mit dem Daumen strich sie immerfort über den blau geäderten Handrücken ihrer Großtante.

»Über das, was geschehen ist. Über die Entscheidungen, die getroffen wurden. Über den Schmerz, den sie mit sich gebracht haben. Über die Menschen, die beteiligt waren. Aber es hat doch keiner ahnen können, dass ihr euch eines Tages begegnet.«

»Dass wir uns begegnen und Fragen stellen, nicht wahr?« Siri zwang sich dazu, ruhig zu bleiben. Sie sah hinüber zu Mella, die angespannt wie eine Bogensehne mit ineinander verkrampften Händen auf dem Sessel saß. »Dabei ist es unser Recht zu erfahren, woher wir kommen, wer unsere leibliche Mutter ist, wer unser Vater ist, wo wir geboren wurden, warum wir getrennt wurden, warum Mella in Deutschland aufwuchs und mein Zuhause Schweden ist.«

Sie wunderte sich darüber, wie wenig sich von dem Aufruhr in ihrem Inneren nach außen entlud, wie besonnen ihre Worte geklungen hatten.

Ihre Großtante rieb sich über die tränenfeuchten Wangen. »Ich verstehe das«, entgegnete sie nach einem tiefen Atemzug. »Wäre ich an eurer Stelle, würde ich auch Antworten finden wollen. Aber selbst ich kann sie euch nicht alle geben.«

»Wer denn dann?«, fragte Mella.

»Nur Jördis und Ingrid.«

»Dann kennst du meine Mutter?« Mella starrte die alte Dame aus großen Augen an.

»Oh, ja«, erwiderte Lynna. Ein beinahe verträumtes Lächeln huschte über ihre Lippen. »Ingrid ist mir ans Herz gewachsen, und du bist es auch, Mella. Obwohl ich dich nicht wiedergesehen habe, nachdem Ingrid mit dir nach Deutschland gegangen ist, in diesem Winter 1983. Aber ich bin euch verbunden geblieben, lange Zeit.«

»Was bedeutet das?«, hakte Siri nach. »Wenn Ingrid Mellas Mutter ist, und Mella und ich Zwillinge sind, dann muss Ingrid auch ... *meine* leibliche Mutter sein.«

Lynna senkte den Kopf, fahrig spielten ihre Finger mit den feinen Gliedern ihrer Brillenkette. Sie erhob sich mit einem leisen Stöhnen, trat ans Fenster und sprach weiter, ohne sich zu ihnen umzudrehen.

»Ich habe Jördis damals mein Wort gegeben, und jetzt verlangt ihr von mir, es zu brechen. Welche Schuld lade ich mir auf? Wie soll ich damit leben, sie verraten zu haben?« Sie wandte sich zu ihnen um, die Augen erneut glänzend vor Tränen. Ihre Schultern bebten in stillem Schluchzen, und sie wirkte so verzagt und bedauernswert, dass Siri sich am liebsten auf der Stelle bei ihr entschuldigt hätte. »Ingrid ...«, die brüchige Stimme klang, als würde sie beim nächsten Wort versagen, »... *sie* muss euch die Wahrheit sagen.«

»Ich war doch bei ihr, Großtante Lynna, in Deutschland, sie hat mich fortgeschickt!«

»Das hat sie wahrscheinlich im nächsten Moment schon bereut. Sie muss euch die Wahrheit sagen. Niemand kann ihr das abnehmen, auch ich nicht.« Sie hob die dürren Schultern. »Verzeiht mir.«

Damit verließ sie das Zimmer. Siri und Mella starrten ihr stumm hinterher, hörten die Haustür dumpf ins Schloss fallen. Unnatürlich laut tickte die Wanduhr.

»Großartig«, sagte Siri eine Spur ernüchtert. »Dafür sind wir jetzt so weit gefahren.« Sie stand auf, nahm ihr Glas und leerte es in einem Zug. »Zumindest hat sie uns bestätigt, dass wir Zwillingsschwestern sind.« Sie wechselten einen langen Blick.

»Zwillingsschwestern, die nicht wissen, ob sie Jördis' oder Ingrids Töchter sind«, setzte Mella hinzu. Der bittere Geschmack, den ihre Worte in ihr hinterließen, wurde ihr erst bewusst, als sie sie ausgesprochen hatte. »Deine Großtante hat von Entscheidungen gesprochen und von einem Schmerz, den offenbar alle Beteiligten in Kauf genommen haben, genauso wie die Tatsache, uns beide mit einer Lüge aufwachsen zu lassen. Ich werde es herausfinden. Ich stelle meine Mutter zur Rede, sobald ich wieder zu Hause bin. Noch einmal lasse ich mich nicht abwimmeln.« Mella nahm ihre Tasche von der Stuhllehne und zerrte den Autoschlüssel heraus. »Lass uns fahren.«

»Wohin?«

»Ich will zu Mattis.«

Für Siri stand fest, dass sie den Zeitpunkt, Mattis wieder zu begegnen, nicht länger herauszögern konnte. Seit sie wusste, dass er und ihre Schwester sich liebten, drängte sich der Gedanke an ein erstes Wiedersehen nach ihrer Trennung immer öfter in ihre Gedanken. Doch an diesem Abend würde das Wiedersehen Mella und ihm gehören.

Ihr Elternhaus in Eskelhem lag im sanften Licht des zu Ende gehenden Tages, als Mella mit ihrem Wagen vor der Bruchsteinmauer hielt, die das Grundstück zur Straße hin begrenzte. Sie hatten während der Fahrt nicht viel miteinander gesprochen, ihre Gedanken waren mit Großtante Lynnas aufwühlenden Offenbarungen und Andeutungen beschäftigt gewesen.

Siri öffnete die Beifahrertür. »Ich warte, bis du zurückkommst«, sagte sie, bevor sie ausstieg. »Auch wenn es spät wird.«

»Du bist ein Schatz.«

»Grüß Mattis und Ann-Marie«, fügte sie mit einem Augenzwinkern hinzu.

Sie stieg aus dem Auto. Im nächsten Augenblick hörten sie

den Klingelton von Mellas Handy. Siri wartete. Sie sah, dass sich Mellas Gesichtsausdruck beim Blick auf das Display schlagartig verfinsterte.

»Meine Mutter.« Mit hochgezogenen Augenbrauen sah Siri ihre Schwester an. Mella berührte das Lautsprechersymbol, um sie mithören zu lassen. »Ja, Mama?«

»Hallo, Mella. Ich stehe auf dem Flughafen in Visby. Wenn du mir sagst, wo ihr seid, komme ich mit einem Taxi hin.«

Mella schnappte nach Luft, und Siris Lippen formten ein überraschtes »Oh«.

»Du bist auf Gotland?«, fragte Mella überflüssigerweise. In Siris Ohren begann es zu rauschen, ihr Herz drohte sich zu überschlagen, so heftig trieb es das Blut durch ihre Adern. »Du brauchst dir kein Taxi zu nehmen«, sagte Mella. »Ich hol dich ab.«

INGRID

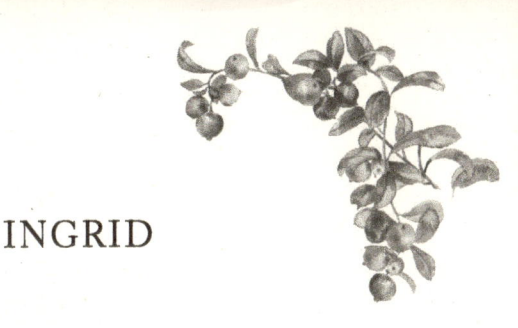

Gotland – Juni 2023

Es gibt kein Zurück. Noch immer will es mir nicht in den Kopf. Nach vier Jahrzehnten, in denen Gotland nur an einem verborgenen Ort in meiner Seele als eine unantastbare Erinnerung an eine ferne Zeit existierte, bin ich wieder hier. Vielleicht bin ich verrückt, aber ich werte die Tatsache, dass ich die beiden Flüge nach Stockholm und Visby so kurzfristig und spontan buchen konnte, als unzweifelhaftes Zeichen, als einen Fingerzeig des Schicksals, das mir damit zu verstehen gibt, auf dem richtigen Weg zu sein. Ich schiebe das Handy zurück in meine Tasche und ziehe den Koffer nach draußen, raus aus dem Flughafengebäude, in dem sich außer mir nur noch ein paar Angestellte aufhalten. Die wenigen Fluggäste, mit denen ich vorhin hier in Visby gelandet bin, haben sich im Nu in alle Winde verstreut, wurden abgeholt, wurden erwartet, wurden mit Umarmungen und Küssen und warmen Worten begrüßt.

Mein Herz wiegt einen Zentner.

Ich hol dich ab, hat Mella gesagt. Ihre Stimme ist noch in meinem Ohr, auch die Verwunderung darin. Sie wird es nicht fassen können, dass die Mauer, die sie so verzweifelt aufstemmen wollte, endlich bröckelt.

Die Glastür öffnet sich, ich trete hindurch. Es muss ein sonniger Tag gewesen sein, ein Rest Wärme liegt in der Luft, obwohl es schon nach acht ist. Der Platz vor dem Flughafengebäude ist nahezu menschenleer, in der Stille um mich herum höre ich meinen Atem. Wie gern würde ich mein Herz beruhigen, dieses um sich schlagende Herz, das seit Tagen keine Ruhe findet. Ich gehe an niedrigen Steinbänken vorbei, die wie liegende Lämmer aussehen, schaue über graue Taxis und geparkte Autos hinweg rüber zu zwei Fahnenstangen. Eine schwedische und eine gotländische Flagge, beide hängen schlaff am Mast, weil kein Lüftchen geht. Könnte doch ein Windstoß hineinfahren und sie zum Flattern bringen! Könnte ich sie doch mit bloßer Willenskraft bewegen, damit ich glaube, dass ich wirklich hier bin. Dass ich zurückgefunden habe in meine Heimat, auf meine Insel, die ich all die Jahre so schmerzlich vermisst habe, dass das Heimweh mich an manchen Tagen beinahe aufgefressen hätte.

Mella und Siri haben sich gefunden … Dabei sind wir doch so gründlich, so gewissenhaft vorgegangen, haben so penibel darauf geachtet, keine Spuren zu hinterlassen. Jördis hat sogar etwas getan, wofür man sie hätte zur Rechenschaft ziehen können. Niemanden haben wir eingeweiht. Nicht einmal Arvid wusste etwas. Nicht einmal Eva. Es war eine aus der Not heraus getroffene Entscheidung, zu der ich mich nur mit Jördis' Hilfe, dank ihrer Tatkraft und Entschlossenheit und dank ihrer Furchtlosigkeit habe durchringen können.

Was sie für mich getan hat, was sie auf sich genommen, was sie riskiert hat, lässt sich nicht in Worte fassen. Wenn ich an die Wahrheit denke, die nach vierzig Jahren aus ihrem verborgenen Winkel ans Licht gezerrt wird, ist es, als ob der Boden unter meinen Füßen nachgäbe. Mit aller Kraft habe ich mich gewehrt, ihr ins Gesicht zu sehen, als Mella mich in einer Schonungslosigkeit, die ich bisher nicht von ihr kannte, mit ihr konfrontiert hat.

Nicht so viel nachdenken, nicht nach Worten suchen, die lassen sich später sowieso nicht wiederfinden, später, wenn ich bei ihnen bin, wenn ich sie beide nebeneinander sehen werde, meine wunderbaren Töchter. Könnte ich doch nur endlich mein Herz besänftigen. Es springt mir noch aus der Brust. Wann wird Mella hier sein?

»*Hej.*« Eine Frauenstimme. Ich drehe mich um. Sehe rotes Haar, gezähmt von einem leuchtend gelben Band. Ein verhaltenes Lächeln. Die Frau könnte Mitte oder Ende vierzig sein, sie sieht freundlich aus, aber sie muss mich mit jemandem verwechseln. »Ingrid Haglund?«, höre ich sie fragen.

Woher kennt sie meinen Namen?

»Das bin ich, ja.«

Mein Schwedisch klingt holprig, zu lange habe ich meine Muttersprache nicht gesprochen. Fremd schmecken die Worte und gleichzeitig vertraut, wie etwas, das man vor langer Zeit gern gegessen hat und es nach vielen Jahren zum ersten Mal wieder kostet.

Ihr Lächeln dehnt sich zu einem Strahlen aus. Sie sieht hübsch aus.

»Ann-Marie Lindholm. Ich bin eine Freundin von Mella und habe den Auftrag, dich zu ihr zu bringen. Willkommen auf Gotland!« Sie lacht und zeigt dabei ihre makellosen Zähne. Mella hat also eine Freundin auf Gotland. Aber wieso kommt sie nicht selbst, so wie sie es vorhin sagte? »Mein Auto steht hier drüben.« Sie zeigt in Richtung der Parkflächen rechts von uns.

»Warum …?« Ich greife nach meinem Koffer und folge ihr.

Sie wirft mir einen Blick über die Schulter zu. »Mein Bruder wollte nicht, dass sie fährt.«

»Dein Bruder …?«

Ann-Marie muss glauben, dass mir die passenden Vokabeln nicht einfallen, doch sie lächelt mir nur zu. An einem dunkelblauen Kleinwagen bleiben wir stehen. Sie öffnet den Kofferraum. Eine karierte Decke liegt darin, darauf steht ein Einkaufskorb mit Leergut. Sie schiebt ihn beiseite, damit ich meinen Koffer hineinheben kann, die Handtasche behalte ich bei mir. Wir steigen ein, in ihrem Auto riecht es nach Vanille oder Karamell, ich weiß es nicht, nach etwas Süßem jedenfalls. Sie lässt den Motor an, lenkt ihren Wagen vom Parkplatz auf die Straße.

»Mella und mein Bruder Mattis wollten sich heute Abend treffen«, erklärt sie. »Aber dann rief Mella vorhin an, um ihm mitzuteilen, dass ihre Mutter überraschend aus Deutschland angereist sei und sie sie abholen werde. Sie war so aufgeregt, dass Mattis sie nicht fahren lassen wollte. Stattdessen hat er mich gebeten, dich abzuholen. Er ist rüber zu ihr gefahren.«

»Wo sind sie? Mella und Siri meine ich. Wohin fahren wir?«

»Nach Eskelhem. Sie sind dort. Bei Siris Vater.«

Sie setzt den Blinker und biegt ab auf die Durchgangsstraße in südlicher Richtung.

»Arvid ...«

Auf einmal kommt mir sein Name über die Lippen. Erinnerungen tauchen auf, winzige Blitzlichter, in Sekundenbruchteilen überfluten sie mich. Der Abschied von Jördis, unsere Tränen, die sich miteinander vermischten, als unsere Gesichter sich berührten. Als sie mir Worte zuflüsterte, die dazu gedacht waren, mich zu trösten, die mir aber so wehtaten, dass ich sie nicht hören wollte. Siri in ihren Armen, schlafend wie ein kleiner Engel, meine Tränen tropften auf ihr winziges Gesicht, auf ihre geschlossenen Lider, die ein wenig zitterten. Es ist das Letzte, das ich von ihr gesehen habe. Ihre zitternden Lider, meine Tränen auf ihrem Gesicht. Und dann Arvids Auto, in dem ich mich so falsch fühlte. Mella, die auf dem Rücksitz schrie, als hätte sie verstanden. Als hätte sie den Schmerz fühlen können, das Unverzeihbare, die Ungeheuerlichkeit, die gerade vor sich ging. Als hätte sie gespürt, dass sie in diesem Augenblick ihre Schwester verloren hatte.

»Ja, genau, so heißt er.« Ann-Maries Stimme drängt die Er-

innerungen zurück, doch sie verblassen nur, verschwinden nicht.
»Du stammst von hier, oder?«

Sie will plaudern, vielleicht findet sie mich einsilbig und seltsam.

»Aus Östergarn«, sage ich, und wieder werde ich von Bildern überflutet.

Das Haus, das mein Vater mit Freunden Anfang der Siebziger gebaut hat, Stein auf Stein, ich erinnere mich an den Geruch von Mörtel, an die rumpelnde Mischmaschine, in der der Zement angerührt wurde, an die Nachmittage auf der Baustelle, an die Regenpfützen auf dem Estrich unseres dachlosen Hauses, in denen Eva und ich in Gummistiefeln herumgesprungen sind, Pfützen in unserem Kinderzimmer, im Schlafzimmer, im Badezimmer, und an meine Mutter, die Körbe mit Essen und Kannen mit Kaffee brachte – für die Männer, die dabei halfen, unser Haus zu bauen.

»Hast du Familie hier?«

Ich will nicht sprechen, merkt sie das nicht? Ich drehe den Kopf, schaue aus dem Seitenfenster. Blühende Wiesen, Schafweiden, Birken, Kiefern, windgebeugt, ein blassblauer Abendhimmel darüber. Eine Tochter, müsste ich antworten, aber es will mir nicht über die Lippen. Nicht jetzt, nicht hier. Gleich. Gleich werde ich es zum ersten Mal sagen. Siri, mein Kind. Ich muss Worte finden, die ihr und Mella das Unbegreifliche, das Unverzeihliche erklären. Sie werden mich dafür verachten. Ihre Empörung ist der Preis für die Lügen.

Wir verlassen die Durchgangsstraße und passieren eins der blauen Ortsschilder am Straßenrand. Eskelhem. Ich atme zu schnell, merke es jetzt erst, zwinge mich zur Ruhe. Ann-Marie hat aufgehört, mit mir zu sprechen, sie hat wohl verstanden, dass ich nicht zum Reden aufgelegt bin. Da, ich erkenne die Straße wieder, die zum Waldrand führt. Wir fahren an den Beerenhecken vorbei bis zum Grundstück der Svenssons. Jördis' Garten, der Nussbaum, die Scheune, der mit Schotter ausgestreute weitläufige Hof. Ich bin wieder achtzehn. Habe gerade meine Zwillinge zur Welt gebracht, fühle mich ausgelaugt, weiß nicht, wie alles werden soll. Aber Jördis ist da. Jördis weiß Rat.

»Da sind wir«, höre ich Ann-Maries Stimme.

Der Motor erstirbt. Im Hof stehen drei weitere Autos. Eins davon gehört Mella. Der Anblick des Kölner Autokennzeichens und ihre Initialen darauf holen mich zurück in die Gegenwart. Ich bin nicht mehr die junge Frau von einst, bin Ende fünfzig, schleppe seit Jahrzehnten eine Last aus Schuld durchs Leben.

Arvid öffnet uns. Ein betagter Mann ist er geworden, mit Runzeln im Gesicht und ungepflegten Bartstoppeln, schlohweiß. Doch als er mich ansieht, erkenne ich den jungen Arvid Svensson mit seinen grauen Augen.

»Ingrid.«

In seiner Stimme liegt etwas Raues, Kratziges, sie klingt, als würde sie nicht oft benutzt, als müsste er sich jeden Augenblick räuspern, was er jetzt tut.

»*Hej*, Arvid.«

Unsicher, wie ich ihn begrüßen soll, strecke ich ihm die Hand hin, eine Geste der Förmlichkeit, der Höflichkeit, und gleichzeitig erinnere ich mich an den Tag, als ich schluchzend und seelenwund in seinen Armen lag und er stumm über meinen Rücken strich.

»Da bist du wieder«, sagt er. Ich nicke mit einem Kloß in der Kehle. »Komm.«

Er geht voran, Ann-Marie und ich folgen ihm durch den schmalen Flur, in dem alles aussieht wie damals. Als wäre in diesem Haus die Zeit stehen geblieben. Meine Beine fühlen sich an wie Brei, gleichzeitig kann ich kaum einen Fuß vor den anderen setzen, so schwer sind meine Schritte. Was, wenn ich kein Wort herausbekommen werde? In meiner Vorstellung sehe ich Jördis aus einem der Zimmer kommen. Jördis als zweite Hälfte unserer verschworenen Gemeinschaft, als zweite Geheimnishüterin, als mentalen Anker. Mit Jördis an der Seite hätte ich halb so wenig Angst vor dem, was unweigerlich auf mich zukommen wird. Mein Atem rast, ich bekomme ihn nicht unter Kontrolle. Da höre ich Stimmen aus dem letzten Zimmer. Es ist die Küche, ich erinnere mich. Mellas Stimme. Und die eines Mannes. Es wird Mattis sein, Ann-Maries Bruder.

Ich atme so tief, wie es mir möglich ist, will das Zittern in meinen Beinen, die Enge in meinem Hals, das Hämmern in meiner Brust bezwingen. Hinter Arvid und Ann-Marie betrete ich die Küche.

Sie sitzen am Tisch vorm Fenster, Mella, Siri, Mattis. Ann-Marie setzt sich zu ihnen. Eine geblümte Decke liegt auf dem Tisch, Tassen und halb volle Gläser stehen darauf. Wieso achte ich auf solche Nebensächlichkeiten?

Es wird still. Mella steht auf, langsam kommt sie auf mich zu. Es drängt mich, sie an mich zu ziehen, sie ganz nah bei mir zu haben, vielleicht würde dann wenigstens das Zittern nachlassen. Ich kann ihr Gesicht nicht deutlich sehen, es verschwimmt hinter den Tränen, die mir in die Augen schießen. Wird sie mich anklagen, wie sie es bei unserer letzten Begegnung zu Hause getan hat? Ich weiß nicht, wohin ich sehen soll, brauche ein Taschentuch, merke erst jetzt, dass ich meine Handtasche in Ann-Maries Auto vergessen habe. Verdammt, ich hätte ...

»*Hej*, Mama.« Schon spüre ich Mellas Arm um meine Schultern. Ich schniefe wie ein Kind, wische mir mit dem Handrücken über die Augen. Irgendwoher hat sie ein Taschentuch, das sie mir reicht. »Komm, setz dich erst mal«, sagt sie sanft.

Ob sie ahnt, wie gut es mir tut, dass sie so mit mir spricht? Ich putze mir die Nase, lasse mich von Mella zum Tisch schieben.

Siri blickt mir offen ins Gesicht, sie hat die gleichen Augen wie Mella, den gleichen winzigen Knick im Nasenrücken, auch der Schwung ihrer Lippen gleicht Mellas in erschreckender Weise, alles an ihr ist mir vertraut. Ich sehe Siri an und erkenne Mella in ihr, und doch ist es Siri. So ist es also als Mutter von Zwillingen. Ich zwinge mich dazu, ihrem Blick standzuhalten und mich nicht vor Angst oder Scham wegzudrehen, obwohl mir danach ist. Nicht noch einmal werde ich mich von ihr abwenden.

»Siri.«

Ich weiß nicht, wie ihr Name über meine Lippen gekommen ist, will nichts mehr, als sie endlich in meine Arme schließen, sie um Verzeihung bitten, sie und Mella um Verzeihung dafür bitten, dass ich ihnen vierzig Jahre geraubt habe, die unwiederbringlich vorbei sind.

»*Hej*«, entgegnet sie.

»Das ist Mattis«, höre ich Mella jetzt sagen, sie hat sich neben ihn gesetzt, Schulter an Schulter, dicht beieinander sitzen sie da, er legt seine Hand auf ihre. Mella hat sich also verliebt auf Gotland. Dass ich nichts davon weiß, versetzt mir einen Stich ins Herz. Ob es auch in Siris Leben jemanden gibt, der sie liebt? Ob sie Kinder hat? Wie oft habe ich mir diese Frage in den letzten Jahren gestellt. Vielleicht bin ich Großmutter, ohne es zu wissen.

Mattis nickt mir zu, lächelt, freundlich sieht er aus.

»Entschuldige«, sage ich. »Ich bin … Es ist … Ich bin sehr aufgewühlt, bitte entschuldigt, wenn ich …«

»Schon gut, Mama.« Mellas Lächeln wärmt mich. »Wir freuen uns, dass du da bist, wirklich.«

Ich glaube ihr, sehe sie alle der Reihe nach an.

Arvid stellt eine Tasse Tee vor mich auf den Tisch. »Minze aus Jördis' Garten.«

Mir ist danach, ihn zu umarmen. Der Duft steigt mir in die

Nase, wirft mich zurück in die Vergangenheit. Schon einmal habe ich mit einer Tasse Minztee an diesem Tisch gesessen.

Niemand sagt ein Wort. Noch einmal putze ich mir die Nase, knülle das Taschentuch zusammen und stopfe es in meine Hosentasche. Dann nippe ich am Tee. Er ist heiß, ich zucke zusammen, als er mir die Lippen verbrennt, und stelle die Tasse auf den Tisch, lege meine Hände daneben. Ich denke nicht länger nach, spreche endlich aus, was längst hätte gesagt werden sollen.

»Ich war gerade achtzehn geworden, im Februar 1982. An unserer Schule startete ein zweimonatiges Musikprojekt zu den Beatles. Ein junger Musikstudent von der Königlichen Musikhochschule in Stockholm leitete es. Rikard Engdahl. Alle Schüler, die ein Instrument spielten oder Lust hatten, im Projektchor zu singen, wurden aufgerufen, sich zu melden. Ich spielte ganz passabel Gitarre, besaß aber nur ein einfaches Instrument. Das hatte meine Mutter gebraucht für mich gekauft, der Klang war nicht besonders. Ich schämte mich dafür, aber ich meldete mich an. Rikard, er war ein paar Jahre älter als ich, kam schon nach der ersten Probe auf mich zu und bescheinigte mir überdurchschnittliches Talent. Er lieh mir sogar seine Gitarre und teilte mich für zwei Solostücke und ein Duo mit ihm ein. Das schmeichelte mir. Zuerst dachte ich, dass ich mich wegen unserer gemeinsamen Liebe für die Musik zu ihm hingezogen fühlte. Aber schon sehr bald spürte ich, dass es viel mehr war. Die Gelegenheiten, miteinander zu sprechen, waren rar, oft blieb ich nach den Proben länger und kam deshalb zu spät zur nächsten Stunde, aber das war es mir wert. Wir schrieben uns Briefe, und ich lebte von den Worten, die er für mich fand. Wir verliebten uns ineinander. Es war keine unbeschwerte Liebe, denn es war ihm verboten, etwas mit einer Schülerin anzufangen, außerdem war er bereits verlobt. Die Hochzeit war für den Sommer geplant. Für Rikard war schnell klar, dass er seine Verlobte verlassen würde, und ich sehnte den

Abschluss des Musikprojektes herbei, damit wir endlich offen mit unserer Liebe umgehen konnten. Wir träumten und planten und lebten von der gestohlenen Zeit. Ein einziges Mal trafen wir uns außerhalb der Schule nach dem Unterricht in aller Heimlichkeit. Endlich hatten wir ungestört Zeit, um uns zu gestehen, wie sehr wir einander liebten und dass wir nicht mehr ohne den anderen sein wollten. Wir konnten die Finger nicht voneinander lassen, es war wie ein Rausch. Schließlich fanden wir diese Scheune, es war nicht sehr gemütlich darin, aber wir dachten nicht mehr nach ... Rikard versprach, sich gleich am nächsten Tag von seiner Verlobten zu trennen und die Hochzeit abzusagen. Doch dazu kam es nicht.«

Ich kann nicht weiter. An Rikard zu denken, an diesen Apriltag damals, lastet mir wie ein Druck auf der Brust. Er raubt mir den Atem. Nie habe ich über all das gesprochen.

»Nimm noch einen Schluck Tee, Mama«, höre ich Mellas Stimme.

Ich nicke ihr zu, trinke, muss weitererzählen. Sie warten auf Antworten.

»Liv, seine Verlobte, verunglückte beim Reiten, die Verletzung war so schwer, dass sie eine Querschnittslähmung zurückbehielt. Rikard war gefangen in einem Zwiespalt, der ihn fast um den Verstand gebracht hätte. Er könne Liv in diesem Zustand nicht im Stich lassen, gestand er mir unter Tränen. Und obwohl seine Entscheidung sich anfühlte, als hätte jemand mir bei lebendigem Leib ein Körperteil amputiert, verstand ich sie. Das Musikprojekt wurde nie beendet, weil er nicht mehr an unsere Schule zurückkehrte. Lange Zeit kannten wir den Grund nicht. Ein Unglück in seiner Familie, das war alles, was man uns sagte. Ich hörte nichts von ihm. Mir war schlecht, ich fühlte mich krank, hätte mich am liebsten vergraben und wünschte mir ... Mein Gott, ich wünschte mir sogar, Liv möge sterben.«

Es ist still in Arvids Küche. Mella sitzt mir mit versteinertem Gesicht gegenüber, Siri neben ihr sieht mich unverwandt mit großen Augen an, mit einem ungläubigen Blick, mich, ihre fremde Mutter.

»Nach zermürbenden Tagen und schlaflosen Nächten meldete sich Rikard wieder, aber wir hatten keine Möglichkeit mehr, uns zu treffen. Er lebte auf dem Festland, wir waren abgeschnitten voneinander. Unbegreiflich, aber das Leben ging weiter, ohne ihn. Ich versuchte, irgendwie durch die Tage zu kommen. Es ging mir weiterhin gesundheitlich nicht gut, ich erbrach fast jeden Morgen und schlief schlecht, und als meine Monatsblutung zum zweiten Mal ausblieb, holte ich mir heimlich einen Schwangerschaftstest in der Apotheke. Das Ergebnis war eindeutig. Ich wollte weinen und schreien und um mich schlagen. Einerseits war der Gedanke, etwas von Rikard in mir zu tragen, so tröstend wie nichts anderes, andererseits war mir klar, dass ich die Pflegehochschule, an der ich einen Platz bekommen hatte, mit einem Baby kaum würde schaffen können. Rikard von dem Kind zu erzählen, war ausgeschlossen. Ich wusste, dass ihn diese Offenbarung vollends aus der Bahn werfen würde. Also schrieb ich ihm einen letzten Brief und bat ihn, sich um Liv zu kümmern und mich zu vergessen. Notgedrungen vertraute ich mich meiner Mutter an, eurer Großmutter Frida. Ich verschwieg nicht, dass der Vater meines Kindes gebunden war und wir deshalb nicht zusammen leben oder gar heiraten konnten. Rikards Namen erwähnte ich nicht. Ihr müsst wissen, dass sie, seit mein Vater uns verlassen hatte, an Depressionen litt, die ihr Herz krank machten. Alte Wunden brachen auf. Sie ist nie darüber hinweggekommen, eine verlassene Ehefrau zu sein, und durch mein Geständnis wurde alles, was ihr geschehen war, wieder aufgewühlt. Abends hörte ich sie im Bett weinen und wusste nicht, ob sie ihre eigene Geschichte beweinte oder meine. Zuerst drängte sie mich, das

Kind abtreiben zu lassen, sprach davon, dass ich mir meine Zukunft damit zerstören würde, so früh Mutter zu werden. Dann beschwor sie mich, es nach der Geburt zur Adoption freizugeben. Sie wollte mich um alles in der Welt davor bewahren, so wie sie selbst mit all den Strapazen und Schwierigkeiten einer alleinerziehenden Mutter konfrontiert zu werden. Aber wie hätte ich Rikards Kind abtreiben oder weggeben können? Es war doch alles, was mir von ihm geblieben war!«

Ich sehe Mella an, dann Siri. Will den Druck auf meiner Brust loswerden, ringe nach Atem, trinke erneut einen Schluck Tee, der Minzduft steigt mir in die Nase, ich halte den Blick in die Tasse gerichtet, sammle meine Gedanken ein.

»Von meiner Mutter konnte ich keine Hilfe erwarten. Also nahm ich Kontakt zu meiner Schwester Eva auf. Sie lebte damals mit ihrem Freund Stefan in Deutschland. Von ihr fühlte ich mich verstanden, sie riet mir, zu ihr nach Köln zu kommen. Auch dort könne man eine Ausbildung zur Krankenschwester machen, beruhigte sie mich, und sie versprach, mich zu unterstützen und mich für die erste Zeit bei ihnen wohnen zu lassen. Ich dachte nicht länger nach, vertraute auf die Hilfe meiner Schwester. Alles fühlte sich plötzlich nur noch halb so schwer an, weil da diese Aussicht war, es schaffen zu können, auch mit dem Kind. Aber dann stellte sich heraus, dass ich mit Zwillingen schwanger war. Überzeugt davon, das Leben in dem fremden Land und eine Ausbildung mit zwei Kindern nicht bewältigen und erst recht nicht finanzieren zu können, verzweifelte ich. Mir war klar, dass meine Mutter mich finanziell nicht unterstützen, und wegen der Depression und ihrem kranken Herzen auch die Kraft nicht aufbringen könnte, mir mit den Kindern zu helfen. Ich wollte vermeiden, dass sie sich aufregt oder noch mehr sorgt und verschwieg deshalb, dass ich Zwillinge erwartete. Die nächsten Wochen kamen mir vor, als ob ich jeden Tag unter einer Nebelwolke aufwachte und abends unter ihr einschlief. Doch dann lernte ich bei einem der Vorsorgetermine Jördis kennen, eine so feinfühlige und erfahrene und vertrauenerweckende Hebamme. Sie gab mir ein Zimmer in ihrem Mutter-Kind-Heim in Visby, in dem ich bis zur Geburt bleiben konnte. Das hat mich unendlich entlastet, aber nichts an der Tatsache geändert, dass mir auf lange Sicht eine Perspektive fehlte. Ich hatte kaum noch Kontakt zu meiner Mutter. Sie zog sich immer weiter in ihr Schneckenhaus zurück, wo niemand mehr an sie herankam. Jördis wurde zu meiner Vertrauten, meinem Anker, und ersetzte mir die große Schwester, die Mutter und eine beste Freundin, obwohl sie sechzehn Jahre älter war als ich. Wir redeten oft und suchten nach einer Lösung, und eines Tages fanden wir sie. Jördis fand sie. Und ich ließ mich darauf ein, nachdem ich eine ganze Nacht geweint hatte, dann aber begriff, dass es die einzige Möglichkeit war. Mein erstgeborenes Kind würde ich mitnehmen nach Deutschland, das zweite sollte in Jördis' Obhut auf Gotland bleiben.«

Ich vergesse zu atmen, will nur reden, alles loswerden, endlich auf den Tisch legen, was ich so lange in mir verschlossen habe, wie nur bringe ich es fertig, all die Dinge auszusprechen? Ich sehe meine Töchter an, muss es tun, muss in ihre blauen Augen sehen, das bin ich ihnen schuldig.

»Ihr wurdet in der Silvesternacht geboren, im Geburtszimmer des Mutter-Kind-Heims in Visby. Mella, du um kurz vor, Siri, du um kurz nach Mitternacht. Anfangs sah es aus, als wären die Wehen nicht stark genug, dann wiederum wurden sie so heftig, dass ich davon überzeugt war, es nicht zu überleben. Jördis ist über sich hinausgewachsen, und ich glaube, ich bin es auch. Immerzu dachte ich an meinen geliebten Rikard, sehnte mich danach, ihm seine Mädchen zu zeigen. Und dann hat Jördis etwas getan, das sie ihre Zulassung hätte kosten können. Hebammen sind dazu verpflichtet, ein Kind nach der Geburt im staatlichen Geburtsregister eintragen zu lassen. Aber sie entschloss sich zu einer Notlüge. Sie meldete dich, Siri, als Findelkind und gab an, dass du ohne Papiere, ohne Angaben zu deiner Herkunft, in einem Korb vor der Tür des Mutter-Kind-Heims abgegeben worden seist. Sie brachte bei der Behörde alles auf den Weg, damit sie und Arvid dich zunächst in Pflege nehmen konnten, mit dem Ziel, dich zu adoptieren. Mella, du wurdest erst in Deutschland gemeldet, deshalb taucht dein Name im schwedischen Geburtsregister nicht auf. Als ihr drei Wochen alt wart, kam der Tag des Abschieds. Als ich dich deiner Pflegemutter in die Arme gelegt habe, brach ein Stück aus meinem Herzen, Siri, und es blieb eine Wunde, die nie heilte. Nie habe ich so viel geweint wie an diesem Tag.«

Ich fühle es wieder. Jetzt, hier in Arvids Küche, in der ich zum ersten Mal Worte für all das finde, fühle ich den Schmerz, die Verzweiflung, die Schwere, die Schuld, immer wieder die Schuld, die ich mir damals aufgebürdet habe, und es ist, als läge kein Tag dazwischen. Mein Hals wird eng, meine Augen brennen, ich brauche Luft, will nach draußen, kann nicht mehr. Ich schiebe den Stuhl vom Tisch weg, stehe auf, sehe sie an, meine Mädchen, bringe es kaum fertig, ihre Blicke zu erwidern, ihre erstaunten, bestürzten, fassungslosen Blicke, in denen noch immer Fragen liegen.

»Ich hab sie nach Malmö gebracht.« Arvids Stimme. Ich hebe den Kopf, sehe in seine Richtung. Er sitzt aufrecht, aber er wirkt wie eingesunken, als wäre das Hemd, das er trägt, ihm plötzlich zu weit geworden. Arvid, der von nichts wusste. Spürt er, dass ich nicht weiterkann? Er räuspert sich. »Ingrid und Mella«, sagt er jetzt mit seiner kratzigen Stimme. »Nach Malmö zum Bahnhof hab ich euch gebracht. Von da wolltet ihr mit dem Zug über Dänemark nach Deutschland. Hab nicht begriffen, warum du die ganze Zeit geweint hast.«

»Du konntest es nicht wissen.« Ich will ihn anlächeln, quäle mich aber damit, die Tränen zu unterdrücken.

»Sie hat es mir nicht gesagt«, fährt er fort und spielt mit den Fransen der Tischdecke. »Jördis hat mir nie gesagt, dass du die Mutter unserer Siri bist.«

Ich weiß nicht, was ich noch sagen soll, weiß nicht, was ich schon gesagt habe, mein Kopf fühlt sich leer an und gleichzeitig so voll, dass ich Mühe habe, klar zu denken.

»Entschuldigt, ich ...« Meine Hand krallt sich um die Klinke der Küchentür. Wie bin ich vom Tisch hierhergekommen? »Nur ein wenig frische Luft.«

Ich verlasse die Küche, bewege mich staksig, als wären meine Beine aus Holz. War mein Geständnis ein Fehler? Habe ich damit zwischen meinen Kindern und mir alles zerstört? Hätte ich andere Worte finden müssen? Der Flur kommt mir beklemmend eng vor, will kein Ende nehmen. Endlich, die Haustür, Luft, Weite, ein tiefer Atemzug.

»Gehen wir zum Friedhof?«, höre ich Siris Stimme hinter mir und spüre ihre Hand auf meiner Schulter. »Jördis besuchen?«

Ich drehe mich zu ihr um, hinter ihr taucht Mella auf. Sie lächeln beide. Gütig. Ein altertümliches Wort, es gehört nicht zu meinem Wortschatz, aber es kommt mir in den Sinn, als ich den Ausdruck auf ihren Gesichtern sehe. Jördis' Grab besuchen, ja, das will ich. Ich nicke ein paarmal, um zu bekräftigen, wie gern ich es will, putze mir wieder die Nase, wische mir über die tränenfeuchten Augen. Sie haken sich bei mir ein, Mella rechts, Siri links, und bringen mich damit erneut zum Weinen. Bis zum Friedhof ist es nicht weit.

»Noch eine Frage, Mama, ja?«, höre ich Mella sagen.

»Ja, sicher.«

Kein Mensch begegnet uns. Eskelhem ist das verschlafene Dörfchen von einst geblieben.

»Was hat Siris Großtante Lynna damals für eine Rolle gespielt?«

»Lynna Södergren.« Ihr Name formt sich wie von selbst auf meinen Lippen. Die gute Seele. »Sie und ihr Mann hatten keine Kinder. Sie schätzte Jördis' Arbeit und ihr Engagement für alleinstehende Mütter. Sie war eine großherzige Frau, überwies regelmäßig Spenden für das Mutter-Kind-Heim, manchmal kam sie unangemeldet, um sich zu erkundigen, ob etwas gebraucht wurde oder eine Rechnung beglichen werden musste. Sie machte kein großes Aufheben, zog jedes Mal etliche Scheine aus dem Geldbeutel und legte sie Jördis auf den Tisch. Ich lernte sie bei einem ihrer Besuche kennen, ungefähr zwei Wochen nach eurer Geburt. Jördis berichtete ihr, dass ich mittellos nach Deutschland gehen würde, aber sie erwähnte nicht die ganze Geschichte. So hat Lynna Södergren nie von ihr erfahren, dass ihr Zwillinge seid, aber Jördis und ich wussten, dass sie einmal etwas aufgeschnappt hatte, das nicht für ihre Ohren bestimmt war, und sie deshalb Bescheid wusste. Jördis beschwor sie, niemals mit jemandem über das zu sprechen, was sie erfahren hatte, und Lynna gab ihr Wort. Sie tat noch mehr. Monat für Monat überwies sie mir eine ansehnliche Summe Geld, an Silvester ein wenig mehr. Ich konnte mir eine kleine Wohnung leisten und habe mit der Ausbildung angefangen, als du ein Jahr alt warst, Mella. Es waren harte Jahre, die ich ohne die Unterstützung von Lynna nie hätte meistern können. Ich bin ihr auf ewig dankbar und konnte es ihr nie sagen.«

»Warum nicht?«

»Weil es eine klare Absprache zwischen Jördis und mir gab. Alle Fäden nach Gotland mussten zertrennt werden, wenn wir unser Geheimnis wahren wollten.«

»Aber jetzt ist das Geheimnis keins mehr. Du kannst ihr im Nachhinein noch danken.«

Ich versuche, mir ihr Gesicht in Erinnerung zu rufen, es ist lange her, wir haben uns nur ein einziges Mal gesehen. Ihr danken, ja, das will ich unbedingt.

Zwischen den Bäumen auf dem Friedhof ragt die weiß getünchte Kirche auf. Das geschmiedete Tor steht halb offen. Niemand hält sich um diese Uhrzeit noch hier auf, es muss halb zehn sein, vielleicht später, das Zeitgefühl ist mir abhandengekommen. Siri geht voran, zielstrebig, quer über die Wiese, in die die Grabsteine mit den kleinen bepflanzten Feldern eingelassen sind. In der Nähe der Mauer, bleibt sie vor einer Grabstelle stehen.

Jördis Svensson, 1948 – 2022.

Blaue Veilchen in einem Halbkreis, dazwischen ein Grablicht, ein üppig blühender Fliederstrauch neben dem Kreuz. Die Erde um ihn herum sieht aus, als hätte man ihn kürzlich erst eingepflanzt.

»Jördis«, sage ich leise, knie mich neben das Kreuz, berühre es. Ich sehe ihr ermutigendes Lächeln, höre ihre Stimme, ihren Zuspruch, ihr Versprechen.

Ich versichere dir, dass ich sie zu mir nehme und sie liebe wie mein eigenes Kind.

»Wäre sie nicht gestorben, hätte ich das Foto nicht gefunden«, sagt Siri. »Als hätte sie das immer gewollt. Als hätte sie gewollt, dass ich nach ihrem Tod anfange, euch zu suchen.«

Ihre Hand legt sich auf meine Schulter. Ich taste nach ihr, berühre sie, ohne mich zu ihr umzudrehen. Zum ersten Mal berühre ich mein verlorenes Kind wieder.

»Wer hat das Foto gemacht?«, fragt Mella.

Wir sprechen schwedisch miteinander, mit Rücksicht auf Siri. Nie habe ich Mella schwedisch sprechen hören. Sie macht es gut, aber merkwürdig kommt es mir vor, sie in meiner Muttersprache sprechen zu hören, ihr in meiner Muttersprache zu antworten.

Das Holz fühlt sich warm an unter meiner Hand, ich lasse sie dort liegen, weil ich mich Jördis näher fühlen will. Ihren Namen zu lesen treibt mir einen Stich ins Herz.

»Arvid hatte sich damals eine Polaroidkamera gekauft, es war ein paar Tage vor unserer geplanten Abreise nach Deutschland. Lynna war zu Besuch hier in Eskelhem, und Arvid zeigte ihr seine neue Kamera, von der sie ganz fasziniert war. Sie wollte sie unbedingt ausprobieren. Jördis und ich saßen mit euch auf dem Sofa, wir waren das beste Motiv für Lynna und wollten Diskussionen vermeiden. Deshalb sagten wir nichts, als sie uns fotografierte, gleich zweimal. Feierlich hat sie uns die Fotos überreicht, sie dachte wohl, dass sie uns eine Freude damit macht. Aber wir beide, Jördis und ich, wir versprachen uns, die Fotos zu vernichten.«

Ich richte mich auf, Siris Hand gleitet langsam von meiner Schulter. Wir sehen uns an, sie lächelt, zürnt mir nicht. Ich flehe stumm, dass sie mir verzeihen kann. Ich krame in meiner Tasche, finde den Umschlag, den ich zu Hause eingesteckt habe. Ich reiche ihn meinen Töchtern, Mella nimmt ihn an sich. Sie zieht das Foto heraus, das beinahe identisch ist mit dem, das Siri in Jördis' Schrank gefunden und das sie mir ein paar Tage zuvor gezeigt hat.

»Aber anscheinend hat Jördis sich, genauso wenig wie ich, daran gehalten. Das Foto und das, was noch in diesem Umschlag ist ...« Ich nicke Mella zu, und sie greift noch einmal hinein, findet das winzige Päckchen aus zusammengefaltetem Pergamentpapier. »Bitte, gib es Siri.« Sie tut, um was ich sie bitte, fragt nicht nach. »Siri, mach es auf, vorsichtig, es war alles, was mir von dir geblieben ist.« Behutsam beginnt Siri das Papier zu entfalten, bis sie schließlich die winzige Haarsträhne entdeckt. »Ein Foto und diese Härchen von dir, die ich dir vorsichtig abgeschnitten hatte, während du schliefst.« Ich sehe Siri an, sehe in ihren klaren Augen, wie ergriffen sie ist.

»Oh ...«, sagt sie nur.

»Später wollte ich Jördis noch einmal wiedersehen. Bei der Beerdigung meiner Mutter, fünf Jahre nach unserem Abschied von Gotland. Eva und ich reisten nach Östergarn, da liegt eure

Großmutter Frida begraben, aber auch sie hatte ja keine Ahnung von der Existenz des kleinen Mädchens, nach dem ich mich verzehrte. Zum ersten Mal habe ich wieder Kontakt zu Jördis aufgenommen, wir haben telefoniert, ich wollte dich so gern sehen, Siri, habe bittere Tränen geweint, habe gefleht, und Jördis weinte mit mir, aber am Ende entschieden wir uns gegen ein Treffen, weil es etwas nach sich gezogen hätte, das wir nicht wollten.«

»Und unser Vater?«, fragt Siri. »Hast du nie wieder etwas von ihm gehört?«

Langsam schüttele ich den Kopf. »Ich hatte ihm in meinem letzten Brief bewusst verschwiegen, wohin ich gehen würde, weil ich wusste, dass ich damit seinen Zwiespalt noch größer gemacht hätte.«

»War er es, der mit dir bis ans Ende der Welt wollte?« Mella legt den Kopf schräg, sie lächelt, als ich nicke. Ich sehe Rikards dunkle Augen, sein Lächeln, das Grübchen in seinem Kinn. In meinen Gedanken ist er nie gealtert. »Hast du später nach ihm gesucht?«

»Nein.«

»Warum nicht?«

Meine hartnäckige Tochter Mella, sie will es ganz genau wissen. Ich zucke mit den Schultern, weiß nicht, was ich sagen soll, merke, dass die Geste unzureichend ist.

»Ich hatte ein anderes Leben.« Was für ein fadenscheiniges Argument.

»In dem es nie wieder einen Mann gegeben hat«, fügt Mella hinzu.

»Aber ein Kind«, sage ich, »und später den Pflegedienst. Da blieb nicht viel Zeit für …«

»Für was, Mama? Für die Liebe?«

»Ich hatte doch alles, was ich brauchte.«

»Hattest du das wirklich?«

Über die Grabsteine hinweg blicke ich in der Abenddämmerung zur Kirche und an der Fassade mit den rundbogigen Fenstern empor bis zum Dach des Turmes. Natürlich hatte ich das nicht. Ich habe von meinen Erinnerungen an Rikard gelebt, es hat unzählige Jahre gedauert, bis ich darüber hinweg war, ihn und unsere Liebe verloren zu haben, ehe wir sie richtig leben konnten.

»Vielleicht habe ich es mir eingeredet, weil alles andere mich nur gequält hätte.« Wir schweigen. Wenn man sich etwas lange genug einredet, fängt man irgendwann an, es zu glauben.

»Wo übernachtest du?«, fragt Mella.

Sie hat feine Antennen, spürt, dass ich mich gedanklich verstricke.

»In Visby wird es sicher ein Hotel geben, das mich aufnimmt.«

»Du kannst in Jeriks Zimmer schlafen«, sagt Siri.

»Oder ich rufe Anna Pettersson an, sie hat ein hübsches Pensionszimmer in Visby, vielleicht ist es frei«, sagt Mella.

»Ich glaube, ich brauche gar kein Bett heute Nacht.« Ich meine es ernst. Die Schwere auf meinem Herzen wandelt sich, ich kann wieder atmen, die Offenbarung der Wahrheit hat mich gestärkt, obwohl sie eine immense Kraft gekostet hat. »Ich werde ohnehin kein Auge schließen können.«

»Dann sind wir schon zwei.« Mella zwinkert mir zu.

»Drei«, sagt Siri.

Sie kommt zu mir, endlich, streckt die Arme aus, und ich ziehe sie an mich, meine verlorene Tochter.

»Bitte verzeih mir.«

Meine Stimme klingt wie die einer anderen, während ich Siri in meinen Armen wiege wie das kleine Mädchen, das ich nie kennengelernt habe. Sie zittert, ich drücke sie fest, dann ist Mella bei uns, umarmt uns beide, und ich weiß, dass nichts mich jemals wieder von meinen Töchtern trennen wird.

EPILOG

Schweden – Sechs Monate später

Mit der Handkante glättete er den aus dem Zeitungsblatt herausgetrennten Artikel. Die Ränder waren mit der Zeit zerfleddert, so oft hatte er ihn auseinander- und wieder zusammengefaltet. Ein Dreivierteljahr war es ungefähr her, dass er ihn entdeckt hatte. Olof hatte damals den Schinken in dieses Zeitungsblatt der *Gotlands Tidningar* eingewickelt, auf dem eine Reportage über eine Veranstaltung im Gotland Museum abgedruckt war. Sein Daumen fuhr über das Gesicht der Frau auf einer der Abbildungen, einer Puppenspielerin, die mit ihrer Marionettenprinzessin an jenem Tag im Museum offenbar nicht nur das anwesende Publikum, sondern auch den Reporter verzaubert hatte. Und in gewisser Weise hatte die Verzauberung beim Lesen auch ihn, Rikard, ergriffen. Nein, verzaubert war nicht der richtige Begriff. Nachdenklich hatte die Puppenspielerin ihn gemacht. Weil er erstaunlicherweise Ingrids Augen, ihren Blick und ihr Lächeln im Gesicht dieser Marionettenspielerin entdeckt hatte. Und weil ihn diese Entdeckung zutiefst beunruhigt hatte.

Ingrid Haglund. Dieses Mädchen, das mehr für ihn gewesen war als nur eine Schülerin aus dem Musikprojekt am Ende seines Studiums Anfang der Achtziger, kurz bevor das mit Liv passiert war. Ingrids Briefe zu lesen hatte ihn mit Erinnerungen überschwemmt, gegen die er machtlos gewesen war. Die ihn tagelang aus der Bahn geworfen hatten, ehe sein Kopf sich zumindest halbwegs gegen die aufbrechende Sentimentalität hatte durchsetzen können. Vierzig Jahre. Was mochte aus ihr geworden sein? Wo mochte sie leben? Mit wem? Ob sie glücklich geworden war? Ob sie mit jemand anderem ans Ende der Welt gegangen war?

Er faltete den Artikel zusammen, schob ihn in seine Hosentasche und ließ seine Hand darin, um sie ein wenig zu wärmen. Er pfiff nach dem Hund, der sein Geschäft erledigt hatte, nun den Kopf hob und in Rikards Richtung blickte. Weiße Atemwölkchen bildeten sich vor Dvärgs Schnauze in der kalten Luft, es musste unter null sein. Zum wiederholten Mal schalt Rikard sich einen Narren ob seines Vorhabens. Es war an sich schon eine absurde Sache, aber hatte er sich unbedingt im Winter auf den Weg machen müssen? Hätte er nicht besser damit gewartet, bis die Tage wieder heller würden? Er öffnete die hintere Beifahrertür, geduldig darauf wartend, dass Dvärg durch den Schnee zurück zum Auto getrottet kam. Behäbig erklomm er den Rücksitz, auf dem Rikard seine Decke ausgebreitet hatte. »Brav, mein Junge.« Er vergrub seine Hand in der Wärme von Dvärgs struppigem Fell, schloss die Tür und setzte sich hinters Steuer. Sieben Stunden hatte er von Västerbotten bis Sundsvall gebraucht, die Fahrt dreimal unterbrochen, um seinen zerschlagenen Rücken zu entlasten und Dvärg rauszulassen. Über viele Hundert Kilometer hatte er sich an der Flussrichtung des Ångermanälven orientiert, war dessen verschneiten Ufern nach Südosten gefolgt, die mal gesäumt waren von winterkahlen Bäumen, mal den Blick in die schneebedeckte Weite öffneten. Eigentlich hatte er bis Uppsala kommen wollen, aber seine verschlissene Bandscheibe verlangte eine längere Rast. An der Rezeption einer Campinghüttenvermietung, die er zufällig passierte, fand er eine billige Möglichkeit zu übernachten, Tiere waren erlaubt, so ein Glück, und obwohl die Matratze in dem schmalen Bett durchgelegen war, fiel er gleich in einen tiefen Schlaf.

In der Nacht frischte der Wind auf, er blies bis zum Morgen eisig kalte Luft von Osten übers Land. Rikard fürchtete, er könnte Neuschnee mitbringen. Die Strecke bis Uppsala zog sich, die Heizung im Wageninneren lief auf Hochtouren, und Dvärg schnarchte auf dem Rücksitz, während er selbst erneut sein Vorhaben in Frage stellte. Was wusste er denn schon? Ihren Namen zumindest. Siri Svensson, den hatte der Artikel enthüllt. Und dass sie für das Tourismusbüro in Visby tätig war, im Bereich der Stadtführungen. Das war alles. Eine Handvoll spärlicher Hinweise, mit denen er sich auf den Weg von Västerbotten nach Gotland gemacht hatte, im tiefen schwedischen Winter, unmittelbar vor dem Jahreswechsel. Und das nur, weil sie die Augen, den Blick und das Lächeln seiner Ingrid hatte. Was war er doch für ein naiver alter Mann.

»Bin ich ein merkwürdiger Kauz?«

Er sah in den Rückspiegel, in dem er Dvärgs struppigen Rücken und sein rechtes Ohr erkennen konnte. Immer öfter sprach er mit dem Hund. Er gehörte ja nun ihm. Ein geerbter Hund. Er musste mit ihm reden, damit der Vierbeiner seine Stimme zuzuordnen lernte. Olofs Stimme würde er nie wieder hören, würden sie beide nie wieder hören. Rikard drängte den Schmerz zurück. Es war so schnell gegangen mit Olof, noch immer begriff er nicht, was in dem robusten Körper seines besten Freundes innerhalb weniger Monate auf heimtückische Weise hatte passieren können, damit ihm all das hatte geraubt werden können, was ihn ausgemacht hatte. Ausgerechnet an einem heiligen Freitag war er gestorben, seine ausgezehrte Hand in Dvärgs Fell. Ein Bild, das Rikard nie vergessen würde. Ein halbes Jahr war Rikard für ihn da gewesen, Tag und Nacht, alles andere war zurückgetreten, auch der Artikel aus der *Gotlands Tidningar*.

Die Frontscheibe beschlug, er kurbelte die Seitenscheibe herunter. Eisige Luft strömte ins Innere seines Wagens, gierig sog er sie in seine Lungen. Wenn er an Olof dachte, dachte er gleich auch an Liv, und dass er zwei Jahrzehnte damit zugebracht hatte, sie zu pflegen, ehe sie zweiundzwanzig Jahre zuvor gestorben und er nach Västerbotten gezogen war. Er konzentrierte sich auf die Straße. Nach dreieinhalb Stunden erreichte er Uppsala, wo er rastete und ein einfaches Mittagessen zu sich nahm, Hühnchen und Reis, lauwarm, mit einer Sauce, die nach nichts schmeckte.

Die letzten hundertdreißig Kilometer bis nach Nynäshamn waren ein Kinderspiel. Er erstand ein Ticket für die Autofähre, die erst am Nachmittag ablegte, leinte Dvärg an und vertrat sich die Beine.

Die Dämmerung legte sich über die Ostsee, als die Autofähre das schwedische Festland hinter sich ließ und durch die Gischtkronen des Wintermeeres in Richtung Gotland pflügte. Am frühen Abend legte sie in Visby an. Rikard parkte am Hafen und machte sich zusammen mit Dvärg und seiner kleinen Reisetasche auf den Weg durch die Dunkelheit zum Tourismusbüro auf dem Donners Plats. Die ins Licht der Straßenleuchten getauchten Gässchen schienen in tiefem Winterschlaf zu ruhen. Gelber Lichtschein fiel aus den Fenstern der Häuser auf das Kopfsteinpflaster.

Das Tourismusbüro hatte um diese Zeit geschlossen, natürlich, hatte er etwa geglaubt, hier wartete man auf ihn? Er mietete ein Hotelzimmer in der Nähe der Ruine von St. Clemens, in dem Hunde gegen Aufpreis erlaubt waren, zahlte ein kleines Vermögen dafür, in einem zwei Meter breiten Bett schlafen und sich die Zähne über einem Waschbecken in Form einer Muschelschale putzen zu können.

Am nächsten Morgen machte Rikard sich auf zum Tourismusbüro. Er knotete Dvärgs Leine an das Geländer am Eingangsbereich und trat ein, in der vertrauensseligen Hoffnung, Siri Svensson dort anzutreffen. Dabei wusste er überhaupt nicht, was er ihr sagen würde. Er redete sich ein, sie sofort zu erkennen. Sein Blick wanderte suchend durch den von Halogenleuchten erhellten Raum, über die Ständer mit Postkarten, die Regale mit Reiseführern, Plüschlämmern und kitschigen Andenken. Hinter dem Tresen entdeckte er einen jungen Mann mit Hornbrille, der ihn freundlich begrüßte. Eine Angestellte sortierte Bücher in ein Regal.

Rikard erwiderte den Gruß, während er in seiner Hosentasche nach dem Artikel fischte. Auseinandergefaltet legte er ihn auf den Tresen, so, dass der Mitarbeiter den Text lesen konnte, ohne sich zu verrenken.

»Ich suche diese Frau.« Rikard tippte auf die Abbildung mit der Puppenspielerin.

»Das ist Siri Svensson«, kam die Antwort.

Der junge Mann blickte auf, schob mit dem Zeigefinger die Brille ein winziges Stück nach oben.

»Ich weiß.« Rikard nickte. »Steht ja da.« Er bereute seine etwas patzige Erwiderung. Sicher war es besser, so zu tun, als kenne er Siri Svensson persönlich. »Ist sie zu sprechen?«

»Hat Urlaub, ist im neuen Jahr wieder hier.«

»Dann finde ich sie wahrscheinlich zu Hause, oder?«

Er griff nach dem Artikel, faltete ihn zusammen und zwang sich dazu, seine Ernüchterung zu verbergen.

»Möglich.«

Die Mitarbeiterin näherte sich mit einem Karton auf den Armen, den sie in der Nähe auf einem Tisch abstellte. Ein in die Haut tätowiertes Sternbild zierte ihren linken Handrücken. Sie erschien Rikard ausgesprochen jung, vielleicht eine Auszubildende.

»Ich bin ein Freund ihrer Familie«, unternahm er einen letzten Versuch. »Ich komme aus Nordschweden hierher, wollte sie überraschen.«

»Na dann.«

Mit einem Achselzucken wandte sich der Mitarbeiter wieder seiner Arbeit am Bildschirm zu, ein unzweifelhaftes Signal, dass er das Gespräch als erledigt betrachtete.

»Wo wohnt sie noch gleich?«, setzte Rikard noch einmal an. Gewiss hielten sie ihn für einen penetranten Sonderling.

»Sie ist doch umgezogen«, meldete sich jetzt die junge Angestellte zu Wort. Sie nahm den Karton wieder auf und trug ihn hinter den Tresen, wo sie ihn in der Ecke platzierte. »Soweit ich weiß, wohnt sie nicht mehr in dieser Villa Märta. Hat sie nicht seit Herbst eine Wohnung in Visby?«

Die Frage war an ihren Kollegen gerichtet. Sie lispelte, es verlieh ihr etwas Kindliches und ließ sie noch jünger wirken.

»Da bin ich raus, keine Ahnung.«

Ihr Kollege machte keinen Hehl daraus, dass er nicht bereit war, private Informationen dieser Art herauszugeben. Konzentriert starrte er auf seinen Bildschirm.

»Die Villa Märta, genau, da wohnte sie zuletzt«, griff Rikard ihren Einwand auf. Er wusste nicht im Geringsten, wovon sie sprach. »Wo finde ich die noch gleich?«

»Im Niemandsland zwischen Visby und Fridhem«, erwiderte die Mitarbeiterin arglos. »Aber da wohnt Siri wie gesagt nicht mehr.«

»Ich werde da einfach nach ihr fragen, vielleicht weiß man ja, wohin sie gezogen ist, vielen Dank.«

Während er die Tür öffnete, hörte er die leiser werdenden Stimmen der beiden.

»Hast du jetzt nicht ein bisschen zu viel geplappert? Was geht es den denn an, wo Siri wohnt?«

»Ach, was du immer hast. Sie wohnt doch gar nicht mehr da, er wird umsonst hinfahren.«

Er trat ins Freie. Feine Schneeflocken tanzten in der diesigen

Luft. Sie hatten Dvärgs Fell gesprenkelt und glänzten als feine Tropfen auf seinem Rücken und zwischen seinen Ohren.

Rikard löste die Leine vom Geländer und ließ sich mit dem Hund durch die Stadt treiben. Die Enttäuschung wollte nicht weichen. Er musste nicht ganz bei Verstand gewesen sein, als er sich vorgenommen hatte, Siri Svensson zu finden. Er konnte doch unmöglich zu dieser Villa fahren, um sich nach einer Person zu erkundigen, die er nicht einmal ansatzweise kannte! Es war der letzte Tag des Jahres, die Menschen bereiteten sich auf den Jahreswechsel vor, auf Partys mit opulenten Buffets, und sie hetzten mit gefüllten Tüten durch die Gassen, um die letzten Einkäufe zu erledigen.

Drei Stunden saß er in einem Café am Stora Torget an einem runden Tisch am Fenster, unter dem Dvärg die Zeit verschlief. Als Rikard entschied, die Villa aufzusuchen, war es später Nachmittag.

Die Villa Märta in der Dunkelheit ausfindig zu machen, grenzte an ein hartes Stück Arbeit. Viermal verpasste Rikard den Abzweig von der in den Inselsüden führenden 140, ehe er seiner Intuition folgte und nach rechts abbog. Am Ende einer stetig schmaler werdenden Straße, die ins Nirgendwo zu führen schien, gelangte er schließlich an ein Grundstück, vor dem ein Schild auf den Namen des Hauses hinwies. Die Konturen des Gebäudes verschmolzen mit dem Dunkel des hereinbrechenden Abends. Warmer Lichtschein drang durch die Fenster und warf helle Rechtecke in den Hof. Die Scheiben waren mit beleuchteten Sternen geschmückt. Eine kleine illuminierte Insel in einem Meer aus Nacht.

»Ich bin völlig übergeschnappt«, murmelte er bei der Vorstellung, dass in diesem Haus eine glückliche Familie lebte, die keine Ahnung hatte, wohin die Vormieterin verzogen war. Dvärg knurrte, was Rikard als Zustimmung deutete. »Dachte mir, dass du mir beipflichtest.« Leichter Schneefall setzte ein, von Böen getrieben tanzten winzige Flocken über die Frontscheibe. »Aber jetzt bin ich hier«, fügte er hinzu. Er löste den Sicherheitsgurt und zog den Schlüssel aus der Zündung. Dann wandte er sich zu Dvärg um. »Du bleibst im Wagen, klar? Bin gleich wieder bei dir.« Der Hund richtete die Schultern auf, sah ihn an und fiepte. »Du willst mit raus? In die Kälte?«

Dvärg stand nun auf vier Beinen, sein Kopf stieß gegen die Fahrzeugdecke, sodass er gezwungen war, ihn etwas einzuziehen. Mit einem ergebenen Seufzer klickte Rikard den Karabiner der Leine in Dvärgs Halsband. Dann verließen sie den Wagen und überquerten an drei Autos vorbei den Hof in Richtung Haus.

An der Tür hing ein aus Kiefern- und Mistelzweigen gebundener Kranz mit einer roten Schleife. Fest entschlossen, die Version vom Freund der Familie Svensson wieder aufzunehmen, weil er sich damit die höchsten Chancen versprach, drückte er den Klingelknopf, die andere Hand verkrampfte sich um die Leine. Die Tür wurde geöffnet, und was er sah, verschlug ihm die Sprache.

»*Hej*«, brachte er mühsam hervor. Die junge Frau im Türrahmen mochte Anfang vierzig sein, sie hatte langes Haar, weizenblond, in der Mitte gescheitelt. Und unzweifelhaft Ingrids Augen und ihren Blick. Hatte die Marionettenspielerin auf der Abbildung in dem Artikel nicht dunkleres Haar und war es nicht deutlich kürzer? »Entschuldigung, ich … Ich weiß, dass es … Es ist wahrscheinlich unhöflich, wenn ich einfach hier …« Mit einem ungeduldigen Kopfschütteln unterbrach er sein Gestammel, weil er den unsicheren Blick der jungen Frau bemerkte. »Siri Svensson?«, fragte er.

Sie konnte es nur sein. Ihre Augen wurden schmal. Ganz leicht schüttelte sie den Kopf.

»Siri!«, hörte er sie ins Haus hineinrufen, ohne ihn aus dem Blick zu lassen.

Hinter ihr tauchte eine weitere Frau auf. Sie trug ein rotes Kleid, hatte die gleiche Statur. Ihre Gesichter glichen sich zum Verwechseln, aber ihr Haar war brünett und endete auf Schulterhöhe.

»Ich suche Siri Svensson«, wiederholte er ihren Namen, blickte unsicher von einer zur anderen und fingerte gleichzeitig den Zeitungsausschnitt aus der Hosentasche. Er war sicher, dass er sie gefunden hatte, und konnte doch kaum glauben, dass sie vor ihm stand. »Entschuldigung, dass ich einfach so hier aufkreuze, aber ...« Er hielt den beiden den Artikel hin.

Die Frau im roten Kleid warf einen raschen Blick darauf. »Das bin ich, genau«, sagte sie. »Ist schon über ein Jahr her.«

Sie kannte also den Zeitungsbericht.

»Ja, das ist ... Ich hab das zufällig gesehen, und dein Gesicht hat mich an jemanden erinnert, und ich konnte gar nicht aufhören, darüber nachzudenken, ob du vielleicht mit ihr ... ob du irgendwas ...«

»Ich verstehe überhaupt nichts«, erwiderte Siri Svensson und stemmte beide Hände in die Hüften. »Warum suchst du nach mir?«

»Wer ist denn da an der Tür?«, ertönte jetzt eine Männerstimme aus einem Raum am Ende des Flures.

Rikard blickte ins Innere des Hauses, bemerkte eine Girlande mit farbigen Herzen und dem Schriftzug *Happy Birthday* weiter hinten an der Wand. Nun hatte er auch noch eine Geburtstagsparty gestört!

»Genau genommen hatte ich gehofft, dass du mit ihr verwandt sein könntest«, erklärte Rikard. »Sie heißt Ingrid. Ingrid Haglund. Es ist lange her. Wir haben uns nicht mehr gesehen seitdem. Und die Ähnlichkeit ...«

Er senkte den Kopf, die Situation wurde ihm unangenehm. Die beiden hielten ihn wahrscheinlich für einen ehemaligen Bewunderer, der auf seine alten Tage etwas melancholisch geworden war und einer verpassten Gelegenheit nachtrauerte. Ganz falsch war es ja nicht einmal. Langsam blickte er wieder auf, sah, dass sich die Augen der beiden Frauen geweitet hatten. Jetzt wechselten sie einen stummen Blick.

»Woher kennst du sie?«, fragte die blonde Frau mit einem Stirnrunzeln. »Wer bist du?«

»Ach, hab mich gar nicht vorgestellt. Rikard Engdahl. Bin fast tausend Kilometer gefahren, um ...«

»Um Ingrid zu finden?«, fragten sie gleichzeitig.

Nie war er sich derart arglos und blauäugig vorgekommen. »Eine dumme Idee, ich weiß. Am besten gehe ich wieder.« Er zog an der Hundeleine, wandte sich um, hielt jedoch inne, als eine der beiden Frauen ihn am Ärmel zupfte.

»Komm rein.«

Langsam drehte er sich wieder um. Nur die blonde Frau stand noch in der Tür. Sie trat einen Schritt beiseite, um ihn hereinzulassen.

»Aber der Hund ...«, sagte er und bereute, Dvärgs Bettelei nachgegeben und ihn nicht im Auto gelassen zu haben.

»Kann mit rein«, sagte sie.

Ihr Lächeln erinnerte ihn so sehr an Ingrid, dass er schlucken musste.

»Meine Schuhe sind nass, der Schnee ...«

»Egal.« Sie schloss die Tür hinter ihm, und er spürte ihren Blick auf sich ruhen, während er Dvärg unmissverständlich klarmachte, dass er sich hinzulegen hatte. »Ich bin Mella«, sagte sie dann. »Mella Haglund.«

Sie hörte nicht auf, ihn zu mustern, in ihren Mundwinkeln zuckte es unentwegt.

»Rikard.« Er reichte ihr die Hand, sah hinunter auf seine Schuhe, die Schneereste und nasse Spuren auf den Bodenfliesen hinterließen.

In einem der Türrahmen erschien der Kopf eines Mannes. »Haben wir Besuch?«

»Leg noch ein Gedeck auf, Jerik«, rief Mella ihm zu.

Im selben Moment erschien Siri Svensson wieder, aber sie war nicht allein. Rikard glaubte zu träumen.

»Griddy«, sagte er so leise, dass er es selbst kaum hörte.

Er wagte nicht, ihren Kosenamen lauter auszusprechen, wagte es nicht, weil er fürchtete, damit den Augenblick zu zerstören, den Zauber, der sie beide mit einem Mal umgab. Er hatte sie gefunden! Langsam bewegte sie sich auf ihn zu. Sie schlug die Hände vors Gesicht, aber sah ihn durch die Finger hindurch an. Rikard nahm nichts und niemanden sonst mehr wahr. Urplötzlich war es so leise in diesem fremden Hausflur, wie es noch wenige Augenblicke zuvor draußen vor der Tür gewesen war. Langsam ließ sie ihre Arme fallen. Ihre Augen, ihr Blick, ihr Lächeln, so zaghaft, es huschte nur über ihre Lippen, verschwand, kehrte zurück, so wie früher, sie lächelte wie früher. Ingrid. Seine Griddy.

»Ein halbes Leben habe ich von diesem Moment geträumt«, sagte sie mit zitternden Lippen.

Sie blieb stehen, einen Schritt von ihm entfernt.

»Ich bin ein alter Kauz geworden.« Er konnte seinen Blick nicht von ihr abwenden. »Aber mit dir bis ans Ende der Welt … dafür mobilisiere ich die letzten Reserven.«

Ihre Augen begannen zu glänzen. »Jahrelang war ich davon überzeugt, in der letzten Reihe gestanden zu haben, als das Glück verteilt wurde«, sagte sie mit einem Beben in der Stimme. Sie streckte die Arme nach Mella und Siri aus, und die beiden schmiegten sich an sie. »Aber jetzt bricht es mit aller Macht über mich herein, als wollte es mir sagen, dass ich noch mal von vorn anfangen soll.« Sie versuchte, die Tränen wegzublinzeln. »Und du, Rikard, kommst jetzt zu uns an den Tisch. Es wird höchste Zeit, dass du deine Töchter kennenlernst.«

ENDE

EIN PAAR GEDANKEN ZUM SCHLUSS

Als ich zum ersten Mal einen Fuß auf die Insel Gotland setzte, hatte ich bereits über die Hälfte dieses Romans geschrieben. Ich hatte Siri, Mella, Ingrid und all die anderen an Orten auf Gotland agieren lassen, über die ich zuvor nur gelesen hatte.

Meine Schauplätze zu besuchen, war eine beeindruckende Erfahrung, da all die Orte an die Geschichte gekoppelt waren, die schon zu einem großen Teil existierte. Ich tauchte also in meinen eigenen Roman ein und folgte den Spuren meiner Charaktere.

Wie Mella fühlte ich mich, als ich kreuz und quer über die Insel streifte. Ich besuchte den Friedhof in Eskelhem, wo Jördis ihre letzte Ruhe findet. Frierend saß ich in einer Kirchenbank in Lärbro und stellte mir Mattis beim Restaurieren der Wandmalereien vor. Mit der Fähre setzte ich von Fårösund, dem Wohnort von Großtante Lynna, nach Fårö über. Immer wieder zog es mich nach Visby, in diese liebenswerte kleine Hafenstadt an der Westküste, die mich, so wie Mella, von der ersten Sekunde an verzaubert hat – mit ihren kopfsteingepflasterten Gassen, dem Hafenflair und den blau-gelben Fahnen auf den Wehrtürmen der Stadtmauer. Ich entdeckte ein Gebäude, das Anna Pettersons Pension zum Verwechseln ähnelte, feierte das erste Mittsommerfest meines Lebens (mit wildfremden Menschen aus Visby) und erfuhr eine Menge über Prinzessin Eugénie.

So konnte vieles in diesen Roman einfließen, was ich von Gotland mit nach Hause genommen hatte.

Bedanken möchte ich mich
… bei meiner Lektorin Melanie Blank-Schröder: für unseren konstruktiven und wertschätzenden Austausch. Für deine Impulse, die mir andere Blickwinkel eröffnen, und für unsere Gespräche und Begegnungen, die mich jedes Mal neu motivieren.

… bei meiner Textredakteurin Margit von Cossart: für Ihr Bestreben, das Beste aus meinem Text herauszuholen. Für Ihre Geduld, Ihr Wohlwollen und Ihren geschulten Blick. Mein Manuskript war bei Ihnen in den besten Händen.

… bei Tim Rohrer und Julie Hübner von der Literaturagentur Leselupe: Ohne euch wäre die Zusammenarbeit mit dem Verlag Bastei Lübbe nie zustande gekommen. Ein riesengroßes Danke, dass ihr mir diese Tür geöffnet habt. Julie: Du ahnst nicht, wie sehr ich deine Schwedenexpertise schätze. Danke, dass ich Tag und Nacht darauf zurückkommen darf.

… bei den Mitarbeiterinnen und Mitarbeitern im Verlag Bastei Lübbe, die mit Kopf, Herz und Kreativität dazu beigetragen haben, dass aus meinem Manuskript ein so wundervolles Buch werden konnte.

Schließlich danke ich all meinen Lieblingsmenschen für Zuspruch, Interesse und offene Ohren. Ein besonderes Danke geht an Jörg, der mich nach Gotland begleitet und klaglos akzeptiert hat, dass ich mit Hingabe in ungeheizten Landkirchen saß und über Friedhöfe streifte. Dass wir auf der Suche nach unscheinbaren gotländischen Dörfern kilometerweite Strecken zurücklegten. Und dass ich nicht anders konnte, als die hellen schwedischen Nächte schreibend auf der Veranda unseres Waldhauses zu verbringen. Danke für deine Geduld mit mir.

Und Ihnen, liebe Leserinnen und Leser, sei ein ganz besonderes Danke dafür gesagt, dass Sie Siri und Mella Ihre Zeit geschenkt haben. Ich versichere Ihnen, dass es den beiden gefallen hat, Sie mitzunehmen in ihre Geschichte.

Herzlichst
Michaela Abresch

Die Community für alle, die Bücher lieben

Das Gefühl, wenn man ein Buch in einer einzigen Nacht verschlingt – teile es mit der Community

In der Lesejury kannst du

- ★ Bücher lesen und rezensieren, die noch nicht erschienen sind
- ★ Gemeinsam mit anderen buchbegeisterten Menschen in Leserunden diskutieren
- ★ Autoren persönlich kennenlernen
- ★ An exklusiven Gewinnspielen und Aktionen teilnehmen
- ★ Bonuspunkte sammeln und diese gegen tolle Prämien eintauschen

Jetzt kostenlos registrieren: www.lesejury.de

Folge uns auf Instagram & Facebook:
www.instagram.com/lesejury
www.facebook.com/lesejury